SUPERNOVA

Livro II – A Estrela dos Mortos

RENAN CARVALHO

Ilustrações:
Licínio Souza

Novas Páginas

1ª Impressão — 2015
Impressão e Acabamento Intergraf 240715

Produção editorial:
Equipe Novo Conceito
Capa: Licínio Souza
Símbolos e mapa: Renan Carvalho

Dados Internacionais de Catalogação na Publicação (CIP)
(Câmara Brasileira do Livro, SP, Brasil)

Carvalho, Renan
Supernova : a estrela dos mortos / Renan Carvalho. -- Ribeirão Preto, SP : Novo Conceito Editora, 2015.

ISBN 978-85-8163-791-4

1. Ficção brasileira I. Título.

15-05427 CDD-869.3

Índices para catálogo sistemático:
1. Ficção : Literatura brasileira 869.3

Novas Páginas
Rua Dr. Hugo Fortes, 1885
Parque Industrial Lagoinha
14095-260 – Ribeirão Preto – SP
www.grupoeditorialnovoconceito.com.br

Livro II

A Estrela dos Mortos

Sumário

Prólogo

Há milhões de anos, seis deuses irmãos criaram o mundo. Preencheram-no com suas energias e suas maiores virtudes e, conforme haviam consentido, cada um controlaria uma parte da criação, isolados. Ao se materializarem naquele lugar, eles assumiram identidades mais adequadas ao novo ambiente e, em seguida, deram vida a seres diversos, baseando-se na forma que escolheram.

Terra foi o primeiro a encarnar na criação. Lá, o deus moldou um enorme deserto e se embrenhou no solo, ajustando seu corpo ao de um inseto vigoroso de carapaças rígidas e fortes. Seu poder gerou animais que habitaram as areias, além de plantas exóticas e inúmeras florestas nos arredores do domínio árido. Ar voou para perto das encostas do oeste e lá fundou um gigante ninho para que seus filhos crescessem. Dotado de penas e grandes asas, o deus dominou os céus e povoou seu recanto com aves belas.

O fundo do oceano foi a escolha de Água. Escamas, guelras e tentáculos brotaram na deusa. Suas crias a seguiram para as profundezas mais escuras e se multiplicaram, habitando as águas. Fogo, por sua vez, viajou para o alto das montanhas mais quentes e tomou a forma de um feroz réptil alado, com bocarra, longa cauda e um perigoso hálito fervente. Seu poder trouxe ao mundo seres rasteiros que se espalharam pelas terras escaldantes.

Luz ergueu seus domínios sobre as terras do norte, onde o sol brilhava incessantemente. Sua forma era bela, a pele brilhava como o cristal e os olhos emanavam cores encantadoras. Por aquelas terras, mamíferos corriam e se alimentavam da relva. Por fim, Treva buscou o lugar mais sombrio para se instalar. Encontrou, no extremo sul, um grande abismo onde seus filhos macabros nasceram. Longe da luz e do calor, a deusa era pálida, quase translúcida. Através da pele via-se parte dos órgãos funcionando. Sua cria tinha as mesmas características: anfíbios e vermes de forma decadente.

Após alguns milênios, os deuses também deram vida a seres inteligentes, e cada um dos domínios se tornou lar de uma civilização independente. Tais povos eram formados por criaturas semelhantes e devotas a cada um dos deuses que as criaram.

Os seis senhores do mundo governaram seus recintos, sem interferir nos domínios dos irmãos. No entanto, mesmo que não tivessem a intenção de expandir seus territórios, suas energias eram grandiosas demais para se limitarem a pequenos lotes de terra. Aos poucos, o poder dos deuses se espalhou, mesclando as diferentes forças, o que trouxe consequências. A maior e mais importante delas foi o aparecimento de uma nova raça inteligente, banhada pelas seis energias, filha de todos os deuses ao mesmo tempo. Não demorou até que essa prole ficasse mais forte e decidisse dominar as demais. Durante séculos, os deuses assistiram aos seus filhos lutarem em uma guerra violenta que resultou na extinção de muitas raças. Sobrou apenas a última, aquela cuja estrutura era mais dinâmica, mais adaptável às diferenças do mundo: a raça humana.

Sem mais contar com seus seguidores fiéis, os deuses voltaram a atenção para os homens. Queriam dominá-los como faziam com seus primeiros filhos. Esses seres, porém, eram diferentes dos anteriores. A força dos deuses não surtia o mesmo efeito sobre eles. Os humanos precisavam ser seduzidos, doutrinados. Assim, os senhores do mundo mudaram suas estratégias para conquistar a nova raça.

Todos conseguiram fiéis, mas dois deles foram muito mais efetivos nessa aproximação. O primeiro recebeu dos humanos o nome de Phelgor, o Pai do Sol, o Senhor do Dia. A segunda fora batizada de Shazp, a Mãe da Escuridão, a Lua que Míngua. E, entre eles, a maior batalha se iniciou no berço da civilização humana. De um lado, os homens que cultuavam as Trevas, poderosos dominadores das energias negras, modeladores da morte, manipuladores da discórdia e do pânico. Do outro, os seguidores da Luz, os que se guiavam pelo sol, purificavam os malditos e orientavam a cura.

A guerra foi longa, sangrenta, e Shazp acabou derrotada, sendo banida do Reino Central, de volta ao abismo. Seus seguidores foram condenados à guilhotina, sem nenhuma piedade. Phelgor pensou ter livrado a raça humana de sua maior inimiga, mas ele não imaginava que o isolamento nas sombras falharia em enfraquecer a Senhora da Escuridão, assim como a morte não era suficiente àqueles que foram devotos a ela. O deus deveria saber que o Equilíbrio daria à Shazp uma chance de ressurgir. Afinal, no mundo, tudo acontece em ciclos, e um novo ciclo, ainda mais cruel e violento, não demoraria a surgir.

Mitologia Antiga
Acervo da Biblioteca de Nuanto

Parte I

A Ordem

por Tlavi Hur

CAPÍTULO 1

Após dias de viagem pelos territórios de Sonatri, finalmente alcançamos Cimérium, a Cidade Morta. A paisagem daqui é danificada, esculpida por profundas minas de carvão, minérios de ferro e pedras preciosas; possui uma vegetação ínfima, já que o solo fora contaminado por anos de despejo negligente dos resíduos das mineradoras. Os mineiros vivem em precários alojamentos instalados nos arredores dos pontos de extração. Tudo é governado por um Regente que deve obediência ao Parlamento do Reino Central, sediado na Cidade Dourada, onde vivo.

Contudo, não faz parte de minha jurisdição tratar assuntos como esses. Fui enviada até aqui para averiguar a causa de mortes suspeitas que assolam os trabalhadores das minas. Uma possível epidemia dizimou mais de cinquenta por cento da população em questão de dias. Por consequência, a produção de minérios despencou, afetando diretamente as atividades econômicas derivadas da mineração. O Parlamento ficou preocupado.

Há algumas semanas, uma primeira expedição chegou a Cimérium com o objetivo de resgatar os sobreviventes, avaliá-los e isolar a cidade. Deviam evitar que a moléstia se espalhasse pelos vilarejos vizinhos. Para isso, instalaram cercas nas fronteiras, lacrando a entrada principal com um grande portão de aço. Minha missão agora é outra. Devo reabrir a cidade e desvendar a origem do problema, tentando, se possível, saná-lo. Tive autorização de trazer alguns de meus soldados.

Muitos parlamentares acham que se trata de uma contaminação, talvez causada pelo solo e lençóis freáticos poluídos. Nesse caso, nada mais propício do que enviar a Mestra da Cura para resolver o problema. E de fato seria fácil, se o motivo das mortes fosse uma doença, mas, desde que cheguei ao alto portão de aço enegrecido, essa hipótese caiu por terra.

— Mestra Tlavi — Sebastian suplica minha atenção. Seus cabelos negros e compridos voam com a força do vento das planícies de Sonatri. Os olhos acinzentados estão semifechados; demonstram aflição. — Já sinto os traços da devastação neste ponto.

— Também posso sentir — replico.

Sebastian, conhecido como a Luz Sagrada, é um dos paladinos mais sensíveis às artes das Trevas. A presença dessa energia o deixa desconfortável e, assim como eu, ele percebe a força negra que emana do interior dos portões, esbarrando nas cercas ao tentar sair. No entanto, o pior de tudo é o cheiro, o odor podre da morte que posso sentir daqui. Cimérium beira a catástrofe.

— Vejo corpos por todos os lados — Faleena alerta com a voz triste. Sua visão, aprimorada pelo excepcional controle da Luz, lhe permite enxergar através de objetos sólidos e ainda a distâncias colossais, o que faz dela uma atiradora habilidosa.

— Estamos diante do pior — digo e saco minha maça dourada. — Preparem-se. Vamos entrar.

Os paladinos são especialistas em combater as artes das trevas. Fomos treinados para identificar e aniquilar fontes contaminadas por energias malignas e, para o infortúnio da cidade, essa é a situação que averiguo aqui.

Faleena abaixa a viseira e retira o arco dourado das costas. Com a arma pronta, ela dá cobertura à nossa entrada. Conosco ainda estão Christia e Seraph, guerreiros robustos, equipados com armaduras mais pesadas. São eles que usam a força para mover as abas emperradas do portão, dando-me passagem para seguir à frente. Enquanto me desloco pela via de recepção da cidade, sou escoltada pela equipe de cavaleiros da luz.

O rastro da morte se espalha por todos os cantos. As pobres criaturas que viviam aqui não tiveram a menor chance de salvação. Andamos em meio a carcaças putrefatas e malcheirosas, corpos escalpados pela decomposição. Estou certa de que não existe nada vivo na cidade.

Nem o forte fedor é capaz de tirar o foco dos paladinos. Essa é uma qualidade exemplar em todas as nossas missões. A fidelidade aos objetivos é inquestionável. Não permitimos que nada nos desvie a atenção até que a tarefa esteja cumprida.

Após alguns minutos de caminhada, chegamos à praça matriz.

— A energia vem daquela direção. — Sebastian, de olhos fechados, aponta para uma capela destruída e de portas escancaradas. Apenas concordo.

Mais corpos de barriga estufada estão pelo caminho. Passo por cima deles até alcançar a entrada. A energia negra é realmente forte no local.

— Protejam-se antes de entrar — ordeno.

As armaduras douradas são próprias para defender os paladinos de energias estranhas e ataques das trevas. Além do metal escolhido para sua forja, as peças são aprimoradas com encantos específicos que aumentam a resistência. Agora, porém, elas sozinhas não serão suficientes para nos manter seguros.

Todos evocam uma aura luminosa que serve de escudo contra radiações agressivas. Nossa técnica também auxilia a iluminar o caminho escuro do interior da igreja.

A primeira hipótese na minha cabeça é que algum manipulador desenvolveu uma peste por meio das energias e simplesmente a deixou se espalhar pela cidade. Um acidente, talvez. Se isso for verdade, devo encontrar o epicentro e destruí-lo. Tudo indica que ele esteja aqui dentro.

Christia, Espada Divina, segue na frente. Ele usa sua arma para irradiar um raio de luz ainda mais poderoso que nossas auras, dando total visibilidade. Dentro da capela, mais uma dúzia de corpos em um estado avançado de putrefação. Alguns estão caídos pelo chão, outros sentados nos bancos de madeira. Nosso caminho segue até que a luz emitida pelo paladino se ofusque envolta em raios negros oriundos de um pequeno orbe de vidro escuro, posto sobre o pedestal de madeira à nossa frente, no altar da igreja.

Ao me aproximar, sinto a força do objeto penetrando minha barreira protetora. Tenho certeza de que este é o epicentro, mas não se trata de uma técnica comum. A energia é muito mais poderosa do que deveria. Ao meu redor, todos fraquejam perante o poder imenso. Notoriamente, a proteção deles não é tão firme quanto a minha.

— Precisamos fazer esse objeto parar o quanto antes — afirma Sebastian e logo se apoia nos joelhos, intoxicado pela força venenosa.

— Não nos resta opção senão destroçá-lo — informa Seraph levantando seu machado dourado. O paladino corre na direção do objeto armando um golpe certeiro e, mesmo que eu queira impedi-lo de concretizar essa loucura, não há tempo de pará-lo.

Sua arma acerta o orbe, fazendo-o se espatifar em milhares de cacos de vidro. Toda a força que o objeto concentrava é liberada de uma só vez. A energia negra toma o corpo de Seraph, adentrando sua proteção de ouro, até infectá-lo a ponto de secar sua pele e sugar sua vida. A explosão que segue lança o corpo desidratado e os pedaços de armadura na parede, liberando o restante da energia pela sala.

Tenho tempo de aumentar a potência de minha aura, mas sinto como se meu corpo fosse ser esmagado pela torrente sombria que me envolve. As ondas brilham em uma cor anil, quase negra, e se espalham pelo ambiente, afetando todos os paladinos. Assim que a energia finalmente se dissipa, alivio minha proteção e corro para ajudar os outros. Encontro Christia, Faleena e Sebastian se retorcendo no chão, vítimas da crise convulsiva, quase uma overdose devida ao excesso de energia das trevas que absorveram. Com minha cura, consigo aliviar seus corpos antes que seja tarde demais. Por Seraph, não posso fazer nada.

Avalio o ambiente e percebo que a energia negra desapareceu por completo. Cimérium, por fim, está livre da praga — o que finaliza o meu trabalho aqui. No entanto, uma questão não se aquieta em minha mente: quem teria o poder para instaurar tamanha ameaça?

A viagem foi cansativa, mas finalmente estamos de volta. Nuanto, a Cidade Dourada, um marco para a civilização. Lugar onde os primeiros homens aprenderam a controlar as energias e, a partir disso, espalharam seus domínios pelos seis cantos do mundo. Erguido na planície central de Sonatri, o berço da nossa raça ostenta construções suntuosas, herdadas de uma época abastada. Toda a arquitetura antiga fora mantida e preservada como patrimônio. Os edifícios não são altos e modernos como os arranha-céus de Mabra, nem encantados e vigorosos como as famosas torres de Tênus, mas tudo em Nuanto é imponente, poderoso; exala beleza.

Além da importância histórica, a Cidade Dourada tem relevância política no mundo todo por ser o lugar onde fica a sede do Parlamento de Sonatri. Parte dele é eleita pelos cidadãos e tem o dever de defender os interesses de suas cidades, vilas e lugarejos. Outros possuem assentos devido à influência que exercem em diversos setores da sociedade: são grandes comerciantes, sábios filósofos, professores consagrados, controladores poderosos, entre outros. Esse grupo governa Nuanto, escolhe os regentes dos grandes centros urbanos e comanda a Ordem dos Paladinos. Reúnem-se constantemente sob o teto da lustrosa Basílica de Phelgor, o nosso deus da Luz. Eu, como general paladina, também detenho um lugar no Parlamento e é para lá que me dirijo agora.

— Excelência! — falo alto, ao escancarar as portas do auditório, marcadas com o símbolo do Sol.

— Mestra paladina? — diz o orador com surpresa em suas palavras.

Todos que estão na assembleia se viram e me acompanham com os olhos enquanto desço as escadas entre as poltronas de veludo, até alcançar a tribuna.

— Peço desculpas pela intromissão, Vossa Excelência. Trago notícias sobre Cimérium.

O homem à minha frente, Zarius, é um grande político de Nuanto. Está no Parlamento há décadas, sempre reeleito. Ele comumente lidera discussões difíceis e, como o mais antigo dos parlamentares, pode tomar decisões extraordinárias, desempatando votações ou vetando temas que julgue não serem importantes.

— Que bom que voltou em segurança, paladina. Por favor, tome o seu lugar — fala ao indicar minha cadeira na primeira fila do auditório. — Trataremos dessa pauta outro dia.

Os mais de duzentos parlamentares me encaram, talvez pensando na deselegância que tive ao interromper as discussões. Não costumo vir à frente para me pronunciar, prefiro não me expor. Geralmente fico sentada, sem falar muito. Apenas voto quando me é solicitado.

— Como dizia — Zarius continua após ajeitar sua toga —, a questão das taxas impostas sobre as rotas de comércio é delicada...

Ele volta ao assunto que falava como se eu não estivesse presente. De acordo com o que me foi ordenado, eu deveria seguir ao meu lugar e assistir à assembleia. Entretanto, esta é uma situação atípica, séria demais para ser tratada outro dia. Todos nesta sala precisam ouvir o que tenho a dizer.

— Desculpe, Excelência — interrompo-o novamente. — As informações que trago são urgentes.

Zarius se vira para mim e comenta baixo, não o bastante para evitar que a maioria dos parlamentares também ouça:

— Mestra Tlavi, já faz parte deste grupo há um tempo considerável. Ainda não aprendeu as regras?

O murmúrio no auditório deixa clara a posição humilhante em que estou. As palavras de Zarius são precisas, afiadas. Ele não tece apenas uma crítica ao meu comportamento. Sua intenção é me desafiar. Afinal, existe certo incômodo quanto a minha presença no Parlamento. Não é nada explícito, mas não sou ingênua. Alguns fatores dificultam minha aceitação.

Primeiro, eu represento a força militar que protege Nuanto. Os paladinos e os políticos sempre tiveram formas diferentes de resolver os mais diversos assuntos. E comparada com a de Ioseth, meu mestre e outro paladino integrante do Parlamento, minha paciência é inexistente quanto a politicagens.

O segundo fator é a minha origem. Nasci na aldeia de Nairatis, a maior vila dentro de uma zona não urbana. Meu povo não se mistura com as pessoas das cidades, vive em harmonia com a natureza. Mesmo tendo deixado aquele lugar ainda menina, isso não apaga meus traços: a pele amorenada, os olhos cor de mel e o nariz arguto. Sou estrangeira aqui, e isso faz com que alguns queiram me ver pelas costas.

Por fim, minha idade. Aposto que metade desta sala se pergunta como uma nairatiana com menos de trinta anos pode ser general de um dos exércitos mais bem treinados do mundo e ainda se intrometer nas decisões do Parlamento. Contudo, não é a pergunta que me incomoda. É a resposta. Para muitos, ela é simples: *porque sou uma Estrela*. É um pensamento comum. Ignoram os anos de treinamento duro e de estudos que tive. Recebi um presente ao nascer, mas ele é só uma parte. Todo o resto é suor, dedicação. Não admito ser tratada com desprezo, nem mesmo por Zarius.

— Conheço bem as regras, Excelência. E, como responsável pela segurança do reino e ainda Estrela da Cura, digo que todos nesta sala irão me ouvir.

Minha voz é firme. Os olhos do político se entrefecham, o silêncio toma todo o salão. Zarius se afasta e dá espaço para que eu assuma o centro da tribuna. Não demoro a falar:

— Caros parlamentares, acabo de retornar de minha missão em Cimérium. A epidemia foi sanada.

Eles aplaudem a boa notícia. Zarius me olha com desdém e fala:

— Que bom que cumpriu sua obrigação, nobre paladina. Agora que já conseguiu reconhecimento, por favor, assuma o seu lugar para que a assembleia continue.

Ignoro o veneno do político. Não estou aqui em busca de congratulações. Minhas descobertas em Cimérium levantam suspeitas graves. Ainda tenho muito a dizer.

— O que aconteceu lá foi um atentado — falo em alto e bom tom.

A interjeição no auditório exprime a surpresa dos presentes. Minha frase desperta alvoroço.

— Esta é uma acusação séria! — um dos parlamentares da frente grita ao se levantar.

— Eu sei da gravidade do que digo — reforço. — A fonte da doença não fora natural. Alguém implantou trevas na cidade. Os moradores foram assassinados.

— Isso é um absurdo — Zarius toma a frente. — Quais provas você tem?

— Perdi um dos meus homens para aquela energia, Excelência. Nenhuma doença seria capaz de matar um paladino, principalmente sob a tutela da mestra suprema da cura. Cimérium foi vítima de um ritual macabro.

Sonatri vive em paz há décadas. O Parlamento se gaba por ter conseguido extinguir todos os conflitos por aqui. A hipótese de que Cimérium fora assolada por uma praga é triste, mas não fere a fama do reino, livre de guerras e grandes crimes. A notícia que trago justifica a agitação extrema no auditório.

— Veja o que fez — Zarius acusa ao meu ouvido. — Vai colocar o reino em pânico.

— Peço permissão para iniciar uma procura mais robusta no norte de Sonatri. Levarei o dobro de homens para acharmos o culpado. Ele deve ser punido de forma exemplar.

— Algo nessas proporções está fora de cogitação — outro parlamentar se aproxima de nós. — Só levará o desespero aos vilarejos.

— Prefere deixar o assassino solto? — pergunto indignada. — Quem sabe ele não mata mais algumas centenas.

— Ainda não temos certeza de nada — ele argumenta. — Seria imprudente avançar com tropas sem sabermos toda a verdade.

— Não podemos esperar — digo com a voz elevada.

— Este não é o fórum para discutirmos isso, paladina — Zarius pontua áspero. — Falarei com os parlamentares. A pauta será revista para incluirmos Cimérium amanhã. Aconselho que descanse agora. Sei que teve dias difíceis.

Ele está certo. Vim direto à Basílica após dias de viagem, nem me despi da armadura. Aceito a sugestão de Zarius e, diante de sua promessa de rever este tópico no dia seguinte, saio do salão mais tranquila. Atrás de mim ouço a repercussão da notícia. Alguns me acusam de louca, outros se perguntam se realmente a paz em Sonatri acabou, mas eu não tenho dúvidas. Um inimigo poderoso colocou as mãos no reino.

CAPÍTULO 2

Nuanto. Como senti falta deste lugar. A missão em Cimérium durou tempo demais. Não tivemos apenas que destruir a fonte dos males, mas também enterrar as vítimas, limpar a cidade e fazer para Seraph um funeral digno de um herói morto em combate. As peças de sua armadura foram trazidas para o Altar dos Heróis, dentro do Santuário da Ordem. Assim poderemos realizar a cerimônia oficial para a passagem de um paladino. Faleena e Sebastian estão preparando tudo.

O caminho até minha casa é curto, basta cruzar a famosa Praça Áurea. Todos os pontos importantes da Cidade Dourada ficam postos ao redor dela: a Basílica de Phelgor no lado oeste, o Santuário da Ordem ao leste, o Tribunal ao norte e a fabulosa Biblioteca de Nuanto ao sul. Por entre essas construções correm as quatro principais avenidas da cidade. Nuanto foi construída em formato circular. Cresceu aos poucos nos arredores da praça. Os fundadores eram organizados, planejaram tudo de forma inteligente. As quatro radiais dão acesso rápido ao centro, mesmo quando estamos em pontos distantes da periferia. É por elas que correm os conhecidos bondes da Cidade Dourada, um meio de transporte seguro, confortável e muito útil, motivo de orgulho aos cidadãos.

A fama da Praça Áurea não se deve apenas à sua localização central. A maior parte dos turistas se interessa em ver o Grande Chafariz, um monumento erguido no final da Guerra dos Polos. Seu tamanho deslumbra os olhares curiosos. Esculpida em branquíssima rocha, a obra de arte traz os rostos de incontáveis guerreiros que ajudaram a humanidade a derrotar seus inimigos e estabelecer a paz, há milhares de anos. A fonte redonda tem trinta metros de diâmetro, os chafarizes alcançam dezenas de metros de altura. Os jatos de água são fascinantes e ultrapassam a copa das árvores mais altas.

Perto da praça também estão pequenos edifícios, de no máximo cinco andares. Possuem pináculos pontiagudos e acabamento em pedras claras. Dentro deles ficam os apartamentos mais luxuosos da Cidade Dourada. Apesar de serem construções antigas, o conforto é garantido com iluminação, água quente e outros aparados modernos, derivados do bom uso das energias. Um desses prédios está localizado atrás do Santuário da Ordem e serve de moradia exclusiva dos paladinos.

Passo pelo pórtico do Santuário e sigo até minha casa. Subo as escadas, abro a porta e me deparo com uma pilha de papéis sobre a mesa de canto na sala. São cartas, memorandos, documentos que eu já deveria ter lido, mas que ficaram aqui devido à correria da viagem a Cimérium. Ignoro a papelada e vou ao meu quarto.

Retiro as vestimentas com calma: primeiro a capa branca, imunda após a jornada, depois as ombreiras douradas. Grevas, manoplas, cinturão e peitoral vão em seguida. Monto tudo no manequim e finalmente consigo despir o macacão claro. Tomo um banho quente e, ao sair do chuveiro, paro na frente do espelho, ainda nua. Minha vaidade é algo que tem sido suplantada desde que me tornei uma paladina. Posso ver as pequenas marcas oriundas dos treinos pesados. Meus cabelos não são penteados há dias. Pego a escova na penteadeira e me sento. Passo-a devagar e, pouco a pouco, escovo os fios castanhos que se estendem lisos até os ombros.

Enquanto cuido de mim mesma, vejo pelo espelho os olhos cor de mel da jovem mulher. Só os reconheço quando não estou dentro da couraça dourada. Parecem frágeis sem as proteções de guerra. Não me sinto bem assim. Durante anos tenho demonstrado força para manter minha posição. Não é fácil ser Estrela. Principalmente quando o elemento que se representa é a cura, uma energia altruísta, empática. É natural que os outros vejam você como um ser bondoso, de leve ingenuidade e, por consequência, facilmente enganado. Faço questão de não ser uma pessoa doce. Para mim, a cura não é isso. Ter esse dom implica escolher entre a vida e a morte; ter nas mãos a saúde e a doença. Não existe decisão mais dura.

Por isso questiono-me se tenho feito as escolhas certas ultimamente; se tenho honrado essa posição. Dias atrás, perdi um homem, um jovem paladino. Uma de minhas funções era protegê-lo. É a primeira vez que um soldado morre sob meu comando. Durante seu enterro, ainda em Cimérium, fui forte. Mas aqui, longe de qualquer um capaz de me julgar, as lágrimas escorrem como a água no rosto das esculturas do Grande Chafariz.

Descanso por algumas horas e sigo para a cerimônia de Seraph, agendada no Santuário. Vou vestida com minha armadura, pois é assim que os paladinos demonstram respeito aos seus mortos. Por tradição, o corpo deve ser enterrado onde ocorreu o falecimento, mas as armaduras são trazidas de volta ao Santuário e postas diante do Altar dos Heróis. Elas são parte de nós, possuem nossa energia, nossos sentimentos.

Na entrada do Altar, encontro Sebastian, Faleena e Christia. Todos me olham tristes, porém permanecem sérios:

— Está tudo pronto, mestra — diz a Luz Sagrada.

— Obrigada, Sebastian.

Como mestra de Seraph, eu devo conduzir a cerimônia. Dentro do grande salão já vejo os mais de trezentos paladinos a minha espera, todos os que não estão em missões externas. Entro acompanhada de meus fiéis seguidores enquanto os demais guerreiros nos reverenciam. Próximo às paredes, as estátuas de mármore sustentam armaduras de outros paladinos, vividos em épocas passadas. A de Seraph se juntará a elas em breve.

Ao lado da armadura de meu pupilo está Ioseth, o Mestre das Barreiras. Seu olhar firme me dá força. Aproximo-me, cumprimento-o com um gesto suave de cabeça e recolho o elmo de Seraph, posto sobre o altar em uma almofada vermelha.

— Que Phelgor guie sua passagem — Ioseth diz.

Os três que me acompanham montam as demais peças na estátua. Quando terminam, dou um beijo no elmo e o coloco sobre a cabeça de mármore. Ao ser remontada, a armadura brilha e, por poucos segundos, todos na sala sentem a energia de Seraph, o Machado Valente. Nossas vestimentas reluzem o brilho emanado da estátua, como um último adeus. Aos poucos, a luz dourada se apaga e a armadura perde a vida.

— Olhe por nós, Seraph. Seja a luz que dá vida ao dia. Ilumine os caminhos obscuros e purifique as trevas, assim como um dia fez em vida — pronuncio em voz alta.

A cerimônia de passagem é bela, emocionante. Acaba remetendo a outro ritual paladino de igual importância: o batismo. É nele que entendemos o poder que possuem nossas armaduras. As placas douradas que as formam são forjadas dentro do Templo Iluminado, com a própria energia do Polo Luz. Todos os recrutas recebem uma armadura básica quando estão prestes a se tornarem paladinos, feita de placas lisas de ouro. No momento do batismo, ao vestirem-na pela primeira vez, as peças douradas mudam de forma e se ajustam ao corpo do guerreiro. Ganham desenhos, realces, se misturam à energia do paladino recém-formado, adquirem traços de sua personalidade. Corpo e metal se tornam um só. É por isso que nenhuma veste dourada é igual entre nós.

Após o fim da cerimônia, todos deixam o salão em silêncio, restando Ioseth e eu diante do altar.

— Você não teve culpa — ele pondera.

— Eu pressenti o pior, mestre — digo com a cabeça baixa. — Mesmo assim, guiei meus homens para a morte.

— Tlavi, deixei de ser seu mestre há anos.

— Ainda tenho muito a aprender com o senhor. — Meu olhar mira os pés de Ioseth. Sinto-me envergonhada.

Com uma das mãos, ele levanta meu rosto até me fitar nos olhos.

— Perdas acontecem todos os dias, minha cara. Um bom líder não apenas sabe evitá-las. Ele também as supera.

— Sendo a Estrela da Cura, tenho a obrigação de salvar vidas.

— Ninguém pode curar o mundo todo, Tlavi. Nem mesmo você. Venha, deixe os mortos descansarem.

Ioseth vira as costas e segue para fora. Enquanto vejo sua capa ondular com os passos, lembro-me de quando o vi pela primeira vez. Ele era mais jovem, claro. Ainda não tinha os cabelos grisalhos e aparava a barba. Ioseth me ensinou tanto desde que vim para Nuanto. Não seria metade do que sou se não o tivesse como tutor. Chamam-no de Mestre das Barreiras, porque, assim como eu, ele é uma Estrela. Guarda dentro de si a energia dos cristais. Pode solidificar a luz com incrível facilidade. As técnicas de defesa da Ordem foram amplamente melhoradas depois de sua vinda. Auras, barreiras de luz e escudos de cristal são algumas das habilidades que Ioseth domina por completo.

— Vai ao Parlamento amanhã? — pergunto ao alcançá-lo.

— Sim, soube que você andou se estranhando com Zarius novamente.

— Minha diplomacia tem limites. Odeio a falta de escrúpulos daqueles homens.

— Não os julgue, Tlavi. Não é essa a sua função.

— Eu sei, desculpe-me. Mas eles duvidam da seriedade do que encontrei em Cimérium.

— Tem certeza de que não foi um acidente? — Ioseth pergunta enquanto anda, olhando para a frente.

Acelero o passo e paro diante dele.

— Alguém quis matar aqueles mineiros. A intenção era dizimar a cidade.

— Eu acredito em você. — Sua voz é amena, como de costume.

— Então me ajude a convencer o Parlamento. Quero voltar para Cimérium. Acharei o culpado, prometo.

— Terá meu apoio, Tlavi, sempre.

— Obrigada, mestre — digo aliviada.

Ele sorri.

— Meu apoio virá como amigo, não como mestre. Agora, se me der licença, preciso descansar um pouco.

— Claro — reverencio —, nos vemos amanhã.

Ele me cumprimenta baixando levemente o tronco e segue pela alameda paralela ao Santuário, em direção aos apartamentos. Fico mais alguns minutos refletindo sobre o que aconteceu naquela cidade, mas logo faço o mesmo que Ioseth. Precisarei estar descansada para encarar o Parlamento mais uma vez.

Antes de ir ao meu quarto, passo no mural e vejo a agenda da próxima assembleia — eles trocam esse comunicado todos os dias, mantendo as pessoas cientes do que seus representantes estão discutindo. Vejo que Cimérium foi realmente incluída na pauta. Será o primeiro assunto.

Estarei lá cedo.

Acordo disposta na manhã seguinte. Como algo leve, visto minha toga — uma roupa mais adequada às assembleias do que as intimidadoras armaduras — e sigo para a Basílica. Ao me aproximar do auditório, ouço pessoas discutindo.

Não é possível! Entro e me surpreendo ao ver a assembleia já iniciada. Caminho em silêncio até o meu lugar.

— Começaram antes do horário marcado? — pergunto irritada à Ioseth, que está sentado em sua poltrona.

— Também fui pego de surpresa. Acabei de chegar.

O Parlamento só pode estar me boicotando. Sou a maior interessada nesse assunto e sem dúvida a que tem mais a contribuir. Como iniciam a discussão sem a minha presença?

Na tribuna estão Zarius e o Conde Marco Baltrem, um político em ascensão. Foi ele que sugeriu o isolamento de Cimérium assim que o problema foi descoberto. É conhecido por um estilo prático, às vezes beirando o radicalismo. Tem ganhado popularidade entre os outros parlamentares. Está sempre na posse de sua bengala, um item que carrega não por necessidade, mas por elegância.

— Nenhum minerador quer voltar a Cimérium — Zarius diz. — Os abastecimentos de matéria-prima já se esgotaram.

— Isso pode causar uma catástrofe econômica — o Conde Baltrem complementa.

Sei que a conversa já está no meio e posso ter perdido muitas coisas, mas não acredito que estão discutindo economia quando se tem um problema tão grave em mãos.

— Licença — levanto o braço e me intrometo.

— Mestra paladina, que bom que chegou — Baltrem fala.

— Gostaria de entender a relevância desta discussão, visto o que eu disse ontem.

— Altíssima relevância — Zarius afirma. — A epidemia afetou drasticamente nossos suprimentos de minérios. Cimérium é a cidade que mais produz pedras preciosas, ferro e cobre, entre outros metais. A inoperância das minas é grave. Cidades de fora do reino já ameaçam romper contratos comerciais valiosos devido à falta de abastecimento.

Centenas morreram e o Parlamento está preocupado com contratos?! Eu realmente odeio políticos. Minha reação é tão espontânea que a frase sai mal medida, agressiva:

— Desculpem-me, mas vocês foram eleitos por contratos ou pessoas?

A face de Zarius fica rubra como o carvão em brasa. O ruído no auditório aumenta.

— Como ousa se dirigir dessa forma ao Parlamento? — ele pragueja entre os dentes.

— Vamos acalmar os ânimos — Ioseth entra na discussão. Ele tem o dom para lidar com Zarius e os outros parlamentares. — Tlavi, por favor. Devemos primeiro entender as propostas de nossos colegas.

Aceno desgostosa e me sento.

— Obrigado, Mestre dos Cristais. Que bom que existem paladinos sensatos.

Olho enfurecida para Ioseth e ele me pede calma com um gesto.

— Falávamos a respeito da nova e interessante ideia do Conde Baltrem, desta vez visando retomar a produção. — Zarius volta à discussão de antes.

É um absurdo eles quererem reiniciar as operações das minas sem antes encontrar o responsável pelo que aconteceu.

— Exato — o Conde continua. — Penso em uma campanha para trazer mais mineradores. Acredito que, com os incentivos corretos, teremos a produção retomada em poucas semanas.

— Mas os sobreviventes estão com medo de voltar — um parlamentar fala do fundo do auditório. — E agora, com as suspeitas da paladina, será muito difícil atrair camponeses de vilas próximas para o trabalho.

— O acontecido não será divulgado como crime — Zarius pontua friamente.

— O quê? — grito ao me levantar. — Não podemos mentir.

— Não temos provas concretas — ele replica, irritado.

— Então eu as buscarei. Peço autorização para voltar a Cimérium.

— Sua ida vai gerar mais alarde.

— Exato, paladina — o Conde fala, sem se exaltar. — Agora precisamos restaurar a calma da população.

— Calma? Vocês estão interessados nos minérios, não na população.

— Já foi decidido, Mestra da Cura — Zarius enfatiza. — Peço que se controle.

Se existe uma coisa que não posso fazer agora é me controlar. Como eles podem enganar o povo dessa forma? Estamos falando de uma ameaça séria, mais vidas correrão perigo. Cheia de revolta, eu me viro para o auditório e falo em alto e bom tom:

— Temo dizer que o Parlamento está virando as costas para aqueles que deveriam representar!

Minha frase soa como uma flecha no peito de alguns membros. Desafiar as decisões do Parlamento de Sonatri é algo grave. Essa atitude talvez me traga consequências, mas preciso ter a atenção deles.

— A paladina não está em posição para questionar nossas ações! — acusa outro homem, ao se levantar aos berros.

Ioseth puxa meu braço e diz baixo:

— Você está alterada. Se acalme.

Ignoro o conselho e sigo para a tribuna.

— O que aconteceu em Cimérium foi um crime brutal. Se fecharmos os olhos para isso agora, estaremos colocando a vida de muitos outros em risco.

— O assunto já foi encerrado — Zarius insiste e se coloca na minha frente.

— Isso é um erro! — afirmo enquanto aponto o dedo em seu rosto.

— Não gostaria de tomar esta atitude, Tlavi, mas você não me deixa escolha! — Ele se vira para os parlamentares e diz: — Uso os poderes concedidos a mim para destituir Tlavi Hur do caso de Cimérium.

— Como?! — grito. A indignação é enorme.

— Você está proibida de participar de qualquer assembleia referente ao assunto — ele afirma, incisivo. — Também não terá permissão para levar outros paladinos ao norte.

— Não pode fazer isso.

— Sim, eu posso. E qualquer interferência da Ordem na campanha do Conde Baltrem será considerada desacato ao poder deste Parlamento. Agora, por favor, retire-se.

Encaro-o por poucos segundos, dou as costas e, com os dentes cerrados de ira, deixo o auditório.

CAPÍTULO 3

A porta bate atrás de mim. Esses políticos cretinos não sabem o erro que estão cometendo, principalmente Zarius. Ele vai engolir cada palavra que acabou de dizer.

Entro em casa, passo depressa pela sala e, distraída por causa da raiva, esbarro na mesa de canto, fazendo cair, do meio da papelada, um cartão-postal. Olho menosprezando o pedaço de papel que contém a grande ponte de Mabra estampada na parte da frente. Abaixo-me para recolhê-lo e o viro:

"Oi, Flavi

Não nos falamos já faz um tempo. Espero que esteja tudo certo por aí.

Acho que você não recebeu minhas últimas cartas. Está difícil entrar em contato por meio da Ordem. Talvez eles não estejam te passando meus recados.

Nosso pai fica preocupado com a falta de notícias. Ele não anda bem ultimamente.

Tente vir nos visitar este ano, sua vinda o deixaria feliz.

Saudades,

Gueth"

Cartas? Visitar Mabra? Não tenho tempo para isso agora, Gueth. Devolvo o cartão para o monte em cima da mesa e vou ao meu quarto. Pego algumas mudas de roupa e preparo uma mala simples. Visto uma calça confortável, camiseta curta, jaqueta e botas. Coloco a mala nas costas e me dirijo para fora. Na porta de casa, encontro Ioseth.

— Aonde você vai? — ele pergunta, surpreso.

— Cimérium — sou direta.

— Você não pode. Ouviu o que Zarius disse. — Ele balança a cabeça decepcionado. — Sabe que não devemos nos indispor com o Parlamento, Tlavi.

— Eu ouvi muito bem o que Zarius disse. Fique tranquilo. Não levarei nenhum paladino. A Ordem não vai interferir em nada.

Ele me olha desconfiado.

— Irei como civil. Nenhum Parlamento pode me impedir de viajar quando não estou trajada.

— Tlavi — diz com um suspiro —, se virem você por lá, essa desculpa não será suficiente.

— Por isso preciso ser rápida. Desvendarei esse mistério antes mesmo de Baltrem iniciar sua campanha.

— Se não posso fazer com que fique, apenas peço que tenha cuidado — ele diz ao colocar sua mão sobre minha cabeça. — E que a Luz te guie.

Beijo a mão do meu antigo mestre e me afasto, descendo para a rua. Procuro um espaço aberto por onde eu possa viajar. Olho novamente para Ioseth, que desceu atrás de mim, e ofereço um aceno de despedida. Em seguida, permito que minha energia envolva meu corpo. Ela me abraça, me queima. É doloroso e ao mesmo tempo confortante. Em segundos, minha carne se mistura ao poder da Luz, o clarão aumenta, a forma física se desfaz. Desapareço em um raio rutilante que se lança no céu.

Este é o Espectro de Energia, uma técnica perigosa que apenas controladores muito experientes dominam. Para uma Estrela, não é algo tão difícil. Com esta forma é possível viajar a grandes distâncias em um curto espaço de tempo. Agora que estou sozinha, poderei avaliar todo o território do norte rapidamente. Bastarão poucos dias para encontrar o culpado pelas mortes. O Parlamento nem vai notar minha falta.

Em algumas horas, alcanço os muros de Cimérium novamente. Pouso perto dos portões negros e deixo meu corpo se materializar. A freada brusca me concede passos desajeitados e paro apoiada na grade. Fazia tempo que não usava essa técnica. Pousos nunca foram o meu forte.

Por aqui, tudo permanece na mesma. O silêncio é macabro. Até o céu é diferente do restante de Sonatri. Seu tom cinzento não se assemelha em nada com o dia ensolarado que deixei em Nuanto. O mato seco exprime a amplitude da força tenebrosa que arruinou Cimérium. Essa cidade foi abandonada por qualquer traço de vida.

Enquanto circundo os muros, não vejo sinal algum de pessoas, animais ou até mesmo vegetação saudável. As árvores estão desfolhadas, galhos retorcidos se estendem entre a névoa como braços cadavéricos que se erguem de tumbas.

Não conseguirei nada aqui. Preciso de sobreviventes, mineiros foragidos dessa maldição. Só eles podem me dizer o que aconteceu. Talvez em algum vilarejo próximo. Conheço vilas na estrada para Tênus, a poucos quilômetros ao leste. Poderia usar a viagem espectral novamente, mas isso chamaria atenção dos camponeses. Além disso, desmaterializações requerem um gasto de energia gigantesco. Não sei se poderei pousar adequadamente desta vez. Só me resta ir a cavalo.

Abro a mala e retiro dela um medalhão de cavalaria. Um artefato indispensável para viajantes, que pode ser comprado nas feiras das grandes cidades. Ele é capaz de invocar uma montaria em segundos, tornando qualquer viagem mais rápida. Por ser fácil de carregar, trata-se de um meio de transporte muito mais adequado do que os veículos encontrados nas capitais. A versão dos paladinos é aprimorada, todos nós possuímos um. Forjado com o mesmo material de nossas armaduras e engastado com safiras e rubis, nosso medalhão modela um belíssimo corcel de pelagem bege e crina loura, que pode correr muito mais rápido do que montarias comuns.

Pressiono o grande rubi cravejado no centro da peça, coloco-a no solo da estrada e me afasto. Os sulcos no ouro se acendem, a pedra preciosa emite um raio dourado e, aos poucos, formado de energia, meu cavalo aparece diante de mim. Ele relincha delicadamente acordando de seu sono, se vira de lado e me oferece a cela. Monto, passo a mão no largo pescoço e o dirijo pela estrada de terra rachada.

Andando em trote lento, chegarei como uma forasteira qualquer, sem alarmar ninguém. Após mais duas horas, avisto as primeiras casas da estrada. As vilas do norte de Sonatri são povoadas por agricultores e pequenos comerciantes. Vivem do cultivo e da venda da produção de trigo, milho, soja, algodão e outras mercadorias derivadas do plantio. As casas são simples, geralmente feitas com madeira, e as ruas de terra reforçam o aspecto rústico dos vilarejos.

Chego à vila e sigo pela rua principal. Neste horário, muitos dos moradores devem estar nas lavouras, o que explica o vazio do lugar. Encontro uma pequena estalagem de portas abertas. Desço da montaria e a desativo, apertando novamente o rubi do medalhão, agora preso no peito do animal, logo abaixo do pescoço. Em segundos, meu corcel se desfaz e a medalha de cavalaria resta sobre o solo. Recolho-a e entro.

— Boa noite — digo ao homem sentado do outro lado do balcão.

Ele não responde. Aproximo-me e repito o cumprimento, quase em um grito.

— Oi? O quê?! — ele se levanta ao sacudir a cabeça. Estava cochilando.

— Desculpe pelo susto. Procuro um quarto. Teria?

— Quarto? — repete ainda com sono. — São quarenta mabres pela diária.

— Quarenta? Não está caro demais para apenas um dia?

— Está certo. Faço por vinte. Ninguém se hospeda aqui há meses.

— Percebi que as coisas andam bem calmas mesmo — falo enquanto retiro uma bolsinha da jaqueta.

— Quase todo mundo fugiu para vilarejos mais distantes de Cimérium. Estão com medo da maldição.

— Maldição? — pergunto e pego algumas moedas da bolsa.

— Sim. Não soube?

Balanço a cabeça, fingindo desconhecer o que houve na cidade. Em seguida entrego o punhado de dinheiro.

— Uma doença devastou Cimérium — conta enquanto confere a quantia. — Quando os sobreviventes chegaram aqui, alertaram a vila sobre uma maldição que teria sido lançada por um clérigo das trevas.

Essa é uma informação nova. Um clérigo das trevas andando por Sonatri?

— Ah, mas você acredita nessas coisas? — questiono brincando. Preciso ganhar sua confiança.

— Claro que não. Por isso ainda estou aqui. Não vou deixar minha casa só por causa de um boato.

— Outros ficaram?

— Sim — responde, ainda contando as moedas.

— Alguém de Cimérium?

A pergunta o faz voltar os olhos outra vez para mim:

— Tem interesse em conhecer alguém de lá?

— Não exatamente. Só acho que deverá ser divertido ouvir mais sobre essa tal maldição. Gosto desse tipo de histórias, elas me divertem. — E forço uma risada.

— A mim também. Mas acho que você não vai conseguir muita coisa. — Ele retoma a atenção para os trocados. — O único cimeriano que ainda mora aqui ficou louco.

— O que deve tornar as histórias ainda melhores, não? — Sorrio.

— Ele ficou realmente louco. É perigoso. Vive falando que as Trevas virão para buscá-lo. Está muito agressivo.

— E por que não fugiu com os outros?

— Se alojou na capela do vilarejo — diz ao terminar de conferir o dinheiro. — Não sai de lá por nada. Vai entender, né? — E estende a mão, oferecendo a chave do meu quarto.

— Obrigada. — Apanho a mala antes de subir as escadas.

Se os camponeses já falam em maldição, a campanha do Parlamento falhou antes mesmo de começar. Ninguém em sã consciência voltará à cidade. É comum que boatos desse tipo se espalhem rapidamente quando uma doença atinge Sonatri. O povo daqui é temeroso, com diversas superstições. Mas desta vez algo me diz que devo acreditar neles. O tal homem escondido na capela deve ser o único capaz de me dar alguma pista sobre o que de fato ocorreu em Cimérium.

Abro o quarto, jogo a mala sobre o colchão murcho, saio e fecho a porta. Não vou perder tempo. Irei direto à capela. Desço as escadas e passo na recepção, onde o hoteleiro já dorme outra vez. Ele nem me nota sair.

Não sei para qual lado fica a capela, mas não será difícil achar. Olho para cima e busco a torre mais alta. Nas pequenas vilas de Sonatri, o campanário é a construção mais elevada; um sinal de respeito a Phelgor. Em suas fachadas existe uma representação do sol — o maior símbolo do Deus da Luz — e, como o verdadeiro astro, este deve sempre estar no ponto mais alto. É uma tradição antiga, ignorada pela evolução das grandes cidades, mas que aqui se mantém.

Após seguir pela ruazinha de terra, eu fico perante a entrada da velha igreja. As portas estão abertas, como sempre devem estar. Entro e, de frente ao altar, reverencio em respeito ao símbolo do sol. Avisto o vigário limpando a parte frontal do salão.

— Padre — digo baixo, aproximando-me.

— Olá, minha filha — responde ao se apoiar na vassoura. — Veio em busca de salvação?

— Não, nobre sacerdote. Procuro o cimeriano. — Ao ouvir minha frase, o vigário volta a varrer o chão e desvia o olhar.

— Acredito que ele não gostará de tua visita.

— Há muita coisa em jogo, padre. Eu te peço! Permita que eu o veja.

Ele me olha com atenção antes de continuar.

— O que quer com o pobre homem? Ele tem uma alma perturbada.

— Posso lhe dar conforto.

— Mais conforto que a casa da Luz lhe oferece?

Apenas deixo parte de minha energia se espalhar pela sala. O sacerdote arregala os olhos ao sentir meu poder.

— Vejo que Phelgor tocou sua alma, mulher. Sua presença enche este altar de esperança.

Pego as mãos do padre e as beijo.

— Venho de Nuanto. Sou responsável pela segurança de nosso povo. O homem que o senhor abriga pode me ajudar. E eu posso ajudá-lo.

O padre não duvida disso. Agora que sentiu minha aura, já sabe que sou uma Estrela. Servos de Phelgor também são experientes controladores da Luz.

— Siga-me — fala ao deixar a vassoura apoiada na parede.

O sacerdote abre uma portinhola aos fundos do altar e me guia para um quarto apertado. Encolhido em um dos cantos, está o cimeriano. Olho para o padre e ele se aproxima do homem amedrontado.

— Levante-se, meu filho — diz ao tocá-lo no ombro. — Trouxe ajuda.

Mas o cimeriano não responde. Ele permanece voltado para a parede, cochichando palavras vagas. Uma tentativa de oração. O padre insiste sem sucesso.

— Deixe-me falar com ele — sussurro ao ouvido do sacerdote. Ele se afasta.

Ajoelho ao lado do cimeriano e, ao me perceber, ele olha de soslaio para mim e acelera a reza.

— O que teme, amigo? — pergunto serena.

— A morte — ele responde prontamente com um sopro na voz.

Peço licença ao padre com um gesto e ele acata, deixando-me sozinha com o homem.

— Acha que está seguro aqui?

— Ninguém está seguro. Ele pegará todos nós.

Sinto que suas falas misturam realidade e delírio. Ele está suando, tremendo. A velocidade da respiração aumenta, assim como a pronúncia das palavras sagradas, proferidas entre uma resposta e outra dada a mim.

— Quem?

— O servo de Shazp, o joguete da morte.

A Deusa das Trevas. Variações dos textos antigos também a apresentam como a Senhora da Morte. Uma vez responsável pelo equilíbrio do mundo, Shazp é encarregada de devolver a energia dos vivos ao ciclo natural. Muitos a veem como a ceifadora sinistra. A Lua é o símbolo maior de seu poder, se opondo a Phelgor, o criador do Sol. Cultistas de sua energia são rivais dos paladinos. Poucos lugares no mundo veneram Shazp. É curioso o cimeriano citar um servo da deusa. No entanto, isso vai de encontro aos boatos do tal clérigo que amaldiçoou Cimérium.

— Diga o que sabe — falo ao colocar a mão sobre sua cabeça. Minha energia o acalma.

A Cura não diminui apenas os males físicos. Posso atuar na mente, atenuar anseios, medos. Com a cabeça livre do temor irracional, este homem poderá me dar as informações de que preciso.

— Você é uma deusa? — ele pergunta, atordoado pelo efeito calmante da energia que controlo.

— Não.

— Mas veio para me salvar?

— Vim para salvar a todos. E você me ajudará com isso.

Seus olhos passam a demonstrar calma, a tremedeira já parou. Sonolento, ele me fita e aguarda alguma instrução. Aproveito seu estado e induzo-o a me dizer tudo de que preciso:

— Conte-me o que aconteceu em Cimérium...

Poucas horas depois, eu agradeço ao padre e deixo a capela. O cimeriano ficou dormindo, alentado pela minha cura. Suas informações foram ricas, um pouco confusas, mas indicam a direção de meus próximos passos.

Há alguns meses, o até então regente de Cimérium recebeu a visita de um homem misterioso. Seu nome era Talus, um clérigo eremita que voltara de uma viagem de penitências. Ele disse ao líder da cidade que tivera uma visão. Cimérium teria prosperidade, riquezas infinitas caso seus conselhos fossem seguidos. O regente era um homem bondoso, porém muito cativo ao status pessoal. Ele buscava ganhar prestígio com o Parlamento e acreditou que as visões do sábio clérigo pudessem ajudá-lo com isso.

O cimeriano da capela era um criado do regente. Homem de confiança, cujos conselhos também eram ouvidos. Ele orientou seu mestre a tomar cuidado com as promessas do desconhecido, mas não obteve sucesso. As intenções de Talus eram obscuras. Suas palavras sobre o regente tinham grande poder, como um feitiço macabro.

Para atingir a prosperidade, Cimérium deveria aderir a um novo culto. E o regente, ingenuamente, não hesitou. Ele acreditava que suas decisões eram as melhores para o povo. Assim, decretou que as igrejas deixassem de seguir Phelgor para que os moradores fossem apresentados a uma nova entidade. Talus mostrou a eles Shaz, um deus menor, filho de Shazp e autêntico herdeiro da morte. No início, o povo se revoltou, mas aos poucos seguidores foram surgindo, como se, um a um, também caíssem no feitiço do clérigo. O que parecia blasfêmia tornou-se realidade e milhares se juntaram às sessões do culto.

Após alguns meses da aparição de Talus, pessoas começaram a adoecer misteriosamente, chegando ao óbito. Aqueles que eram contra o culto acusaram Shaz pelo que acontecia. Os que eram a favor, porém, diziam que aquela era uma provação, para limpar a cidade dos não crentes. A verdade é que, no lugar da prosperidade, o deus havia trazido desordem, caos. E foi quando o êxodo se iniciou. Pessoas desesperadas abandonaram suas casas, trabalhos, até mesmo famílias. As mortes aumentavam de forma assustadora. Muitos morriam de repente, ao andar na rua. O fim de Cimérium tinha sido anunciado.

Aquele homem da capela foi um dos últimos a deixar a cidade. Fez isso apenas quando percebeu que seu amo não tinha mais salvação. Viu-o definhar, louco, esperando que as promessas do clérigo se concretizassem. Depois de fugir de Cimérium, procurou o primeiro lugar onde Phelgor tinha domínios e jurou a si mesmo nunca mais sair.

Talus é o meu alvo agora, um clérigo da morte livre sobre as planícies de Sonatri. Não tenho dúvidas de que ele é o criador do orbe que destruímos. Mas ainda existem muitas perguntas sem resposta. Que tipo de fanático massacraria uma população inteira em prol de um culto? E será que ele sozinho seria poderoso o suficiente para deixar aquela energia gigantesca na cidade?

Volto à estalagem e decido passar a noite por ali. Precisarei descansar para seguir viagem. Na manhã seguinte, após me alimentar, pego minhas coisas e deixo a chave sobre a mesa da recepção.

— Já vai? — pergunta o hoteleiro.

— Sim.

— Se assustou com a história da maldição, não é? — Ele ri. — Mulheres...

Olho indiferente para ele e deixo o lugar.

Montada a cavalo, sigo para o leste em busca de outras vilas. Talus deve ter deixado rastros, pistas. Se eu conheço bem esse tipo de monstro, ele não se contentaria apenas com Cimérium. Ele tentará expandir o culto por outros vilarejos, cidades maiores. Pode estar preparando outro ataque a qualquer lugar do Reino Central.

Os dias seguintes se passam em vilarejos distintos. Busco por outros sobreviventes de Cimérium. Ao contrário do louco da capela, os poucos que encontro não se atrevem a dizer nada. Eles me evitam. Possuem um medo racional, e contra isso minha cura não ajuda.

Não é possível que esse clérigo consiga se esconder por tanto tempo. Nem os vestígios de sua energia eu posso sentir. Algo deve protegê-lo, uma força que camufla sua presença sombria.

É apenas mais ao norte, na Vila das Cabras — nomeada assim devido a sua atividade pecuária —, que consigo um indício concreto: alguns animais passaram a se comportar de forma estranha nas últimas semanas. As cabras, costumeiramente dóceis, ficaram agitadas, agressivas. Chegaram a devorar umas às outras. Aconteceu em três rebanhos distintos. Os donos não souberam me explicar como os bichos chegaram a esse ponto, acreditavam em uma virose, talvez.

Dentro de uma das fazendas, tive a oportunidade de avaliar um dos animais antes do dono sacrificá-lo. Encontrei-o isolado do restante do rebanho, preso por cordas dentro do celeiro. Fora colocada uma focinheira para evitar que se mutilasse. Os olhos do animal sangravam em lágrimas de ódio. Nem mesmo minha energia podia fazer algo por ele. Não sentia vida alguma no pobre caprino.

Depois de investigar todos os rebanhos, a conclusão foi fácil: existe uma fonte de energia negra por perto. E, de acordo com a posição dos pastos onde os casos ocorreram, todos ao norte da vila, não há dúvidas de que ela está escondida na única construção próxima, a pouco mais de dois quilômetros do vilarejo. É para lá que devo seguir. Um antigo monastério.

Chego ao monastério ao entardecer, visando não perder tempo. Aldeões me disseram que se trata de um prédio abandonado, que tem recebido a visita de vadios. Entretanto, não acredito que a importância deste lugar seja tão banal assim. Pelo menos não para Talus. Basta me aproximar que sinto os pelos do braço se erguerem de arrepio. O fluxo de energia negra flui das portas velhas, caindo aos pedaços. É muito semelhante àquele sentido em Cimérium.

Desço da montaria, desativo o medalhão e o guardo no bolso. O vento frio da planície faz com que eu me arrependa de ter deixado a jaqueta na pousada da vila. Ando esgueirada nas paredes externas até encontrar pequenas frestas nos tijolos escuros e carcomidos pelo tempo. Por elas posso observar o interior.

O lugar parece vazio, mas, após alguns minutos espiando, vejo a silhueta de duas pessoas que se dirigem à saída. Um é mais alto e magro, dá passos impacientes e rápidos na direção da porta. O outro ser é mais baixo, anda de forma graciosa, fazendo com que seus sapatos emitam ruídos no piso. Pelos cabelos compridos, presumo ser uma mulher. Escuto a porta ranger e me escondo nas poucas moitas ao redor da construção. Pelas folhas observo os dois se distanciarem do monastério. O mais magro usa uma túnica negra com capuz, como aquelas de cultos sinistros. A mulher veste roupas estranhas de couro velho adornadas com arames e espetos de metal. Não tenho ideia de quem sejam eles.

Aguardo alguns minutos e sigo para a entrada, me certificando de que os dois já não podem me ver. Empurro a porta com cuidado e entro. Pequenas tochas iluminam precariamente o salão principal. As teias estão por toda parte. Ando até um pequeno altar e noto, nas laterais, escadas profundas que levam ao subterrâneo do monastério, provavelmente aos dormitórios dos antigos monges. Antes de descer, algo me chama atenção na parede dos fundos do salão. É um desenho. Está coberto por sujeira, pó. Passo a mão e revelo a pintura. Afasto-me ao perceber do que se trata.

Sei que Talus está aqui, mas a energia não é forte apenas por causa dele. Este lugar fora palco para cultos muito mais antigos do que os praticados agora. O desenho na parede é uma representação da Lua Minguante, símbolo supremo da Deusa das Trevas.

Capítulo 4

Os religiosos que viveram aqui foram devotos de Shazp. Por isso o abandono do lugar. O culto às trevas foi abolido do reino há quase mil anos, desde a ascensão da Ordem dos Paladinos em Nuanto, mas a força negra daquela época está impregnada em cada tijolo dessa construção. Talus não poderia ter escolhido um local mais apropriado para se instalar. Sua presença deve ter reacendido a energia negra do monastério, fazendo os animais próximos sofrerem. Se continuar assim, logo as pessoas também adoecerão. Tenho de achar Talus o quanto antes.

Desço cautelosa. A intensidade da energia é absurda. Chego a um corredor, onde as tochas não iluminam mais. O breu não me permite enxergar muito longe. Conjuro uma pequena fonte energética na palma da mão e a empurro suavemente para cima, fazendo-a levitar ao meu lado. Trata-se da Sentinela de Luz, uma técnica que desenvolvi há alguns anos; ela me permitirá enxergar o caminho.

Sigo a passos curtos pela galeria tenebrosa do monastério. Não há sinal de pessoas. As paredes são feitas de blocos de pedra, lembram calabouços. Aberturas arqueadas nas laterais dão visão para cômodos apertados e malcheirosos. Algumas delas estão trancadas por grades e vigas verticais de ferro; parecem celas.

O silêncio é interrompido de tempos em tempos pelo barulho de gotas caídas do encanamento velho no teto. O cheiro de mofo se mistura com o forte odor dos metais enferrujados. Ao final do corredor, encontro uma porta de madeira podre. Empurro-a e o rangido das dobradiças ecoa nos túneis. Olho atenta para os lados, temendo ter chamado atenção de alguém, ou de algo. Mas não há nada à vista.

Envio o globo luminoso para o alto da sala seguinte e o intensifico. Assim, posso observar com cuidado o salão aonde cheguei. Paredes úmidas, piso rachado e mais símbolos de Shazp espalhados. O tempo se encarregou de desgastá-los, porém ainda possuem força para evocar a energia ruim da deusa. Mais adiante, nos fundos do lugar, estão diversas mesas com imagens sombrias e velas derretidas. Entre os inúmeros tocos de cera, um permanece aceso, com a chama fraca bruxuleando. Quando me aproximo, um golpe de ar a apaga. Olho para a esquerda, na direção de onde veio o sopro, e noto uma pequena abertura na escuridão de um dos cantos da sala. A brisa fria que permanece soprando faz minha espinha tremer.

Viro a palma da mão para cima e faço minha sentinela voltar para perto. Em seguida, com um suave movimento, direciono-a para o canto escuro, revelando uma estreita tubulação por onde o ar corre. Do outro lado da sala, está uma escada feita com os mesmos blocos de pedra das paredes. Ela leva ao nível inferior. Desço.

Móveis rústicos e muito sujos decoram a nova sala. São duas mesas, algumas cadeiras e uma estante com livros antigos. As teias de aranha estão sobre tudo. Em uma das mesas, avisto outros objetos usados em cultos das trevas: cristais escuros, joias, pedaços de ossos e punhais de sacrifício. Ao longe está outra porta e, perto dela, um alçapão de metal trancado por dois cadeados grandes.

Aproximo-me do alçapão, coloco a mão sobre o aço e sinto um arrepio profundo. A energia é mais forte nesta direção. Preparo-me para arrebentar os cadeados, mas sou interrompida pelo barulho de passos. Olho para os lados e percebo que o som vem da tubulação na parede, idêntica à da sala superior. Elas são ligadas, servem para trazer o ar lá de fora para todos os níveis do monastério.

O barulho é o mesmo que ouvi quando a mulher caminhava na entrada. Eles já voltaram e, neste exato momento, andam no piso de cima. Vou mais perto da tubulação para ouvir melhor e percebo que eles estão descendo. Procuro, com calma, um lugar onde possa me esconder e encontro um vão escuro próximo à escada. Desfaço a sentinela assim que chego até ele e me agacho ao lado de baldes e vassouras velhas. Logo os dois passam por mim, um deles segura uma tocha, iluminando a sala novamente. Já posso ouvir o que dizem:

— Talus está demorando — fala o homem magro de túnica. Sua voz é tremida, aguda. É possível escutar os dentes baterem ao final de cada palavra.

— Ele virá logo — diz a outra, de voz suave. A frase sai um pouco abafada, como se ela tivesse a boca presa por algo.

Serão esses os lacaios de Talus, membros do culto de Shaz? Ou cúmplices, talvez? De qualquer forma, são seres sombrios, exalam o cheiro das trevas. Projeto o corpo para a frente e vejo o mais magro usar a tocha para acender alguns dos candelabros nas paredes. Ele então se aproxima do alçapão e pergunta:

— Você sabe como andam os experimentos?

— Talus obteve avanços relevantes — ela responde. Agora consigo ver que a mulher possui uma máscara de ferro tapando o nariz e a boca, quase uma focinheira usada em animais ferozes.

Do que essas pessoas estão falando? Certamente sobre algo que está debaixo daquela passagem. Tenho de descobrir do que se trata. Ao ouvir mais passos na escada, volto o corpo para dentro e aguardo quem desce.

— Foram até a vila? — o segundo homem pergunta. A voz é rouca, seca. Ele também veste uma túnica negra, porém sua cabeça está à mostra. Apesar de continuar agachada no canto escuro, consigo ver bem o rosto do homem. Trata-se de um velho. Os cabelos são compridos e bem brancos, caindo esgrouvinhados sobre os ombros. Sua pele é pálida, enrugada. Ele anda curvado, dando indícios de que a idade já afeta a coluna. As mãos parecem tremer enquanto se move até os outros dois. Esse só pode ser Talus.

— Sim — confirma a mulher. — Como você havia suspeitado, a paladina está perto.

Não é possível! Eles sabem sobre minha investigação? Como fui idiota. Estou há dias vasculhando vilarejos, perguntando por sobreviventes de Cimérium. É claro que isso não poderia passar despercebido. A esta altura, o culto deve ter membros em diversos pontos de Sonatri. Enquanto eu procurava informações, eles me vigiavam.

— Então é melhor voltarem para lá e garantirem que ela não encontre o monastério. Essa paladina não pode nos atrapalhar agora. É preciso terminar o que comecei. Em breve, a Ordem não será mais um problema.

Suas palavras me assustam. O plano parece ser muito maior do que simplesmente aniquilar vidas para sacrifícios a um deus. Poderia Talus estar tramando uma forma de destruir os paladinos? Não vou permitir. Vou acabar com isso hoje mesmo.

Após as diretrizes do líder do culto, os dois lacaios sobem as escadas em direção à Vila das Cabras e deixam Talus sozinho. Ele vai até a estante e pega algo escondido em um dos livros, que, pelo barulho, acredito ser um molho de chaves. Em seguida, o clérigo abre o alçapão e desce, deixando-o destrancado atrás de si. Saio do esconderijo e o sigo.

Quando passo pelos poucos degraus, avisto Talus andando com dificuldades pelo corredor estreito. Com uma das mãos carrega uma tocha, com a outra se apoia nas paredes. Ainda sob meu campo de visão, ele entra em uma porta na lateral do túnel. Quando chego à passagem, vejo o clérigo da morte diante de uma bancada, manipulando um líquido escuro em vasilhas de vidro. A sala é iluminada por chamas nas paredes. Sobre a mesa estão alguns livros, mais velas e tubos com poções. Não sei o que esse monstro está preparando, mas ele não vai terminar. Dou um passo largo para a frente e entro na sala, dizendo alto:

— Talus, você está preso.

Ao meu lado, a sentinela é mais uma vez materializada e a deixo pronta para atacar, caso ele tente algo.

— O quê? — O clérigo se assusta, deixando a vasilha cair de suas mãos sem firmeza. Pelo jeito não esperava que alguém o seguisse até aqui. — Então você é a paladina que me procura? — pergunta enquanto recupera o vasilhame caído.

— Sim, sou Tlavi Hur, general da Ordem. — Dou mais alguns passos na direção dele. — Achou que poderia se esconder? Seus capangas não conseguiram impedir que eu chegasse até você.

— Não entendo sua obsessão por me capturar. — A dissimulação me enoja. Apesar do susto que levou, Talus já demonstra calma, indiferença. Com um pano velho, ele seca o líquido escuro derramado sobre a mesa.

— Seus crimes não ficarão impunes, clérigo — continuo, tentando fazer com que ele preste atenção em mim. — Corrupção de energias, fomentação de cultos às trevas, além de assassinato. Tais acusações serão suficientes para mantê-lo na prisão pelo resto de sua vida infeliz.

Ele finalmente termina de arrumar a bancada e se vira por completo na minha direção, sorrindo.

— Tem ideia do que está prestes a acontecer em Sonatri, paladina? Eu não deveria ser o maior motivo de sua preocupação.

— Seja qual for o seu plano, não dará certo. Tudo acaba agora.

— Acha que está lidando com algum amador? — Ele me encara friamente. Sua expressão muda.

Em seu rosto, veias negras se destacam sob a pele pálida. Os dentes podres completam uma figura assombrosa. Seu olhar negro penetra minha mente. É tão poderoso que pode petrificar de medo quem o olha diretamente. Não é algo comum. Talus manipula as Trevas para evocar sentimentos descontrolados em mim. Sinto pavor, vontade de correr para longe, de gritar, de nunca mais vê-lo. Neste momento, uma pessoa comum estaria sofrendo uma crise aguda de pânico. E isso só não acontece comigo devido à Luz dentro de mim; ela me protege.

— Pare! — ordeno e elevo minha aura. A luminosidade emanada ofusca o inimigo. Ele geme de dor ao sentir a energia branca queimar sua pele frágil. — Você não pode comigo. — Aproximo-me dele. Talus usa os braços para proteger a face da claridade que se intensifica a cada segundo. — Nem seu deus pode. Vou purificar seus pecados com a minha cura.

O servo de Shaz, já agachado no chão e aparentemente enfraquecido, ri, retomando a firmeza na fala:

— Meu deus é muito mais poderoso do que toda a Ordem junta. Ele me fortalece.

Algo faz com que o clérigo reerga as forças. Uma aura negra cresce em torno dele e passa a brigar com a minha por espaço na sala apertada. De onde ele tira esse poder? Será a fé que possui nesse deus hediondo? Sou obrigada a recuar alguns passos diante da energia trevosa. Ela me deixa sufocada, inibe meu avanço. A força das Trevas é tanta que Talus liberta tentáculos sombrios por debaixo de sua túnica e eles o suspendem do chão. Os cabelos e o tecido das roupas se esvoaçam, os olhos são tomados por um vazio infinito que deseja me engolir. Não tenho como levar essa criatura sob custódia para Nuanto. É perigoso demais.

Sem opções, faço a Sentinela de Luz concentrar mais energia e ordeno que dispare um raio certeiro no peito do monstro. O tiro perfura o coração de Talus, carbonizando a ferida; nenhuma gota de sangue chega a cair. Seus olhos voltam ao normal e os tentáculos de sombras se desfazem no ar, deixando o corpo velho despencar no chão. Aos poucos, a energia negra se dissipa e eu posso relaxar minha aura.

Aproximo-me e uso um dos pés para empurrar o corpo de Talus, me certificando de que ele está realmente morto. Não poderá dar seguimento ao seu plano, seja ele qual for. Avisarei o Parlamento sobre o que estava acontecendo aqui, em seguida trarei mais paladinos a fim de capturar todos os envolvidos. Para permitir isso, porém, Zarius exigirá provas da existência do culto.

Decido vasculhar os corredores do calabouço em busca de mais evidências. Só o cadáver de Talus não será o suficiente. Observo com cuidado as poções, mexo nos livros e tento identificar do que tratam. As escritas são antigas, feitas com símbolos desconhecidos. Deve ser alguma linguagem usada no passado pelos seguidores de Shazp. Não sei o que as frases significam, mas as ilustrações são repugnantes: criaturas com chifres, esqueletos em chamas, representações de sacrifícios, covas e muitas outras referências à morte.

No fundo da sala está uma porta grande de duas placas, trancadas com travas horizontais de madeira. A energia negra ainda é forte naquela direção. Deve ser ali que Talus guarda os tais experimentos. Vou até a passagem, levanto as duas tábuas, destrancando-as, e agarro os puxadores para abrir a porta. As tochas atrás de mim iluminam apenas a entrada do novo corredor. Trago minha sentinela para perto outra vez e consigo enxergar enquanto adentro o local.

Após alguns metros caminhando com cuidado, sinto algo grudento sob os pés. Olho para baixo e percebo que pisei em uma gosma avermelhada, sangue na verdade. Ele foi usado para desenhar formas lunares por todo o piso a partir daqui. Não, não só no piso. As paredes também estão sujas com sangue. Aqui é o palco das atrocidades de Talus.

Não preciso andar muito para ver carcaças jogadas pelos cantos. São animais mortos, usados em algum ritual de sacrifício. Além de corpos inteiros, há cabeças amontoadas, muitos ossos sujos e outras partes que, devido à decomposição, mal consigo identificar. O cheiro é insuportável. Quanto mais eu adentro o corredor, mais terrível se torna a cena. Ao final, já em uma sala um pouco mais ampla, vejo que os animais eram apenas uma introdução aos experimentos de Talus. O lugar está repleto de corpos humanos.

Por Phelgor! Tanta monstruosidade feita por esse culto? Não consigo acreditar no que estou vendo. São dezenas de mortos, alguns estão sobre macas e mesas de tortura, amarrados e amordaçados. É nojento, desumano. Pensei que não seria possível uma situação pior do que aquela presenciada em Cimérium há algumas semanas. Essas pessoas foram violadas das formas mais absurdas: queimaduras, cortes, membros decepados. Tudo é horrível demais. Os envolvidos não podem sair ilesos. Talus não fez isso sozinho, é impossível.

Já intoxicada com tudo o que vi, decido sair. Levarei os livros e o corpo de Talus para Nuanto. Depois trarei Zarius e outros parlamentares para cá. Não terão como negar o que está acontecendo. Viro as costas e sigo de volta para o corredor, na direção da saída do calabouço. Todavia, quando estou deixando o salão de torturas, ouço um gemido baixo, que me faz parar. Viro o rosto lentamente e aguardo o som se repetir para ter certeza do que ouvi.

— Argh.

Vem dos fundos da sala. Envio a sentinela na frente para iluminar o local e corro naquela direção na esperança de encontrar alguém com vida. Minha energia certamente poderá salvar essa pobre pessoa.

No caminho, passo por mais corpos, alguns presos a grilhões nas paredes, outros simplesmente amontoados. Continuo até ver uma mulher em uma das macas, também amarrada, mas que mexe a cabeça lentamente enquanto emite gemidos de sofrimento. Graças a Phelgor, ainda está viva.

As feridas pelo corpo são muitas, a pele está roxa, cheia de veias negras, certamente oriundas de alguma infecção. Por sorte eu estou aqui. Poderei curá-la e levá-la para Nuanto. Um sobrevivente será a melhor prova que posso ter contra Talus.

— Não se preocupe — digo ao me aproximar, colocando a mão próximo a sua testa. Minha energia tenta acalmá-la. — Você ficará bem.

Ao sentir a cura que exalo, ela arregala os olhos e para de se mexer. Novamente, o silêncio toma o local, sendo cortado apenas pelo som da mulher cheirando algo. É como se minha energia reagisse em suas narinas. Após alguns segundos, seus olhos esbugalhados viram na direção da minha face. Os gemidos de dor dão lugar a roncos, grunhidos. De sua boca escorre sangue preto, putrefato.

— Acalme-se. Eu posso te ajudar.

Mas ela se levanta em um movimento brusco e tenta me acertar uma mordida. Sou salva pelas cordas que a prendem na maca. Mesmo vendo que não pode me alcançar, ela continua rosnando e babando, como um animal furioso preso na coleira. Afasto-me assustada e esbarro na parede. O que está acontecendo aqui? Talus transformou-a em um monstro. Eu ainda posso curá-la, sei disso.

Decido me aproximar novamente para ajudar a pobre mulher, no entanto não percebo outro ser que chega perto de mim e me agarra pelo braço. Antes que eu pudesse fazer qualquer coisa, ele me morde violentamente logo acima do pulso. O grito é involuntário, a dor, insuportável. Tento me livrar dos dentes, mas o homem está dominado por alguma força das trevas. Quando consigo me soltar, vejo a criatura levar em sua boca um naco de pele. Meu sangue escorre pelas mandíbulas dele enquanto mastiga minha carne.

O homem prepara um novo ataque contra mim, mas eu abro a outra mão bem em suas fuças e pulverizo sua cabeça com um raio de luz. Ele cai sentado, com a cabeça destruída. Do crânio, agora seco e carbonizado, sai fumaça.

Chocada, eu olho para meu braço e tomo conhecimento do tamanho do estrago. Tento curar o ferimento, mas ele não fecha. Desisto quando percebo mais pessoas se levantando das macas. Muitas estão presas e apenas se debatem enlouquecidas, porém outras se movimentam até mim. Que maldição é essa? Como podem estar vivas?

Corro para fora da sala e, no caminho, tenho que desviar de mais pessoas que se levantam das mesas e tentam me agarrar. Enquanto corro, a Sentinela de Luz dispara inúmeros raios para trás, mas, mesmo tendo seus corpos queimados e perfurados pelos tiros, elas continuam a me seguir.

Assim que volto ao lugar onde enfrentei Talus, tenho uma nova surpresa: o cadáver do clérigo desapareceu. Paro involuntariamente, tentando entender o que acontece, mas logo ouço as criaturas virem pela passagem, gemendo, urrando. Com pressa, pego um dos livros e o coloco debaixo do braço ferido. Esta será a única prova que conseguirei levar. Corro para a saída.

No caminho, percebo que a dor no braço desapareceu. Minha cura deve ter funcionado. Quando olho para ele, porém, vejo a carne ao redor da mordida afetada por uma necrose infecciosa. Minha pele está roxa, cheia de hematomas, nem sinto mais a mão. Tento usar a energia novamente para melhorar a ferida, mas não adianta. A infecção já afeta meus sentidos. Até as pernas não respondem como deveriam. Não é uma simples doença. O que sinto por dentro é a energia das trevas. Meu corpo está sendo corrompido. Preciso sair daqui o mais rápido possível.

Caminho com dificuldades pelo corredor no sentido do alçapão. A velocidade reduzida dá tempo para que as criaturas me alcancem. Olho para trás e vejo algumas delas se arrastando, outras correm desajeitadas enquanto rosnam. Mesmo mutiladas e desnutridas, todas se movimentam com agressividade.

A sentinela ilumina o caminho e logo avisto a placa de metal acima da pequena escada. Subo me apoiando na parede e empurro a porta... ela não abre. Os monstros já estão a poucos metros de mim. Desesperada, eu tento outra vez, agora com muito mais força. Grito por socorro e esmurro o metal da passagem. Faço de tudo para abri-la, mas o alçapão nem se move.

Fui trancada aqui dentro.

Parte II

Polo Terra

por Leran Yandel

CAPÍTULO 5

Já faz horas, um dia inteiro talvez. O sol forte e o calor intenso não me permitem pensar muito. Luana segue ao meu lado, quase caindo de cansaço. Estamos exaustos, famintos, sedentos por qualquer coisa que nos molhe a garganta. Para todos os lados que olho, só posso ver areia. Nem mesmo as miragens dão as caras por aqui. O amarelo do solo se mistura com o céu quase bege devido à areia que paira no ar. Parece que o vento não sopra para nenhuma direção, aumentando ao extremo a sensação de estarmos dentro de um gigantesco forno. Esse calor todo deve servir para preparar nossa carne para os abutres que, aos montes, já sobrevoam nossas cabeças. Se não acharmos água nas próximas horas, estaremos mortos.

Enquanto caminho, meus pés, mesmo vestidos com as botas de material leve forjadas pelo senhor Norano, afundam na areia fina, o que dificulta a locomoção neste deserto imenso. De todos os lugares do mundo que eu gostaria de conhecer, certamente este não era o primeiro deles, muito menos nesta situação.

Penso no meu pai, no meu avô e na minha mãe. Na promessa feita a eles. Tenho de proteger Luana a todo custo, mas veja para onde eu a trouxe. Bastaram alguns dias longe de Acigam para que nos metêssemos em uma enrascada muito pior do que aquela armada por Babo Seranto e Nagisa. Talvez enfrentar o julgamento pela morte de Galek e pelos outros crimes absurdos de que fui acusado fosse menos perigoso. Chegar a Mabra será muito mais difícil do que imaginei.

O plano inicial era cruzar o deserto com o trem. Só que tivemos um pequeno imprevisto.

Mesmo Simus tendo nos alertado sobre a duração da viagem, após três dias de acomodação precária, calor excessivo e alimentação deficiente, já estávamos de saco cheio. Luana se levantou e seguiu pelas portas que separavam nosso vagão, o último, do restante do trem. Queria descobrir o que era transportado. Decidi ir atrás, carregando meu arco. Durante toda a viagem, ninguém tinha aparecido nos fundos, o que nos dava certa segurança para acreditar na ausência de muitos tripulantes. Os que existiam certamente estavam concentrados nos carros frontais.

Os vagões não continham nada. Seja lá o que carregavam, tudo ficou em Acigam. Depois de vasculharmos mais quatro carros e termos a certeza de que não encontraríamos nada, resolvemos voltar para os fundos. No caminho, senti o trem frear repentinamente e ambos fomos arremessados contra as paredes do vagão. Tínhamos parado.

Levantei-me e corri para o vidro do último carro, tentando ver o que acontecia, mas apenas o deserto árido estava à vista. Não demorou até ouvirmos vozes cruzando as portas dos carros à frente:

— Te disse que não estamos carregando nada. Você perdeu a viagem, amigo.

— Melhor você ficar quietinho — o outro sugeriu. — Se estiver mentindo, vai sobrar para você.

Corremos para nos esconder nos fundos. Quando eles entraram no último carro, se depararam com o lugar vazio, onde apenas algumas caixas permaneciam abertas, sem nada dentro. Era atrás de uma delas que estávamos. De lá, eu podia observar os dois pela fresta das tábuas.

— Pelo visto, disse a verdade.

— É. Não foi dessa vez que um saqueador safado conseguiu boas mercadorias, não é mesmo? — O maquinista riu.

Saqueadores. Deveria ser algo normal nos trilhos. Sabendo que os trens carregam produtos diversos, devem ficar à espreita para roubar cargas valiosas.

Olhei com atenção para o assaltante. Ele vestia um grande casaco marrom, calças pretas, botas, colete de couro e um chapéu de abas com uma fita escura envolta na parte superior. No pescoço tinha um lenço vermelho amarrado e o cinto guardava duas pistolas, uma de cada lado, semelhantes às dos guardas de Acigam, um pouco mais modernas, talvez. O rosto sujo demonstrava traços rústicos: barba há dias sem fazer, queixo largo e pequenos olhos desconfiados.

Vendo que o homem continuava parado a observar o vagão, o maquinista disse:

— Meu amigo, saia logo daqui. Preciso seguir viagem.

Entretanto, o bandido se ateve a algo caído no chão. Abaixou-se e recolheu uma das garrafas de água que Luana e eu usamos. Estava vazia, mas dava a ele uma pista do que procurava.

— O que é isto? — ele perguntou, quase enfiando a garrafa nas fuças do maquinista.

— Eu sei lá o que é isso, não é meu.

— Vocês não carregam apenas mercadorias aqui?

— Sim — o maquinista respondeu sem entender aonde o saqueador pretendia chegar.

— Então o que uma garrafa de água vazia faz aqui?

— Não tenho ideia, amigo.

— Mas eu tenho — ele tocou o maquinista no ombro. — Só preciso te dizer duas coisas, *amigo*. Primeiro, você não viajou sozinho.

— Como?

— Exatamente o que ouviu. Segundo, eu odeio esse tipo de intimidade.

Antes que o maquinista reagisse, o ladrão sacou uma das pistolas e apertou o gatilho. O tiro à queima-roupa saiu abafado e a vítima caiu imóvel. Luana, que também assistia a tudo, soltou um gemido com o susto do disparo e acabou entregando nossa posição.

— Que maravilha. Muito mais fácil do que imaginei — disse o bandido enquanto se movia até os fundos do trem.

Apontei para a saída e mandei Luana correr. Não sabia o que aquele homem queria, mas tive certeza de que não eram mercadorias valiosas.

Lua correu até a porta e eu fui logo atrás. Ele teve tempo de sacar a outra pistola e iniciou disparos alternados que perfuraram as caixas até atingirem a lataria do vagão. Luana saltou para fora após puxar a porta e eu escapei por pouco dos tiros ao fazer o mesmo.

— Keon, Terandi. Eles estão aqui — ouvi-o dizer, provavelmente em algum comunicador.

Assim que descemos, tentamos correr, mas não tivemos tempo para ir muito longe. Algo veio da parte frontal do trem com uma velocidade enorme e levantou a areia do solo batido enquanto se aproximava. Assim que passou por nós, a poeira nos fez tossir e, à minha frente, surgiu uma mulher de cabelos muito curtos com as franjas coloridas e de estatura mediana. Pude encará-la por alguns segundos. Ela era magra, com olhos castanhos, sendo o esquerdo cortado verticalmente por uma cicatriz antiga. Vestia ombreiras pequenas de couro, top amarrado por tiras, luvas reforçadas, calça de montaria vermelha e botas até os joelhos.

— Olá, gatinho — o elogio veio antes de um golpe certeiro em meu rosto. Em seguida, ela se moveu de forma incrivelmente rápida para o lado e me acertou uma rasteira. Quando me dei conta, sua lâmina já estava apontada para o meu pescoço. Caí sobre o arco e a aljava, presos nas costas. O tombo também fez com que algumas bolinhas de cobre rolassem para fora do saco preso ao cinto.

— Cuidado, Terandi — disse o homem ao descer do vagão. — A recompensa é para a captura com vida.

Naquela hora ficou claro que não se tratava de saqueadores. Eram caçadores de recompensa à nossa procura. Não sabia quais eram as influências de Nagisa do lado de fora dos muros de Acigam, mas não eram pequenas. Ela havia estendido o prêmio de nossa cabeça para outras cidades. A fuga pelo trem era óbvia demais.

— Só bati um pouquinho. — A mulher sorriu. — Ele é forte, aguenta bem.

Luana tentou me ajudar, mas, assim que se posicionou para atacar nossos inimigos, seu corpo ficou estranhamente ereto e seus braços se abriram em forma de cruz. Permaneceu parada com um olhar assustado, sem mover um músculo.

— Não controlo o meu corpo — exclamou, com certo desespero.

— Que falta de delicadeza a nossa — falou o bandido ao tirar o chapéu e colocá-lo apoiado sobre o tórax. — Nem nos apresentamos. Me chamo Balko, um humilde homem de negócios. Esta mulher veloz é Terandi. — Ela permaneceu apontando a lâmina para mim e piscou um dos olhos. — Devo pedir desculpas por seu jeito. Ela costuma bater antes de conversar.

Balko colocou a mão aberta na lateral da boca, como se fosse contar um segredo, e falou em voz mais baixa:

— Este é o jeito que ela tem para demonstrar carinho. — Terandi apenas riu.

O caçador se aproximou de Luana e, ao ver que ela estava totalmente indefesa, apresentou o outro membro do grupo:

— Não posso me esquecer de Keon. Ele não fala muito, sabe? Mas é gente fina.

Após a fala do bandido, o terceiro membro se revelou ao sair de trás do vagão. Ele tinha a minha altura, era bem jovem e seu rosto tinha traços mais delicados. As sobrancelhas grossas davam destaque aos olhos castanhos. Sobre o nariz e parte das bochechas, tinha traçada uma faixa de tinta preta, quase uma marca de guerra. Os cabelos escuros e curtos ficavam para cima no formato de uma pequena crista. A pele clara do torso era apenas protegida por uma couraça amarrada nas costas. Braços e abdômen, à mostra, traziam mais marcas de tinta na mesma cor do traço na face, tatuagens em formatos geométricos, principalmente círculos. Também usava ombreiras de placas metálicas e um cinto que prendia suas armas: dois discos vazados, próprios para o arremesso.

O que mais me chamou atenção no inimigo, porém, foram os aparatos metálicos presos nos punhos. Eles se iniciavam em um bracelete e seguiam pelas mãos em filamentos fibrosos até terminarem enrolados nos dedos. Bem no meio da palma, um pequeno cristal azul de formato circular estava incrustado. Keon apontava uma de suas mãos abertas para Luana e a pedra azulada estava acesa, demonstrando que ela era a fonte que mantinha minha irmã presa.

— Acho que vocês já notaram que não poderão fugir — completou Balko. — Será inútil tentar. As luvas de Keon ampliam sua manipulação telecinética. Ele pode acabar com os dois sem nem tocá-los. Além disso, minha pontaria, modéstia à parte, é a melhor que conheço. Os tiros lá dentro foram apenas um alerta. Se fugirem de mim novamente, acertarei suas pernas para que nunca mais corram de ninguém.

Ele se moveu para o lado da mulher e trocou um sorriso com ela antes de continuar:

— E mesmo que, por um milagre, vocês dois consigam escapar daqui, Terandi vai alcançá-los e eu não estarei lá para protegê-los. Sabia que ela pode correr mais rápido do que esse trem?

Percebi que os desafios que enfrentei em Acigam foram fichinha. Os silenciadores eram habilidosos, mas, no resto do mundo, todos têm acesso ao conhecimento das energias. Muitos dominam técnicas avançadas de controle. Supervelocidade, telecinesia e armas destruidoras são só uma amostra.

— E aí, Arqueiro? O que me diz? — Ele estendeu a mão para me ajudar a levantar. — Vamos, o caminho de volta para Acigam é longo.

— Sabe o que é? — respondi com um muxoxo. — Acho que vou recusar o seu convite.

Antes que ele dissesse algo mais, olhei para o lado, visualizando as bolinhas de cobre caídas. Em segundos, a energia elétrica foi armazenada e eu rolei para longe, deixando a explosão pegar Balko e Terandi. Ambos ficaram paralisados e eu pude me levantar para disparar contra

Keon. Com a mão livre, ele parou o projétil no ar, a flecha flutuando bem na sua frente. Ao fazer isso, no entanto, sua concentração em Luana diminuiu, e ela pôde atacá-lo com uma esfera de energia. O impacto do ataque o lançou contra o vagão, fazendo-o cair desacordado.

— Vamos! — Puxei Luana. — A paralisia não vai durar muito.

Corremos o máximo que pudemos para longe da linha de trem e, sem percebermos, adentramos o deserto. A ideia era seguirmos em paralelo aos trilhos, contudo meu senso de direção ficou afetado. Para todos os lugares que eu olhava, via a mesma coisa: o enorme vazio amarelado. A areia flutuante no ar dificultava a visão a longas distâncias. Nós nos perdemos. Mesmo que Terandi pudesse correr atrás de nós, ela não era louca de se afastar da linha do trem e perder a direção que os trilhos davam. Estávamos seguros dos caçadores, mas apenas deles.

O Sol finalmente inicia sua descida, porém isso não alivia em nada o calor da região, quarenta e cinco graus, talvez. Andamos com a simples esperança de achar qualquer coisa. Até os caçadores seriam uma visão agradável.

Dou apenas mais dois passos e caio ajoelhado. É o meu limite. A boca está tão seca que a língua gruda nos dentes. Os lábios estão rachados, mal consigo fechá-los. Minha pele arde devido às queimaduras do sol. Sinto vertigem, fraqueza, calor, muito calor. Luana senta ao meu lado ofegante e apoia a cabeça no meu ombro.

— É o fim? — ela pergunta com a voz arranhada.

— Provavelmente. — Estou exausto.

— Chegamos o mais longe que pudemos.

— Me desculpe.

— Pelo menos estamos juntos.

Tenho vontade de abraçá-la, mas não dá. Apenas arqueio os lábios até onde a pele repuxada permite e simplesmente desabo para trás. Fecho os olhos e deixo minha consciência se afastar. Posso escutar os abutres pousando ao nosso lado. Ouvi dizer que esses animais gostam de começar o banquete pelos olhos, mas a primeira bicada vem em uma das minhas pernas. Depois outra, e outra.

Engraçado, nem dor mais eu sinto. Mais uma bicada. Espera aí! O abutre está me cutucando, e não me bicando. Movimento a perna involuntariamente e então ouço:

— Está vivo! Rápido.

Quem está vivo?

— Ei? — ouço novamente.

Abro os olhos e vejo o abutre me encarando. Sua face é estranha. Não parece um animal. Nem tem penas. O que será isso?

— Vamos, levante — diz, me puxando. — Beba isso.

O abutre enfia uma garrafa na minha boca e as papilas se deliciam com o líquido; não é água. Rapidamente, o gosto forte me faz retomar a atenção e a consciência. Chacoalho a cabeça e me encontro sendo arrastado por quatro homens de túnicas largas e turbantes negros enrolados na cabeça, apenas os olhos à mostra.

— Quem são vocês?

— Me chamo Tohul — responde o menor e mais gorducho. Sua pança faz volume no traje largo. Para auxiliar na caminhada pela areia, ele segura um cajado. — Somos da tribo de Sumu-Ra. Vivemos no deserto.

— Como alguém pode viver aqui? — Não consigo ocultar a indelicadeza da pergunta. Mas Tohul apenas ri:

— Não vivemos exatamente aqui.

Sua resposta me deixa ainda mais confuso; desisto de entender.

— Consegue andar? — ele questiona.

— Sim. — Desvencilho-me dos outros homens que me carregavam.

— Qual o seu nome, garoto?

— Leran, e esta é minha irmã, Luana. — Aponto para ela, que acaba de acordar após ter o mesmo líquido jogado sobre os lábios. Lua também dá bons goles na bebida antes de recobrar totalmente a consciência.

— Para onde estão nos levando? — ela pergunta quando percebe o que acontece.

— Para nossa vila — Tohul responde, prontamente. — Vocês estão muito abatidos. Vão morrer se continuarem aqui fora. Não é de nosso feitio deixar estranhos apodrecerem no deserto. Os corpos acabam atraindo animais carniceiros e doenças. Sabe como é, não muito saudável.

— É, acho que sim — respondo.

— Quem são eles? — Luana cochicha ao meu ouvido.

— Não tenho ideia, mas nos salvaram — replico em voz baixa. — Acho que nossa única opção é segui-los.

O líquido que ele nos deu parece ter revigorado parte de nossas forças. Consigo até andar sem dificuldades.

— O que tinha na bebida?

— Xixi de dromedário cinzento — Tohul fala com a maior naturalidade, fazendo com que eu me arrependa amargamente de ter perguntando. — É um animal bastante dócil, fica fácil extrair a urina.

— O quê?! — Luana grita exaltada. — Que nojo! — E limpa a língua na camiseta. Cospe areia em seguida.

— Calma, mocinha. É um líquido hidratante. Salvou a vida de vocês.

Luana me olha enojada, inconformada. Eu apenas levanto os ombros, afinal estamos na vantagem. Ainda bem que nos acharam.

Os próximos minutos são seguidos de silêncio. A caminhada parece não dar em lugar nenhum. Logo isso começa a me preocupar. Após mais tempo andando, Tohul, que segue à frente, ergue um dos braços e nos manda parar.

— Chegamos — ele diz, no meio do nada.

— Acho que ainda estou delirando — Luana coça os olhos. — Só vejo areia.

— Areia? Mas é claro. Isso é um deserto, garota.

Tohul se vira de costas para nós e dá poucos passos até se afastar do grupo. Ele levanta o cajado com as duas mãos e o crava na areia. Sinto o chão tremer com o impacto e, bem à nossa frente, uma enorme duna se ergue cada vez mais alto.

Meus olhos se arregalam ao ver gigantescas rochas sendo reveladas enquanto a areia escorre, formando uma cascata granulada. Minha cabeça acompanha o movimento do morro até ele fazer sombra entre nós e o Sol, que já está quase posto. A areia continua a cair, gerando um ruído relaxante. Quando todo o monte está por fim descoberto, uma fenda na parte frontal se abre, dando espaço para a passagem.

— Vamos — Tohul ordena, já do lado de dentro. — Vocês não vão querer passar a noite no deserto.

Entro ainda desacreditado e inicio, com os outros, uma descida por escadas esculpidas na pedra. Atrás de mim, a passagem vai se fechando, até que a luz de fora se extingue, restando apenas a iluminação interna, que não sei de onde vem.

Ao passo que adentro o subsolo, a temperatura se torna mais amena e alivia a sensação horrível que sentia há pouco. Quando os degraus terminam, deparo-me com um magnífico complexo de andares escavados na rocha amarelada. É gigantesco, fabuloso. Nos níveis inferiores estão estruturas cúbicas que se projetam das paredes; nelas, pequenas aberturas servem de janelas e portas. São casas? Estou em uma cidade, morada de diversas pessoas que vivem sob o deserto.

Maravilhado, volto o olhar para Tohul e percebo que ele aguardava minha contemplação. Em seguida, o homem de turbante abre os braços e diz orgulhoso:

— Bem-vindos ao Buraco!

CAPÍTULO 6

É uma denominação engraçada, mas não poderia fazer mais sentido. Trata-se de uma imensa escavação no solo que segue a quase sessenta metros de profundidade. Apesar do nome pejorativo, o Buraco é um lugar fantástico. Jamais imaginei algo desta magnitude escondido debaixo das areias de um deserto. Olhando daqui, o complexo parece a fôrma de um grande bolo de casamento, só que de cabeça para baixo. Cada andar foi construído em um anel e eles são ligados por duas escadarias solapadas nas paredes laterais. Os círculos vão diminuindo de diâmetro ao passo que se aproximam do fundo. Provavelmente, foram feitos assim para que os níveis se sustentassem por si sós. Além disso, canos antigos vêm do teto e passam pelo solo, fornecendo ventilação.

— Tive algumas aulas de arquitetura no meu colégio. Nunca vi nada assim — comento.

— É lindo, não é?

Aceno a cabeça. Tohul parece amar este lugar. Seus olhos, que vejo pela abertura do tecido enrolado, me confirmam isso. Posso entender o orgulho que sente.

Atento-me para o teto da grande caverna. Estalactites provam que um dia isso tudo foi selvagem, mas o homem adaptou completamente o lugar. Entre as estacas, flutua um grande ponto luminoso. Ele é o responsável pela iluminação de todo o ambiente. É como o sol, pairando em um céu de pedra.

— Quando vocês construíram este lugar?

— Não fomos nós — o gorducho responde.

— Sim, talvez alguns antepassados. Mas quando a cidade foi iniciada?

— Já estava aqui quando os primeiros de nosso povo chegaram.

Não entendo. Quem teria construído isso, então? Vendo minha expressão de dúvida, Tohul explica:

— Foi escavado há milhares de anos. Pertencia a uma civilização antiga, já extinta. Nós só adaptamos algumas coisas.

— Interessante — penso em voz alta. No entanto, na minha cabeça remanesce a dúvida. Como alguém foi capaz de construir isso há tanto tempo? Só existe uma resposta plausível: o controle. A terra foi manipulada e moldada para formar cada pedaço do Buraco, assim como Tohul fez para abrir a passagem.

Enquanto olhava fascinado para a construção, nem notei a saída dos outros homens que nos acompanhavam. Agora estamos sozinhos com Tohul na parte mais alta da cidade escavada.

— Venham. Serão meus convidados esta noite.

Aqui, protegido da poeira e de todo o calor, Tohul não precisa mais cobrir seu rosto. Ao passo que se move, ele retira o lenço da cabeça. Quando se vira para nos dizer algo, não consigo esconder minha surpresa. Sua aparência é estranha, diferente. Luana o olha com o mesmo espanto.

— Nunca viram um homem do deserto antes? — ele pergunta admirado.

— Não é isso, é que...

Na verdade, eu não tenho palavras para explicar. Tohul é careca, os olhos são escuros e fundos, o nariz é largo e o rosto negro é levemente arredondado. Até aí, nada de mais. O que me espanta é a textura da pele: grossa, rugosa, parece dura, como se fosse feita de rocha.

— Você é de pedra? — Luana pergunta quase tocando o rosto dele.

— Não, não. — Ele sacode a cabeça com um sorriso simpático, enquanto se afasta dela. — É apenas uma defesa que desenvolvemos contra o sol forte do deserto. Nossa pele é mais resistente que a de humanos de outras localidades — explica. — Todos são assim por aqui. Logo vocês se acostumam.

Tohul é muito receptivo e paciente. Nem se aborreceu com nosso estranhamento.

— Dormirão na minha casa hoje, se não se importarem. — Ele nos guia para o nível inferior. —Tenho um anexo que servirá perfeitamente.

— Nem sei como te agradecer, Tohul — falo enquanto o acompanho.

— Não se preocupe com isso. O povo do deserto sempre trata bem todos os visitantes do templo.

— Templo? — Luana questiona, automaticamente.

— Sim. Não entraram no deserto à procura dele?

— Nã... — ela inicia antes de receber meu cutucão, cortando sua resposta.

— Isso mesmo — completo. — Acabamos nos perdendo.

— Acontece. O deserto é traiçoeiro. Foram malucos de cruzá-lo sem um guia.

— Pois é. Ainda bem que nos achou — Luana completa, me olhando. Ela entendeu.

— Afinal, de onde são?

— Mabra — aumento a mentira. Tirando Acigam, essa é a única cidade de que sei o nome.

— A maioria dos visitantes vem de lá. Já estive uma vez. A Ponte do Elo é muito bonita.

— Sim, adoro passar por ela — Luana já interpreta. —A vista é linda.

Tohul acena, ainda andando à frente. Fala em seguida:

— O engraçado é que vocês não parecem em nada com os outros turistas.

— Ah, imagina — digo enquanto olho sorrateiramente para Luana.

Por sorte nossa conversa é interrompida quando chegamos ao destino:

— Bem, é aqui. — Tohul aponta para a passagem em um dos cubos presos na parede.

Cada anel deve ter uns vinte e cinco metros de largura, o que permite a existência de pequenas moradias apoiadas nos degraus da construção. Algumas servem até de comércio. A entrada que Tohul indica é um pequeno retângulo vertical, pelo qual tenho que abaixar levemente para passar. Dentro do cômodo encontro alguns móveis também esculpidos na rocha. São mesas, bancos e até duas camas. Sobre elas estão diversas almofadas artesanais, feitas com pele animal.

— Fiquem à vontade. Pedirei que tragam um pouco de comida. Vocês devem estar famintos. — Ele demonstra preocupação.

Coloco a mão sobre a barriga, pensando no quanto certo ele está. Posso sentir o estômago rugindo de fome.

Tohul deixa o pequeno quarto e eu me sento em um dos bancos após largar minhas coisas no chão. Luana se deita na cama e também se acomoda:

— Nada mal para um colchão de pedra. — Ela descalça os sapatos e continua: — Acha que ele desconfiou da sua mentira?

— Nossa mentira — corrijo. — E não, não acredito que tenha desconfiado, afinal não teria motivos para estarmos mentindo, teria? Somos apenas turistas.

— É. Ele não imaginaria que somos fugitivos de uma rainha maluca, que colocou nossa cabeça a prêmio por termos cometido crimes que ela mesma cometeu.

Apenas dou risada do sarcasmo de Luana. Ela também ri. Pelo menos mantém o bom humor depois de tudo.

— Bem, apesar da hospitalidade, não podemos demorar muito aqui. Devemos chegar a Mabra e encontrar o tal Quiroon que Simus mencionou — pontuo.

— Não antes de jantarmos, dormirmos e conseguirmos um guia.

Tenho de concordar com isso. Não estou a fim de me perder naquelas areias escaldantes de novo. Além disso, será necessário seguir por um caminho rápido e seguro, evitando que Balko nos ache.

Não demora muito até que o jantar chegue servido em pequenas cumbucas de barro seco. Quem traz a refeição é uma mulher, com o auxílio de bandejas de pedra clara. Sua pele é semelhante à de Tohul: morena e rígida. Os cabelos ralos descem enrolados em poucas tranças sobre os ombros. A expressão em seu rosto é agradável.

— Pasta de grãos e ensopado de carne de sol — ela apresenta o cardápio ao colocar as bandejas na mesa.

— O aroma está delicioso — elogio.

Ela apenas sorri contente em ter agradado e sai do cômodo, nos dando privacidade. Do lado de fora, nos olha e diz:

— Tenham um bom descanso. — Sua frase é seguida de um movimento no qual ela junta as mãos. Em seguida, o buraco da porta se fecha por completo. Em seu lugar, resta apenas a parede bege de pedra.

As janelas permanecem abertas; através delas observo a cidade enquanto como. Quem passa do outro lado também poderia ver tudo o que acontece aqui dentro, uma vez que as aberturas não têm nenhuma proteção como vidro ou cortinas, são apenas buracos. Mas todos que andam do outro lado não se preocupam em olhar para cá. Devem estar acostumados a respeitar a privacidade de seus vizinhos.

Terminamos o banquete depressa. Até Luana, que não é muito fã de carne, comeu tudo sem pensar. Estávamos famintos. Coloco as cumbucas no canto da mesa e me deito em uma das camas, exausto. A barriga cheia ainda ajuda o sono a me vencer em questão de segundos.

No dia seguinte, acordo assustado e vejo Luana em pé ao meu lado, de onde observa aflita. Estou suando, ofegante. Por alguns instantes esqueço o lugar onde estamos.

— Outro pesadelo? — ela pergunta.

Apenas concordo.

— Judra, não foi?

Não tenho nem como esconder. Desde que deixei Acigam, sonho com ela todos os dias. Vejo-a matar Magda, o Silenciador da Corrente,

Galek. Em alguns sonhos ela é fria, cruel. Em outros, doce, amorosa. Ora está sorrindo nos meus braços e estamos felizes. Ora é uma inimiga e temos de trabalhar juntos para salvar Luana, mas todos os sonhos terminam com a imagem de Nagisa a derrubando de cima da grande torre do palácio.

Judra deveria estar morta, mesmo em meus pensamentos, no entanto isso é impossível. Sinto a falta dela e ao mesmo tempo me sinto extremamente culpado por isso. Como poderia ficar ao lado de Judra e ao mesmo tempo encarar meus amigos quando voltar para Acigam?

— Acha que ela está viva? — pergunto, retirando o papel amassado do bolso, aquele com a marca de batom.

— Le, escuta — Luana diz, delicadamente. — Não temos como saber se ela fez isso antes ou depois do ataque ao mirante. Judra ficou no casebre antes de subir até lá. Poderia ter deixado papel para trás com a esperança de que você o encontrasse e fugisse, caso algo acontecesse a ela.

O murro de sensatez machuca. E o pior é que Luana está certa de novo. Se Judra deixou a marca no mapa, isso aconteceu antes de ela ter ido ao mirante, não após a invasão do palácio. Preciso aceitar que ela está morta.

— Quer saber de uma coisa? — Lua tira o papel da minha mão. — Enquanto isso estiver com você, não conseguirá dormir.

— Você está certa — digo e crio coragem. — Pode jogar fora.

Luana rasga o mapa e joga os pedacinhos dentro dos potes de barro, ainda sujos com os restos do nosso jantar do dia anterior. Depois ela me olha e sorri.

— Chega de passado?

— Chega!

Até tento dormir mais um pouco, porém não tenho tempo. Tohul abre as paredes, formando novamente a porta. Na verdade, dormimos muito mais do que imaginei. Aproximadas doze horas. Mesmo com o pesadelo, essa foi a primeira noite completa de sono em meses. Quando estava em Acigam, o conflito contra o governo me preocupava demais, e no trem o sono era dificultado pela posição e pelo medo de ser pego viajando clandestinamente. A hospitalidade do povo do deserto me deixou mais à vontade para descansar.

— Estão prontos para conhecer o templo? — Tohul pergunta.

— Nos dê alguns minutos.

O gorducho rochoso nos concede tempo e se senta em um banco que improvisa ao controlar a terra sob os pés. Ele cruza as pernas e fica a observar.

Luana vai para a frente do pequeno espelho preso à parede e arruma os cabelos em uma tiara no alto da cabeça. Prende as franjas para trás, deixando o rosto inteiro à mostra. Seus olhos azuis ganham mais destaque assim. Enquanto ela termina de se arrumar, ajeito minha armadura e armas no canto do quarto. Já estou farto de carregar todo esse peso. Não acho que vou precisar disso agora. De qualquer forma, levo o saquinho com as esferas de cobre que sobraram.

— Podemos? — Ele nos apressa.

— Sim, sim — digo. — A visita demora muito?

— É uma jornada muito rica, Leran. Não se deve ter pressa.

— Claro, só estou preocupado com nossos familiares em Mabra. Não damos notícias há dias. Devem estar a nossa procura.

— Aconselho que aproveitem o passeio. Demoraram tanto para chegar aqui. Suas famílias podem esperar um pouco.

— Está certo — concordo com um sorriso amarelo.

Mas não está nada certo. Esse templo não nos interessa. Nem sei do que se trata. Temos de cruzar o deserto e encontrar o tal Quiroon; só ele poderá ajudar Luana. Como vou convencer Tohul de que devemos partir?

Enquanto penso, sigo-o pelas escadarias. Vamos por dezenas de metros até alcançarmos os anéis menores. De um deles, agora posso ver os detalhes do fundo do Buraco. O piso é talhado com diversos símbolos curiosos. Bem no centro do solo está outra escada, desta vez em caracol. Ela penetra ainda mais fundo no chão.

— O templo é ali? — aponto para a passagem.

— Não exatamente. Aquela entrada leva à sala de repouso do Senhor das Areias, nosso líder e mestre, Kamu-Ra.

— Vamos conhecê-lo? — Luana estranha.

— Claro. Ele faz questão de guiar vocês pelo templo. Poderá dar informações valiosas sobre a história de tudo por aqui.

Por mais interessante que pareça, ainda estou com a impressão de que perco o meu tempo.

— Vamos, desçam. — Tohul vai primeiro e nos chama.

Não são muitos degraus até alcançarmos o piso arenoso no nível inferior. Parece que estou pisando novamente no deserto. Meus pés chegam a afundar na areia fofa. A passagem é iluminada por pequenas tochas presas à parede. De alguns pontos do teto, escoam cascatas de areia por rachaduras na pedra. Quanto mais fundo entramos, mais a areia está presente. As cachoeiras aparecem de toda parte, formando cataratas amareladas. O som lembra a chuva.

— Por aqui — ele guia ao virar em um túnel.

A passagem nos leva a uma sala redonda, com muita areia. No centro repousa uma duna mais alta e sobre ela cai um filete de grãos finos, vindo de uma fissura a mais de quinze metros de altura.

— É aqui? — pergunto confuso.

— Sim — uma voz forte responde. Mas não foi Tohul.

O som veio da duna. Olho fixamente para ela e me aproximo devagar.

— Tenha cuidado, Leran — Luana aconselha.

Dou alguns passos e olho ainda mais de perto.

— Tem alguém aí?

Um ruído parte do monte de areia à minha frente e com o susto eu me desloco para trás. A duna se desmancha, derramando areia para os lados, como em uma onda. Afasto-me mais, porém sou coberto até os joelhos pelos minúsculos cristais de rocha. Minhas pernas ficam presas.

— Pode me ajudar aqui, Tohul? — chamo e tento me virar para ele e Luana.

No entanto ele não responde. Antes que eu insistisse no pedido, a areia começa a recuar para o centro da sala lentamente. O que vejo prende minha atenção. Em vez de tudo se unir em uma duna, como estava antes, os grãos se amontoam em um formato diferente.

No início parece um punhado de argila, mas logo toda a areia toma a forma de uma pessoa. Vejo braços, pernas, cabeça, até os detalhes de uma longa barba. Os olhos se acendem em um branco forte que me ofusca e, quando a luz diminui, na minha frente está um ser completo, magro, de pele negra e rochosa, barba cinzenta, sem cabelos. Sobre as costas tem um manto velho rasgado; usa apenas a tanga de tecido amarelado. Os pés descalços ficam em contato com a areia que sobrou, como se o ser e o solo fossem uma coisa só.

A aparência é de um homem muito velho, um ancião. Seu olhar é firme, focado no meu rosto. Antes de falar, estende uma das mãos na direção de Tohul. Rapidamente, o gorducho segue até o velho e lhe dá seu cajado.

— Obrigado, meu filho.

— Que bom vê-lo, pai. Parece revigorado.

— Nada como o contato com a terra — o ancião responde com a voz jovial.

Tohul se vira para nós novamente e apresenta o líder:

— Como expliquei a vocês, este é Kamu-Ra, nosso mestre, o pai de nosso povo e o Senhor das Areias.

Kamu-Ra aguarda os floreios de Tohul e, assim que tem espaço, se pronuncia:

— Já estiveram em um lugar como este antes?

— Não, senhor — digo, respeitoso.

— Guardião, chame-me apenas de Kamu. Não são necessárias formalidades comigo — ele fala ao se aproximar.

Não entendi direito o termo "guardião", mas resolvo ignorar por ora.

— Ok, Kamu. Estou ansioso para conhecer o templo. — O que é uma mentira. Quero que esse passeio acabe logo.

— Posso ver isso em teus olhos. — Ele sorri, aparentemente irônico. — Vai ver que a visita a um polo é sempre muito mais interessante do que imaginamos.

Por um momento, meu cérebro para de pensar e se fixa apenas na palavra "polo". O questionamento é involuntário:

— Polo?

— Sim, guardião. O templo que está prestes a conhecer abriga o poderoso Polo Terra.

— Um dos seis polos energéticos?

Ele confirma com os olhos fechados.

— Estou perto de um dos polos? — pergunto, vislumbrado.

Acho que tomei conclusões precipitadas quanto a esse passeio. Um polo é o lugar com a maior concentração de energia no mundo. Como será que isso funciona? O que eu poderei fazer com todo esse poder? As dúvidas só não são maiores do que o entusiasmo. E toda essa reação, transparente em meu rosto, entrega nossa mentira.

— Como suspeitei, vocês não são turistas — diz Tohul.

— Até porque, se fossem, jamais entrariam em nossa cidade. — O ancião ri.

— Mas pensei que vocês recebiam visitas constantemente — questiono, confuso.

— Essa foi a minha mentira.

— Então por que nos acolheu?

— Como disse, o mestre Kamu-Ra faz questão de guiá-los pelo templo. Ele nos mandou resgatá-los no deserto.

Kamu apenas observa.

— Não entendo — digo, intrigado.

— Ele sentiu que vocês precisavam de ajuda e nos alertou.

Esse ancião teria nos percebido andando sobre o deserto? Que tipo de poder seria capaz de nos ver naquele lugar hostil? Ao me fazer essa pergunta, o próprio Kamu responde:

— Minha habilidade de fusão com a areia me permite sentir o que ela sente, meu caro guardião. Enquanto estou meditando nesta câmara, o deserto se torna uma extensão do meu próprio corpo. Seus passos moribundos na areia me disseram que precisavam de ajuda.

Ele realmente é muito poderoso. Deve até ser capaz de controlar a areia de todo o deserto se quiser. Agora faz sentido o título que tem.

— Muito obrigado, mesmo. — Eu estendo as mãos em cumprimento. — É uma honra estar diante de alguém tão habilidoso com o controle.

Olhando em meus olhos, o ancião aperta minhas mãos em retorno, o que me permite sentir sua pele áspera e dura. Em seguida, ele rebate:

— Não, guardião. A honra é toda minha. — E ele olha para Luana, que assiste a tudo de longe. — Não é todo dia que meu deserto é cruzado por uma Estrela.

Capítulo 7

A fala do Senhor das Areias me desestabiliza, meus olhos se arregalam. Como é possível que ele saiba a respeito de Luana? Acabou de conhecê-la. Por mais que eu tente desmentir e me fazer de desentendido, não consigo enganá-lo. Kamu está certo de que minha irmã é uma Estrela.

— Guardião, não precisa ter medo de mim — ele diz, gentilmente. — Não farei mal a você ou a tua protegida. Muito pelo contrário. Preciso de vossa ajuda.

— Com o quê? — estou surpreso com o pedido.

— Com o Polo. A energia tem sido instável demais. Acredito que os responsáveis pelo equilíbrio não têm feito a sua parte. Talvez a Estrela possa resolver esse problema.

— Mas eu ainda nem sei controlar direito — Luana pontua com um tom de decepção.

— Não perdemos nada em tentar — o ancião demonstra paciência.

— Ok — digo. — Vamos ajudar em retribuição à sua hospitalidade e ao fato de terem nos salvado.

— Muito bom, guardião. Fico feliz.

— Por que insiste em me chamar assim? — Já cansei do apelido. — Meu nome é Leran.

— Desculpe-me, Leran. É que você carrega o farol. — Ele aponta para o meu peito. — É o guardião.

Ele deve estar se referindo ao amuleto do meu avô. Nagisa também havia chamado a joia de farol. Ainda não entendo o que de fato isso significa.

— Sou o guardião do farol?

— Não. — Tohul ri. — Você é o guardião da Estrela. Deve ter recebido essa missão de alguém.

— Ela é minha irmã mais nova — falo sem dar importância ao que dizem. — É meu dever protegê-la.

— Sim, mas eu não preciso de guarda-costas. — Luana se irrita e cruza os braços.

— Quem te deu o amuleto? — indaga Tohul.

— Foi meu avô — respondo e me recordo do momento em que ele me entregou a peça —, minutos antes de morrer — completo. — Ele não teve tempo de explicar do que se tratava.

— Sinto muito — lamenta o ancião. — O importante agora é que *você* possui a joia. Enquanto isso acontecer, será o guardião oficial da garota.

— Eu já disse que não preciso de proteção! Por que ninguém me leva a sério?

Ela mal fez dezesseis anos e já se acha dona do próprio nariz. Ignoro sua frase.

— Calma, minha cara. — Kamu afaga as costas de Lua. — Conquistará o respeito que exige antes do que imagina.

Luana fecha a cara e me olha enfurecida. Não posso fazer nada. E, pensando bem, nem quero. Pelo menos aqui minha palavra tem mais peso do que a dela. Isso é ótimo!

— Raramente recebemos Estrelas em nosso templo — ele diz ao mexer nos fios da barba. — Não costumam ligar para o poder dos Polos, não necessitam deles. Enxergam-se onipotentes devido à energia bruta que guardam dentro de si, mas tudo não passa de um ledo engano. Estrelas precisam ser doutrinadas desde cedo, assim evitamos que se tornem seres prepotentes e egoístas.

Lua me encara, buscando entender o que está acontecendo, mas eu não faço ideia. Esse ancião parece saber demais a respeito das energias, das Estrelas. Apesar do meu receio em expor Luana, talvez possamos aprender muito aqui.

— Bem. — Vou para perto deles. — O que estamos esperando para conhecer o templo, afinal?

— Ah — o ancião suspira alegre. — Não te encanta o entusiasmo jovem, Tohul?

O homem gorducho sorri e auxilia o Senhor das Areias a se locomover ao outro lado da sala, onde vejo apenas paredes.

— Mestre Kamu-Ra é o vigia da entrada do templo — Tohul informa. — Por isso repousa aqui. Ninguém pode entrar sem sua autorização. E como disse, neste passeio, ele fará questão de acompanhar vocês.

O velho se aproxima da parede rochosa e a toca com seus dedos magros. O acontecimento seguinte é mais uma demonstração de que aqui as portas estão em qualquer lugar. Diante de nós, a parede se racha e, em segundos, revela um túnel largo, com quase quatro metros de diâmetro. Estalactites decoram o teto a mais de vinte pés de altura e, entre elas, pequenos pontos luminosos flutuam se intercalando pelas estacas; são eles que iluminam a passagem.

Acompanho Kamu com cuidado. Não me parece muito seguro. Ao passo que vamos mais para o fundo, o túnel se estreita. Tenho a impressão de que, apesar de estarmos andando em uma superfície plana, cada vez descemos mais fundo. A sensação é estranha, o ar parece denso, o corpo está pesado, dificulta até a locomoção.

— Estamos quase chegando — avisa Kamu.

Mais alguns metros de caminhada e algo me chama atenção: vejo uma estaca saindo da parede. Sei que geralmente essas formações geológicas acontecem no teto ou no chão. Todavia, é exatamente uma delas que observo. Na verdade não é só uma, são várias presas nas laterais do túnel.

— Por que essas estão na parede? — pergunto.

— Na parede? — Kamu questiona surpreso.

— Sim, veja. — Aponto para a lateral.

— Guardião, elas estão no teto — ele diz debochado.

— Teto? — O tom me irrita. — Não estão no teto, estão nas paredes, veja! — Indico com o dedo o mesmo lugar para onde apontava há poucos segundos, porém algo está diferente. Meu braço agora aponta para cima. As estacas são mesmo do teto. — Como?

— Você está sentindo os efeitos do polo, Leran — diz Tohul.

— Não sente a energia, guardião? — o velho pergunta ao esfregar os dedos pelo ar, como se pudesse pegar algo que flutua, invisível.

No momento em que ele fala, realmente percebo uma coisa diferente. Pensei ser a sensação da clausura do túnel que me fazia sentir o corpo pesar, mas não é só isso. É uma força densa capaz de me deixar levemente tonto.

— É o poder do polo — Kamu completa. — Quanto mais próximo a um deles, mais sentirá as distorções no plano físico.

— Não entendo.

Tohul explica:

— Os seis polos juntos formam os eixos do plano tridimensional. Quando chegamos perto de um deles, esse plano oscila, causa sensações estranhas.

— Como teto virar paredes?

— Exato. — O velhote ri.

De fato, quanto mais andamos, mais sinto o efeito da desorientação. Não sei se estamos andando para longe ou voltando para os aposentos de Kamu. Às vezes tenho a impressão de estar caminhando pelo teto, outras vezes pelas paredes. Até mesmo vejo Luana, Tohul e o ancião andarem em planos diferentes. Não acredito que alguém pudesse passar por aqui sem ser guiado pelo vigia do polo.

O velho finalmente chega ao fim do túnel, onde uma porta de pedra aparece trancada. Ela é enorme, mais de três metros de altura. As abas são esculpidas em baixo-relevo com desenhos diversos e palavras em uma língua estranha. O próprio formato da passagem é diferente. Não é retangular, arqueada ou redonda, é um triângulo, de forma quase piramidal. As duas partes se projetam para a frente, formando uma meia pirâmide entre o chão e a parede. Não sei se a construção é assim mesmo, ou se é minha noção dimensional ainda afetada.

O ancião toca a lateral da passagem, ativando um tipo de mecanismo. Os símbolos desenhados se acendem e as placas de pedra se retraem. Aos poucos, a abertura revela o interior do templo. Um caminho de pequenos ladrilhos, colocados perfeitamente lado a lado, nos guia para dentro; é uma ponte. Mais desenhos correm escritos nas beiradas, iluminando o solo. Não vejo as paredes, está escuro nas laterais, talvez elas nem existam. Vou para o limite dos ladrilhos, já sobre os símbolos, e olho para baixo. A vertigem me desequilibra; é um abismo.

— Cuidado — Tohul fala ao me puxar. — Se cair aí, nem mesmo Kamu-Ra poderá te salvar.

— Onde estamos? — pergunto após voltar para o centro do caminho.

— Chegando ao Polo Terra — Kamu responde. — O templo, assim como a cidade acima dele, foi escavado há milhares de anos pela civilização de Oligardam. Os desenhos provêm de um alfabeto muito antigo, não mais usado.

— Tohul já havia comentado sobre eles, mas o que aconteceu com esse povo?

— Foram exterminados na Guerra dos Polos.

— Guerra dos Polos?

— Parece que você não sabe muito de história, não é mesmo, guardião?

Balanço a cabeça e ele sorri, mais uma vez paciente.

— No passado, nenhum dos polos era nosso. Existiam outros povos vivendo nos arredores deles. Nossa raça cresceu desgovernada, expandiu-se pelos territórios inimigos. Não houve saída senão a guerra.

Nunca havia ouvido falar disso. Existiam outros seres inteligentes antes de nós? Acigam tem um ensino péssimo.

— Para nossa sorte — ele continua —, ganhamos a guerra. Dominamos os polos. Depois disso, tribos humanas ficaram responsáveis por guardar os locais. Nossos antepassados, os primeiros homens do deserto, se prontificaram a proteger tudo isso. Estamos aqui desde então.

— Muito interessante — digo e paro de andar, admirado com o que ouvi.

— Venha, venha — Kamu fala —, estamos quase lá.

A ponte de ladrilhos termina em uma plataforma larga, ainda sem paredes. Nos cantos, pilares altíssimos se estendem até sumirem na escuridão.

— Não gosto deste lugar — Luana cochicha ao meu ouvido. — Não me sinto bem aqui.

— Calma, é a proximidade com o polo. Também não estou muito bem.

— Não é só isso... não sei explicar.

— Vamos embora logo, eu prometo.

Kamu para ao final da plataforma, de frente para o abismo escuro, e mexe o cajado; formando uma rampa de areia fina que flutua no ar. A plataforma em que estamos é ligada a uma imensa bola de rocha que parece pairar na escuridão logo abaixo de nós. Quando o caminho arenoso é finalizado, diversos pontos de luz se acendem ao redor da gigantesca esfera de pedra.

— Podem pisar — o ancião fala —, é seguro.

Ele vai à frente e eu arrisco o primeiro passo, certificando-me de que a areia está firme. Luana segura meu braço e vem logo atrás. Ao nos aproximarmos, avisto uma pequena abertura na esfera pela qual entramos. Dentro, existe uma sala com paredes e teto curvados. No centro, em um pedestal, está um belo seixo amarelado, do tamanho do meu punho. Ele brilha forte, firme. Os raios iluminam todas as paredes, deixando-as com a cor do ouro.

— O que é isso?

— Esta pequena formação geológica é o núcleo da energia. — Kamu se aproxima do objeto. — Todo elemento Terra vem daqui.

Enquanto ele explica, imagino como um objeto tão pequeno pode ser o polo. Ele irradia a força da Terra pelo mundo todo. É fantástico. Minha expressão de surpresa estimula Kamu a explicar melhor sobre o elemento:

— A Terra é a responsável pela forma, pela matéria sólida, pela densidade de tudo o que existe. É o elemento base para o mundo.

Eu já sabia disso, lembro-me da metáfora na qual uma esfera rochosa é dada pelo deus Terra. Mas Kamu vai além:

— Tal energia está presente na estrutura de tudo, inclusive na dos seres vivos. Ela provém os minerais que formam os ossos e dão força aos músculos. A Terra alimenta as plantas e decompõe os mortos. É o início e o fim da vida.

— Não sabia disso — digo surpreso.

— Todos viemos da terra, meu caro — completa quase tocando a pedra. — E é para ela que voltamos antes de nossa energia ser devolvida ao mundo.

— Le — ouço Luana chamar. Sua voz está fraca. — Não me sinto bem.

Ela está pálida. Apoia-se em mim e abaixa a cabeça. Parece tonta.

— O polo pode causar essa estranheza nas Estrelas. A energia de sua irmã está brigando com a da pedra.

— Então é melhor irmos embora — replico.

— Ainda não acabamos — Kamu diz. — Logo ela se acostumará. Assim como nós fizemos. — Sua frase me soa estranha. Não sei quais são suas intenções.

— Ela não precisa. Não vamos ficar aqui por muito tempo — digo com seriedade.

— Guardião, já disse que a Estrela deve nos ajudar.

— O que ela pode fazer pelo polo, se a energia a faz mal?

— Primeiro é necessário descobrir qual elemento sua irmã controla.

Kamu se aproxima e toca o rosto de Luana com seus dedos sujos de terra.

— Vamos ver que tipo de poder você tem?

— Le! — ela grita.

— Pare com isso — puxo Luana das mãos dele. — Vamos sair daqui.

Pego-a pelo braço e a direciono para fora da sala, mas Tohul fica em nossa frente.

— Agradeço muito a hospitalidade e as lições, só que agora realmente precisamos ir. Você pode nos dar licença, Tohul?

— Infelizmente, não. O mestre ainda não terminou.

— Terminou o quê? — pergunto, irritado, voltando-me contra Kamu.

— Isso — ele diz ao controlar a terra que amolece bem abaixo de mim e sobe se endurecendo outra vez. Fico preso em rochas até meu pescoço.

— O que está fazendo?

— Le, tem algo aqui que me faz perder o controle — Luana diz, assustada. Seus olhos começam a brilhar naquela cor púrpura. Ela está prestes a ter uma de suas crises.

— Me solta, Kamu! — grito.

— Não posso segurar! — Luana berra e corre para longe de mim. Ao seu redor, o campo de energia se expande violentamente e destrói parte da parede esférica do outro lado da sala. Ela se encolhe no chão, tentando conter a energia, mas não obtém sucesso.

— Então esse é o elemento... como suspeitei. — O ancião demonstra frieza, mesmo quando a energia de Luana está prestes a engolir tudo.

— Calma, Lua — peço e grito em seguida: — Me solta. Sou o único que pode pará-la!

— Você não pode protegê-la, guardião. Não está pronto para tamanha demanda.

— Me solta agora!

Kamu ignora meus gritos e segue para o lado de Luana. Ele adentra o campo de energia sem sofrer um arranhão na pele rochosa. Quando chega perto dela, abre a mão e revela um punhado de areia. Em seguida, sopra o pó sobre minha irmã:

— Da terra veio, à terra voltará.

A poeira envolve seu rosto e o baque a faz fechar os olhos, tossir. Vejo sua pele perder a cor, as roupas também. Tudo fica amarelado, depois marrom. Luana tenta se mover, contudo os músculos parecem rígidos. Aos poucos ficam totalmente imóveis. O Senhor das Areias a petrificou.

— Não. Kamu, o que você fez? Kamu!

— Leve-o daqui — o velho diz.

Antes que pudesse gritar mais, sinto um golpe e apago.

Acordo com uma dor forte na parte de trás da cabeça. Estou em uma cama de pedra, como aquela em que dormi ontem. O quarto é igual também. Mas aqui não existem portas ou janelas. Estou preso. Chamo por Tohul, Kamu-Ra, Luana, e ninguém responde. O que esses monstros fizeram com minha irmã? O que querem ao me manter aqui?

Fico sentado por horas, aguardando. Não ouço nada lá fora, não vejo nada além das paredes de pedra. Após já ter perdido as esperanças, uma porta se abre e por ela entra Tohul. A abertura se fecha atrás dele. O gorducho me olha, dá poucos passos e se senta ao meu lado na cama.

— Desculpe-me pela pancada — diz, amigável.

— Onde está minha irmã? — Não quero suas desculpas, quero Luana. Quero ir embora desse lugar.

— Ficará na câmara do polo até que seu corpo se adapte a ele. O Senhor das Areias está fazendo com que o processo seja mais rápido.

— Processo?

— Quando a Estrela tiver uma estrutura semelhante à nossa, poderá conviver com a energia do polo sem se sentir mal. Ajudará a controlar melhor seus poderes também.

O que ouço me deixa perplexo. Eles querem transformar Luana. Isso é um absurdo.

— Ela ficará como vocês? — pergunto, desacreditado.

— Não. Nosso corpo é assim devido a inúmeras gerações expostas à radiação do polo. Esses lugares têm o poder de deixar as coisas parecidas com a energia polarizada. O povo do deserto se torna a cada dia mais unificado ao polo. Isso nos ajuda a entendê-lo melhor, a protegê-lo.

— Vocês não têm o direito de fazer isso.

— Infelizmente você não é capaz de garantir a segurança da Estrela. Aqui ela estará segura até dominar seus poderes por completo.

— E o que eu faço?

— Estará livre para partir. Iremos te proporcionar um guia para Mabra.

Estão tentando me separar de Luana. No fundo eu mereço isso. Falhei em protegê-la inúmeras vezes.

— Vocês cuidarão bem dela? — pergunto com um tom de tristeza na voz.

— Claro.

Levanto-me cabisbaixo e digo que estou pronto.

— Onde estão minhas coisas?

— Entregarei suas coisas quando estiver saindo, não se preocupe.

Ele vai para perto da parede para abrir a porta novamente. Sem deixar que veja, escorrego a mão para dentro do saquinho e apanho uma bolota de cobre. Por sorte, me deixaram com elas.

— Venha — diz após liberar o caminho.

Talvez eu não seja capaz de proteger uma Estrela mesmo, mas não será o povo do deserto que fará melhor em proteger a minha irmã!

Arremesso a bolinha eletrificada aos pés de Tohul e o encanto libera uma rajada elétrica sobre seu corpo. O gorducho tenta resistir, mas a energia é grande demais, mesmo para ele e sua pele fortificada. Ele me olha furioso, porém cai paralisado no meio da passagem, escorado nas paredes laterais. Salto sobre seu corpo e corro pelo corredor estreito da caverna. Não tenho ideia de onde estou.

— Ali — grita outro membro da tribo do deserto. Ele controla a terra e tenta fechar a passagem à minha frente. Tenho tempo de pular por cima do muro, antes de ele subir por completo.

Para onde devo ir? Quanto mais eu corro, mais perdido fico. Ainda sinto a força do polo que me desorienta. Não tenho nenhuma noção de distância ou direção. Jamais vou achar Luana. Ficarei aqui para sempre.

Ao me deparar com uma bifurcação, sento e encosto a cabeça na parede. Respiro fundo para descansar. Não sei qual é o caminho. Enquanto tento não desistir, percebo algo aquecer o meu peito. Olho para baixo e noto o brilho do amuleto passar pela camiseta. Retiro a peça e a observo com surpresa. Está acesa. Raios de luz saem em diversas direções. Um dos feixes expelidos é mais forte, aponta para o túnel da esquerda.

Será que o amuleto está me indicando para onde ir? Como no sonho que tive quando minha irmã foi raptada no Mirante. Isso! Só pode ser isso. Nagisa falou que a joia mostraria a Estrela. Essa é a utilidade do farol: levar-me até Luana.

CAPÍTULO 8

Lembro quando Luana e eu éramos crianças. Seus olhos grandes e azuis demonstravam timidez. Ela só não se acanhava quando o assunto era me perturbar. Aliás, faz isso até hoje. Meu pai dizia que, como irmão mais velho, eu tinha o dever de protegê-la. Mas eu não levava aquilo a sério. Entre as inúmeras coisas que gostava de fazer, ficar de olho na caçula pentelha nunca foi uma delas. No fundo, ele queria me preparar. Talvez soubesse que não estaria ao lado de Luana o tempo todo. Ele sempre soube o que fazer.

Uma vez, quando visitávamos o mercado, minha mãe, em um momento de descuido, soltou por segundos a mão da pequena Lua. O desleixo foi o suficiente para que a garotinha saísse pelas ruas explorando tudo, como a mente de uma criança de quatro anos ordena.

Quando minha mãe se deu conta, Luana havia desaparecido. Após procurar até por baixo de barracas, ela correu para a loja do meu avô e contou tudo ao meu pai, desesperada. Todos saíram à procura da menina, cada um por um lado. Após horas de busca, nenhum sinal dela.

Meu pai me pegou e voltamos para casa. Ele foi até o quarto, abriu uma caixinha trancada e retirou o amuleto. Disse para que eu esperasse e saiu. Antes do anoitecer, estavam todos de volta. Luana fora encontrada quase no Bargio, nas mãos de uma mulher maluca, presa em seguida por sequestro.

Na época eu não tinha a menor ideia do que o farol significava. Confesso também nunca ter feito ligação entre a joia e o fato de o meu pai ter encontrado Luana. A verdade é que ele jamais teria conseguido sem o amuleto. Já sabia da importância da peça, por isso a guardava com tanto cuidado. Depois de sua morte, meu avô pegou a joia. Ele devia temer pelo descarte do objeto, sabendo que minha mãe não acreditava na ciência. Acabei sem ver o amuleto por muito tempo.

Dona Laura nos afastou de quase todo mundo, principalmente do meu avô; não confiava nele. Não falávamos com vizinhos nem tínhamos amigos. Só recuperei a vida social quando voltei a estudar, dois anos depois. Foi também nessa época que reencontrei meu avô. Ele me visitava na escola, sem que minha mãe soubesse, é claro. Pouco tempo depois, as aulas de encanto começaram.

O discurso sobre a proteção de Luana era repetido de tempos em tempos. Quase uma lavagem cerebral. Tanto meu avô quanto meu pai tinham o mesmo objetivo e isso deveria ser passado para mim. No entanto, proteger a irmã mais nova de rapazes mal-intencionados é muito diferente de defender uma Estrela poderosa, parte importante na preservação do Equilíbrio. Eu não deveria ser um irmão qualquer. Eu não tinha uma irmã qualquer. As ferramentas para minha missão foram me dadas aos poucos. O amuleto é a peça que faltava. Agora que sei como utilizá-lo, ninguém se colocará entre mim e Luana.

Levanto-me e sigo na direção indicada. O túnel está escuro, apenas a luz do farol me ajuda a enxergar. Ando depressa, preciso chegar ao templo o mais breve possível. Passo pelos mesmos corredores rochosos por onde Kamu me guiou pela manhã. O brilho no amuleto é cada vez mais forte. Luana está perto.

Percebo algo errado quando chego ao fim do túnel. Sem saída. Há uma parede que me impede de seguir. O filete de luz muda de direção e me manda voltar. Obedeço. Viro em outro corredor, ainda seguindo as orientações do amuleto e novamente me deparo com paredes. A joia me manda retornar outra vez. Continuo assim até encontrar mais três caminhos fechados. Não é possível. Será que o farol não funciona como imaginei? Ele funciona. Sinto que pode me levar à Luana. O problema é que os túneis estão mudando.

— Kamu! — berro. — Sei que está por trás disso, covarde!

Uma risada ecoa nas paredes rochosas da caverna. Ao meu lado, esculpido na pedra, o rosto do ancião se materializa.

— Controlo tudo por aqui, guardião. Jamais chegará a sua irmã. Nenhum truque barato de Estrelas poderá vencer meu labirinto.

— Isso é o que vamos ver.

Pego uma esfera de cobre e a coloco na boca do Senhor das Areias. Afasto-me antes de a parede ir pelos ares. Se Kamu vai fechar os caminhos, eu tenho uma forma de reabri-los.

Volto a seguir a luz do farol e vou explodindo todas as paredes que aparecem. Ninguém vai me impedir, nem mesmo o mestre supremo do polo.

— Então você quer brincar, guardião? — O velhote reaparece, com seu rosto projetado nas rochas do teto. — Meus criados farão esta brincadeira ficar mais divertida.

Corpos de pedra se desprendem da parede, como se estivessem camuflados na rocha. Eles empunham lanças, porretes e correm para cima de mim. Como vou enfrentá-los? Estou sem minhas armas. Decido fugir.

Dou meia-volta e saio do alcance dos fantoches de Kamu. Quando viro em outro túnel, desvio de uma lança de pedra, arremessada por mais guerreiros que bloqueiam meu caminho. Estou cercado. Apoio-me em um canto da parede e eles se agrupam na minha frente. Não posso escapar.

Está na hora de tentar algo novo. Estou no Polo Terra. O que mais tem aqui é energia. Como um encantador, é minha obrigação saber usá-la. Retiro mais bolinhas do saco e deixo meus olhos se acenderem. Busco ao meu redor a energia bruta da terra. Sinto as pedras pulsarem como se um coração batesse dentro delas. A energia é abundante, poderosa. Aos poucos, feixes energéticos se desprendem das paredes e seguem para o cobre em minha mão.

— Se a terra cria, ela também destrói. Não foi isso o que você disse, Kamu? — E lanço as esferas nos pés das criações de rocha. O cobre se funde com o solo e libera a energia acumulada dentro da terra. Tudo começa a tremer. Os guerreiros se desmancham em areia. As paredes ruem. O labirinto vai abaixo.

Agora a joia aponta para a frente. Vejo a porta piramidal da entrada do templo e a ponte de ladrilhos. Os truques do Senhor das Areias acabaram.

— Ali — alerta Tohul. Ele está com mais guardas e estes são reais, não poderei desfazê-los.

A escolha é correr para o templo.

— Não seja tolo, Leran! — ele grita. — Não pode escapar. É loucura.

Ignoro e continuo correndo. Tento não olhar para os lados. Foco minha visão no piso, assim evito a tontura devido ao vazio infinito das laterais.

Eles continuam atrás de mim, mas na corrida sou melhor. A poucos metros já enxergo a plataforma e freio bruscamente ao me deparar com o abismo. A rampa de areia até a esfera do polo não está aqui. E agora?

— Você não tem saída. Desista!

Olho para trás, avalio a distância dos guardas, calculo a distância entre a plataforma e a entrada da esfera e volto alguns metros.

— Leran, não tente essa maluquice!

Encaro Tohul, que ainda corre para me alcançar, e disparo para o limite da plataforma. Pelas minhas contas, são quase oito metros de abismo até a grande esfera de rocha, que está em um nível inferior a mim. Se eu conseguir o impulso adequado, talvez alcance o outro lado. Sem mais tempo para pensar, chego ao limite do caminho e salto com toda a minha força.

O tempo parece mais devagar quando estamos com a adrenalina a mil. Enquanto voo, tento manter os olhos focados na abertura, onde tenho que aterrissar. Vou conseguir, vou conseguir. Não! Não vou conseguir. Estou perdendo mais altitude do que imaginei.

Atinjo a rocha poucos metros abaixo da entrada e consigo me segurar nas imperfeições da superfície. A subida até a porta é difícil, mas eu a alcanço. Olho de volta para a ponte e lá está Tohul e os outros guardas do deserto, boquiabertos.

Adentro a câmara mancando devido à pancada na rocha e grito por Kamu. Luana está no mesmo lugar, ainda presa pela técnica do Senhor das Areias.

— Estou surpreso que tenha chegado até aqui. — O velho surge da rocha, semelhante à primeira vez que o vi.

— Solte minha irmã.

— Acha que está em condições de me enfrentar? Sou quase um deus perto do Polo. Nem mesmo uma Estrela teria tamanha audácia, guardião.

Fito Kamu com ódio. O que ele faz não é justo.

— Não quero te machucar — ele diz, compreensivo. — Entenda que a Estrela ficará melhor aqui. Podemos ensiná-la como controlar seus dons. Iremos protegê-la.

— Farão isso a mantendo assim? — Aponto para a estátua.

— Alguns males são necessários. Ela irá nos agradecer.

— Mestre... — Tohul aparece na câmara, interrompendo nossa conversa. Logo os homens do deserto me agarram e imobilizam meus braços. — Desculpe-me, o garoto me enganou. Irei levá-lo de volta.

— Por favor, Tohul — o velho diz.

— Não! — grito ao me debater. Acerto um chute em um dos guardas e me desvencilho dos outros. — Eu sou o guardião, não sou? Então *eu* irei protegê-la.

Os guardas tentam me agarrar novamente, mas uso os golpes que aprendi na Guilda e derrubo alguns deles. Recebo socos no rosto e meu supercílio se rompe. Por mais que eu lute, não posso vencê-los. Meus golpes acertam, mas não ferem a pele rígida dos inimigos. Tomo mais pancadas e caio.

— Não o machuquem — Kamu ordena.

Eles me levantam pelo braço e me arrastam para fora da câmara. No caminho, olho para o lindo seixo lapidado, a fonte de toda a energia do polo. Uso o que me resta de força para me soltar outra vez e busco no saquinho mais esferas de cobre. Apenas uma resta. Corro para perto do altar, estendo o braço e me concentro.

O chão começa a tremer. Pedaços de pedra se desprendem do teto. Estou em contato com a energia do polo. Sinto até meu nariz sangrar, não sei se devido ao meu esforço, ou por causa das bordoadas que levei. Kamu me olha abismado. Seus guardas, perto da saída da câmara, mal conseguem ficar de pé em meio ao terremoto. Demoram alguns segundos para que o primeiro feixe de energia se desprenda do seixo e voe para o cobre. É poderoso demais, é energia demais. Um poder bruto, denso. Não sei se vou aguentar. Mas essa é a única forma de enfrentar Kamu. Usando seu próprio poder contra ele.

— Pare, AGORA! — a voz forte do ancião soa pela sala, impedindo que tudo desabe.

Vejo Kamu usar seu poder para estabilizar o polo e, com isso, uma explosão me lança para longe do seixo. Caio sentado, sem forças para nada.

— Você encantou com a energia do polo? — Ele está furioso. Em seguida vai verificar se algum dano foi causado ao seixo dourado.

Será que isso foi uma afronta? É bom mostrar do que sou capaz.

— Sim — digo ofegante —, e se não soltar minha irmã eu vou... — mas Kamu interrompe.

— Pode levá-la.

— Como?

— Já disse, pode levá-la — Ele se aproxima de Luana e sopra seu rosto. A capa de barro que a prendia se racha e a casca seca cai no chão. Em segundos, minha irmã está livre, recuperando os movimentos do corpo.

— Não entendo.

— Terá um voto de confiança, guardião. Siga seu destino. Continue protegendo a Estrela.

Aceno a cabeça ainda sem entender sua atitude. Mas, se ele quer nos deixar partir, não serei eu a questionar.

Kamu se afasta de Luana e vem em minha direção. Olha-me fixamente antes de dizer:

— Quero apenas pedir um favor.

— Sim? — pergunto, limpando o rosto sujo de sangue na camiseta.

— Tenha muito cuidado. Estrelas são facilmente corrompidas.

Minha testa franze, não sei o que ele quer dizer com isso.

— O poder nos torna dependentes, cegos. Acredite, eu mesmo vi muitos perecerem diante da própria ganância. Ou pior, prejudicarem milhares de vidas.

— Aonde você quer chegar, Kamu?

— Sua irmã não ficará imune desses males. É papel do guardião manter a Estrela no rumo certo. Você me parece íntegro. Um guerreiro confiável.

— Eu sou. E Luana também é!

— Não estou sendo leviano. Quero apenas que fique atento. Os poderes da garota vão crescer exponencialmente. Isso afetará a relação de vocês. Esteja pronto.

— Ela sempre será minha irmã. Nada vai mudar isso.

Ele me olha por mais alguns segundos e diz em voz alta:

— Muito bem. Terão um guia pela manhã.

— Obrigado — digo aliviado.

— Tohul, por favor, providencie mais uma noite agradável aos nossos convidados.

O gorducho acena e segue para fora da sala.

Luana vem até mim, ainda sonolenta, fraca. Ela parece não entender o que aconteceu.

— Nós vamos embora daqui — digo para ela, que suspira aliviada.

— Ah, guardião — o velho chama antes de sairmos —, não faça com que eu me arrependa.

— Não farei.

De volta ao quarto da casa de Tohul, não consigo tirar da cabeça o motivo pelo qual o ancião teria mudado de ideia. Por que estaria tão preocupado com a índole da minha irmã? Mesmo que tenha muitos poderes, ela jamais será como Nagisa. Ela tem caráter. Foi bem educada, assim como eu.

— Ai! — grito quando Luana passa um lenço com medicamento no machucado da minha testa.

— Não seja chorão. Precisa desinfetar isso.

— Esse negócio que o Tohul deu arde demais.

— Vai, fica quieto e me deixa limpar.

Cruzo os braços e aguardo mordendo os lábios. Assim que termina a limpeza, Lua prepara um curativo.

— Engraçado, né? — falo.

— O quê?

— Eu sou o guardião, mas às vezes é você que acaba cuidando de mim.

— É porque vocês homens não fazem nada direito. Precisava ter apanhado tanto?

Apenas dou risada.

— E você, está bem? Desde que Kamu te libertou está pensativa, distante.

— Não sei. Sinto meu corpo diferente. Minha mente não está como antes.

— Acho que todos precisamos de uma boa noite de sono. Em breve estaremos em Mabra, começaremos uma vida nova.

— Talvez o que o vovô te disse antes de morrer faça sentido — ela fala, ainda pessimista.

— O quê?

— Que tudo era só o começo.

— Luana, por que dizer isso agora? — pergunto mais sério. — Não devia ter te contado. Agora fica imaginando coisas. O vovô estava apenas delirando, coitado.

— Mas as coisas que vêm acontecendo provam que ele estava certo.

— Que coisas? O que houve na câmara do polo? Me diga.

Ela desvia o olhar e fala como se descrevesse algo em que nem mesmo ela acredita:

— Foi muito estranho. Assim que Kamu me transformou em rocha, a energia do polo penetrou no meu corpo. Ativou algo dentro de mim. Quando me dei conta, não estava mais na câmara.

— Como assim? Ele te levou para outro lugar?

— Não exatamente. Acho que meu corpo permaneceu na câmara o tempo todo. Mas algo me chamou em um lugar distante dali.

— Onde?

— Uma sala redonda. Estava tudo muito nebuloso. Os detalhes me escapavam.

— O que você viu?

— Cadeiras altas, colocadas em um círculo de pedra. Eu estava no meio delas, como um réu na corte.

— Sozinha?

— Não. Algumas das cadeiras tinham seres sentados. Não pareciam humanos. Eram feitos de pura energia. Cada um brilhava em uma cor diferente.

— Foi só um sonho ruim — tento acalmá-la.

— Le, as criaturas me encaravam, eram maldosas. Sabiam quem eu era, queriam me pegar. Uma delas relampejava, tinha a voz retumbante como os trovões. Ela me desafiou. Disse que eu não poderia escapar. — Luana fica nervosa ao contar isso. Está quase chorando.

— Não precisa continuar me contando. Descanse um pouco — sugiro, mas ela não para.

— A entonação sarcástica, o jeito de falar. Era Nagisa, Leran. Tenho certeza. De alguma forma ela podia me ver.

— Lua, foi um pesadelo. Logo você esquece isso.

— Era real. Tão real quanto a conversa que temos agora.

Estou sem o que dizer. É improvável que Nagisa saiba onde Luana esteja. O farol está comigo. A não ser que ela tenha recuperado o pergaminho de Khun. E, mesmo assim, não sei direito como aquele artefato funciona. Poderia colocar as duas em contato direto? Telepatia? Sei lá. Isso está ficando esquisito demais.

— Vamos descobrir o que está acontecendo quando acharmos Quiroon — digo, finalmente a acalmando. — Enquanto isso, Nagisa não poderá te fazer mal a essa distância.

— Queria ter a mesma certeza que você.

Luana termina de fazer o curativo e se vira na cama para dormir. Então pede que eu deite perto dela. Tudo parece tranquilo agora. Acabo dormindo em poucos minutos.

Acordo, algumas horas depois, com ruídos estranhos ecoando pelo quarto. Abro os olhos e vejo minha irmã sentada na cama de pedra. Pernas cruzadas e olhos fumegantes na cor púrpura. Está em transe de novo. Pego-a pelos ombros e a sacudo para acordá-la, tentando evitar que faça um estrago. Ela então fixa o rosto em mim, estende os braços de repente e me segura pelas laterais da cabeça.

— Lua. Acorde! Lua. — Não consigo me mexer. Ela me paralisou.

Um clarão roxo sai de seus olhos e me cega. Assim que volto a ver, eu me encontro em uma sala pequena, redonda. É tudo nebuloso e cinzento como em um sonho. Do centro, vejo tronos dispostos a minha volta. São doze lugares, mas apenas dois deles estão ocupados por seres feitos de energia. No corpo das criaturas, os olhos brilham mais. Eles me olham furiosos.

— Não pode escondê-la de nós, arqueiro — diz a voz trovejante que sai de uma delas. É a rainha de Acigam!

Entretanto, a outra criatura consegue ser ainda mais assustadora. Ela se senta do lado oposto a Nagisa, em outro trono de pedra. Seu corpo é fantasmagórico, envolto por névoa escura. Alguns ossos podem ser vistos por entre a fumaça negra. O detalhe mais marcante, porém, são os olhos. Eles transparecem um vazio aterrorizante. Uma presença que dá arrepios.

Quando a criatura negra abre a boca, se preparando para me atacar com as trevas, eu pisco os olhos e, de alguma forma, estou novamente no quarto do Buraco, suando frio, espantado. Luana, à minha frente, não está mais em transe.

— Viu? — ela questiona. — Acredita agora?

Consigo apenas responder em um gaguejo:

— Sim.

CAPÍTULO 9

— Bom dia — diz Tohul ao abrir a porta. — Estão prontos para deixar o deserto?

— Não vejo a hora — Luana responde. — E desculpa a franqueza.

Tohul ri.

— Conforme combinamos, aqui estão suas armas, guardião.

Agradeço e as penduro no corpo.

— Quem será nosso guia?

— Não se preocupe. Kamu escolheu pessoalmente quem os acompanhará até Mabra. Trata-se de um poderoso combatente do deserto, conhecedor profundo das areias. Estarão seguros.

— E cadê esse ser magnífico? — pergunto, já desconfiado da resposta.

— Está olhando para ele. — Tohul ri mais uma vez.

— Ok, né? Se for o melhor que podem oferecer.

— Posso deixá-los ir sozinhos, se preferir.

— Estou brincando, Tohul. Será uma honra ter sua companhia e ajuda.

— Ótimo. Se aprontem, sairemos em uma hora.

Não temos muito o que aprontar. Luana apenas arruma os cabelos no espelho e comemos um pouco antes de partir. No momento combinado, Tohul volta ao quarto e nos guia pelo Buraco até outra passagem na parte de cima, diferente da entrada. No caminho ele comenta:

— Pensamos que estivessem sozinhos.

— E estamos. Por quê?

— Mestre Kamu-Ra sentiu a presença de mais três pessoas nos arredores do deserto. Parecem estar esperando por vocês.

Não é possível. Só pode ser Balko e os outros dois do trem. O que vamos fazer agora? Mentir não é mais necessário.

— Não são nossos amigos. Querem nos capturar.

— São da cidade de vocês?

— Não os conhecemos. Devem ter sido contratados para nos levar de volta.

— Então são caçadores — ele conclui.

— Pode nos ajudar a despistá-los? — Luana pergunta.

— Impossível.

Tanto eu como minha irmã ficamos assustados com a resposta.

— Se o deserto não os despistou, é porque vocês foram marcados.

— Marcados? Como assim?

Tohul transparece um sorriso desconfortável.

— Você conhece muito pouco sobre o mundo lá fora, guardião. Ainda discordo do mestre com relação à capacidade de vocês sobreviverem quando saírem daqui.

— Por que você não nos explica? — Luana diz, sem paciência.

— Caçadores de tribos antigas usavam as marcas para capturar presas com maior facilidade. É uma técnica primitiva, mas ainda muito eficaz.

— Como funciona?

— Um elo entre o caçador e a caça. O homem que te marcou pode sentir seus movimentos a quilômetros. Eles sabiam que vocês estavam aqui. Estão à espreita para quando voltarem à superfície. Como uma presa entocada.

Essa deve ser a técnica de controle que Balko utiliza, desgraçado. Já não bastavam essas visões estranhas que Luana teve com Nagisa e aqueles seres bizarros.

— Porém, marcar humanos é crime — Tohul completa.

— Não me parece que eles são seguidores fiéis da lei — Luana diz.

— Dá para quebrar esse feitiço? — pergunto.

— De maneira nenhuma. Só cessa quando a presa morre.

— O quê? Teremos que fugir deles para sempre?

— Na verdade, vocês só precisam chegar até Mabra. Lá esse tipo de controle não funciona. Eles jamais os encontrarão dentro da cidade.

— Você tem certeza?

— Claro. Mabra é o berço da liberdade. Foram criadas proteções poderosas contra técnicas de longo alcance, principalmente essas de captura e perseguição. Não gostam que as outras cidades interfiram no livre-comércio e na vida dos moradores. É um lugar famoso por oferecer anistia, acaba sendo reduto de muitos refugiados e pessoas como vocês.

— Que ótimo. Parece um lugar maravilhoso. Seremos vizinhos de bandidos e foragidos das leis de suas cidades. Estou bastante aliviado agora, Tohul.

— Todos buscam um recomeço por lá. Não é como você está pensando. Vão gostar, acredite em mim.

— Então, qual o plano?

— Se não podemos fugir dos caçadores, iremos enfrentá-los.

— Você está louco? São profissionais. A mulher é a coisa mais rápida que eu já vi na vida, o cara das luvas pode controlar as coisas com a mente e ainda tem o atirador, quem provavelmente nos marcou.

— Guardião, ninguém pode vencer um guerreiro do deserto *no deserto*. Façam o que eu digo e estarão em Mabra antes do entardecer.

Mais uma vez, que opção temos? Tohul nos guia até uma espécie de cocheira, porém cheia de camelos, eu acho.

— Vamos montados nisso? — Luana pergunta.

— Esses são os dromedários cinzentos de que comentei.

— Ah... como eu poderia esquecer? — ela ironiza.

— Como disse, são muito dóceis.

Ele vai até um deles e, assim que o animal o reconhece, se abaixa oferecendo a corcova para a montaria. Tohul o acaricia. É um bicho feio. Os pelos são abundantes no pescoço, nas patas e no alto das costas.

Apesar de viver no deserto, parece se alimentar muito bem, é gordo como um porco.

— Este é Grisalho, meu fiel companheiro.

— É bem exótico — tento ser simpático.

— Vocês irão com a Quitéria. — Tohul aponta para outro animal, tão estranho quanto o primeiro, porém mais magrinho.

— E isso corre? Vamos precisar ser rápidos para escapar dos caçadores.

— Sobre as areias não há nada mais rápido.

— Terandi vai nos aniquilar — Luana cochicha ao meu ouvido.

Chego perto de Quitéria e passo a mão em suas costas. Ela gentilmente reverencia e se abaixa para Tohul prender a cela.

— Pelo menos de sede não morreremos.

Luana se enfeza com minha brincadeira e Tohul dá uma gargalhada.

— Fiquem tranquilos — ele pontua. — Coloquei dois cantis abastecidos na cela. Será mais do que o suficiente para a viagem.

Terminados os preparativos, o gorducho rochoso nos ajuda a montar em Quitéria. O animal se levanta desajeitado e aguarda. Após subir em Grisalho, Tohul puxa a corda amarrada no pescoço de nossa montaria e começamos a andar. Os passos são lentos, mareantes.

— Tem certeza de que isso pode correr?

— Tenha calma, por favor — Tohul repreende.

— Ok, ok. Para onde estamos indo?

— Sairemos o mais próximo possível dos caçadores. Usaremos o elemento surpresa.

— Mas eles sabem nossa posição, correto?

— Sim.

— Então?

— Aguarde e verá. Ah, quase me esqueci. Enrolem isso na cabeça — Ele nos entrega lenços. Em seguida, Tohul prepara seu turbante, deixando apenas os olhos para fora.

— Vamos precisar mesmo disso? — pergunto sem saber o que fazer com o pedaço de pano.

— Teremos uma tempestade de areia em breve — ele responde com olhar matreiro.

Sem argumentar, Luana e eu enrolamos o lenço na cabeça. O passeio de dromedário dura mais alguns minutos até chegarmos a um túnel, já longe do Buraco. Aqui o chão está repleto de areia, estamos mais perto da superfície.

— Silêncio — Tohul fala baixinho.

Ouço uma voz vinda de fora da caverna:

— Pode vê-los? — é Balko quem pergunta.

— Não — escuto a voz de Terandi respondendo.

— Sinto o garoto aqui — ele acusa. — É impossível que não possamos vê-lo.

— Você tinha que ter marcado a menina. Ela é mais importante.

— Agora é tarde. De qualquer forma, eles devem estar juntos.

— E por que não podemos vê-los? — Terandi pergunta.

— Porque estão embaixo da terra — é Keon quem conclui.

— Como ele descobriu? — questiono Tohul, intrigado.

— Pode nos ouvir.

— Impossível! — contesto. — Estamos falando tão baixo.

— Ele não ouve o que dizemos. — E aponta com o dedo para a própria cabeça. — É o que pensamos.

— Como? — Luana também está surpresa.

— É um mentalista. Telepatia, telecinesia, são técnicas que esses controladores podem usar. Há um deles entre os caçadores.

Então Keon, além de usar telecinesia, pode ouvir pensamentos?

— Vamos desentocar esses ratos — ouço novamente a conversa vinda de fora da caverna. Terandi ri com a frase do líder do grupo, que em seguida ordena: — Keon, pegue as dinamites.

— Dinamites? — falo assustado. — Eles irão nos soterrar aqui.

Tudo fica em silêncio por alguns minutos lá em cima.

Tohul não pretende esperar:

— Agora! — ele grita e levanta o cajado, fazendo o teto da caverna se abrir em um estouro de areia. Uma rampa é revelada bem na nossa frente e os animais correm para fora.

— São eles — Balko alerta.

— Não posso ver — reclama Terandi. — É muita areia.

Tohul está usando o controle para levantar uma imensa nuvem de pó logo atrás de nós. Os dromedários são realmente rápidos no deserto e, com a poeira deixada, acho que conseguiremos despistar os bandidos.

Já longe da saída da caverna, ouço um disparo abafado. A bala sai da tempestade de areia e acerta em cheio a perna de Quitéria. O animal capota e nos lança de cara nas dunas. Tohul grita por Quitéria ao descer de sua montaria.

Levanto-me atordoado e vou para o lado dele ver o animal. O tiro feriu seriamente a pata traseira. Ela não poderá seguir viagem.

— Esses desgraçados! — Tohul se vira e bate o cajado no chão, fazendo com que toneladas de areia sejam jogadas na direção dos inimigos. Algo ignora o ataque de nosso colega e vem rápido até mim, sei o que é. Saco a espada e me defendo dos golpes de Terandi: um em cima, dois embaixo, mas ela me acerta um murro no rosto e faz o turbante se soltar.

— Você melhorou muito desde nosso último encontro, gatinho — ela ri.

— Deixa meu irmão em paz — grita Luana com os olhos cintilantes pela abertura do lenço.

Ela arremessa uma esfera de energia e Terandi desvia a cabeça, deixando o ataque estourar na areia.

— É isso? — pergunta debochada e corre para cima de Luana.

— Não.

Minha irmã movimenta o braço para baixo e forma uma onda de energia púrpura que se move rente ao chão, levantando a areia consigo. O golpe acerta Terandi no meio da corrida, servindo-lhe uma rasteira. A bandida rola pelas dunas devido à velocidade em que estava.

— Essa doeu! — Ela se levanta, cuspindo areia. — Balko a quer viva, mas não disse inteira.

A mulher se prepara para correr e atacar Lua. Ao dar o primeiro passo, minha irmã estende as mãos brilhantes e uma aura da mesma cor rósea envolve Terandi e a suspende no ar.

— O que é isso? — A bandida arregala os olhos enquanto balança as pernas tentando se soltar

— Não pode correr agora, não é mesmo? — Luana está confiante e olha firmemente para a adversária.

— Me coloca no chão! — Terandi fecha as mãos como quem quer esganar e grita enfurecida.

— Com o maior prazer. — Luana arremessa a caçadora para dentro da nuvem de areia, metros longe de nós.

— Agora eu fiquei impressionado — digo.

Luana observa suas mãos, também surpresa com o que acabou de fazer.

— Acho que todos nós ficamos, inclusive aquela nojenta — ela completa.

— Peguem o Grisalho! — grita Tohul, de dentro da tempestade de areia. — Eu cuido deles.

O animal corre em nossa direção e se abaixa para montarmos. Subo e dou a mão para ajudar Luana. Ouço inúmeros tiros, mas não vejo o que acontece do outro lado da cortina de areia levantada por Tohul. Assim que nos acomodamos no bicho, ele desembesta para o norte.

— Eles não vão correr — diz Terandi ao sair novamente da tempestade de poeira.

— Nem você, mocinha — afirma o guerreiro do deserto. Vejo-a se afundar até os joelhos na areia fofa. Não vamos mais nos preocupar com a corredora.

— Le, cuidado! — grita Luana, puxando as rédeas. O dromedário vira em um pulo e, por nossas cabeças, passam dois discos giratórios que brilham em uma cor azulada. Eles voltam e param nas mãos de Keon, o garoto das luvas, agora montado em um cavalo negro de crina branca. Ele prepara um novo arremesso, mas Tohul outra vez nos ajuda. Uma explosão de areia acontece bem na frente do caçador, fazendo o cavalo erguer as patas dianteiras. A areia que sobe encobre o inimigo e nos dá cobertura para seguirmos.

Mais de quatro horas de corrida e tomamos distância suficiente. O animal diminui o passo e, com trote lento, passa a andar sobre terra firme. Deixamos a parte arenosa do deserto. Ao longe, avisto alguns postes demarcando as fronteiras entre Sumu-Ra e o Reino do Norte. Finalmente chegamos.

— Será que o efeito da marcação já foi inibido? — Luana pergunta.

— Não sei. Esse negócio está ficando maluco demais, não acha?

— Maluco? Considerando que agora pouco eu arremessei uma mulher para longe com minha energia? Bota maluco nisso.

— Você está aprendendo a dominar.

— Acho que Kamu fez algo comigo — ela me interrompe.

— Ele não se atreveria.

— Não — Lua tenta me acalmar. — Algo positivo, eu quero dizer. Ao me expor para a energia do polo, ele despertou algo dentro de mim. Sinto um poder que não sentia antes.

— Será que seu contato com Nagisa teve a ver com isso? — pergunto ao coçar o queixo.

— Nem me lembre disso, Leran — Luana tenta mudar de assunto. — Quero esquecer aquela bruxa.

— Sinceramente? Não é ela que me preocupa agora — falo ao me lembrar da sala nebulosa para onde Lua me levou.

— Os caçadores?

— Muito menos.

— Então quem? — ela pergunta, muito curiosa.

— Havia outro ser na sala redonda.

— Sim, vários deles. Foi assustador.

— Mas falo de um em específico. Aquele feito de névoa e ossos.

— Não notei nenhuma criatura assim quando estive lá — Luana fala convicta.

Isso é estranho. Será que apenas eu o vi? Nagisa direcionou suas palavras até mim, mas sei que o interesse dela está em Luana. Já o outro monstro me encarava como se fosse me devorar. Senti seus olhos penetrarem minha mente. Buscava alguma coisa dentro de mim. Naquele momento, ele não queria apenas minha irmã. Ele queria dominar tudo.

— Desencana. É maluquice minha.

Luana aceita minha esquiva e passamos os próximos minutos calados.

A viagem é longa. Paramos algumas vezes para comer e descansar. Depois de quase um dia no lombo do animal, não consigo mais conter a náusea que seu andar me provoca. Enquanto estou de olhos fechados, tentando manter o lanche no estômago, Luana me sacode e aponta para a frente:

— Le, veja!

Olho para o horizonte e lá estão eles: prédios enormes, refletindo a luz do sol. Nunca vi nada assim antes. Para serem visíveis daqui, devem ter mais de trezentos, talvez quinhentos metros de altura.

— É fascinante — ela suspira.

— É Mabra.

Parte III

O Filho de Shazp

por Tlavi Hur

CAPÍTULO 10

Por séculos, os paladinos foram responsáveis por manter as trevas subjugadas. É doloroso presenciar uma situação tão decadente como a que acontece no monastério. Maldito monastério.

Parece que os cultistas tinham tudo sob controle. Estariam eles me esperando aqui? Seria essa uma armadilha para me tirar do caminho? A poucos metros de mim estão todas aquelas criaturas abomináveis babando sangue, sedentas pela minha carne, pela minha vida.

Desesperada, eu continuo pressionando o alçapão, tentando arrebentar os cadeados com apenas um dos braços, enquanto o outro permanece paralisado pela estranha infecção da mordida. Não há como passar por essa porta, não desse jeito. Só existe uma saída.

Diante da situação, deixo o que me resta de energia queimar tudo ao meu redor. Elevo meu poder até sentir a pele se desprender dos músculos, os músculos se distanciarem dos ossos e estes, por sua vez, se fazem em partículas minúsculas que, em um turbilhão, destroem a porta de metal e sobem como um raio para o céu, deixando um rombo no telhado do monastério.

Minha viagem para Nuanto segue quase inconsciente. A infecção do ferimento é grave, afeta minha mente, meu raciocínio. Quando alcanço os jardins do Santuário, meu corpo é lançado sobre o pequeno coreto e arrebenta uma das pilastras de sustentação. Da grama, abro os olhos e vejo a janela do quarto de Ioseth, que tem vista para o jardim. Ele, certamente alertado pelo estrondo que causei ao pousar, saiu na sacada.

— Tlavi? — pergunta esbaforido ao se aproximar, menos de um minuto depois de deixar a janela. Suas mãos limpam o meu rosto, seguram minha cabeça para que eu foque o olhar nele.

Tento encará-lo, mas não consigo, apenas escuto suas palavras.

— O que houve?

— Talus... o culto... criaturas das trevas. — É o máximo que consigo pronunciar.

— Por Phelgor, seu braço — ele se espanta.

Ioseth não é mestre da cura, como eu. Mas, por ser paladino, também detém técnicas desse elemento secundário. Ele coloca a mão sobre meu ferimento e descobre que se trata de algo muito sério. Não é comum.

— Você foi infectada por um tipo de doença, feita de energia negra.

Apenas aceno a cabeça, aguardando por instruções.

— Não sei como isso aconteceu a você, mas se a Estrela da Cura não puder sanar uma ameaça assim, o mundo todo irá perecer diante dela.

Ele pega minha mão e eu sinto sua energia me aquecer.

— Irei te ajudar. Concentre-se — ele diz. — Busque dentro de você a força capaz de eliminar esse mal.

A tontura dificulta o entendimento das palavras. A infecção se espalha depressa. Ela atinge meus sentimentos, meus pensamentos. Sinto ódio, tristeza, uma mistura de sensações ruins que me mantém assombrada. Mas Ioseth não desiste. Sua calma me tranquiliza, guia-me. Com paciência e serenidade, ele me ajuda a reencontrar a luz quase sucumbida pela intensidade das trevas em meu corpo. Sinto dor, agonia, vontade de gritar. Em seguida, vem um alívio atordoante e eu me desligo do que acontece a minha volta.

Meu inconsciente busca lembranças nas entranhas da mente. A infecção bagunçou tudo lá dentro. Recordo de coisas que aconteceram há muito tempo, revisito passagens distantes da minha vida. Fatos que poderiam ter sido esquecidos, mas que repousaram inertes na memória e mantiveram a luz em meu peito acesa.

Lá estava eu, deitada na cama, não no apartamento próximo ao Santuário da Cidade Dourada, mas sim em minha antiga moradia, na vila de Nairatis. O lugar simples, onde passei a infância, repleto de amor e aconchego. Era tudo do que uma criança precisava para crescer feliz.

Fiquei deitada por alguns minutos e logo senti o cheiro do café da manhã: era o bolo fresquinho da mamãe, aquele recheado com torjens, uma fruta espinhosa de sabor bem adocicado, típica de nossa floresta. Levantei-me em um pulo e corri para a cozinha, onde encontrei a mesa posta. Mamãe estava em nossa pequena horta, do lado de fora, mexendo com uma de suas maiores paixões: as plantas. Quando ela me viu, largou o que fazia e deu-me um abraço apertado e um beijo na testa.

— Bom dia, meu raio de sol. — Era assim que me chamava. Talvez como uma referência à luz que existia dentro de mim, mas nessa época eu ainda não sabia disso.

Alguma coisa estava para acontecer. Esse tipo de comida era para comemorações, para dias especiais. O que poderia ser? Uma visita importante? Ou seria aniversário de alguém?

Mais frutas decoravam a mesa e, no centro, havia uma grande cesta de pães. Mamãe colocou as louças mais finas que tínhamos. Eram tão velhas que a pintura à mão já estava fraca e gasta, mas ainda significavam muito para nós. O uso daqueles pratos era raro. Que eu me lembre, usamos apenas duas vezes: quando comemoramos a entrada do papai para o grupo de vigilantes em Nairatis e quando eles fizeram dez anos de casamento. Mas qual era o motivo agora? Eu estava ansiosa.

Quando papai chegou de sua vigília noturna, ele ficou surpreso. Também não sabia do que se tratava. Mamãe pediu que ele se banhasse antes de sentar-se à mesa e, sem hesitar, ele foi. Tentei tirar alguma dica do que seria, mas ela não deixou escapar nada.

Após o banho, papai se vestiu com uma bela roupa e se sentou à mesa. Mamãe me serviu algumas fatias de bolo e começamos a comer. Por alguns minutos, ficamos em silêncio. Estavam todos famintos. Entre uma mordida e outra, eu olhava para meu pai, para minha mãe, para meu pai de novo, esperando que alguém falasse algo. Mamãe apenas retornava meus olhares com sorrisos e papai, com acenos de cabeça. Então, um olhou o outro por alguns segundos e ela quebrou o silêncio:

— Estou grávida.

A mensagem não foi absorvida de imediato. Um silêncio estranho permeou até que pude ver lágrimas escorrerem dos olhos de papai. Parecia que as palavras fugiam de sua mente. Conseguiu apenas emitir ruídos, um claro sinal de felicidade extrema.

— Tenho certeza de que é um menino. Meu garoto — disse após recobrar o controle.

Eu também estava feliz. Claro que estava. Sempre me senti tão solitária durante o dia. Meu pai constantemente dormindo, exausto com o trabalho noturno, e minha mãe ocupada com os afazeres domésticos. A companhia de um irmão seria maravilhosa.

A festa naquele dia durou até o entardecer. Convidamos vizinhos e amigos para dar a notícia. Comemos, cantamos, dançamos. A alegria era tremenda. Todos estavam ansiosos pelo que viria.

E os meses se passaram tão depressa que logo o ventre de mamãe começou a crescer. No começo foi tudo tranquilo. Nossos curandeiros diziam que a criança estava forte e saudável. Além disso, minha mãe nunca se queixou de dores ou enjoos, coisas comuns em outras grávidas.

Depois de algum tempo já era possível sentir a criança se mexendo. Quando eu tocava a barriga dela e notava um chutinho, podia imaginar tudo: os batimentos do coração pequenino, a forma do corpo e até a posição em que ele estava. Era como se minha ligação com aquela criaturinha fosse muito maior do que um simples grau de parentesco.

Mas a calmaria do início da gravidez não se repetiu nos meses seguintes. Quando chegou ao sexto mês de gestação, minha mãe passou mal e teve um sério sangramento. Pensamos que o pior tinha acontecido. Papai ficou desesperado enquanto os curandeiros faziam tudo o que podiam. Após horas de espera, nos disseram que a criança parecia bem. Um alívio. Chamaram meu pai na cozinha e ele pediu que eu esperasse na sala. Pude vê-los conversar. A expressão no rosto dele não era boa. Naquela noite, dormimos os três na mesma cama, dando a maior atenção que mamãe poderia ter.

De acordo com as orientações dos doutores de Nairatis, ela deveria ficar em repouso extremo, sair da cama apenas para ir ao banheiro. Meu pai não teve coragem de me dizer a verdade, mas acabei ouvindo tudo certo dia, quando eles conversavam no quarto. As chances de a criança sobreviver eram pequenas e, se minha mãe insistisse na gravidez, ela também correria risco de vida. Entretanto, o aborto não era uma opção para ela. Com coragem, decidiu ir até o fim. Papai apoiou.

Então eu também faria minha parte. A vida deles também dependia de mim. Enquanto meu pai trabalhava, honrando o compromisso de nossa família com a vila e o povo, eu ajudava com o que podia. Fui responsável pela comida, pela limpeza, pelos medicamentos que mamãe tomava para aliviar a dor, por tudo. Durante todos esses dias não fui à escola. Fiquei de prontidão o tempo todo, tentando mantê-la calma.

Mesmo assim, o quadro só piorava. Dores, febre, vômitos. Toda noite era a mesma coisa: enquanto meu pai saía para sua vigília, eu cuidava dos sintomas que ela tinha. Minha presença a acalmava. Eu costumava segurar sua mão enquanto cantava para ela. Algumas vezes, só de ficar ao seu lado, podia notar que as dores diminuíam. Todavia, não era possível fazer mais do que isso.

Papai ia para o trabalho com olheiras enormes, deixando claro que já não dormia há dias. A situação estava insustentável, principalmente para minha mãe. Assim, na trigésima semana de gestação, ela não aguentou mais.

Era uma noite chuvosa, meu pai já tinha ido para o trabalho e ficaria a madrugada toda fora, como sempre. Eu estava pegando alguns mantimentos no armazém atrás de casa para preparar um lanche para minha mãe. Devido à chuva, demorei alguns minutos a mais e, quando voltei, fiquei desesperada com o que vi.

Ela estava deitada na cama com uma enorme poça de sangue que encharcava todos os lençóis. Seu rosto ficava cada vez mais pálido e o seu olhar perdia o brilho. Não consegui manter a calma que eu vinha demonstrando nas últimas semanas. Eu estava apavorada, desabei em choro. Gritei por socorro. Corri até a porta de casa e gritei de novo. Mas a forte chuva abafava minha voz. Voltei ao quarto soluçando, abracei-a e não disse nada. Foi então que ela segurou meu braço com sua mão direita e disse com a voz calma:

— Você cuida dele?

— De quem, mãe? — perguntei surpresa.

— Seu irmão, querida — Ela revelou o bebê enrolado em uma manta suja de sangue.

Demorei a responder, chocada com o que estava acontecendo. Ele era tão pequenino. Um lindo menino, delicado, frágil, nem os cabelos haviam nascido. Os olhos ainda estavam totalmente fechados e o resto do cordão pendia do umbigo.

— Cuido, claro que cuido.

Segurei o bebê e, ao aproximar meu rosto de seu corpo, percebi que ele não respirava. Estava frio. Tentei sentir o coração e nada batia.

— O que eu faço? — perguntei, buscando uma orientação, olhando fixamente nos olhos de minha mãe. Ela disse apenas uma palavra com a voz fraca e quase inaudível:

— Salve-o.

Como poderia salvá-lo? Eu era apenas uma criança. Deveria correr até alguém no meio da chuva com o bebê no colo? Não sabia o que fazer. Só pude abraçá-lo e então sentei no canto do quarto, onde chorei desolada. Tentei chamar por socorro novamente. Contudo ninguém chegou, pelo menos não a tempo.

A chuva já havia diminuído quando papai voltou da vigília. Ele entrou no quarto e ficou em choque. Foi correndo para a cama sem me notar sentada naquele canto, onde eu permanecia em silêncio, triste, lamentando o ocorrido. Ele abraçava minha mãe, negando o que estava acontecendo, seu choro desiludido, doído, como se morresse com ela.

Só alguns minutos depois ele me percebeu no quarto, cabisbaixa, já conformada. Veio em minha direção com os braços abertos, pronto para se colocar na posição de pai e me oferecer consolo. Mas, ao chegar perto, um choro estridente o fez recuar. Abri os braços e o pequenino estava ali, já com os olhos abertos, chorando enquanto balançava as mãozinhas.

Fiquei sem reação. Como isso teria acontecido? Por incrível que pareça, até seu tamanho havia mudado. Ele estava mais forte, muito diferente daquele que vi nos braços de minha mãe algumas horas antes. Meu pai me olhava como se um milagre tivesse acontecido e, com os olhos cheios de lágrimas, disse que a criança se chamaria Gueth, o nome que minha mãe escolhera, caso fosse um garoto.

Durante o dia, tivemos a visita dos curandeiros e eles não souberam explicar como uma criança prematura estaria tão saudável. Alguns deles poderiam dizer que aquilo fora realmente um milagre, mas não foi a conclusão à qual chegaram. Enquanto conversavam com papai e preparavam o corpo de minha mãe para o funeral, eu fiquei na sala com Gueth no colo. Tentava alimentá-lo com o leite trazido por alguns vizinhos. Ele era tão inocente, meigo. Estava feliz enquanto drenava todo o conteúdo da mamadeira. Entre uma lágrima e outra, ele me arrancava pequenos sorrisos.

Naquela semana, fiquei pensando em tudo o que aconteceu. No fundo eu também não acreditava em um milagre. De alguma forma eu era a responsável pelo o que tinha acontecido. As últimas palavras de minha mãe ecoavam em minha mente: *Salve-o... Salve-o... Salve-o*. Como se ela soubesse que eu poderia fazer algo, como se ela confiasse em mim, não apenas como filha, mas como algo maior que eu representava.

E não demorou para que todos ficassem sabendo do ocorrido. Aquela menina não era como o restante do povo da floresta. Quem nasce em Nairatis pode controlar apenas quatro tipos de energia primária: terra, água, fogo e ar. Nunca houve um nairatiano capaz de usar os outros dois elementos. Até eu nascer, é claro. Minhas afinidades energéticas eram uma surpresa para todos. Gueth foi a primeira grande manifestação do meu poder. E, se uma garotinha podia salvar uma vida sem nunca ter estudado a cura, ela só poderia ser uma Estrela.

Quando a notícia chegou aos ouvidos dos Quatro Sábios, os poderosos xamãs, líderes do nosso povo, eles exigiram ver meu pai. Não sei sobre o que conversaram, mas naquele dia ele voltou para casa decidido: iríamos embora de Nairatis.

Juntamos o essencial e saímos pela surdina da madrugada, cruzando a floresta em direção a Mabra. Sendo um dos vigilantes noturnos do lugar, papai sabia o melhor caminho para fugirmos sem deixar rastros. A viagem foi cansativa e tivemos de parar inúmeras vezes para descansar, nos proteger do frio e alimentar Gueth. Após alguns dias, finalmente chegamos.

Tudo era enorme, os muros pareciam mais altos que as maiores árvores de Nairatis. As ruas eram gigantescas, cheias de lojas, veículos, pessoas de todos os tipos e lugares do mundo. Ali no meio de tudo, nós passávamos despercebidos.

Após alguns meses, meu pai conseguiu alguns bicos e pudemos construir nossa casa em uma das zonas periféricas da cidade. Eu ficava nela cuidando de Gueth enquanto ele saía para trabalhar. O dinheiro era pouco e ele tinha de ralar muito para termos o que comer.

Só conseguimos melhorar de vida quando ele se enfiou em torneios ilegais de luta e passou a competir por dinheiro. Confesso que a grana era boa; contudo, vê-lo chegar em casa todo quebrado me devastava. Papai era bom de briga. O trabalho de vigilante na guarda de Nairatis rendeu a ele um treinamento excelente. Nosso povo sempre lutou muito bem. Técnicas rápidas e movimentos acrobáticos complexos caracterizam o estilo de combate nairatiano. Meu pai dominava isso.

Só que, mesmo com as melhores técnicas de luta, ele não era invulnerável. Cansei de curar seus ferimentos para que estivesse pronto para novas brigas no dia seguinte. Comigo em casa, sua recuperação era muito maior do que a de outros combatentes e, consequentemente, ele conseguia mais apostadores e mais dinheiro.

Com o novo trabalho, conseguimos comprar uma casa maior e mais confortável. Não estávamos nem perto de sermos ricos, mas a pobreza tinha deixado de ser um problema. Apesar de eu não gostar daquilo, tinha de admitir que fazíamos uma dupla e tanto.

Meu irmão cresceu e a cada dia se tornava mais parecido com mamãe. Não só na aparência, mas no jeito, nos gostos. Passava horas mexendo na terra, brincando com mudas de plantas. Enquanto as outras crianças corriam na rua, Gueth ficava nos fundos de casa adorando a hortinha que meu pai fez para ele. Sua afinidade com a natureza era notável. Tínhamos até um pé de torjens do qual eu usava as frutas para fazer aquele bolo da mamãe, que nunca ficava igual. Apesar de tudo, éramos felizes lá.

Só que uma vida pacata como aquela não era digna de uma Estrela. Eu não me importava, de verdade. Mas outras pessoas tinham planos diferentes para mim.

Quando fiz quatorze anos, meu pai me chamou para conversar. Gueth estava lá fora, brincando em sua horta. Eu sentei no sofá e esperei para ouvir o que papai tinha a dizer:

— Filha, você já é uma moça. Não posso mais te privar de fazer suas próprias escolhas.

— Do que você está falando? — Eu realmente não fazia ideia.

Foi quando ele me contou sobre a história das Estrelas. Fiquei surpresa. Eu sabia que meus dons eram especiais, mas não a ponto de representarem algo tão importante. Ele me disse sobre a conversa que teve com os xamãs antes de fugirmos de Nairatis. Eles estavam com um forasteiro que queria me levar.

— Eu jamais permitiria que te tirassem de mim. Você era tão nova. Tinha acabado de perder a mãe. Não era justo. Eles me ofereceram tempo para pensar, mas eu sabia que não teria escolha. Por isso fugimos.

— Eu te entendo, pai. — E de fato entendia. Eu jamais iria perdoá-lo se tivesse deixado que me levassem. Ele fez o que era certo, o que era o melhor para mim.

— O problema é que aquele homem nos achou de novo — ele falou cabisbaixo.

— Não vou com ele — disse brava. — Diga que não vou. Onde ele está? Podemos fugir de novo, eu não ligo.

— Calma — ele pediu, sereno. — A decisão será apenas sua, Tlavi. Eu não posso decidir por nós dois novamente. Você precisa ouvi-lo.

As palavras do meu pai eram sensatas. Diante disso, concordei. Naquela noite, recebemos a visita do tal homem, um paladino de Sonatri: Ioseth. Eu estava determinada a não escutar o que ele tinha a dizer, mas acabamos conversando por mais de três horas. Ele era inteligente, ouvia-me, motivava-me. Contava sobre Nuanto, sobre a Ordem e as inúmeras aventuras dos paladinos. Ele me apresentou um mundo novo, no qual eu teria um papel relevante. Disse sobre a minha importância para o equilíbrio das energias. Uma garota qualquer poderia pensar que seria responsabilidade demais, contudo eu achei aquilo maravilhoso. Era um passo que eu estava disposta a dar.

Uma semana depois, Ioseth estava na porta de casa para me levar. O nervosismo me tomou, fiquei inquieta, insegura. Papai, mesmo triste, me encorajou. Ele sabia que nós nos veríamos pouco a partir dali, mas acreditava que estava fazendo algo de bom para o mundo.

Gueth — naquela época com seis anos — ficou sentado na escadinha da entrada de casa, de onde assistia a tudo, confuso. Percebeu que eu estava partindo, mas não tinha noção do real significado daquilo.

— Não vai me dar um abraço? — disse a ele, já com a mala nas mãos.

Ele correu até mim com um sorriso nos lábios. O garoto sempre teve o dom de levantar o astral dos lugares, tão alegre e carismático.

— Não se preocupe, mana. — Ele percebia minha inquietação. — Eu cuidarei do papai para você.

Eu sabia que meu pai era uma pessoa forte, mas, quando eu estava partindo, ninguém poderia me convencer de que ele ficaria bem. As intenções de Gueth eram as melhores, mas ele não poderia fazer o que eu fazia. Quem cuidaria dos ferimentos do meu pai após as lutas? Estava decidida a enviar para eles todo o dinheiro que conseguisse, assim ele não precisaria mais lutar. Essa fora uma das condições para ir com Ioseth. A Ordem deveria me ajudar a manter minha família bem.

Antes de eu partir, meu pai se aproximou e segurou firme as minhas mãos:

— Eu te protegi durante todo esse tempo. Te mantive escondida para que ninguém se aproveitasse do seu dom. — Algumas lágrimas escorriam em seu rosto. — Mas sei que agora você pertence a algo muito maior. Sua energia vai curar o mundo. As velhas feridas do seu pai não merecem tamanha atenção. Seria egoísmo demais de minha parte.

— Não diga isso — falei, também chorando. — Serei sua filha para sempre.

Ele sorriu e revelou uma joia de ouro com uma pedra azul cravejada em formato de gota:

— Tome, isto é seu. Não a tire por nada.

— É linda, pai. Fique tranquilo, vou voltar sempre que puder. Eu prometo. — Coloquei a joia em um dos bolsos.

Larguei suas mãos e Ioseth me ajudou a montar no cavalo. Enquanto nos afastávamos de casa, fiquei olhando para trás, dizendo a mim mesma que eu voltaria para Mabra depois que o treinamento acabasse. Eu só não sabia que essa era uma promessa impossível de cumprir.

Capítulo 11

Acordo desta vez na cama do meu quarto, no espaçoso apartamento próximo ao Santuário. Meu braço está enfaixado, mas com um pouco de esforço, consigo mexer os dedos. Levanto-me usando a cabeceira como apoio e sigo até a janela. Está entardecendo. Isso significa que dormi praticamente o dia todo. Visto uma de minhas togas e vou até a sala.

Minha casa está estranhamente arrumada. Alguém deu um jeito aqui enquanto eu dormia. Até sinto falta da papelada em cima da mesa. Sento-me na poltrona de canto e observo os jardins do Santuário enquanto coloco alguns pensamentos no lugar.

Eu quase morri. Nunca havia sentido nada igual. Desde que descobri ser uma Estrela e vim para Nuanto me tornar paladina, passei a me considerar superior a muitas coisas, inclusive a morte. É difícil acreditar que algo pode ferir você quando se é a maior manifestação de uma das energias do mundo. Quem diria que uma criatura grotesca como aquela do monastério pudesse me fazer tanto mal. Se não fosse por Ioseth, a Senhora da Cura estaria morta agora.

As Estrelas, além de possuírem uma fonte quase inesgotável de energia dentro de si, são consideradas mais inteligentes, mais ágeis e até mais afortunadas do que seres humanos comuns. Pelo menos, é isso o que apontam muitos estudiosos. No fundo, porém, somos vítimas dos mesmos males que afetam a mente humana: prepotência, ganância, medo.

Se eu não fosse uma Estrela, talvez jamais me arriscasse a entrar sozinha no monastério. Se não fosse general dos paladinos, talvez não tivesse sido gananciosa o bastante para buscar provas de que estava certa quanto ao acontecido em Cimérium. E talvez, se eu não tivesse abdicado de minha família para me tornar essas duas coisas, a morte não me amedrontasse tanto.

Meu pai foi a primeira pessoa que veio a minha cabeça quando pensei estar morrendo. Lembrei-me do dia em que nos vimos pela última vez, quando Ioseth foi me buscar para iniciarmos o treinamento na Ordem. No entanto, manter o contato foi difícil. Nossas vidas seguiram por rumos distintos. Ele deve me entender. Ele tem de me entender. Meu papel no equilíbrio do mundo é muito maior do que meu papel naquela família. Ser uma Estrela também é fazer escolhas difíceis. E eu fiz a primeira delas quando tinha quatorze anos.

Puxo a correntinha do meu pescoço e pego a joia escondida por baixo da camiseta. É o farol da Estrela da Cura. Meu pai o tinha desde que viu Ioseth pela primeira vez, lá em Nairatis. Eu achava que a gota azul cravejada na peça era a representação de uma lágrima. Na verdade ela representa a vida, aquilo que só é possível por meio da Água, um dos elementos primários que formam a Cura.

Após admirar a joia, passeio meu olhar aleatoriamente pela casa enquanto mantenho meus pensamentos distantes. Continuo até notar que um papel restou sobre a mesa da sala. Levanto-me para pegá-lo. É um cartão. Também possui a imagem da Ponte do Elo em um dos lados, mas não é o mesmo que li há alguns dias.

> "Ilavi,
>
> Preciso falar com você, é urgente. Nosso pai não tem se sentido bem.
>
> Não queria te preocupar com isso agora, mas eu não sei o que fazer.
>
> Volte para Mabra, ele precisa de você aqui.
>
> beijos,
> Gueth"

Ah Gueth! Se soubesse o quanto eu gostaria de voltar.

Sinto saudades, é natural. Porém já faz tanto tempo, não sei nem como seria reencontrá-los. E mesmo que eu quisesse, não vai acontecer agora. Até na forma de espectro, essa viagem duraria tempo demais e me gastaria energia demais. Não posso viajar sem antes convencer o Parlamento sobre a ameaça que afeta Sonatri. Tenho que conseguir uma autorização e levar os paladinos ao norte. Vou caçar cada membro que ainda resta do culto. Não permitirei que retomem os estudos de Talus. Isso se ele realmente estiver morto. Tenho até medo de pensar no que aqueles desgraçados são capazes de fazer.

Assim que coloco o cartão sobre a mesa, a porta do meu apartamento se abre e, por ela, entra Minerva, uma de meus aprendizes.

— Sente-se melhor? — ela pergunta.

— Sim. Por que está aqui? — questiono direta, estranhando a presença dela.

— Mestre Ioseth pediu que eu cuidasse da senhora. Fiz os curativos e arrumei o apartamento. Estava uma bagunça, mestra.

— Obrigada — digo sem graça. — Só você ficou aqui?

— Isso. Faleena e Christia passaram mais cedo para ver se a senhora estava bem.

— Você já pode se juntar a eles, então. Volte aos treinos.

— Claro. — Ela reverencia curvando o tronco. — Mas, se precisar de qualquer coisa, me chame, por favor.

Aceno com a cabeça e ela sai do apartamento. Minerva, o Broquel Dedicado, é uma promessa entre os paladinos mais jovens. Encontrei-a em uma vila próxima ao mar do oeste há três anos. A luz dentro dela já era forte naquela época. Suas afinidades com a cura e as barreiras ofereciam um futuro brilhante dentro das linhas de suporte da Ordem. E ela provou isso. A dedicação com que treina e sua capacidade de liderança me deixam orgulhosa.

Antes de pensar em uma forma de convencer o Parlamento, decido caminhar um pouco. Jogo um pequeno manto sobre as costas e vou para os fundos do Santuário, onde os paladinos costumam treinar. Tenho negligenciado meus pupilos. Faz semanas que não assisto a nenhum treino.

A sede da Ordem conta com algumas áreas específicas para o treinamento de técnicas de luz. A primeira em que passo é a de meditação. Ter o corpo em harmonia com a mente é essencial para o controle perfeito, todos sabem que a Luz é o elemento que mais depende do cérebro para ser controlado.

Lá dentro encontro Sebastian e outros paladinos sentados na posição de lótus. Estão de olhos fechados, adorando o silêncio primoroso. Suas mentes organizam o fluxo de energia em seus corpos, curando males, aliviando dores. Muitas técnicas paladinas são oriundas da meditação. A manipulação de auras, por exemplo, depende exclusivamente de concentração para que a energia da luz circule o corpo do paladino e então se expanda por uma área determinada, afetando inimigos ou protegendo aliados. Sebastian é muito bom nisso.

Saio da sala de meditação e sigo para o campo de treinamento estratégico. Todos os paladinos recebem lições básicas no controle da Luz e na arte da luta com armas. Mas, como um grupo organizado nas batalhas, nós nos dividimos em funções e elas são treinadas aqui. São três, basicamente: defesa, ataque e suporte. Tais posições são definidas, inicialmente, pelas afinidades que cada um possui, além do biótipo, é claro.

A linha de frente é formada pelo grupo de defesa. São paladinos capazes de aguentar ataques sem perder vigor, guerreiros robustos, vestidos com armaduras pesadas e escudos. Eles controlam as energias para aumentar seu poder defensivo, podendo, por exemplo, endurecer a pele com a força dos cristais. Suas auras são treinadas para enfraquecer as orientações inimigas e manter seus corpos seguros contra manipulações degenerativas. Indo na frente, eles neutralizam os ataques adversários e abrem espaço para que o segundo grupo de paladinos entre em ação.

O ataque é a função desse segundo grupo, usando o controle para amplificar suas capacidades de infligir dano. Às vezes, também são robustos como os defensivos, pois a força é importante para aplicar golpes destruidores. Christia é um excelente exemplo de força destrutiva. Sua espada evoca luz para lançar ondas devastadoras sobre os inimigos; além disso, ele pode aprimorar os músculos, atingindo força sobre-humana. Os ofensivos atacam a curtas ou longas distâncias. Faleena é outro membro desse grupo, que prefere usar flechas para derrubar os adversários.

Por fim, os paladinos de suporte, que no campo de batalha ficam na retaguarda curando os feridos e protegendo o batalhão com algumas técnicas de barreiras. Possuem um poder de combate menor se comparado aos demais paladinos, mas isso não significa que são mais fracos. Minerva é um bom exemplo disso. Achar bons suportes é algo raro. Por isso deposito tanta esperança nela.

Vou, por último, ao alojamento de armas, onde ficam guardados os equipamentos coletivos de guerra. As opções ferramentais para os paladinos são diversas. Temos lanças de diferentes formatos, machados e martelos de guerra, espadas em vários tamanhos, arcos, além de muitos tipos de escudos, desde pequenos, diretamente acoplados na manopla da armadura, como o meu, até gigantes torres de aço capazes de guardar o corpo por completo.

É um desses que Bergol, o Punho de Phelgor, utiliza no momento para se proteger de um potente ataque de fogo, simulado pelas máquinas de treinamento.

— Tlavi — ele diz quando me vê na entrada.

Assim que o ataque quente acaba, ele larga a enorme proteção dourada no piso, fazendo-o estremecer. Em seguida, vem até mim limpando o suor e as fuligens do rosto negro.

— Que bom que está melhor. Todos ficaram preocupados.

— Agradeço a atenção, General.

Bergol é outro dos generais paladinos, responsável pela linha de frente da armada dourada. Com quase cinquenta anos, sua experiência na Ordem é muito respeitada. A idade, para muitos um fator desfavorável a um guerreiro especializado no combate corpo a corpo, não parece ter afetado Bergol. Ele ainda possui um corpo forte, capaz de levantar os escudos mais pesados.

— Ioseth me disse sobre sua investigação enquanto esteve fora. Deveriam ter me envolvido. Sabe que também não vou com a cara de Zarius. Adoraria desafiá-lo — ele fala sorrindo enquanto me cutuca o ombro.

Isso é verdade. Como general, Bergol tem direito a uma cadeira no Parlamento, mas abdicou disso há muitos anos. Pior do que eu, sua paciência com os políticos é inexistente. Prefere deixar essa parte com Ioseth.

— Tentei ser mais cautelosa. Os parlamentares não pensam claramente quando o dinheiro está envolvido. Eles estão mais preocupados em retomar as produções de Cimérium antes de punirem os responsáveis.

— Mas me diga, vamos. — Ele me puxa pelo braço. — O que descobriu?

— Aqui não é o melhor lugar para falarmos. Mais tarde explicarei tudo a você e a Ioseth. Amanhã cedo iremos ao Parlamento novamente. Quero o apoio dos dois.

— Pode contar com seu velho amigo, Mestra da Cura.

Ofereço um sorriso e reverencio a Bergol, deixando-o continuar com o treino. Ele retribui meu cumprimento, corre até o escudo, levanta a peça maciça e grita para um de seus pupilos, na operação do equipamento:

— Manda ver! — Sinto o bafo quente no rosto antes de deixar o local.

No caminho ao meu apartamento, passo no quarto de Ioseth e combino com ele um horário para conversarmos com calma. Vou para casa, tomo um banho e descanso por mais algumas horas.

Quando os dois chegam, já tarde da noite, eu estou bem melhor. Posso mover os dedos sem dificuldades e a infecção parece ter desaparecido. Pelo menos os efeitos físicos dela. Na minha mente resta a lembrança vívida da dor causada por aquela força horrenda dentro de mim. Não vou esquecer tão cedo.

— Sentem-se. — Ofereço as poltronas da sala. Sobre a pequena mesa de centro, feita de cristais, está o livro que subtraí do monastério e que Ioseth achou jogado no jardim após me resgatar. Bergol o pega e começa a folheá-lo enquanto conto o que aconteceu em minha viagem.

Falo da investigação nas vilas próximas a Cimérium, da descoberta sobre Talus, do culto e da energia negra que afetou os animais da região. Deixo para falar das terríveis criaturas por último e esse fato, é claro, é o que mais espanta meus amigos.

— Não pode ser, Tlavi. Pela sua descrição, isso é... — inicia Ioseth antes de ser interrompido por Bergol, que coloca o livro aberto na mesa, em uma página estampada com um crânio rachado.

— Necromancia — Bergol completa.

— Foi o que suspeitei. Por isso o culto a Shaz, o Deus da Morte — falo preocupada.

— Como esse Talus teria domínio sobre um elemento banido há tanto tempo? — Ioseth se pergunta.

— Não sei. Mas agora temos provas suficientes para colocarmos todos os paladinos na cola desses caras — diz Bergol.

— Concordo. Por mais que saibamos contra o que estaremos lidando, os planos de Talus ainda não estão claros. O culto vai continuar o que ele começou. É necessário pará-los o quanto antes.

— Pois bem, Tlavi — Ioseth fala ao se levantar. — Amanhã faremos o Parlamento aceitar isso.

Aceno com a cabeça e me despeço dos generais. Devo dormir agora. O dia de amanhã será duro. Deito-me, mas não pego no sono de forma alguma. Antes de fechar os olhos, penso em Cimérium, no monastério e nas pessoas usadas nas experiências do culto. Talus é um controlador da Necromancia, um modelador de ossos. Antes, preferi achar que estava enganada, mas as evidências são claras.

As Trevas corrompem tudo por onde passam. Fora assim desde a criação, quando Shazp tocou o mundo com suas mãos imundas. Ela conseguiu infectar todos os elementos, exceto a Luz.

Quando as Trevas atingiram a Água límpida, esta se tornou escura, o sabor azedou e, com ela, os seres não poderiam mais matar a sede. Morreriam se o fizessem. Shazp havia criado um dos mais traiçoeiros elementos secundários: o Veneno.

Em seguida, as Trevas alcançaram o Ar e a deusa maligna trouxe ao mundo o vazio, o Vácuo até então presente apenas no espaço. A atmosfera fora alterada e outro elemento secundário se formou. Muitos morreriam asfixiados ou teriam seus corpos destruídos por buracos negros.

O Fogo também foi afetado, dando origem a um terceiro elemento. Ao contrário das chamas naturais, as Chamas Negras são frias e não queimam quando tocam algo. Em vez disso, tudo se desintegra.

No entanto, a pior criação de Shazp aconteceu quando seu poder se fundiu com a Terra. Se da terra viemos e para ela voltaremos após nossa morte, as Trevas têm a capacidade de inverter esse ciclo. Ao corromper o elemento da forma, a deusa jogou no mundo criaturas abomináveis, capazes de ignorar a ordem natural da vida. Surgia a Necromancia, o elemento da morte.

Talus é um necromante e Shaz foi a figura escolhida para representar esse elemento terrível. Nascido da terra e das trevas, o filho de Shazp.

No dia seguinte, levanto-me, vou até o manequim com minha armadura e visto cada uma das partes. Primeiro as botas de metal que vão até os joelhos, onde safiras enfeitam as patelas. Em seguida, visto a cintura, ornada com tecidos brancos e detalhes entalhados no ouro. O peitoral feminino também é desenhado com traços e pedras azuis. Pego as ombreiras e as encaixo nos braços. Amarro a capa branca no peitoral e visto as manoplas, em uma delas está acoplado o meu broquel, um pequeno e redondo escudo dourado. Por fim, prendo a maça na cintura e retiro o elmo do manequim, levando-o nos braços.

Já na Basílica de Phelgor, encontro-me com Bergol e Ioseth na entrada do auditório. Ambos também vestem suas armaduras. A de Bergol é feita de ouro enegrecido, decorada com pontas e cavilhas de rubi. A de Ioseth é bem clara, repleta de arabescos em baixo-relevo.

Quando abrimos as portas, o vento de fora adentra o salão e todos se viram para nós. Sérios, nós descemos as escadas, deixando as capas flutuarem para trás. Os parlamentares estão surpresos ao nos verem trajados para o combate.

— Generais? O que significa isso? — Zarius indaga de cima da tribuna, seu local de costume.

— Temos um assunto importante a falar com o Parlamento — digo ao tomar seu lugar.

— Vocês não podem fazer isso...

— Continua o mesmo velho tagarela, não é, Zarius? — Bergol critica.

— Como ousa? Acha que este Parlamento é algum tipo de colônia de férias, General Bergol? Não comparece às assembleias há anos. Qual motivo o traria aqui, além de insultar um autêntico representante do povo?

— Isto. — Ele levanta o livro para mostrá-lo ao auditório.

— E o que esse livro imundo teria de tão especial? — Zarius pergunta, ironizando.

— Veja você mesmo. — Bergol joga o objeto nas mãos de Zarius. Desajeitado, o político quase o deixa cair.

— Trata-se de um exemplar da banida arte da Necromancia — Ioseth fala e arranca exclamações da até então silenciosa plateia de parlamentares.

— Isso é um absurdo — Zarius esbraveja, tomando a frente da tribuna. — Acalmem-se. Por favor, silêncio — ele pede aos políticos.

Então se volta para nós após perceber que a bagunça permanece. Questiona em voz baixa:

— Aonde vocês pretendem chegar com isso? Não me diga que tem relação com sua absurda teoria a respeito de Cimérium, paladina?

Ioseth passa à frente de Zarius e usa firmemente sua voz para conter os parlamentares que ignoravam as ordens do político e permaneciam alvoroçados. Após as primeiras palavras, todos se calam:

— Caros, Tlavi fez descobertas preocupantes. Vocês, como líderes de seus povos, representantes de nossa democracia, devem agora ser organizados para ouvirem e, juntos, decidirmos o melhor caminho a seguir.

— Vocês não vão ouvi-los — Zarius se intromete novamente. — Eu havia avisado, Tlavi. Os paladinos estavam proibidos de se intrometer nos assuntos de Cimérium. Essa atitude terá consequências graves.

Antes que continuássemos com a inútil discussão, outro parlamentar adentra o auditório. Carregando sua bengala, ele desce as escadas até a tribuna.

— Eles estão certos, Zarius — diz o homem. É o Conde Marco Baltrem.

— O que você está fazendo aqui? — O líder do Parlamento questiona, espantado. — Deveria estar em Cimérium.

— Tive que parar a campanha. Minha equipe foi ameaçada por seguidores do suposto deus da morte, Shaz. Eles têm saqueado casas e caravanas. Cheguei a Nuanto ontem de madrugada. Assim que vi os generais vindo para cá, decidi vir também. Os paladinos precisam interferir. Não haverá melhora em Cimérium enquanto o culto permanecer ativo.

Jamais contaria com isso. A chegada de Baltrem com essas informações não poderia ser mais apropriada. Diante de tais fatos, os parlamentares não têm como negar o que está acontecendo, nem mesmo Zarius, que, aterrorizado, leva as mãos à boca ao escutar os detalhes de minha investida ao monastério. Quando termino, Ioseth pede que todos os que concordam com a caçada aos membros do culto levantem a mão. A resposta do Parlamento é unânime.

Se Talus ainda estiver vivo, iremos achá-lo!

Capítulo 12

Nos dias seguintes, a Ordem organizou grupos para vasculhar todas as vilas e lugarejos na região norte de Sonatri. Para isso, Ioseth exigiu que muitos paladinos voltassem de seus postos em outras regiões do mundo, visando aumentar o contingente no Reino Central.

Os paladinos são uma das maiores forças militares que existem. Representantes da Ordem estão espalhados por diversos lugares, apaziguando conflitos e servindo como mensageiros diplomáticos entre o Reino Central e outras grandes potências políticas. Eu mesma já viajei bastante enquanto treinava. Mas agora, muitos desses soldados são necessários para nossa operação.

O comando das tropas no norte ficou sob a responsabilidade de Bergol; ele adora as missões de campo. Em poucas semanas de atuação e com mais soldados operando nas vilas, ele prendeu dezenas de camponeses suspeitos. Ainda fechou e destruiu supostos locais destinados ao culto do Deus da Morte.

Como Baltrem havia dito, alguns dos seguidores de Shaz ameaçavam os moradores de vilas menores, tentando aliciar novos membros. Os grupos do culto se encontravam em locais próximos às estradas, longe de grandes aglomerações. Entretanto, mesmo com essa discrição, vários acabaram capturados. Os presos foram levados a julgamento em Nuanto e os condenados acabaram jogados nos calabouços da cadeia de Sonatri.

Já Talus não foi visto em lugar nenhum. Eu mesma participei de algumas investidas nas quais havia maiores chances de achar o tenebroso líder do culto, mas tudo foi em vão. Voltei para o monastério, acompanhada de uma dezena de paladinos, e não encontramos ninguém. Os resquícios de energia ainda eram fortes, mas as criaturas não estavam lá. Recolhemos outros livros e objetos, porém nada que pudesse provar a existência dos monstros que me atacaram.

Apesar de terem acreditado a respeito do culto, minha versão sobre Talus começou a cair por terra. Alguém tratou de limpar as evidências mais sérias. Seria o próprio Talus? Mas eu o feri mortalmente; mesmo que estivesse vivo, ele não seria capaz de fazer tudo sozinho.

Minha hipótese mais plausível para o que aconteceu naquele dia é que os seguidores de Talus recolheram seu corpo e trancaram o alçapão em seguida, na esperança de me matar lá dentro. Depois, quando perceberam minha fuga, deram um jeito de se livrar de tudo. Agora estão provavelmente escondidos, com medo. Eles viram o que eu fiz com o mais poderoso clérigo da morte. Perceberam que não são páreos para uma autêntica filha da Luz. Nem mesmo Shaz seria, se este existisse de fato.

Enquanto os paladinos se encarregavam de vigiar as aldeias, a campanha do Conde Baltrem finalmente teve início. Ele voltou a Cimérium e foi proclamado o novo regente da cidade. Zarius exigiu o recebimento de relatórios periódicos com a evolução na situação da cidade, mas Baltrem fez muito melhor. Depois de pouco mais de um mês de sua ida, o Conde passou a enviar carregamentos de minério e pedras preciosas; a produção fora retomada. O que mais impressionava os parlamentares era a velocidade na qual o volume dos carregamentos subia. Não preciso dizer que a popularidade de Baltrem cresceu da mesma maneira entre os políticos de Sonatri.

Em poucos meses, Cimérium estava produzindo toneladas de minérios e recuperando os valiosos contratos que haviam sido ameaçados pela doença. Mas os louros de Marco Baltrem não eram colhidos apenas pela retomada da produção ou dos negócios quase perdidos. Todos no Parlamento estavam abismados com os recordes na extração das minas. Em apenas seis meses após uma catástrofe como aquela, Baltrem tinha superado todos os limites até então atingidos pela cidade. Cimérium nunca havia produzido tanto.

Poderia dizer que estou mais calma agora. Afinal, o culto foi desarticulado e o Parlamento conseguiu o que queria. Poderia também dizer que o desaparecimento do corpo de Talus e dos outros dois que vi no monastério não me preocupa. Diria ainda que o sucesso de Baltrem é digno de veneração como exemplo do que um grande líder pode fazer a uma cidade em ruínas. Mas algo me faz negar todas essas afirmações.

Meu estado passa longe da calma. Mesmo que os seguidores de Talus estejam escondidos em algum canto obscuro de Sonatri, eles devem estar tramando uma forma de levar os planos do culto adiante. Se não fosse assim, não teriam feito de tudo para ocultar a prática da Necromancia. Além disso, o que aconteceu com a produção de Cimérium é intrigante. Como uma cidade que teve mais da metade de sua população dizimada conseguiu retomar o crescimento em poucos meses? Não duvido da liderança de Baltrem ou de sua capacidade de motivar o povo, porém a devastação naquele lugar foi tremenda. Eu vi. Ajudei a enterrar os corpos, milhares deles.

Deixo as indagações de lado e me arrumo para o encontro breve que Ioseth convocou. Ele participou das assembleias no Parlamento enquanto Bergol vasculhava os cantos de Sonatri em busca de suspeitos. Eu também decidi ficar um pouco distante da Basílica; Zarius me incomoda demais. Preferi focar meus esforços nos estudos das energias das trevas. Essas pequenas reuniões servem para que troquemos informações, tanto do campo quanto das intenções políticas do reino.

Encontro-me com os dois na casa de Ioseth. Após os cumprimentos e a acomodação de todos, Bergol começa:

— Prendemos mais dez suspeitos na última ação.

— Não é estranho que ainda existam grupos tão grandes se reunindo? — pergunto, indignada.

— Também acho curioso, Tlavi — ele responde.

— E nada foi extraído nos interrogatórios? — questiona Ioseth.

— Nada. Quando chegamos ao local da denúncia, os suspeitos estavam como todos os outros que já encontramos.

— Transe alucinógeno — concluo.

Bergol acena com a cabeça.

Ioseth apoia os cotovelos na mesa e coça a barba curta com uma das mãos antes de dizer:

— E eles não voltam desse estado, não é mesmo?

— Não falam coisa com coisa. É impossível extrair qualquer informação. Mesmo os primeiros capturados. Os carcereiros da prisão disseram que todos continuam alienados, como se o cérebro tivesse sido removido.

— Estão usando alguma droga nos rituais? — pergunto.

— Encontramos poções venenosas. Podem ser responsáveis por esse efeito. Mas tenho a impressão de que não é só isso — Bergol fala. — Seria muito conveniente que nenhum dos prisioneiros pudesse passar alguma informação sobre o resto do culto.

— Só reforça a minha hipótese de que isso é uma distração — digo ao me levantar. — Aqueles dois que estavam com Talus, eles têm algo a ver com isso, eu sei. Enquanto perdemos tempo prendendo camponeses supostamente envolvidos com o culto, os verdadeiros vilões estão tramando algo.

— O que você diz faz sentido, Tlavi, mas apesar das provas quanto ao culto de Shaz, não existem provas relativas à Necromancia. Não temos mais o que buscar a não ser cultos semelhantes a esses — Ioseth diz. — O Parlamento já está perdendo o interesse em continuar a caçada, até porque Cimérium está muito bem agora. Manter os paladinos no campo representa um custo desnecessário.

— E o que eles sugerem? — indaga Bergol.

— Finalizar tudo. Essa foi a pauta principal da última assembleia.

— Ainda bem que não estava lá. Era capaz de bater em Zarius. Tenho certeza de que isso é ideia daquele velho — resmungo ao cruzar os braços, irritada.

— Sim. Ele está convencendo os outros. Mas pense, Tlavi, Zarius tem bons argumentos. As pessoas que estamos prendendo, de fato, não oferecem ameaça. Agora que Cimérium está recuperada, Baltrem não tem mais com o que se preocupar.

— E o Conde concorda com isso? — pergunta o Punho de Phelgor, com as costas totalmente apoiadas na poltrona.

— Segundo o Parlamento, sim. Mas disseram que Baltrem exigiu uma última investida em uma das vilas a oeste de Cimérium. Segundo ele, um grupo grande está se rearticulando lá e, se os pegássemos, o culto estaria finalmente acabado.

— E quais são as fontes de Baltrem?

— O Parlamento confia no Conde. Afinal, ele estava certo quando se referiu aos primeiros locais do culto. De qualquer forma, Tlavi, Cimérium está mais próxima dos vilarejos que Nuanto. Baltrem deve ter olheiros vigiando os arredores da cidade.

— E não temos nada a perder indo até lá — Bergol se levanta, animado. Ele não recusa uma missão.

— Também acho — Ioseth concorda. — No mínimo, traremos mais lunáticos. E com sorte conseguiremos provas mais concretas para estender as buscas.

É, parece que não tenho opção. Devo concordar com meus pares.

— Quando essa missão partirá?

— Devemos preparar tudo até amanhã — Ioseth responde.

— Você tem interesse em ir, Tlavi? — Bergol questiona, sorrindo. — Sabe que adoro sua companhia.

— Desta vez, não. Quero apenas me organizar. Vou voltar aos estudos durante esse tempo. Quem sabe consigo alguma pista quanto a esse estado de transe, ou a relação disso com a Necromancia e as criaturas do monastério.

— Tudo bem. Em poucos dias é possível alcançar a vila. Se chegarmos durante a noite, poderemos surpreendê-los.

— Ótimo. O Parlamento pediu que enviássemos uma tropa maior, devido às informações passadas por Baltrem.

— Neste caso, levarei um batalhão inteiro — fala Bergol.

— Não é um exagero? — pergunto.

— Nossos soldados precisam de um pouco de ação, Tlavi. Vamos deixá-los se divertir também — ele fala, rindo.

Sorrio de volta e estamos combinados. Bergol irá para o oeste de Cimérium, Ioseth continuará ao lado do Parlamento e eu voltarei aos estudos.

Passei dias vasculhando as provas que Bergol achou. Realmente nada indica Necromancia, mas acho que estou pesquisando da maneira errada. Talvez a relação não seja tão óbvia. Para encontrar algum indício, primeiro eu preciso entender muito bem como esse elemento funciona. Devo ir à biblioteca da cidade. Talvez uma noite inteira de pesquisas me ajude.

A biblioteca foi uma extensão da minha casa durante anos, conheço cada canto dela. Quando se é uma Estrela, não existem mestres capazes de te ensinar tudo. Os livros são a única saída para se atingirem níveis maiores de conhecimento, de evoluir as técnicas de um elemento ao máximo. Gosto de visitá-la.

A essa hora, as portas estão trancadas, mas eu tenho acesso livre. Chamo o segurança e entro. Já nos corredores da biblioteca, contemplo as diversas sessões, passando por livros didáticos, romances e poesias. São milhares de prateleiras, mas o que procuro está nos fundos, depois da seção de mapas. Passo por um imenso globo e pelo belo desenho na parede que representa, de forma simples, o continente leste[1]. É virando o corredor que finalmente encontro a zona de obras proibidas. Alguns dos livros do culto foram trazidos para cá; no entanto, o acervo conta

[1] Mapa simplificado do continente leste: Apêndice II, página 471.

com exemplares muito mais antigos e perigosos. Eles terão as respostas para o que procuro.

Abro alguns dos volumes e folheio as páginas a respeito da Necromancia. As escritas me ajudam a me lembrar de como o elemento funciona, atuando sobre os corpos, podendo fazer os mortos se levantarem. Necromantes antigos usavam essa arte para erguer exércitos de guerreiros invencíveis. Não se pode matar o que já está morto.

No passado, os mortos que se levantavam sob as ordens de um necromante eram chamados de moldas de ossos ou crias da morte. Sem dúvidas, aqueles seres no monastério eram crias, mas não estavam sob o comando de ninguém. Estavam atormentados, famintos. A raiva que sentiam era efeito da infecção energética, a mesma que quase me matou. Ainda sinto a sensação ruim, como se parte daquela energia vivesse dentro do meu corpo, mesmo depois de tanto tempo.

Contudo, seria Talus o mestre necromante que trouxe aqueles monstros de volta à vida? Na tentativa de achar a resposta, o rosto pálido do clérigo volta à minha mente. Recordo-me de sua pele repleta de veias negras, como raízes grossas visíveis no solo, a boca sangrenta com dentes podres, a voz falha e macabra. Será que...

Agora as coisas passam a fazer mais sentido. Talus não é o necromante. Ele é uma das criaturas. É claro! Por isso não morreu. Ele já está morto. Suas palavras naquele dia me deram a dica:

"Eu não deveria ser o maior motivo de sua preocupação."

— Existe alguém acima dele — falo em voz baixa enquanto continuo folheando o livro.

Este sim é o necromante, o mestre da morte. Mas os estalos na minha consciência não param por aí. Lembro-me do orbe de Cimérium e da energia poderosa que ele liberou sobre mim. Era tão forte quanto a infecção na mordida da cria. Minha aura foi quase esmagada por ela. O orbe, a doença que afetou Cimérium...

— Não pode ser! — Fecho o livro abruptamente.

Corro até o Santuário e entro no Altar dos Heróis. Passo por todas as armaduras de paladinos mortos e chego até a de Seraph. Coloco as mãos sobre ela e espero para sentir resquícios da força que o matou; o material de nossas armaduras é poderoso porque ele absorve grande parte das energias nocivas, mantendo os paladinos seguros. É claro que, no caso de Seraph, a armadura não foi suficiente para salvá-lo.

O que sinto nela é terrível. Em segundos, meu corpo relembra a agonia daquela doença. Meu braço dói no lugar onde fora mordido há meses. Seraph foi morto pela mesma energia da infecção. Todos em Cimérium foram. Aquele orbe iniciou tudo. A doença que afetou a cidade é a mesma que os mortos do monastério carregavam em seus corpos. Ela primeiro mata e depois... por Phelgor!

Os trabalhadores que Baltrem levou para as minas estão correndo sério risco de vida. Não sei quanto tempo leva para que um cadáver afetado pela infecção se levante, mas, assim como as crias do monastério, aqueles que morreram na cidade voltarão com sede de sangue, violentos. O solo de Cimérium está repleto de seres abomináveis tentando se libertar. Se um deles conseguir se levantar, vai espalhar a infecção e todos estarão mortos, ou pior, se tornarão crias. Uma catástrofe muito maior se alastrará. Esse era o plano de Talus, ou de quem seja seu mestre.

Como a maioria dos paladinos está no campo, não me resta muita opção. Preciso resolver isso sozinha. Saio do Altar e vou imediatamente para o primeiro espaço aberto que vejo. Nem penso em pegar minha armadura. Não tenho tempo pra isso. Cada minuto pode ser essencial para salvar Cimérium. Libero a energia dentro de mim e desapareço na direção das estrelas. Quando pouso na cidade, corro direto para as valas onde enterramos os corpos e, para confirmar o meu maior temor, elas já foram violadas... de dentro para fora.

Capítulo 13

Não é possível. Onde estão os cadáveres?

Já começou. Preciso alertar Baltrem. Corro para dentro da cidade e não vejo sinais de vida nas ruas. O lugar está deserto. Cimérium sempre teve um tom sinistro na arquitetura. Primeiro pelas avenidas largas com poucas casas, geralmente distantes umas das outras. Depois pelo acabamento de tudo, feito em cores escuras para evitar a sujeira do carvão. Tirando os detalhes habituais, o que noto aqui completa um cenário aterrorizante.

Ando por bairros comerciais, residenciais, entro em hospitais e escolas, tudo parece sem uso há anos. E o cheiro podre! A cidade está imunda, ratos por todos os lados, abandono completo. Como foi possível reerguer Cimérium com toda essa bagunça? Será que a infecção já fez tudo isso? Mas Nuanto recebeu um carregamento de minérios na semana passada. O que está acontecendo aqui?

Quando passo diante do cemitério oficial, tenho uma surpresa ainda maior. As tumbas daqui também foram violadas. Essas pessoas não morreram por causa do orbe. São corpos enterrados há décadas, ossadas antigas. Covas e jazigos estão revirados. Continuo pelo cemitério, chocada com o que vejo. Mais ao fundo, diante de uma sepultura, avisto alguém em meio à névoa. Aproximo-me cautelosa e percebo que se trata de um garoto. Ele está parado e emite um ruído baixo de choro.

— Oi? — chamo ao me aproximar.

Em resposta vem um grunhido, depois um gemido agudo. Quando se vira, o moleque me ataca com os braços. Seus olhos trazem a mesma violência que vi na mulher amarrada à maca no monastério. Ele também foi afetado pela energia negra. Enquanto me afasto, a pequena criatura se desloca até mim de forma hostil. As mãos estendidas tentam me alcançar e os passos falhos fazem parecer que ele está ferido. O rosto está todo sujo de sangue, assim como boa parte de suas roupas rasgadas. Pelo corpo noto mordidas e arranhões, ele foi atacado antes de morrer. Que horror.

Também se tornou uma cria, um ser inquieto que teve sua alma aprisionada e obrigada a vagar pelo mundo em um corpo debilitado pela morte. Uma criança nesse estado é algo inconcebível. O culto foi longe demais.

Preciso colocar um fim nessa dor. Deixo que ele se aproxime um pouco mais e, antes de me tocar, já a menos de um metro de distância, aponto dois dedos para sua testa e invoco o poder de Phelgor. Profiro frases santas em voz baixa e peço ajuda ao Deus da Luz para livrar essa criança de todo o mal. É uma técnica de expurgo que aprendi nos livros, anos atrás. Ela não é muito conhecida entre os paladinos atuais. Deixaram de ensiná-la há séculos uma vez que os necromantes haviam sido extintos. Mas, agora que sei a origem dessas criaturas, essa é a única forma de destruí-las.

A luz que sai da minha mão logo se aloja na cabeça da criança e a dor que ela sente aumenta. O garoto se debate gritando, pronuncia palavras sem sentido, sons que são sinal claro de que a consciência não reside mais ali. Em seguida, ele fica em silêncio, imóvel. Sua boca se abre e, de dentro dela, minha energia branca guia as sombras para fora. A luz passa a emanar dos olhos do menino e, em alguns segundos, todo o corpo queima, se desintegrando bem na minha frente.

Permaneço intacta, braço estendido e os dedos apontados para o mesmo lugar. A única coisa que se move são as lágrimas escorrendo pela minha face. Como alguém pode fazer isso com uma criança?

Saio do cemitério e vou na direção das minas. Tem algo muito errado acontecendo e minha intuição aponta para lá. No caminho, vejo mais destruição e abandono. Ando pelas ruas com cautela, procurando pistas de outras pessoas infectadas como aquele garoto. Ao chegar próximo às minas, ouço barulhos de picaretas e pessoas trabalhando. De longe, avisto homens entrando e saindo dos túneis.

Durante a noite, as minas teriam de estar paradas. Baltrem deve ter dobrado os turnos para produzir mais. Contudo, me espanta esses trabalhadores estarem aqui considerando o estado lastimável de Cimérium. Casas abandonadas, ruas destruídas, mercados vazios. Onde descansam? Como estão se alimentando? Chego mais perto sem deixar que me vejam e posso finalmente entender tudo o que está acontecendo. A resposta é óbvia, sempre foi. Eles não precisavam descansar ou dormir. Podem trabalhar dias, semanas, talvez até meses sem parar. Nem comida é necessária, pois, assim como tudo o que vi na cidade até agora, eles também estão mortos.

Baltrem é o responsável? Como pôde fazer tudo isso bem debaixo de nossos narizes? Os resultados que ele atingiu na produção só foram possíveis devido a essa mão de obra sobre-humana, ou subumana, nem sei como classificar essas aberrações. Uma população inteira condenada. O Conde vai pagar caro por isso. Primeiro destruirei essa mina maldita e depois vou matá-lo.

Porém são muitas crias, não conseguiria vencer todas elas. Além disso, Baltrem deve ser poderoso para manter tantos mortos sob seu domínio. Ele é o mestre de Talus. Não posso subestimar essa ameaça novamente. Da última vez, quase morri. Minha única opção é voltar ao conselho e denunciá-lo, torcendo para que acreditem.

Preparo-me para voltar quando uma brisa passa por mim e vai em direção à entrada da mina, carregando algumas folhas secas. No exato momento em que o suave vento chega próximo à caverna, os trabalhadores param, todos eles. Largam as ferramentas e viram suas caras deformadas para mim. O vento carregou meu cheiro até eles. Agora sabem que estou aqui.

Fico parada como uma estátua na tentativa de disfarçar minha presença, mas eles permanecem olhando. Alguns já iniciam a caminhada, seguindo o possível odor que sentem. A brisa não colabora, ela volta a soprar, deixando-os ainda mais atiçados. Em alguns segundos, todos andam até mim, emitindo gemidos. Estão perto demais. Não terei tempo de juntar energia e desaparecer. Minha escolha é correr.

Passo pelos casebres de madeira, onde as ferramentas dos mineiros são guardadas, e sigo na direção das ruas. Mais crias aparecem atrás de mim e se juntam ao grupo inicial. São dezenas, talvez centenas. Quando finalmente consigo tomar distância, acumulo energia em meu corpo e me preparo para usar a forma espectral. No entanto, ouço o som de algo cortando o ar, e uma corrente com pequenas bolas de ferro se enrola em mim, imobilizando mãos e pernas. Minha energia se dissipa e eu caio. Rolo o corpo para o lado, a fim de ver quem me atacou. É aquele homem magro do monastério.

— Veja só — ele fala —, a paladina bisbilhoteira.

O som dos dentes batendo deixa claro que se trata de um dos capangas de Talus que vi naquele dia. Ele estava aqui em Cimérium o tempo todo.

— Foi um belo arremesso, não acha? — diz rindo. — O mestre vai gostar de te ver.

Mestre? Ele me levará até Baltrem. Com uma das mãos, o homem puxa a corrente e me coloca de pé, soltando minhas pernas para que eu possa andar. Mexo os braços tentando afrouxar minhas mãos e, ao ver meus movimentos, ele se gaba:

— Não vai se soltar, paladina. Minha boleadeira é indestrutível. Se tentar correr, serei obrigado a te matar.

Mas a intenção não é me soltar. Se ele me levar até Baltrem, poderei acabar com tudo de uma vez por todas. Assim livrarei Cimérium dessa praga. Antes de iniciarmos o caminho até seu mestre, as crias que estavam atrás de mim nos alcançam e nos cercam.

— O que fará agora?

Em resposta, ele gargalha antes de dizer:

— Acha que tenho medo deles, paladina? Eles é que têm medo de mim!

O homem tira o capuz e revela uma face esquelética, na qual a pele já apodreceu há anos. Nariz, olhos e boca possuem dentro um vazio mórbido. Os dentes batem várias vezes sempre que fecha o maxilar. Para provar sua frase, ele encara as crias ao nosso redor e solta um urro agudo que as faz correr para longe enquanto gemem.

— Isso mesmo. Voltem ao trabalho, monte de carne fétida. — Então se vira para mim. — E você, paladina? Tem medo de mim?

Os buracos que tem no lugar dos olhos estão apontados na minha direção, mas não sei dizer se ele me encara. Apesar de o tom de voz ser sério, os dentes à mostra dão a ele uma expressão de zombaria, como se risse o tempo todo. Respondendo à pergunta imbecil, eu balanço a cabeça. Esse tipo de ser inferior não pode assustar um guerreiro da luz.

— Que pena, mas terei outras oportunidades para fazê-la mudar de ideia — ele provoca e depois me empurra para que eu ande. Segue rindo, atrás de mim.

Em vez de me levar para a prefeitura, entramos em um túnel nas laterais das minas e começamos uma descida por escadarias até um elevador de madeira. O homem pavoroso aperta um dos botões e o mecanismo nos leva para baixo. Ao passo que descemos, mais surpresas eu tenho. O elevador nos deixa em uma galeria ampla, repleta de andaimes e estruturas antigas que serviam para auxiliar na extração de minérios. Essa é uma parte desativada das minas, porém vejo muitas crias caminhando pelos túneis. Enquanto sou guiada por uma das pontes velhas de madeira, consigo ver com detalhes no que os mortos trabalham. Estão construindo máquinas, armas. Solto um suspiro de angústia, negando-me a acreditar.

— Acho que agora você está com medo — ele fala, pretensioso. — Nosso mestre vai dominar Sonatri, paladina. Você não pode fazer nada. Uma nova era está chegando.

— Isso é o que vamos ver — respondo séria.

Ele bate os dentes antes de arremedar minha voz:

— *Isso é o que vamos ver.* — E então gargalha.

Após subirmos uma pequena escada, chegamos à plataforma mais alta, de onde se pode ver tudo dentro da galeria. Apoiadas à grade e olhando para baixo estão mais três pessoas. À esquerda reconheço Talus, o clérigo da morte. Na direita está a mulher de cabelos ensebados e vestes de couro velho e arame farpado, aquela que também estava no monastério. No meio dos dois permanece ele, apoiado em sua bengala, o Conde Marco Baltrem.

Sou empurrada para o centro da plataforma e caio de joelhos. O homem que segura a corrente diz:

— Mestre, veja o que achei.

Ao se virar, Baltrem sorri, mas não demonstra surpresa.

— Que visita maravilhosa, Tlavi. É uma honra recebê-la em Cimérium. Espero que meu servo tenha te tratado bem. Como você merece.

Apenas o encaro furiosa devido ao seu cinismo.

— Por sinal, você já conhece bem alguns dos meus lacaios, não é mesmo? Sei que Talus é um velho amigo seu. — Ao lado de Baltrem, o clérigo sorri, deixando à mostra seus dentes podres. Em seguida, o Conde aponta para o ser que me capturou:

— Este é Humerus, o Braço da Morte.

— É. Tive o desprazer — falo.

— E esta é minha doce Fibula. — Ele aponta para a mulher. Agora que está mais perto, posso ver seu rosto pálido e os olhos belos, com longos cílios e maquiagem escura. A máscara de ferro permanece tapando sua boca.

— Deveria ter avisado que viria — Baltrem continua. — Teria preparado uma recepção à altura de uma general paladina.

— Você sabe que não irá longe com isso, não sabe, Baltrem? — corto a baboseira.

— Bem, primeiro devemos deixar os velhos nomes de lado. Aqui não me chamo mais Baltrem. Sou Shaz, Senhor da Morte, herdeiro de Shazp. E eu já fui longe, Tlavi. Vê tudo isso? — Ele aponta para baixo. — Essas minas são o berço de uma nova era. Os paladinos tentaram suprimir as trevas do mundo durante séculos. Agora não poderão mais. Elas renascem ainda mais fortes sob meu comando.

— Você é louco.

— Loucura é um estado relativo, Tlavi. — Enquanto fala, ele faz um sinal para que Humerus me levante. O homem esquelético puxa a corrente e me coloca de pé. Shaz continua: — Os maiores revolucionários de nosso mundo também foram considerados loucos em algum momento. Eu só quero tornar Sonatri um lugar melhor.

— Matando todas as pessoas?

— Não as estou matando. Ofereci-lhes uma vida nova.

— Você as transformou em criaturas abomináveis, que devoram umas às outras.

— Em que mundo você vive, Tlavi? — Shaz pergunta se aproximando novamente da grade. Humerus me empurra para que eu vá para lá também. — O ser humano é abominável por definição. Apenas trouxe nossos instintos à tona. Quantos não querem passar por cima dos outros por benefício próprio. Quantos não desejam o mal de seus semelhantes? A raça humana já se devora faz tempo. Somos falsos, vis, cruéis. Você não odeia esse tipo de gente?

Fico em silêncio.

— A única diferença é que agora você pode estourar a cabeça delas sem ter que se preocupar com isso.

E, então, o Conde aponta sua bengala para uma das crias lá embaixo e dispara um raio negro que faz o corpo putrefato do alvo explodir. Ele sorri para mim e depois faz um sinal para Talus. O clérigo se vira para as demais criaturas no nível inferior e ordena com sua voz rouca:

— Limpem essa sujeira!

Os monstros decadentes se jogam de joelhos para morder a carne do cadáver e engolir as partes que voaram pelo chão.

— Seu doente! — insulto, totalmente enojada.

— Nada disso, apenas quero o bem para o mundo.

— O bem? — estou indignada.

— Ora, Tlavi. São muitos que comem para poucos que produzem. Esse é um sacrifício necessário para a continuidade da raça humana. As crias podem trabalhar para os vivos. Sobrarão recursos, alimentos. Admita: sou um visionário!

— Sinto nojo de você.

— Não deveria. Nós nascemos para governar este mundo juntos. Somos iguais. Caso contrário, já teria te matado faz tempo. Quero você ao meu lado, Senhora da Cura.

— Do que você está falando, monstro? Eu jamais ficaria ao seu lado.

Mas o Conde ignora minha pergunta com a chegada de outro ser na plataforma. Ouço barulho de metais batendo atrás de mim e logo sinto passos duros fazerem a estrutura de madeira balançar. Viro o rosto e vejo um enorme cavaleiro de armaduras negras. O elmo com chifres está firme na cabeça, ocultando por completo seu rosto. Existe apenas escuridão lá dentro. Ele exala uma poderosa energia das trevas, muito maior que a que eu pude sentir em Talus, Humerus ou Fibula.

— Ilium — Shaz diz. — Você chegou bem na hora de conhecer nossa hóspede.

— Outra paladina? — A voz grossa ecoa dentro do elmo como se fosse pronunciada em uma sala vazia.

— Sim, a poderosa Estrela da Cura. — O Conde sorri. Logo depois se volta para mim, apresentando o cavaleiro: — E este é o Comandante da Morte, minha mais poderosa criação, Tlavi. Ele acabou de voltar de uma tarefa muito importante.

— Não me interessa quem ele seja — falo irritada. — Você pode me matar se quiser, mas a Ordem acabará com você e com todas as suas criaturas podres.

Mas Shaz sorri novamente e questiona ardiloso:

— E eles farão isso com qual exército?

A pergunta me faz arregalar os olhos. Sinto um arrepio doloroso na espinha ao pensar nas tropas da Ordem. Grande parte do contingente paladino foi enviada para o suposto local onde o culto estaria se rearticulando. Local este fornecido ao Parlamento pelo próprio Conde... não!

Minha expressão muda. Fico sem palavras diante de Shaz.

— O que foi, Tlavi?

— Você não fez isso — digo, assustada.

Ele apenas mostra os dentes em um sorriso cruel.

— Eu não, mas ele fez. — E aponta para o cavaleiro negro.

Tento me soltar das correntes e o Conde faz sinal para que Humerus se afaste de mim.

— Se correr, ainda terá tempo de chegar para o fim da festa. Só que acho difícil ter sobrado algo para você lá — sua voz traz um tom maldoso.

Desesperada, eu me livro da boleadeira e transformo meu corpo no espectro para viajar na direção das tropas. Minha energia atravessa o teto da mina e sai de Cimérium em um relâmpago. No caminho, rezo para que tudo seja uma piada de mau gosto.

Quando pouso mais a oeste, a única coisa que posso fazer é chorar. Corpos estão por todos os cantos, dilacerados. Ando por entre meus colegas ensanguentados. Todos mortos. As tropas foram dizimadas. E o pior é que não vejo nenhum cadáver inimigo, as baixas são todas entre os paladinos. Baltrem, Shaz, esse desgraçado planejou tudo. Enviou a Ordem para uma armadilha.

No meio do campo escurecido pela noite, avisto algo se movendo. Corro até o local e encontro Bergol caído entre outros corpos. Seu rosto está todo sujo de sangue. Quando me aproximo, ele me reconhece.

— Tlavi. Foi um massacre. Eram milhares.

— Não fale. Poupe suas forças

— Você deve alertar o Parlamento. Um exército de criaturas terríveis. — Sua voz está fraca.

— Antes eu vou te ajudar.

Com dificuldade, arrasto alguns dos corpos que estavam jogados sobre Bergol, mas me arrependo de ter feito isso. Agora posso ver que um de seus braços foi amputado, ou melhor, devorado.

— A situação está feia, não é? — ele pergunta ao notar minha face.

— Você é o guerreiro mais forte que conheço. Vai sair dessa.

— Não. Se realmente quer me ajudar, mate-me agora.

— O quê? — As lágrimas poluem meus olhos. — Não vou fazer isso.

— Eu vi o que nos tornamos ao morrer para essas coisas. Não quero ser um deles, Tlavi. Terei uma morte muito mais honrosa se for por suas mãos.

Ignoro as palavras do general e uso minha energia para curá-lo. Contudo, o que sinto em seu corpo é a força da infecção de energia negra lutando contra a minha luz. Não posso vencê-la. Bergol tem razão, em pouco tempo ele e todos os outros aqui vão se tornar parte da Horda de Shaz. Ninguém merece isso.

Em vez de tentar curá-lo, uso minha energia para expurgar a infecção de seu corpo, mas, com ela, a vida de meu amigo também se desfaz. A agonia do rosto de Bergol, aos poucos, se torna alívio e ele fecha os olhos para dormir em paz.

Não tenho tempo nem forças para fazer o mesmo com todos os outros corpos. Apenas pego o elmo do general e uso o que me resta de energia para desaparecer novamente e seguir para Nuanto. Quando chego à Cidade Dourada, vou direto ao apartamento de Ioseth, chego exausta.

— Tlavi? O que houve? — Ele pergunta ao ver minhas mãos, sujas de sangue, portarem o capacete de nosso amigo.

— Shaz — digo chorando. — Ele existe. Os paladinos estão mortos!

— O quê? — Ioseth questiona ao arregalar os olhos.

— A pista de Baltrem era falsa, mestre. Ele mandou todos para uma emboscada.

— Não pode ser... e Bergol?

Em resposta apenas olho para o elmo sujo e Ioseth cai de joelhos, inconformado.

— Baltrem é Shaz, o Senhor da Morte — falo.

— O Parlamento vai tirar seu cargo de regente. Ele será preso.

— Ele enganou a todos. Os minérios estão sendo garimpados por mortos sob seu comando. Ele transformou a cidade em uma fortaleza de guerra. Está levantando um exército de crias abomináveis para dominar Sonatri.

— Isso é impossível. Nós acabaremos com ele. Um necromante não é capaz de vencer nós dois.

De fato não seria capaz se fosse apenas um necromante. Mas o que Shaz falou, a forma com que ele se equiparava a mim. Tudo é muito claro agora. Por isso a infecção é tão poderosa. Por isso ele pôde erguer um exército em tão pouco tempo. Não, ele não é apenas um necromante.

— Nós dois não podemos vencê-lo — digo com a cabeça baixa.

— Por quê? — Ioseth se surpreende com minha asserção.

— Porque ele também é uma Estrela. A Estrela dos Mortos.

Capítulo 14

Ioseth demora alguns minutos para absorver a notícia. Assim como eu, ele não percebera a energia de uma Estrela em Baltrem. Mas isso aconteceu porque Shaz, de alguma forma, sabe camuflar sua força. Nem quando estive frente a frente com ele pude sentir a energia digna de Estrelas. Mesmo o farol não foi capaz de me avisar.

Para Ioseth, um louco erguendo forças das trevas era perigoso, mas aceitável. O que o incomoda é o fato de uma Estrela quebrar o pacto que temos, usando o poder ao qual foi confiada para afetar o equilíbrio do mundo. Shaz não poderia fazer isso, não se fosse uma Estrela como nós, ou se, pelo menos, cumprisse o papel esperado para todos com esse dom.

Realmente poderíamos invadir sua cidade e tentar prendê-lo ou até matá-lo. Contudo, o mundo ainda guarda lembranças das últimas batalhas travadas entre Estrelas. Não há vencedores, apenas devastação. Para impedir isso existe o pacto.

Diante da cruel verdade, Ioseth pensa em uma única saída:

— A Constelação vai nos ajudar. Assim que ficarem cientes do que está acontecendo em Sonatri, terão que intervir.

Ele tem razão. A forma mais eficaz de neutralizar uma Estrela fora do pacto é juntando todas as outras para vencê-la. Nesse caso não haveria guerra. Shaz seria destruído sem chances de defesa. Mas essa é uma saída radical, que deve ser aprovada no conselho mais poderoso do mundo: a Constelação.

Esse grupo reúne todas as Estrelas ativas. Digo ativas, pois, por se tratar de um ciclo, nem sempre uma Estrela está preparada para usar seus poderes com sabedoria e, neste caso, não tem acesso ao conselho. Estrelas muito jovens ou que ainda não tiveram seus dons descobertos ficam de fora. As demais são obrigadas a comparecer.

— Vá descansar — Ioseth diz. — Convocarei uma reunião de urgência ainda hoje.

Acato a ordem e sigo para o meu apartamento. Apenas passo no Altar dos Heróis, onde deixo o elmo de Bergol, orando para que ele tenha paz. Quando chego em casa, a primeira coisa que faço é lavar o meu corpo. No chuveiro, a água escorre avermelhada até o ralo, levando consigo os sinais do massacre sofrido pelos paladinos. Ainda não acredito no que aconteceu. Que tipo de monstros são esses os que Shaz criou, capazes de aniquilar um batalhão inteiro da Ordem? E que poderes teria esse comandante de armaduras negras. Ele liderou as hordas que venceram os paladinos? Nossas tropas pareceram amadoras diante desses inimigos.

Após o banho, eu me troco e sento na sala, aguardando Ioseth. Fico por mais de uma hora pensando, com a mente repleta de devaneios, até que o Senhor das Barreiras adentra meu apartamento.

— Eles nos aguardam.

Aceno a cabeça e Ioseth encosta a porta. Ele entra e se acomoda no sofá à minha frente.

— Está pronta?

— Sim.

Ioseth fecha os olhos, faço o mesmo em seguida. Minha energia e a dele tomam a sala e, em poucos segundos, nossa consciência se desprende do corpo, levando-nos a outro lugar: a Sala da Constelação.

Abro os olhos e me encontro sentada, não mais na poltrona de minha casa, mas em um dos doze tronos de pedra do salão redondo das Estrelas. Meu corpo permanece em Nuanto. O que veio parar aqui foi minha essência energética, ou alma, como alguns dizem. Estou na forma de um ser espectral, coruscante e transluzido. Fazia tempo que não vinha para cá. O espectro projetado aqui é muito semelhante ao em que me transformo quando viajo. É assim que as Estrelas se encontram.

No trono ao meu lado, se materializa o espectro de Ioseth, feito de cristal. Mais sete cadeiras recebem seres em seguida: são espectros de outras estrelas: gelo, metal, fumaça, eletricidade, vácuo, a energia da mente e as chamas negras. Este último se senta no trono mais elevado, por ser o atual líder da Constelação. Um cargo rotativo, que muda de tempos em tempos. Ioseth já ocupou essa posição, há mais de dez anos.

Quando estão todos prontos, a voz flamejante do líder inicia:

— Bem-vindos, seres supremos do equilíbrio. Esta é uma reunião convocada pela Estrela de Cristal. Ele tem algo a nos dizer.

— Obrigado, Estrela de Fogo.

A voz de Ioseth é diferente nesta forma. Ela sai retumbada, como se ecoasse nas paredes de cristal do seu corpo.

— Uma nova Estrela surgiu em Sonatri — ele continua. — O uso de seus poderes ameaça a paz da região e o equilíbrio do mundo. Precisamos da ajuda de todos para impedir o pior.

— Que Estrela seria essa, nobre Mestre das Barreiras? — pergunta a Estrela Gélida. Enquanto fala, a voz rouca se dispersa no ar com a névoa que sai de todo o corpo azulado, principalmente da boca.

— A Estrela dos Mortos — me intrometo. — O Senhor da Morte, Mestre da Necromancia.

— Impossível — diz outra Estrela. Sua voz é forte como os trovões que cortam o céu durante as mais furiosas tempestades. — Se fosse uma Estrela, saberíamos. A energia que você cita está latente. Ainda não despertou em um novo hospedeiro.

— De alguma forma, ele pode camuflar seu poder — Ioseth retoma.

— Nem os faróis o denunciaram? — desta vez a pergunta vem da Estrela de Fumaça. A voz feminina é suave e doce, como o som da brisa soprando na janela.

— Não — respondo direta.

— Então como sabem que é uma Estrela? — o líder questiona com sua voz tremida e grave, lembrando os estalidos da lenha em uma fogueira.

— Pelo poder que tem. Pelo tamanho do exército que organizou em poucos meses. Ele irá acabar com Sonatri. Se não nos ajudarem agora, os próximos a encará-lo serão vocês.

— Não podemos confiar em acusações imprudentes — outra vez diz a Estrela Trovão. — Deslocar toda a Constelação para Sonatri seria um exagero. Todos têm assuntos importantes para tratar em seus respectivos territórios.

— Não são acusações imprudentes — falo, irritada. — Já vi que isso é perda de tempo. — Eu me volto para Ioseth.

— Façamos uma votação — sugere a Estrela de Fogo. — Aqueles que acham que este conselho deve intervir, ergam a mão.

Apenas dois braços de energia se levantam: o de Ioseth e o meu.

— Infelizmente, Estrela da Cura, Sonatri não contará com nossa ajuda. Se alguém desejar intervir por conta própria, estará livre para fazê-lo. Mas lembrem-se: o equilíbrio deve ser mantido.

Ao terminar a frase, as chamas que formam o corpo do líder da Constelação se apagam e ele desaparece. Em seguida, os demais fazem o mesmo, deixando apenas eu na sala, sem saber o que fazer. Após alguns segundos, abro os olhos e estou de volta ao meu apartamento. Ioseth troca comigo um longo olhar de preocupação e fala:

— Está em nossas mãos.

De fato, apenas nossas mãos podem derrubar Shaz.

Nosso plano foi óbvio: primeiro levar as informações ao Parlamento e em seguida preparar o restante dos paladinos para enfrentarmos a ameaça de Shaz. Com a primeira tarefa não tivemos dificuldades. A perda de um batalhão inteiro da Ordem somada ao relato de camponeses que sobreviveram a outros ataques das crias foi mais do que o suficiente para convencer Zarius e os demais parlamentares.

Nas semanas seguintes, Baltrem cessou a entrega de minérios, deixando Sonatri à beira de uma crise econômica muito maior do que a sofrida há alguns meses. Em uma carta enviada ao Parlamento, o Conde ameaçou o Reino Central e a Ordem. Disse que o mundo mergulharia em um mar de terror e sangue e assinou a mensagem como Shaz, o legítimo filho das Trevas.

Cimérium declarou guerra a Sonatri e, a partir disso, tudo o que aconteceu nos últimos meses fez sentido para o Parlamento. Primeiro Shaz usou seus lacaios para instaurar o orbe em Cimérium, depois usufruiu de sua influência política para sitiar a cidade sob a desculpa de que estaria trancando a praga lá dentro. Enquanto encantava os políticos da capital com sua falsa campanha para a retomada dos minérios, Talus e os demais capangas plantavam pistas sobre um culto inexistente, que serviu de fachada para experiências macabras com os mortos da catástrofe.

Após minhas investigações, Shaz se aproveitou do que descobri para fomentar o medo no Parlamento e ordenou que sua corja envenenasse camponeses para que parecessem membros do falso culto praticando rituais.

Enquanto o Parlamento se distraía com montes de minérios e os paladinos perdiam tempo capturando camponeses inocentes, Shaz usava as minas para armar seu exército, uma terrível horda de crias da morte.

A pergunta mais comum em Sonatri é como vencer inimigos tão poderosos. A infecção por si só encarrega-se de renovar as tropas. É um exército que cresce a cada confronto, baixas no lado oposto resultam em novos recrutas para as hordas de Shaz. E, além de serem ferozes combatentes, eles não podem morrer por ferimentos comuns. Espadas, disparos e ataques de energia não param esses monstros. Nada pode detê-los, exceto a técnica do expurgo que utilizei na criança de Cimérium. Essa, sim, é capaz de banir a energia negra dos corpos afetados, permitindo que voltem para o ciclo natural da vida.

É com base nisso que Ioseth e eu demos seguimento à segunda parte de nosso plano. Para enfrentarmos a ameaça, os paladinos precisavam ser treinados com a arte do expurgo. Foi exatamente isso que fizemos durante todos esses dias. Sessões diárias para que cada membro da Ordem aprendesse a utilizar com maestria o dom de destruir as trevas dentro de um corpo corrompido. Depois de todos estarem devidamente ensinados, estávamos prontos para voltar ao campo e aniquilar aquele monte de ossos e carne em decomposição.

— Eu defenderei as vilas — diz Ioseth ao Parlamento. — Já temos força suficiente para contra-atacar. Não podemos deixar as hordas atingirem as cidades grandes. Se conseguirem, Shaz triplicará seu exército em poucos dias.

— Poderão vencê-los? — um dos parlamentares pergunta, amedrontado.

— Apenas atrasá-los. — Ele deixa os políticos mais aflitos. — É por isso que a outra investida é importante.

— Enviar a paladina para Cimérium? — O tom irônico só podia sair da boca de Zarius. — É loucura.

— Shaz deve morrer para que as hordas parem. E Tlavi é a única capaz de vencê-lo. Ela é a Cura. De todos os infectados, apenas ela sobreviveu.

— Mas enviá-la direto para a toca do inimigo com apenas três paladinos? Isso seria desperdiçar nossa única chance.

— São os melhores — digo enfática —, os melhores que temos. Confio cegamente neles — repito enquanto passeio o olhar por Sebastian, Faleena e Christia, sentados na primeira fila do auditório. Vieram especialmente para essa assembleia, visto que seus destinos seriam decididos nela. — Eles sabem dos riscos.

— Então não tenho mais nada a dizer senão desejar boa sorte a todos vocês. E que Phelgor ilumine Sonatri, pois vamos precisar de sua Luz.

Zarius encerra a sessão e os parlamentares começam a se levantar, dirigindo-se à saída. Meus três pupilos reverenciam em respeito e também saem. Precisarão de descanso para nossa jornada.

Em poucos minutos, o salão da Basílica fica praticamente vazio, restando Ioseth e eu na tribuna. Há também alguns parlamentares que conversam em pé e, perto deles, um homem sentado de coroa avermelhada, feita de círculos verticais de metal, os símbolos de Tênus.

Eu havia sentido sua presença desde o começo da assembleia. Achei que fosse se pronunciar, porém ficou em silêncio durante a reunião toda. Após a saída dos últimos parlamentares que conversavam, o homem coroado se levanta e vem em nossa direção. Ele veste uma bela túnica de veludo, com mangas longas bordadas em dourado. Ioseth reverencia sua presença e segue para fora.

— Vocês poderão conversar à vontade — ele diz enquanto sobe as escadas por entre as poltronas.

Assim que o Mestre das Barreiras deixa o salão, eu digo:

— Você demorou para aparecer.

— Minha cidade agora corre tanto risco quanto Nuanto.

— E acreditava que ela estivesse segura antes? Foi por isso que não nos ajudou? — pergunto ao cruzar os braços.

— O meu voto naquele conselho não faria a menor diferença, Tlavi. Desculpe-me se te decepcionei.

— Não, Minau. Não teria como você me decepcionar mais do que já decepcionou.

— Vamos deixar as mágoas de lado? — ele pontua. Seus olhos trazem o mesmo brilho de sempre. Tentam me conquistar. Mas eu continuo séria.

— Mágoas? Está tirando conclusões precipitadas ou está lendo a minha mente?

Ele sorri e mostra seus belos dentes que brilham tanto quanto a coroa em sua cabeça.

— Não ousaria entrar na cabeça de uma Estrela novamente.

Em resposta, eu o encaro com certo rancor.

Minau Montesco também é uma Estrela. O Senhor da Mente ou Estrela Psíquica, como é conhecido. Ele faz parte do Parlamento, porém não costuma mais participar das assembleias, devido a sua posição atual como regente da maior cidade de Sonatri.

— Tênus está no caminho das tropas — ele continua, mudando seu tom para mais sério.

— Eu sei disso. Shaz busca lugares com grande população. Assim suas hordas ficariam gigantescas, com força suficiente para avançar sobre outros reinos.

A cidade de Minau não é mais antiga que Nuanto, porém é muito populosa. Se Shaz alcançar Tênus, suas tropas aumentariam tanto que seriam capazes até de chegar a Mabra, a maior cidade do Mundo e, aí, tudo estaria acabado.

— Acha que se eu for com você será mais fácil destruí-lo?

— Ioseth e eu já pensamos em atacá-lo juntos, mas isso não adiantaria. Apenas eu tenho a energia capaz de pará-lo. Esse é o meu papel. E você não pode abandonar Tênus agora — falo incisiva. — O povo precisa de seus líderes no comando.

— Faz sentido. Não tenho o que fazer senão te desejar sorte. Nossos destinos estão em suas mãos, Tlavi.

Eu aceno com a cabeça em agradecimento e falo em seguida:

— Ioseth usará o que resta das tropas paladinas para conter os avanços das hordas. Você precisa preparar seu próprio exército para proteger sua cidade. Se tudo der certo, não precisará usá-lo.

— Dará tudo certo — ele diz com firmeza. — E aí te esperarei para um jantar de comemoração.

Sem graça, eu aceno com a cabeça, mais uma vez.

Na manhã seguinte, tudo já está pronto para partirmos. Minau voltou para Tênus e Ioseth preparou as tropas. Coloco minha armadura, preparo minhas armas e, quando estou saindo de casa, noto um novo cartão por baixo da porta. Pego-o para ler:

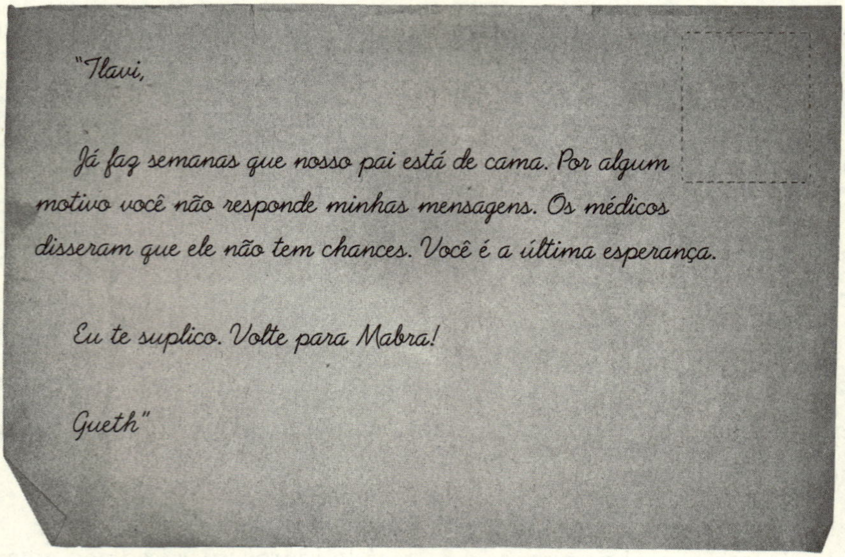

"Ilavi,

Já faz semanas que nosso pai está de cama. Por algum motivo você não responde minhas mensagens. Os médicos disseram que ele não tem chances. Você é a última esperança.

Eu te suplico. Volte para Mabra!

Gueth"

Meu pai de cama? Por Phelgor, Gueth, não me peça para voltar, não agora. Eu sou a última esperança para o mundo também. Se eu não derrotar Shaz, toda a Sonatri vai padecer diante dele. Não posso voltar para Mabra!

Com dor no coração, coloco o cartão sobre a mesa e saio, deixando esse problema para trás. Ser uma Estrela também é saber fazer escolhas. Meu pai poderá esperar. Tenho certeza.

Já na saída de Nuanto, encontro os outros paladinos. Ioseth segue para o norte com dezenas de soldados e eu vou para o noroeste, acompanhada dos três que visitaram Cimérium comigo da primeira vez.

Com a ajuda dos medalhões de cavalaria, conseguimos viajar rápido o suficiente para chegarmos a Cimérium em apenas dois dias. Diante das cercas e grades, instaladas para conter a praga, mas que agora servem de proteção para Shaz, abro um mapa antigo da cidade que consegui na biblioteca de Nuanto e guio meus companheiros para um córrego na parte leste. É por ele que acessamos as galerias de esgoto e então subimos para as ruas, já no lado de dentro.

Seguimos pelas vielas desertas com cuidado. Está entardecendo e a visibilidade começa a diminuir. As construções são baixas em Cimérium, a única que alcança cinco andares é a prefeitura, localizada no centro. Ela é o nosso alvo.

Enquanto caminhamos, Faleena anda com o arco retesado e usa sua visão aprimorada para enxergar pela escuridão. Ela está atenta para acertar qualquer coisa que se mova. Sebastian também está alerta, sua sensibilidade energética pode indicar a presença de inimigos.

— A energia daqui permanece péssima, mestra — ele diz com os olhos fechados —, mas não percebo ninguém por perto.

— Continuem atentos.

Enquanto caminhamos na direção da prefeitura, avisto um pássaro negro no telhado de uma casa; é um corvo. Quando passamos para o quarteirão seguinte, ele levanta voo e pousa em uma árvore morta, mais próxima a nós. Mais uma vez nos distanciamos e a criatura segue nosso caminho, parando em um pequeno muro. Desconfiada, sinalizo o bicho para os outros. Christia então aponta para outro telhado e nele vejo mais uma dúzia de pássaros. Todos nos olham, acompanhando nossos movimentos com a cabeça. Ele diz:

— Não estou gostando disso.

— Não façam movimentos bruscos — falo em voz baixa. — Continuem andando sem chamar atenção deles.

Entretanto, quanto mais andamos, mais pássaros pousam ao nosso redor. Vamos diminuindo a velocidade da caminhada, tentando emitir o menor ruído possível. O silêncio de nossos movimentos só é quebrado por Faleena, que pisa em um galho seco e emite um ruído alto, da madeira se rompendo.

— Droga — ela diz.

Ao ouvirem o barulho, os pássaros se atiçam e disparam para o alto. Lá em cima, passam a sobrevoar nossas cabeças em círculos, gralhando gritos agudos.

— Não são animais comuns — Sebastian diz. — Estão embebidos de energia negra.

Faleena dispara algumas flechas e derruba vários deles. Seu ataque é o estopim para que eles revidem.

— Para o prédio. — Aponto para a sede da prefeitura de Cimérium, já na próxima rua.

Enquanto corremos, somos obrigados a desviar de voos rasantes dos animais que tentam nos bicar. Defendo alguns deles com meu escudo e Christia derruba outros com espadadas. Assim que passamos pela porta da prefeitura, Sebastian lança uma onda de energia para fora, despedaçando os animais que tentam nos seguir. Os pedaços caem fritos no chão e isso me dá tempo de fechar a passagem. Tomo um susto ao ouvir diversas pancadas na madeira. Os que sobreviveram ainda tentam entrar, bicando a porta com violência.

— Mas que aberrações são essas? — Christia pergunta, espantado.

— São só uma amostra do que Shaz pode fazer — respondo. — Por sinal, com todo esse alvoroço, ele não vai demorar em saber que estamos aqui.

— Ele já sabe — uma voz feminina vem dos fundos do grande saguão de entrada da prefeitura.

Todos nos viramos e encaramos a inimiga, que fica visível após alguns passos, devido à luz externa que entra por uma das aberturas rústicas da parede. É Fibula. Agora os corvos não batem mais na porta. Pela mesma abertura por onde a luz passa, um deles adentra a sala e pousa no ombro da mulher. Ela vira o ouvido para ele, como se pudesse ouvir o que o animal diz.

— Estão aqui para matar Shaz? — Um riso sai abafado pela máscara.

Faleena toma a frente e mira na direção dela.

— Saia do nosso caminho.

— Ou você vai atirar?

Sem responder, a paladina solta a corda do arco, e a flecha voa até Fibula. O disparo só não acerta sua testa devido ao corvo, que se sacrifica ao se colocar na frente, desviando o disparo.

— Oh! — Fibula abaixa para ver a criatura morta no chão. — Tentou proteger a mamãe. Esses paladinos maus!

— Não ligue para eles, meu doce. — É Shaz quem desce as escadas, acompanhado de Humerus e Talus. — Vamos vingar a morte de seu bichinho.

— Eles vão pagar caro por isso — Humerus diz, deixando a batida de seus dentes ecoar no saguão do prédio.

Diante da ameaça, Christia saca a espada, Sebastian acende sua aura e eu evoco minha Sentinela de Luz. Nós é que vamos acabar com todos eles.

— Acho corajoso de sua parte voltar até aqui, Tlavi — Shaz diz, sem se preocupar com nossas armas apontadas para ele. Parado do outro lado do saguão, ele mantém uma pose calma. — Te darei outra chance de se juntar a mim.

— O quê? — Christia pergunta, surpreso.

— Nem se eu morresse.

— Você não entende. Você é a cura e eu sou a morte. Nenhum pode viver sem o outro. É melhor que estejamos juntos. Podemos escolher quem vive e quem morre. Somos deuses, Tlavi.

— Chega! — grito e ordeno que a sentinela dispare na direção dele. Surpreso, o Conde defende meu raio com a bengala.

Com o meu ataque, os outros paladinos avançam para os inimigos. Os lacaios de Shaz se defendem: Fibula corre pelo salão, evitando as flechas de Faleena, Talus evoca seus tentáculos para se proteger das ondas de luz de Sebastian e Humerus rebate a espada de Christia com a boleadeira. Todos acharam seus adversários. O meu, claro, é Shaz!

Assim que me aproximo, ele revela um sabre escondido dentro da bengala e tenta me acertar com espadadas. Defendo algumas com a maça, outras com o escudo. Como toda Estrela, ele tem bons reflexos e se sai bem no combate corpo a corpo. Enquanto trocamos golpes, faço a sentinela disparar diversos raios, que são evitados com facilidade por Shaz.

Continuo encarando o Senhor da Morte. Ele apenas sorri para mim, como se nossa luta fosse divertida. Ao meu lado direito, Christia e Humerus destroem móveis antigos e parte das paredes enquanto lutam brutalmente. O brilho das energias de Sebastian e Talus também chama atenção. Eles tentam superar a força um do outro se enfrentando em um duelo energético. Já Faleena é obrigada a se defender de uma nuvem de corvos que adentrou a prefeitura e a atacam sob a ordem de Fibula. Ela precisa de ajuda.

— Preocupada com seus pupilos? — Shaz pergunta.

Encaro-o por alguns segundos e me viro até Faleena, ignorando a Estrela dos Mortos. Em um golpe rápido, envio minha sentinela como um cometa na direção de Fibula. A inimiga, concentrada no controle dos animais, não nota o ataque e, quando ele a atinge, incinera parte de seu corpo e a lança contra a parede. Os corvos se dissipam, liberando Faleena, que logo se recupera e dispara uma flecha certeira na cabeça de Talus. Sem ver de onde o ataque veio, o clérigo cai no chão e seu corpo acaba engolido pela luz de Sebastian. Volto minha atenção para Shaz, que assiste aos seus lacaios serem derrotados. Ele dá alguns passos para trás, mas logo é impedido por Christia, que arremessa Humerus sobre as escadas, obstruindo o caminho de volta.

— Vai fugir? — pergunto apontando minha maça em sua direção.

— Eu não faria isso com você — ele fala, ainda sorrindo. — Quer me matar, não é mesmo? Pois bem. Vá em frente.

Minha sentinela ressurge ao meu lado e eu preparo um ataque derradeiro. Uso toda a luz do meu corpo e a transfiro para a esfera de energia flutuante, que se enerva e se expande. Não vou desperdiçar essa chance. Shaz vai morrer agora!

— É o seu fim! — Libero toda a força da sentinela. Shaz é saraivado por uma porção de raios de luz que saem da sentinela. O corpo do Conde cai retorcido e desfigurado sobre os degraus da escadaria.

Todos param diante dele, olhando com cautela, enquanto recupero o fôlego.

— Você conseguiu — Sebastian fala ao se aproximar do vilão.

Não sobrou quase nada que permita o reconhecimento de Conde Marco Baltrem. Seu corpo foi destruído pelo meu ataque. Está mais do que morto.

— Finalmente. Sonatri está livre desse desgraçado. — Prendo a maça no cinto, respiro fundo e viro as costas, seguindo na direção da saída. — Vamos para as minas. Ainda temos que destruir...

— Argh! — o gemido de Sebastian corta minha fala.

Ao me virar, vejo o tórax dele perfurado pelo sabre de Shaz. A lâmina atravessou até mesmo a poderosa armadura paladina. Segurando a arma, a Estrela dos Mortos se levanta, regenerando-se de todos os ferimentos que causei. Sua pele recobra a cor, os ossos voltam ao lugar, as feridas se fecham. Ele então puxa a arma do corpo de Sebastian e deixa o jovem paladino cair com sangue na boca.

— Não! — brado ao ver outro de meus discípulos morrer diante de mim.

—Você é tão tola, Tlavi — Shaz anda na minha direção.

Faleena e Christia se juntam a mim e se preparam para continuar a briga. No entanto, estão todos chocados com a demonstração de Shaz. É impossível. As crias da morte até podem permanecer vivas, mas sofrem ferimentos. Quando seus corpos são destruídos, não há como se levantarem novamente. Shaz se regenerou, curou-se por completo, como se fosse...

— Imortal. Eu sou imortal — ele completa meu pensamento. — Não pode me matar, Tlavi. Ninguém pode. A morte está do meu lado. Era isso o que eu vinha tentando te dizer.

Recuamos ao sentir a energia negra de Shaz aumentar. Os corpos de seus lacaios ganham vida novamente ao serem banhados pela força das trevas que emana do corpo do Senhor da Morte. Um a um, eles se levantam, endireitando seus membros, recuperando suas formas.

— Veja o que perdeu, Mestra da Cura. Aqueles que estão ao meu lado não podem morrer.

Humerus, Talus e Fibula, também regenerados, nos cercam.

— Mas vocês — ele aponta o sabre —, vocês podem!

Parte IV

Mabra

por Leran Yandel

CAPÍTULO 15

Um final de tarde tranquilo. A casa está silenciosa, o bairro permanece calmo. Pode-se notar o vento soprando uma brisa sobre as oliveiras. Um belo domingo.

— Amor? — a mãe diz ao descer as escadas com dificuldade.

— Sim? — O pai está sentado no chão da sala, onde brinca com o pequeno filho de franjas louras.

A mulher olha para ele antes de continuar. Sua expressão é de dor, porém o sorriso demonstra o tamanho da felicidade:

— Vai nascer.

Ele coloca o garotinho no pequeno cercado do canto da sala e corre para fora chamando pelos vizinhos. Instantes depois, volta na companhia de uma senhora de pele negra e cabelos bem brancos, que leva a mãe para um dos quartos. O garotinho, de quase três anos, assiste a tudo sem entender o que acontece.

O pai quer ficar junto à mãe, mas a senhora não deixa e pede que ele espere no corredor. Não demora até que o avô chegue, entusiasmado:

— Já nasceu? — pergunta contente.

— Não — o pai responde com aflição.

A noite cai e os gritos da mãe os deixam mais nervosos. O garotinho, agora no colo do avô, brinca de puxar a barba do senhor.

Minutos se passam, horas se passam. O parto parece difícil, principalmente para eles, que apenas ouvem e não recebem notícias do que acontece lá dentro.

Quando a senhora passa pela porta, o pai fica apreensivo. Os gritos da mãe pararam, mas não se ouve nenhum choro de bebê.

— Está tudo bem? — As unhas dele já estão todas ruídas.

Ela apenas acena com a cabeça e faz sinal para que entre.

Na cama, está a mãe com a coisinha em seus braços. Os cabelos escuros, os olhos azuis e a pele clara fazem uma combinação exótica. Ele nunca havia olhado para algo tão lindo.

A lua cheia, vista pela janela aberta, é tão grande que chamou atenção da criança desde o momento em que abriu os olhos. Não derramou nem sequer uma lágrima. Ela está encantada com o brilho da bola lá no alto, é quase uma hipnose. As mãozinhas se mexem e os pequeninos braços tentam alcançar o astro. Os pais estão tão entretidos quanto a menina, mas não com a lua do céu. É o fascínio da filha que os enche de amor e orgulho.

— Luana — diz o pai com os olhos cheios de água.

A mãe olha para o bebê e sorri.

Um sonho! Que horas são? Pergunto-me ao franzir o cenho. O sol já é forte e ilumina todo o quarto. Saio da cama coçando os olhos e tropeço em algumas peças de roupa largadas no chão. Troco de camiseta e vou até a cozinha.

— Bom dia — falo para Luana. Ela está em pé diante da mesa de pães.

— Muito bom dia, dorminhoco.

— Precisa de ajuda? — pergunto após um longo bocejo.

— Sim, pega esses pratos e leva ali para a mesa.

Apanho as louças e saio da cozinha em direção ao restaurante. No balcão está a Dona Marta, proprietária da Pousada Flumberg e nossa chefa.

— Bom dia, Leran.

Sorrio em retorno. Preparo algumas mesas e sirvo os hóspedes.

A senhora Flumberg é exigente, mas muito bondosa. Passou a tomar conta do lugar depois do falecimento do marido, há muitos anos. Estava precisando de ajudantes e por sorte aparecemos... ou aparecemos e, por sorte, ela precisava de ajudantes. O fato é que nos ofereceu trabalho e moradia e isso veio muito a calhar. Trabalhar aqui é tão tranquilo que nem notamos os últimos meses passarem. Já faz tempo que chegamos a Mabra.

Nossa busca inicial não deu resultado algum. Só um rapaz ingênuo, de uma cidade pequena do sul, acharia possível encontrar alguém em um lugar imenso como esse. Não tínhamos nem um endereço no qual procurar, um ponto de partida, nada. Mas pelo menos conseguimos paz. Durante todo esse tempo, não tivemos notícias de Acigam, Nagisa ou dos caçadores. Como Tohul disse, Mabra é perfeita para um recomeço de vida. Uma cidade maravilhosa.

Já me sinto um autêntico mabrense. É claro que não conheço nem um terço daqui ainda. Mabra é colossal, quarenta, talvez cinquenta vezes o tamanho de Acigam. Mas estou bem neste bairro. Fiz amizades com vários comerciantes locais ajudando a Dona Marta com a compra de alimentos e outros produtos para a pousada. Ainda tenho tempo livre para me divertir e praticar encantos. E aqui não preciso esconder essa habilidade de ninguém.

Eu continuei treinando minhas técnicas, mesmo sem as bolinhas de cobre ou as flechas especiais. Tentei encantar alguns metais diferentes, mas não obtive muito sucesso. Meu avô conseguia encantar tantos materiais... Fica claro que estou muito longe de ter a habilidade que ele tinha. Minha intenção nos treinos, porém, é apenas manter a prática, sem enferrujar.

Para suprir a falta do material que eu utilizava, eu passei a usar alguns dos trocados que recebo de gorjeta. O mabrar é o tipo de moeda que vale menos por aqui, por isso, às vezes, posso me dar ao luxo de explodir alguns. Ele tem o formato de um pequeno anel feito de uma mistura de metais, entre eles o cobre. Cem mabrares equivalem a um mabre, moeda larga, feita de prata e estanho. Por fim, mil mabres valem um mabrol, ou mabrão, que é uma nota de tecido, decorada com fios de ouro. Eu sei como é porque me falaram. Nunca vi um mabrol. Dizem que o dinheiro de Mabra é tão forte que diversas cidades do mundo o adotaram como mecanismo financeiro oficial. Portanto, andar com alguns mabres no bolso é útil por diversos fatores.

Trabalhando na pousada, jamais juntaremos dinheiro para termos um mabrol, mas isso não importa. O importante é que Luana está segura e isso basta para mim.

Apesar de termos desistido de procurar por Quiroon, ainda guardo certa esperança de que vamos achá-lo. Até porque não podemos viver aqui para sempre. Acigam precisa de nossa ajuda. Luana tem que ficar forte a ponto de enfrentar e vencer Nagisa. Caso contrário, nossos amigos continuarão sob o domínio dela e do Babo, aquele velho asqueroso.

Antes de deixarmos Acigam, Simus disse que o farol de Luana havia sido dado por Quiroon, um colega dele de Mabra. Em seguida, ele entregou a joia para meu avô, que passou ao meu pai. Descobri sozinho que o farol serve para localizar a Estrela, mas ainda não entendo o motivo pelo qual teriam desenvolvido um mecanismo como esse. Segundo Simus, Quiroon é o único que pode dizer de onde a joia veio, ou quem a teria produzido. Só assim saberemos onde buscar o real significado do farol e das Estrelas e, quem sabe, encontrar alguém que possa ensinar Luana.

Já minha irmã não está nem um pouco preocupada com isso. Luana se encontrou em Mabra. Aqui existem pessoas de todos os tipos, com estilos de todos os gostos. Ela achou lojas malucas que atendem à sua necessidade de se vestir como vampiras de livros de terror. Voltou a abusar das botas, dos braceletes e da maquiagem sombria. É claro que no trabalho ela maneira, mas, quando ela sai, eu fico furioso.

De qualquer forma, uma coisa me deixa muito tranquilo quanto a Luana. Depois que chegamos aqui, ela amadureceu muito. Talvez os acontecimentos no Polo Terra a tenham ajudado nisso. Por mais duro que seja para mim, tenho de admitir que minha irmã está crescendo.

Hoje Luana decidiu que vamos fazer algo juntos, aproveitar a noite badalada de Mabra. Coloco uma roupa mais legal e a aguardo na entrada da pousada. Ela aparece na escada com vestes comportadas, o que me surpreende:

— Não vai caçar esta noite?

— Não faço isso quando saio com meu irmão.

Espera. Isso quer dizer que ela faz isso quando está sozinha?!

Entrefecho um dos olhos e a encaro por alguns instantes.

— Calma, Le. Estou brincando. Vamos a um lugar muito bacana. — Ela tira um panfleto da bolsa. — Achei que estávamos precisando de um pouquinho de ação.

— Me deixa ver. — Pego o papel.

Trata-se de um anúncio para a luta que acontecerá esta noite. O torneio ANM.

— O que significa?

— Artes Nulas Mistas — ela fala com brilho nos olhos. — É a sensação do momento. Todos vão lá para ver. Os caras têm que se enfrentar sem usar energia. E a luta de hoje vai ser demais, Le. Tenho certeza de que vamos gostar.

— Esses são os lutadores? — aponto para o desenho de dois homens no panfleto, virados de frente um para o outro.

— Sim. O desafiante é o tal Polaris, o homem das neves. O outro terá que defender o título. O mais legal é que eles se fantasiam, encarnam personagens!

— Parece interessante. — Eu rio. — Será bom um pouco de entretenimento.

— Vamos logo então, quero pegar bons lugares.

Saímos da pousada e vamos até uma das estações de trem. Após entrar no meio de transporte, nossa viagem é rápida pelos trilhos elevados da linha.

Nesses meses que passei em Mabra, pude aprender bastante sobre a cidade e outras regiões fora de Acigam. Tive uma educação tão controlada no passado que todas as informações recentes sobre outros lugares foram deliciosas. Já sei tanta coisa. Por exemplo: Mabra é considerada a capital do comércio. Por isso meu avô e Simus viajavam para cá. É onde estão as maiores e melhores lojas, fábricas, fornecedores, entre outras coisas. A cidade foi fundada sobre antigas rotas de comerciantes e cresceu desenfreada às margens da maior delas, o gigantesco Rio Sorah. É por meio dele que as mercadorias de Mabra escoam para outras partes do mundo, como o Reino Central, a oeste.

O que mais me encanta é a modernidade de tudo aqui. Os prédios parecem alcançar as nuvens. Enquanto viajamos pelos trilhos, observo as lindas torres com acabamento em vidro e outros materiais brilhantes. Fica impossível contar o número de andares. Os elevadores precisam ser muito rápidos para subir e descer tudo isso em poucos minutos.

Sempre que saio pela cidade também não consigo deixar de admirar os veículos, diferentes de tudo o que eu havia visto em Acigam. Eles correm por ruas cobertas por uma lisa camada de cimento negro. Os mais comuns são os mobins, um meio de transporte individual controlado por guidões, às vezes com garoupas para montar um segundo passageiro também. Embaixo, o mobin possui duas saídas largas de ar, que quando ligadas suspendem o veículo a alguns centímetros do solo. Lembram bicicletas encorpadas, só que muito mais modernas, com turbinas no lugar de rodas. No painel da frente, tem alguns cristais brancos responsáveis pelo funcionamento do motor e as laterais de metal são decoradas com filetes luminosos.

Outro tipo de veículo comum é o trambolho, nome popular devido ao tamanho mais robusto. Eles são capazes de transportar várias pessoas ao mesmo tempo e alguns, ainda maiores, são utilizados para carregar mercadorias. Sua carroceria é feita de metal, geralmente fosco, e pode ser decorada com diversas cores, o que dá um colorido interessante para as ruas de Mabra. Por se tratar de veículos mais pesados, os trambolhos usam rodas metalizadas para correr. Eles funcionam com a energia do solo e basta estacionar para que as baterias, caixas localizadas nas duas laterais do veículo, se recarreguem. O motorista controla tudo por meio de botões e alavancas no painel interno de cristal, posicionado na parte da frente. O único defeito dessas maravilhas é o preço; nunca terei condições de comprar um deles.

Para mim sobra a opção dos trens públicos. Mas não tenho o que reclamar. A malha ferroviária de Mabra é extensa e você pode viajar pela cidade toda pagando bem pouco. Parte dos trilhos é suspensa por grossas colunas de concreto e aço, atingindo diversos pontos da cidade. As estações principais ficam no solo, mas existem paradas dentro de edifícios também, principalmente no centro da cidade. Pessoas podem desembarcar direto em andares elevados, a mais de cem metros de altura. Não preciso dizer que os trilhos cortando o céu criam uma visão impressionante.

Também é por meio dos trens elevados que se pode viajar rapidamente da ala sul para a ala norte da cidade. No meio das duas regiões passa o Sorah. A cidade cresceu na área onde o rio tem sua menor largura: aproximados dez quilômetros. Além dos trilhos que correm por cima das águas do rio, algumas pontes foram erguidas para facilitar o transporte de veículos e mercadorias. A construção mais magnífica de toda a cidade é a Ponte do Elo, erguida a mais de quarenta metros por cabos grossos de aço, que se prendem a gigantescas estruturas metálicas em formato de X, fixadas no fundo no rio. Nelas, roldanas e engrenagens garantem a estabilidade da extensa construção. Quando estive lá pela primeira vez, foi como se estivesse em um sonho maluco. Nunca havia visto tanta água pela frente.

Depois de alguns minutos a bordo do trem, alcançamos o lugar onde Luana disse que deveríamos descer. Estamos em outro bairro da periferia de Mabra. Só que esse parece um pouco perigoso. Não tem muita iluminação nem veículos passando nas ruas. Apenas alguns filetes luminosos correm pelas calçadas. Logo avisto, ao longe, uma cambada de gente entrando em um galpão.

— É ali? — pergunto.

Luana acena com a cabeça e me puxa pelo braço até a entrada. Um segurança nos cobra pelos ingressos.

— Essa parte é com você.

Retiro alguns mabrares do bolso, pago, e ele nos libera.

O lugar é velho e mal organizado. No centro, está uma arena elevada, com cordas ao redor. Existem arquibancadas em todas as voltas, com espaço para receber centenas de pessoas. Apesar de virmos cedo, só achamos lugar nas últimas fileiras.

— Nossa, isso lota — falo.

— Sim. E olha que é uma competição ilegal.

— O quê? — pergunto irritado. — Você nos trouxe para ver algo clandestino? Está louca?

— Relaxa, Le. Olha quanta gente tem aqui. Não vai acontecer nada.

Não gosto disso. Mabra é um lugar liberal, ninguém tem dúvidas. Mas não quer dizer que não existam regras. A cidade tem uma polícia muito bem treinada e aqueles que não seguem as leis são presos.

— Espero que você esteja certa.

— Sim, sim. Agora fica quietinho que vai começar.

Apenas espio Luana com o canto dos olhos e volto minha atenção para a arena, onde um homem bem vestido segura um alto-falante:

— Boa noite, amantes da luta!

A plateia vibra com o cumprimento.

— Estão prontos para ver um confronto incrível?

— SIM! — o coro da multidão responde, inclusive Luana, megaempolgada.

— Então, vamos lá. De um lado, o desafiante da noite, o guerreiro das neves, o abominável Polaris!

Sob aplausos, entra um dos lutadores pelo corredor da esquerda. Com barba e cabelos ruivos, ele usa um manto de pele de urso-polar nas costas. Quando chega ao ringue, retira a veste e deixa à mostra os músculos gigantescos do tórax e dos braços. O cara é enorme. Enquanto a plateia grita, Polaris faz pose mostrando seus bíceps, tríceps, além de diversas caretas.

Sentada próximo a mim, além de Luana, está outra garota. Para Polaris, ela vaia sem parar:

— Você vai apanhar feio hoje, seu idiota!

Olho assustado para ela diante de tamanha agressividade. O apresentador continua:

— Do outro lado, nosso campeão. O soldado das matas, o Nairatiano!

Agora parece que o galpão vai abaixo. Além de gritar e aplaudir, as pessoas batem os pés, pulam eufóricas. A garota do meu lado não se aguenta, sobe na cadeira e esgoela:

— Acaba com ele. Destrói ele. Vai! — Até me encolho na cadeira com medo dessa menina.

Pelo outro corredor, entra o Nairatiano com uma estranha máscara de couro que cobre do nariz até a testa, deixando a boca e a parte de trás da cabeça descobertas. Ele usa uma bermuda curta, deixando o tórax à mostra. Algumas peças de madeira e folhas enfeitam ombros e braços. O cabelo de tom castanho cai liso até abaixo dos ombros, preso em um rabo de cavalo. Na parte de cima de uma das orelhas, noto alguns brincos refletindo os holofotes. O corpo de pele bronze também é forte, mas não se compara em tamanho ao do adversário. Ele vai ser massacrado.

Cada um dos lutadores se posiciona em um dos lados da arena e se prepara para a luta. O apresentador deixa o ringue e se senta a uma mesa, onde outro homem bem vestido já está acomodado. Eles começam a comentar a partida:

— Obrigado pelas apresentações, Ted. Essa luta promete, hein?

— Com certeza, Bill. Polaris está muito bem preparado e o Nairatiano ainda se recupera da última luta. Ele terá trabalho para derrubar o homem das neves.

— Pois é! — Bill concorda.

— Enquanto nossos astros se preparam, vamos fazer como de costume e relembrar as regras.

Isso será ótimo, não tenho ideia de quais seriam elas.

— Claro, Ted. Como a maioria já sabe, nossos combates são de três rounds. Dois deles com armas e o último de mãos livres. Como desafiante, Polaris escolhe a arma da primeira rodada. No segundo round, a arma é a do atual campeão, no caso o bastão. Todos sabem que o Nairatiano é fera com ele. Por fim, se houver empate, o terceiro round é um empolgante vale-tudo. Menos energias, é claro.

— É isso aí, Bill. E, para a primeira rodada, Polaris desafia nosso campeão na luta de floretes elétricos. Vamos ver como o Nairatiano se sai.

Pelas grades, duas mulheres espetaculares entregam as armas para ambos os combatentes. Por alguns instantes perco a atenção nos lutadores e fico admirando as modelos. Luana me dá um cutucão.

Volto o olhar para os guerreiros e presto a atenção nas armas que receberam. Trata-se de uma espada fina de lâmina longa. Os dois posicionam as espadas diante do corpo e toca uma sirene, dando início ao primeiro round. As lâminas são envoltas por um tipo de energia elétrica e eles iniciam o combate. Quando uma arma toca na outra, faíscas voam pelo ringue, gerando um grave estrondo. Os comentaristas não perdem um só detalhe:

— Apesar de grande, Polaris é muito rápido, Ted.

— Pois é, Bill. Nosso amigo Nairatiano está com dificuldades em avançar. Fica apenas na defensiva.

Depois de rebaterem diversos golpes para ambos os lados, Polaris consegue entrar pela guarda do Nairatiano e espeta seu peito com a espada. A arma penetra o tórax do homem, arrancando gritos histéricos de preocupação da garota maluca ao meu lado. Uma corrente elétrica passa pelo corpo do mascarado. Ele não consegue mover um dedo, apenas permanece parado com a arma de Polaris em suas entranhas. Quando o brutamonte puxa a espada, o campeão desaba desfalecido.

— Ele morreu? — pergunto chocado com a violência desse tipo de entretenimento. Mas logo vejo que o Nairatiano se levanta e, no alto do galpão, onde está o placar, se acende uma luz do lado de Polaris, indicando que ele levou o primeiro round.

— É, Bill. Acho que os floretes foram bem escolhidos pelo desafiante.

— É o que parece, Ted. Mas o nosso campeão já está recuperado. Para quem não sabe, essa não é uma arma letal. — O comentário me deixa aliviado. — A energia elétrica que percorre a lâmina faz com que as moléculas do metal vibrem muito depressa, podendo atravessar qualquer coisa sem causar danos.

Que arma fantástica. Ela é, digamos, intangível, e atravessa os músculos e ossos sem de fato perfurá-los. No entanto, como tem uma carga elétrica, acaba paralisando quem é atingido. E, quando duas iguais se encontram, a energia de ambas se repele, por isso das faíscas. Quero uma!

Os comentaristas continuam:

— Para quem já foi enquadrado pela polícia de Mabra, sabe muito bem como uma dessas funciona, não é Bill? — ele pergunta, rindo.

— Nem me lembre, Ted.

Faz sentido. Agora me lembro de ter visto espadas semelhantes presas aos cintos de policiais daqui. Mas é a primeira vez que observo uma sendo usada.

Logo em seguida, as mulheres lindas voltam e trocam as armas dos combatentes. Agora deixam no ringue dois bastões compridos de madeira grossa. Objetos muito mais simples do que os anteriores. Os lutadores se armam e soa a sirene para a segunda rodada.

O Nairatiano é rápido e movimenta o bastão com giros que forçam Polaris a se afastar. O homem das neves se defende dos primeiros ataques e tenta acertar as pernas do adversário, que pula para se esquivar. Após mais rodopios e saltos com o bastão, o Nairatiano gira o tronco e usa a ponta da arma para golpear o estômago de Polaris.

— Ui! — expõe um dos comentaristas. — Acho bom ele ter feito um jantar leve hoje.

— Pela cara, vai botar tudo para fora — fala o outro.

Polaris tenta se manter em pé, mas cai abraçando o abdômen de tanta dor. Agora uma luz se acende para o Nairatiano no placar.

— Tudo igual! — grita o comentarista. — Teremos um round final de tirar o fôlego.

Do meu lado, a garota berra, pula, bate até a cabeça na cadeira da frente de tanta euforia. Eu e Luana trocamos olhares, sem entender o que se passa com essa louca.

— Povo estranho que vem aqui, não? — digo.

— Mas você não pode negar que está se divertindo.

Aceno com a cabeça e dou de ombros.

— Vamos a um rápido intervalo, enquanto nossos lutadores se preparam para o round final — Bill anuncia.

As mulheres recolhem os bastões da arena e Polaris vai para o canto se recuperar da pancada. Luana aproveita o intervalo e compra um saco de pipocas com o vendedor que passa pelas fileiras de assentos. Eu continuo observando as pessoas, principalmente minha vizinha de cadeira, que está mordendo a gola da camiseta enquanto a luta não continua.

— Quer? — Luana oferece o saquinho.

Pego e coloco algumas pipocas na boca. Quando os lutadores se levantam e seguem para o centro do ringue, prontos para a rodada final, a garota dá um grito tão agudo que o susto me faz derrubar todas as pipocas de Luana no chão.

— Le! — ela esbraveja.

— Desculpa, essa doida não para de berrar — falo ao me recuperar. — Te compro outra na saída.

Luana faz cara feia e volta a olhar para a arena. Os comentaristas retomam as falas:

— Estamos de volta, meus queridos espectadores. Ted, conte para eles como funciona o vale-tudo.

— É muito fácil, Bill. Para vencer, o lutador precisa fazer o adversário desistir, ou então nocauteá-lo.

— Muito bem. Então vamos lá!

A sirene toca e os dois combatentes ficam se encarando enquanto andam em círculos. Após alguns segundos, Polaris inicia e tenta agarrar o Nairatiano, mas ele é ágil e se livra do grandalhão. Em resposta, oferece socos e chutes que parecem não surtir muito efeito no corpo robusto do homem das neves. Passam-se minutos de trocas de golpes até que Polaris acerta o rosto do Nairatiano, fazendo sua máscara voar longe. Atordoado, o soldado das matas anda para trás e tenta se defender da sequência de murros desferida pelo adversário.

— Parece que é o fim da invencibilidade dele, Bill.

E, antes que o outro comentarista fale, o Nairatiano desvia de um dos murros, gira seu corpo para o lado e, com um salto, golpeia o queixo de Polaris usando um chute extraordinário. A plateia vai à loucura. O homem das neves cai desacordado no chão e o Nairatiano despenca em seguida, ainda tonto pelo murro que recebeu.

— Inacreditável, Ted! Você viu isso?

— Estou sem palavras, Bill. Vou até ignorar os personagens, pois o que ele acabou de fazer é digno de um campeão. Merece ter seu nome pronunciado como o tal: Gueth — ele se levanta e aponta para o Nairatiano —, você me surpreende a cada dia.

— Então esse é o nome dele — digo baixo, para mim mesmo.

Gueth se recupera da pancada e se curva em agradecimento ao comentarista. Em seguida acena para as arquibancadas.

A mulher histérica grita alucinada com a vitória de seu ídolo.

— Lindo. Nairatiano delícia! Ahhhh! Uhhh! — ela está se descabelando agora.

— Acho que ela vai ter um treco — Luana se preocupa.

— Olha pra mim! Gueth. Aqui, olha pra mim. Aqui, aqui — ela berra tão alto que ele deve ter ouvido. Quando se vira na nossa direção, a garota surta de vez. Grita, pula, me abraça e, quando a adrenalina explode, desmaia.

— Abana ela — Luana diz

Após receber um pouco de ar, ela abre os olhos.

— Ele olhou pra mim? Olhou! Ah, como ele é lindo — ela fita meu rosto, ainda suspirando, e pergunta: — Você não acha?

Minha testa franze com a situação inadequada. Obviamente nem respondo.

— Eu acho — Luana se intromete.

Meu olhar fuzila minha irmã.

— Verdade, ué. Ele é gostoso.

— Luana! Cria vergonha nessa cara.

Ela apenas levanta as sobrancelhas e se volta para o ringue a fim de ver o final do espetáculo. Após os cumprimentos do Nairatiano para a plateia, os comentaristas continuam:

— Gueth aprendeu muito com o pai.

O rapaz parece ser novo, uns vinte e poucos anos. É impressionante a habilidade de luta que tem. O pai dele deve ser muito bom para tê-lo ensinado desse jeito. E, para a minha surpresa e a de Luana também, a fala do segundo comentarista nos traz um nome familiar:

— Sim, Bill. E a semelhança é incrível. Postura, estilo de luta, carisma com o público. Olhando Gueth assim, poderia dizer que estamos diante do poderoso Quiroon Hur.

CAPÍTULO 16

— Ouviu o que eu ouvi? — pergunto a Luana.

— Sim — ela responde, espantada.

Esse cara, o Nairatiano, ele é filho do Quiroon? O homem que estamos procurando há meses? Não é possível.

— Será que é a mesma pessoa? — Luana corta meus pensamentos. — Quantos Quiroons existem no mundo? Às vezes é só alguém com o mesmo nome.

— Essa é a melhor pista que tivemos até agora. Não temos nada a perder se falarmos com ele.

Enquanto Gueth deixa a arena, disparo na direção do corredor. Peço licença, empurro e atropelo um monte de gente para conseguir alcançá-lo. Chego perto, mas sou impedido de tocá-lo devido aos seguranças que fazem um cordão de isolamento entre a plateia e os lutadores. Insatisfeito, eu grito:

— Gueth, GUETH. Aqui! Fala comigo.

Ele me olha e acena com a mão. Antes de deixar o galpão, manda alguns beijos para outros que também o chamam da plateia.

— Droga! — digo irritado.

— Calma, garoto — fala um dos seguranças. — Daqui a dois dias ele voltará para dar alguns autógrafos. Terá a chance de conversar com o seu ídolo.

— Ídolo? — pergunto confuso. — Ah, deixa pra lá.

Luana me encontra e pergunta se consegui algo. Apenas balanço o rosto. Nossa opção é irmos embora.

Na volta para casa, penso na imensa coincidência de encontrar o filho do homem que procurei por meses. Desde que Grisalho nos deixou nos portões de Mabra e correu de volta ao deserto, éramos apenas dois estranhos em uma cidade imensa, com um único objetivo: achar Quiroon. Aos poucos, a esperança de cumprir tal missão foi diminuindo, mas agora esse lutador reacende a chance que temos de descobrir a verdade sobre as Estrelas.

Luana pode ter razão, talvez seja apenas um nome parecido, contudo é nossa melhor chance de encontrá-lo. Vou seguir o conselho do segurança e voltar em dois dias. Gueth terá de falar comigo.

Aguardo ansioso, nem consigo trabalhar direito. Quando a data dos autógrafos chega, combino com a senhora Flumberg que ficaremos o dia fora. Luana e eu saímos logo cedo da pousada e vamos direto para a estação de trem, a fim de alcançarmos o galpão de lutas o mais rápido possível.

Assim que chegamos, descobrimos que não fomos os únicos a se antecipar. Na entrada do galpão, já existe uma fila gigantesca de fãs. Eu não tinha noção da popularidade desses caras. Nunca ouvi falar das lutas antes. E nem poderia, é clandestino. Os organizadores provavelmente tomam cuidado na divulgação dos eventos. Mas esses fãs já conhecem o sistema e certamente acompanham as lutas com frequência.

Deixo Luana guardando nosso lugar e vou até a entrada. O galpão ainda está fechado. Cutuco o ombro do primeiro da fila e pergunto:

— Por que tem tantas pessoas aqui?

— Todos os lutadores estarão lá dentro para falar com a gente — ele fala contente. — Estou aqui há quase dois dias.

O quê? Dois dias? Por isso esse cheiro de carniça. Que povo maluco. Como vou falar com Gueth se estou a duzentas pessoas de distância da porta? E o pior: de acordo com o cartaz preso no vidro, a sessão de autógrafos começa apenas no final da tarde.

— Temos que achar outra forma de entrar — digo para Luana assim que volto para a fila.

— Tem alguma ideia?

— Talvez. Vem comigo.

Puxo minha irmã para longe dos fãs obcecados e a levo para trás do galpão. Busco outra entrada, algum lugar por onde funcionários e organizadores têm passagem. Paro diante de uma porta dupla de ferro e decido esperar alguém entrar ou sair por ela. Sentamos na guia do outro lado da rua, atrás de umas lixeiras. As horas passam, Luana retira alguns biscoitos da bolsa para comermos, o sol se põe.

Finalmente vemos a porta se abrir. Alguém a puxou pela parte de dentro. Minutos depois, um grupo de pessoas surge na rua andando com cautela. Alguns deles olham de um lado para o outro como se estivessem se escondendo, mas não nos notam no escuro da viela. Quando passam perto de nós, consigo ouvir algumas palavras:

— A polícia está fechando o cerco. É melhor cancelarmos.

— Não podemos deixar os fãs na mão. Os seguranças ficarão espiando. Se algo der errado, eles nos avisam.

Esse negócio de lutas clandestinas não deve ser muito fácil de lidar. Mabra tem leis bem claras quanto ao comércio e aos lucros. Aqui se deve ganhar dinheiro de forma honesta. Jogos de azar e apostas são proibidos. E, em lutas como essas, o que não falta são apostadores. São eles que patrocinam o show.

— Vamos — falo para Lua depois que os caras entram.

— Por ali?

— Sim, ué, esperamos para isso.

— Mas e se nos virem?

— Não ouviu? Estão muito mais preocupados com a polícia. Alguém furando a fila não será um problema. Vamos logo.

Do lado de dentro, andamos por um corredor até termos acesso à arena. Lá no centro, algumas mesas já estão com lutadores aguardando por fãs. Vejo Gueth em uma das cadeiras centrais. Ele veste uma jaqueta de couro e os cabelos estão soltos, caídos sobre os ombros.

— Olha ele ali — aviso.

Assim que iniciamos a corrida para alcançá-lo, a porta da entrada principal se abre e uma multidão invade o lugar na direção das mesas. Nós, que estávamos mais longe, não temos tempo de chegar até Gueth e tudo é inundado por pessoas eufóricas gritando.

— Mas que praga! — falo ao chutar uma das cadeiras da plateia.

— Pelo jeito teremos que pegar a fila.

— Agora ela deve estar quase no deserto de Sumu-Ra.

Luana abre a boca para dizer algo quando um ruído de disparo chama nossa atenção. Pelas portas laterais do galpão surge um grupo de policiais. Quepes, uniformes azulados com placas leves de armadura, floretes e pistolas.

— Estão todos presos — diz um deles em um alto-falante pequeno. — Mãos ao alto.

— Que maravilha — falo para Luana enquanto ergo os braços.

Entretanto, apenas eu e ela fazemos isso. O restante da galera ignora a ordem do policial e corre para fora do galpão. Inclusive os lutadores, que se misturam às pessoas e desaparecem.

— Não podemos perder o Nairatiano, Luana.

— Estou vendo ele — ela grita e corre. Vou atrás.

Os policiais iniciam os disparos contra as pessoas. Das armas, saem raios que não matam, mas paralisam com uma carga elétrica semelhante à dos floretes. Diversas pessoas caem ao serem atingidas e logo são algemadas.

Luana vai se embrenhando na multidão e tenta alcançar o lutador, que já posso ver saindo do galpão pela porta dos fundos.

— Ali — grito para ela.

Ela, que é mais baixa, consegue passar com maior facilidade. Eu tenho de usar os ombros para empurrar as pessoas e atingir a porta. Quando saio, Gueth está virando a esquina, já a muitos metros na nossa frente.

— Ele corre muito — Luana diz, aumentando o passo.

— É bom alcançarmos, pois, agora que a polícia acabou com tudo, é possível que nunca mais o vejamos.

Viramos a esquina e temos tempo de ver o Nairatiano sendo barrado por dois policiais montados em mobins — os veículos da polícia de Mabra são decorados com faixas listradas e possuem uma haste com um globo giratório na ponta que pisca em vermelho e azul, além de emitir uma sirene alto e constante. Os guardas apontam as armas e obrigam Gueth a se render. Um deles pega os braços do lutador e coloca as algemas. Em seguida, o puxa com as mãos presas diante do corpo.

— E agora? — sussurro. — Se o levarem, não vamos conseguir saber nada sobre Quiroon.

— Vou falar com eles — Luana anuncia ao tomar a dianteira.

— Não! Está louca?

— Prefere deixar que o levem? Talvez consigamos novas pistas daqui a uns seis meses — ela diz, irônica.

— Eles vão nos prender também.

— É melhor do que prenderem só ele. Pelo menos teremos tempo para perguntar sobre Quiroon no caminho para a delegacia.

— Ok — falo com a cabeça baixa e desisto de argumentar.

Luana nem espera eu me preparar e corre na direção dos policiais.

— Seu guarda, socorro! — ela diz. —Acabamos de ser assaltados por dois marginais ali, naquela rua. — E aponta para uma das vielas do quarteirão. — Se vocês correrem, poderão alcançá-los.

— Estamos cuidando de algo mais sério agora, mocinha — ele fala ao direcionar Gueth até o mobin. — Aguarde um momento, por favor.

— Por sinal, o que vocês dois estavam fazendo por aqui? — o outro pergunta. —Assistindo às lutas também?

Pronto, ferrou. Vamos ser os três presos.

— Que lutas? — Luana pergunta, cínica. —Não teve nenhuma luta por aqui.

— É — o outro policial, que levava Gueth até o veículo, concorda. —Não teve nenhuma luta aqui. — Seus olhos estão brilhando levemente com uma cor violeta. Parece hipnotizado.

— Como assim não teve luta? — o primeiro fala, indignado.

— Não teve luta, senhor — Luana insiste.

O policial olha para minha irmã e também concorda com a frase. Seus olhos passam a brilhar da mesma forma que os do outro guarda. Só então percebo que os olhos de Luana estão iguais aos deles.

— Me ajudem, os ladrões vão fugir — ela enfatiza.

— Para onde foram mesmo, senhorita?

— Para lá! — E aponta novamente.

— Iremos pegá-los, não se preocupe. — E ambos correm para a rua, deixando Gueth algemado junto ao mobin.

— Uau! — o lutador diz, impressionado. — Onde aprendeu a controlar desse jeito?

— Controlar? — Luana parece surpresa. — Não usei controle nenhum.

— Usou, sim. Você os induziu mentalmente. Isso é crime aqui, sabia?

Indução mental? Não estou entendendo nada. Olho para Luana buscando explicações e ela balança a cabeça. Realmente não sabe do que Gueth está falando. Aproximo-me dela e falo baixinho:

— O que você fez?

— Nada. Só tentei convencê-los — ela também cochicha.

— Seus olhos estavam brilhando.

— Não notei nada disso.

Será que minha irmã está aprendendo novas formas de controle? Desde que Kamu a aprisionou no Polo Terra, Lua tem desenvolvido suas habilidades de forma muito rápida. O problema é que ela mesma não está percebendo ou dominando isso.

— Em vez de ficarem batendo papo, será que podem me ajudar? — Gueth pergunta mostrando as algemas.

— Eu cuido delas.

Mando minha irmã ficar quieta sobre o que aconteceu e vou para perto do lutador. Retiro um mabrar do bolso, encaixo-o na fechadura da algema e uso um rápido encanto de gelo. O metal esfria depressa e se despedaça.

Antes que pudéssemos falar qualquer outra coisa, os dois policiais voltam da rua para onde Luana os mandou e, assim que os vemos, disparamos para longe. Quando estamos a uma distância considerável, Gueth para de correr e se vira para nós:

— Cara, vocês são malucos. Mentiram para a polícia.

— Nós te salvamos. Por sinal, de nada! — digo de braços cruzados.

— O Tony ia me tirar da delegacia. Não é a primeira vez que isso acontece.

— Quem é Tony? — Luana pergunta.

— Meu agente — ele responde ao ajeitar a jaqueta. — De qualquer forma, vocês merecem os meus parabéns. Nunca vi fãs tão dedicados para conseguir um autógrafo. Qual o seu nome mesmo, garota?

— Me chamo Luana e este é meu irmão, Leran.

— Prazer. Onde eu assino? — ele pergunta feliz, tirando uma caneta do bolso.

— Não queremos o seu autógrafo — digo, irritado, colocando-me entre os dois.

— Nem mesmo um abraço? Aperto de mão?

Faço cara feia e balanço a cabeça.

— Então vocês devem ser daqueles fanáticos. Já vou avisando, hein? Só permito que me apalpem nas sessões especiais após as lutas.

— Ahh... — Luana solta o ar, decepcionada.

Olho furioso para ela. Em seguida, volto a atenção para o rapaz de cabelos compridos:

— Você está de brincadeira, né? Não quero autógrafo, nem abraços, muito menos essas coisas estranhas que você faz com suas fãs. — Ele me olha sem entender muito bem aonde quero chegar. — Estamos à procura do seu pai.

— Agora entendi. São fãs dele, então. Ele não faz mais sessões de autó...

— NÃO! — minha paciência já acabou. — Me deixa falar tudo antes de abrir essa boca, quem sabe você entende.

— Ok, ok. Vá com calma, amigão. — Gueth gesticula com as mãos. — O que você quer com o meu pai?

— Preciso falar com ele.

— Sobre o quê?

— Me disseram para procurá-lo. Ele é o único que pode ajudar minha irmã. Viemos de muito longe.

Após ouvir minhas palavras, a expressão de Gueth muda. Ele fica sério e em seguida fala:

— Leran, não é mesmo?

— Sim.

— Então, Leran, sinto te dizer, cara, mas vocês perderam a viagem. Ele não poderá ajudá-los. Agora, se me dão licença, preciso ir para casa. — O lutador dá as costas e segue pela rua, indo embora.

— Espere! Estamos procurando por ele há meses. Por favor, preciso da ajuda de seu pai.

Mas o Nairatiano ignora e continua seu caminho. Corro até ele e o viro pelos ombros.

— É muito importante — insisto, olhando fixamente o seu rosto. — Nos ajude, por favor.

— Isso não será possível, já disse — ele corta, bravo.

— Por quê? — questiono surpreso.

— Porque meu pai faleceu há três semanas.

CAPÍTULO 17

Fico sem palavras. Não sei se sinto pena, raiva ou vontade de rir. A perda de um pai é algo horrível e entendo isso bem. Gueth merece todo o apoio, mesmo de um estranho como eu. Mas não consigo deixar de lado a ironia desse momento. Estamos em Mabra há quase seis meses e mesmo assim conseguimos chegar três semanas atrasados. Na verdade, é o destino que agora ri da minha cara. Com Quiroon morto, nunca vamos saber a origem da joia. Quem vai ajudar Luana?

— Eu sinto muito — ela fala, chateada com a situação.

— Não se preocupe — ele retoma a camaradagem. — Desculpa não poder ajudá-los, mas agora eu realmente preciso ir.

— Claro — replico, sem graça. — Obrigado mesmo assim.

Gueth acena e segue para a estação de trem.

— Pega o trem para onde? — Luana diz após alcançá-lo.

— Não é muito longe daqui. Vocês também vão de trem?

Ela concorda com a cabeça.

— Vamos juntos, então.

Acompanho calado aos dois. Gueth e Luana vão conversando sobre os torneios e ela demonstra bastante interesse nas histórias de luta que ele conta. Para mim, ele não passa de um cara metido. Mas não vou encrencar, afinal ele perdeu o pai recentemente.

— Vocês disseram que viajaram bastante para chegar até aqui — ele fala ao entrarmos no trem. — São de onde mesmo?

— Terras do Sul, Acigam. — O trem está praticamente vazio, ninguém está ouvindo. E, a essa altura, não faz sentido mentir para ele.

— Já ouvi falar da região, mas nunca da cidade. É grande?

— Bem menor que Mabra.

— Claro — ele concorda com o óbvio. Mabra é a maior cidade que existe.

— E você? — Luana pergunta.

— Nairatis. Na verdade, só nasci lá. Meu pai me trouxe para Mabra ainda bebê. Viemos com minha irmã mais velha, Tlavi.

— E onde ela está agora? — ela continua, ingenuamente.

— Nuanto. Tornou-se paladina.

— O que é uma paladina? — questiono.

— Para ser sincero, também não sei muito. Ela foi porque é uma Estrela.

Luana me olha, eu olho para Luana, trocamos olhares por vários segundos até ele perceber.

— Disse algo errado?

— Sua irmã é uma Estrela? — Não contenho a surpresa em minha face.

— Sim, mas para mim isso não significa nada, se vocês querem saber. Desde que ela decidiu ir treinar com os paladinos, nossa relação nunca mais foi a mesma. Ela deixou de dar notícias. No início ficamos muito preocupados, mas seguimos com nossa vida e deixamos que Tlavi seguisse com a dela. Ser uma Estrela deve ser péssimo, pior é ter uma na família.

Pelo jeito Gueth não deve se dar muito bem com a irmã. Eu não sei o que dizer. Nem Luana sabe. Ele nos olha confuso.

— O que foi?

— Podemos conversar em um lugar mais tranquilo?

— Por quê?

— Talvez você ainda possa nos ajudar.

— Bem — ele diz coçando a costeleta —, vocês me pouparam de passar uma noite na prisão. Acho que posso tentar. Vamos à minha casa, conversaremos lá.

Descemos em uma estação próxima à grande Ponte do Elo e de lá andamos alguns minutos até um bairro aconchegante sem muitos prédios, algo incomum nas regiões centrais da cidade. Vejo belas casas construídas uma ao lado da outra. Morar aqui é bem caro. O dinheiro das lutas deve ser bom.

— Chegamos. — Ele mostra a porta. —Só não reparem na bagunça. Sabe como é morar sozinho.

Ao entrar, tomo um susto ao ver um homem bem vestido lá dentro, de uns trinta e cinco anos. Gueth também se surpreende. Assim que vê o nairatiano, ele se levanta e fala aliviado:

— Campeão! Eu estava preocupado. Fiquei sabendo da invasão da polícia.

— Tony? Não sabia que tinha vindo para cá — o lutador fala sem dar muita importância para o agente. — Fique tranquilo, deu tudo certo.

— Ainda bem. Está a cada dia mais difícil manter os negócios. — Ele balança a cabeça. Quando repara que entramos também, o cara vai até Gueth e cochicha em seu ouvido enquanto mantém os olhos em nós. Gueth responde:

— São amigos meus. Vão jantar aqui hoje.

— Acho melhor você descansar. Não pode deixar a sua reunião com os coleguinhas para outro dia? — ele fala com um ar paternal, que claramente desagrada o nairatiano.

— Se estivermos incomodando, podemos falar outra hora.

— Não, Leran. São meus convidados — ele replica gentil, depois se vira irritado ao agente: — Tony, por favor, acho que sou capaz de decidir quando eu quero descansar.

— Estou apenas preocupado com o seu bem-estar, Gueth. Sei que as últimas semanas foram difíceis.

— Eu estou bem — ele o corta. — Você pode ir para sua casa agora.

— Então tá. — O agente se faz de coitado. — Se precisar de algo, seu humilde empresário estará à disposição.

— Obrigado.

Tony sai e Gueth fecha a porta. Em seguida, ele pergunta sobre o jantar:

— Vocês gostam de comer o quê?

— O Leran? Qualquer coisa — Luana brinca.

— É — digo rindo. — O que você tiver.

— Perfeito. Vou preparar algo bem gostoso — diz e segue para outro cômodo.

— Ele ainda cozinha — minha irmã fala baixinho, em um suspiro.

Olho de esguelha para ela e ignoro o comentário. Vou atrás de Gueth.

— Quer ajuda? — pergunto ao alcançá-lo.

— Não precisa. Só vou pegar alguns ingredientes na horta. Venham, aproveito para mostrar a casa a vocês.

Gueth passa por um corredor e depois pela cozinha antes chegar ao quintal. Nele, vejo um saco vermelho de areia pendurado na parede, daqueles usados para bater, e algumas plantas em um pequeno jardim, mas nenhuma aparentemente comestível.

— Onde está a horta? — Luana pergunta ao notar a mesma coisa que eu.

— Bem aqui. — Ele aponta para uma parte do jardim onde existe apenas terra.

— Ahhh... acho que podemos esperar algumas semanas até seus ingredientes brotarem.

Gueth ri da minha brincadeira e pede que eu observe. Ele pega um potinho de cima da janela e, de dentro dele, retira algumas sementes pequeninas. Depois faz dois buracos na terra fofa com os dedos e joga tudo lá dentro. Cobre com mais terra e abre uma das mãos sobre o lugar onde plantou tudo. A palma de sua mão brilha em um verde claro e, em segundos, um broto de planta sai do solo. Ele continua crescendo, crescendo, até dar frutos: grandes tomates vermelhos.

— Isso é incrível! — falo sem fechar a boca. Lua, ao meu lado, também está impressionada.

Após poucos minutos, Gueth faz crescer todos os ingredientes de que precisava e nos convida para o vermos cozinhar.

— Nunca tinham visto uma manipulação de sementes?

— Não — respondo.

— De que cidade vocês são mesmo? — ele pergunta rindo, enquanto joga os frutos na panela.

— Acigam. Mas é uma longa história — Luana diz.

— Temos a noite toda.

Realmente temos. Gueth serve a massa que preparou com um delicioso molho de tomates feito com os ingredientes retirados da horta. Enquanto comemos, ele nos conta a respeito de sua habilidade com as plantas. É algo que faz desde criança, que sempre gostou de fazer. Seu pai dizia que esse foi um dom herdado de sua mãe, mas Gueth nunca a conheceu.

Segundo ele, o vegetal constitui um dos doze elementos secundários, oriundo da terra e da água. Outras energias também ajudam as plantas a crescer, como a luz, por exemplo. Porém, se o controlador é experiente, ele consegue fazer qualquer muda atingir o tamanho que quiser, usando apenas a técnica de manipular os vegetais.

Em seguida, Gueth conta como sua vida mudou ultimamente. Quiroon sustentava a casa com o dinheiro dos torneios enquanto o filho vendia ervas e outras plantas de sua horta no mercado, mais pelo hobby do que pelos ganhos financeiros. Tudo ia bem até que seu pai adoeceu. Tony, na época agente de Quiroon, ficou preocupado com o cliente e, segundo Gueth, com os lucros que obtinha em cima de seu pai. Ele tentou manter Quiroon indo, pelo menos, aos eventos sociais, para segurar alguns patrocinadores, mas logo a doença piorou e ele caiu de cama.

Com o dinheiro faltando e os remédios caros de que seu pai precisava, Gueth não teve escolha senão tomar o lugar do Nairatiano original e ir aos ringues. Para surpresa de Tony, ele era tão bom ou até melhor que o pai. Quiroon sempre ensinou o filho a lutar e, mesmo que Gueth não gostasse tanto, o garoto se dedicou às técnicas para deixar o pai feliz. O que, no fim das contas, foi decisivo para manter os dois alimentados. O dinheiro que Gueth ganhava no mês com as ervas não daria nem mesmo para suprir poucos dias da medicação de Quiroon. As lutas, por outro lado, garantiram a sobrevivência dele por meses.

Com essa motivação, Gueth mergulhou ainda mais nos treinos e se tornou um dos lutadores mais cobiçados nas apostas. Em poucos meses, ganhou o principal torneio e virou o campeão do ANM. Título que defendeu contra Polaris.

— Mas, pelo seu físico, parece que você luta desde pequeno — Luana pontua, arrancando mais olhares furiosos de mim.

— Além das plantas, a musculação e alguns outros esportes se tornaram passatempo para mim desde a adolescência. — Ele dá um sorriso que, no mínimo, parece malicioso.

Luana ri.

— Algum problema, Leran? — Gueth pergunta, tentando ser simpático.

— Não, nada. De repente minha fome passou.

— Não liga pra ele, Gueth — Luana pontua. — Mas o que você vai fazer agora que seu pai faleceu?

— Não sei — ele responde após limpar a boca suja de molho em um guardanapo de pano. — Tony me incentiva a continuar nos torneios, mas eu não gosto muito.

— E sua irmã? — Luana questiona.

— O que tem ela?

— Vai avisá-la sobre o que aconteceu ao seu pai?

— Não sei. Não a vejo há tanto tempo. Nem saberia como dizer isso a ela.

Aproveito a deixa e introduzo o assunto que nos trouxe até aqui:

— Era sobre ela que queríamos falar com você, Gueth.

— Sobre Tlavi?

Quando inicio as explicações, Luana coloca a mão sobre meu ombro e, com o olhar, pede licença para que ela mesma explique. Eu concedo.

— Gueth — ela diz, olhando nos olhos cor de mel do rapaz. — Eu também sou uma Estrela.

Gueth recebe a notícia com certo desconforto e abre um meio sorriso.

— Agora sei como você fez aquilo com os policiais.

Luana fica em silêncio.

— Acho que é por isso que nos mandaram falar com seu pai — continuo. — Ele saberia ajudar Luana, pois teve uma filha com um dom semelhante.

— Faz sentido — o lutador completa. — Mas meu pai nunca disse muito a respeito das energias que Tlavi controla. Para ele, minha irmã era uma pessoa normal, se referia a ela apenas como uma filha que morava longe.

— Você não se lembra dela? — Luana questiona.

— Claro que sim. Mas faz mais de quatorze anos. Ela deve ter mudado bastante.

— E isto? — pergunto ao retirar o amuleto de dentro da camiseta. — Sabe o que é?

— Posso pegá-lo?

Eu o entrego.

— Essa coisinha tem uma energia poderosa. — Ele passa o dedo na pedra incrustada no centro da joia.

— O chamam de farol — falo.

— Espera. — Ele parece se recordar de algo. — Minha irmã tinha uma dessas. Na verdade era do meu pai. Lembro que ela ganhou a joia dele no dia em que foi embora. Mas o formato da pedra era outro: uma gota azulada presa em uma peça de ouro.

— Pelo que entendi, todas as Estrelas têm um farol. Mas cada elemento possui uma joia diferente — digo. Afinal, me lembro da joia de Nagisa, também distinta da de Luana. — Esperávamos que seu pai pudesse nos dizer a real utilidade delas.

Gueth continua olhando para a peça, coça a cabeça e me devolve.

— Meu pai nunca me disse nada a respeito da joia — ele fala. Depois de um silêncio momentâneo, continua decepcionado: — Sinto muito, acho que não pude ajudá-los.

— Sua irmã pode — Lua deduz. — Ela tem a informação que precisamos. Também é uma Estrela. É a pessoa mais adequada para nos ajudar.

— É uma boa ideia, Lua! — falo entusiasmado. — Nuanto é longe daqui?

— Vários dias de viagem.

— Você nos levaria?

Gueth franze a testa, demonstrando incômodo com o meu pedido. Ao perceber a reação dele, Luana intervém:

— Não precisa nos levar. Basta dizer como fazemos para chegar até lá.

— Claro — completo. — Você já nos ajudou bastante, cara.

— Sem problemas — ele diz, aliviado. — Levo vocês no porto amanhã e explico onde pegar o navio que segue para o Reino Central. É a forma mais barata de chegar até lá.

— Está ótimo! — Luana fala. — Muito obrigada.

Após todos terminarem de jantar, Luana e eu ajudamos Gueth com as louças e decidimos ir embora. Gueth pede que voltemos no dia seguinte, pós-almoço. Tudo fica combinado.

No caminho de volta, pergunto a Luana se ela tem certeza de que quer deixar Mabra. Afinal, demorou até que encontrássemos um lugar tranquilo, sem desertos, sem ninguém nos caçando ou querendo nos matar. Por mais que eu queira desmascarar Nagisa e Babo, não posso ignorar o fato de que aqui estamos seguros. Mas Luana está realmente disposta a partir. Sendo assim, decidimos pedir as contas na pousada da senhora Flumberg.

Na manhã seguinte, Luana acorda mais cedo e vai ao mercado comprar um belo presente para nossa chefa. Gostaríamos de agradecer a todo o apoio que ela nos deu. Chamamos a senhora Flumberg para conversar e contamos nossas intenções de irmos para Nuanto. Ela fica feliz por termos achado o que procurávamos. Nunca deixamos claro para ela o que seria o alvo de nossa busca, mas, desde o começo, ela sabia que não ficaríamos na pousada para sempre. Ela só pede que esperemos uma semana, assim pode repor as vagas. E isso nós não podemos negar a ela.

Após o almoço, vamos para a casa de Gueth, conforme o combinado. Toco a sineta e ninguém responde. Toco novamente antes de Tony abrir a porta, irritado. Ele passa pela gente bufando, troca um olhar fulminante comigo e vai embora. Gueth vem logo atrás, sem camisa, todo suado e com uma toalha pendurada no pescoço. Luana arregala os olhos.

— A gente está atrapalhando? — Coloco-me entre ela e Gueth. Atrás de mim, ela tenta ver o lutador, mas eu cubro suas vistas com meu corpo.

— Não — ele responde. — Eu estava dando umas pancadas no saco de areia quando Tony chegou. Costumo treinar sempre que tenho uma decisão difícil para fazer, me ajuda a pensar melhor. — Após nos receber, ele entra e deixa a porta aberta. — Fiquem à vontade, eu já volto.

— Tá escorrendo aí — aponto para o rosto de Luana após Gueth sair da sala.

— O quê? — Ela se faz de desentendida.

— Sua baba. Acha que não percebi, é?

— Leran, se toca!

Minutos depois, Gueth volta com os cabelos molhados e de roupa trocada. Ele se senta em uma das poltronas:

— Tomei um banho rápido. Estava precisando esfriar a cabeça.

— O que aconteceu? — questiono. — Seu empresário saiu furioso.

— Ele não gostou da decisão que eu tomei.

— Deve ter sido uma decisão muito séria para ele ficar daquele jeito.

— Foi mesmo. Decidi que vou abandonar as lutas.

— Sério? — Luana pergunta, espantada.

Ele acena com a cabeça.

— Mas por quê? — ela insiste.

— Vou para Nuanto com vocês.

CAPÍTULO 18

Não sei se essa notícia é boa ou ruim. Com Gueth chegaremos mais fácil, é claro, contudo o brilho nos olhos de Luana me preocupa.

— Que ótimo — ela abre um imenso sorriso.

— É, que ótimo — replico, incerto.

O cara é legal, não posso negar. Ele também é bom de briga, o que seria um apoio interessante caso tenhamos de encarar mais problemas. Ainda gosta de cozinhar e faz comida crescer no meio do nada. É, ok... Acho que isso justifica a felicidade de Luana. Após me convencer, levanto-me e ofereço um aperto de mãos.

— Será ótimo ter você no time.

Depois de combinados os detalhes de nossa viagem, Gueth decide comprar as passagens durante a visita ao centro de hoje, para reservarmos lugar no navio. Ele também concorda em irmos na semana que vem, pois quer resolver algumas coisas com o empresário.

Durante a tarde vamos até o porto, que por sinal é gigantesco. Barcos zarpam e ancoram a todo instante. Alguns são grandes, maiores que casas, que prédios inteiros. Um navio com altas torres contornadas por filetes de luz me chama atenção; ele atinge facilmente uns sessenta pés. A largura, então, nem se fala. Devem ser mais de cem metros. O casco é de metal, decorado com linhas acesas em azul e branco. Sobre o convés, inúmeras caixas de mercadorias são amontoadas pelos marujos. As maiores são embarcadas com a ajuda de imensos guindastes instalados na popa. Esse navio deve carregar milhões de mabres em produtos.

— É aqui, Leran — Gueth me chama para o guichê onde se compram as passagens.

Retiro meu saquinho de moedas e pergunto quanto custa. A resposta de Gueth é rápida e espontânea. A reação de Luana também:

— 200 mabres?! — ela questiona, histérica.

— Sim, para cada um.

— Cada um?! — Agora é a minha vez de perder a compostura. — Você tinha dito que era a forma mais barata de se viajar para Nuanto.

— E é — ele fala ao se aproximar do guichê.

— Não temos tudo isso — Lua diz, decepcionada. — O que conseguimos juntar nesses meses mal pagaria a viagem de um de nós.

Ao notar a situação, Gueth retira do bolso um mabrol e entrega para a vendedora. Luana e eu ficamos com os olhos arregalados.

— Não se preocupem. — E então se vira para a mulher. — Três, por favor.

— Você tem certeza? — pergunto assustado com a quantidade de dinheiro.

— Sim. As últimas lutas renderam bem. Vocês me pagam quando puderem — fala enquanto recebe os tickets. — Vou guardá-los, tudo bem? Assim não corremos o risco de perder nenhum deles.

— Claro — diz Luana — e não se preocupe, vamos pagar tudo de volta.

— Sem problemas. — Ele sorri.

Devo ficar feliz ou preocupado? Como vamos pagar por isso tudo? Na falta do que dizer, tento, ao menos, ser simpático:

— Gueth, Gueth. — Dou alguns tapinhas nas costas dele. — Esse é o meu campeão!

Ele solta uma gargalhada sincera e fala:

— Falando desse jeito, você até parece o Tony. Quer ser meu novo empresário?

E todos nós damos risada.

A semana passa rápido e, no dia de nossa partida, dou um forte abraço na minha ex-chefa antes de sair. Não demorou até que a pousada conseguisse novos funcionários, o que nos deu tempo para treiná-los da forma como a Dona Marta gosta. Estou tranquilo em deixá-la agora, seu negócio está em boas mãos.

Pego a mochila do chão, na qual carrego as poucas roupas que tenho, entre elas as peças da armadura leve feitas por Bartolomeu Norano e minha espada. Apanho o arco, quase aposentado após meses sem uso, e a aljava de flechas, praticamente vazia. Prendo tudo nas costas e estou pronto para partir. Luana carrega uma mala maior e sua bolsa. Pegamos o trem na direção da casa de Gueth. No caminho, vejo Luana inquieta, apreensiva.

— Aconteceu algo? — questiono.

— Nada de mais. Só estou pensando na mamãe. Será que está bem em Acigam? Já faz tanto tempo que a deixamos.

— Eu também estou preocupado. Até sonhei com ela esses dias. Mas Simus prometeu que cuidaria bem dela. Agora eles estariam orgulhosos se soubessem que, de certa forma, encontramos o Quiroon.

— É... — Luana suspira.

— Por sinal, aqueles dois se deram tão bem, né? — falo, lembrando a forma como se tratavam nos dias que antecederam a nossa saída de Acigam.

— Bem? Bem demais. — Ela usa entonação irônica

— Do que você está falando, Luana?

— Ah, Le. Vai dizer que você não sacou?

— Sacou o quê? Não me diga que... — E balanço a cabeça, inconformado. — Aquele filho da mãe!

— Para com isso. Ela é adulta.

— Por que ninguém me contou? É algum tipo de complô?

— Porque você é ciumento demais. Só por isso.

— Eu?! Que absurdo! — falo, bravo.

— Não seja cínico.

— Não posso acreditar. Ele era amigo do papai... como pôde? Me conta essa história direito.

Luana esclarece tudo. Ao contrário do que eu pensava, minha mãe e Simus já se conheciam há anos. Eles eram amigos de infância, todos da mesma turma que meu pai. Minha mãe chegou a namorá-lo antes de se casar. Foi por isso que meu pai e Simus acabaram se afastando. Ficaram anos sem se falar, até se reencontrarem na Guilda, quando Simus engoliu o orgulho e passou a ajudar meu pai.

— Se eu souber que você está se engraçando com alguém sem minha aprovação, eu acabo com a sua raça, hein, menina? — digo bravo assim que ela termina a história.

— Era só o que me faltava — ela fala sem dar atenção e se levanta para sair do trem. Nós chegamos.

Após poucos minutos de caminhada, toco a sineta da casa do lutador. Gueth abre a porta e nos recebe com abraços. Ele pede um minuto, entra novamente e volta carregando uma mochila enorme de viagem.

— Vamos? — ele pergunta.

— Sim

Gueth tranca a porta e coloca a mochila nas costas.

Está quente hoje, coloquei uma camiseta confortável e bermudas, Lua preferiu um vestido leve e Gueth veste regatas e calças, além dos cabelos presos para trás, que deixam à mostra os dois brincos no alto da orelha direita. Em seu cinto, noto um bastão de metal de uns trinta centímetros, todo decorado com símbolos em baixo-relevo.

— O que é isso? — pergunto, já a caminho do trem.

— Uma lembrança do meu pai.

— É um pedaço de ferro bem bonito — digo, desdenhando um pouco.

— Não é só um pedaço de ferro, Leran. É uma arma de Nairatis.

— Ah.

— Meu pai era muito respeitado lá. Recebeu-a pessoalmente de um dos quatro xamãs que governam a tribo. A chamam de Arado.

— Parece poderosa — falo ao olhar os detalhes do objeto.

— E é. Já treinei algumas vezes com ela, mas nunca tive coragem de usá-la de verdade.

Nós três continuamos conversando até chegarmos ao porto. Nosso navio está parado na água, aguardando o embarque que será daqui a algumas horas. Próximo ao guichê, onde compramos as passagens, há uma sala de espera. Luana e eu entramos enquanto Gueth vai ao banheiro. Dentro estão alguns banquinhos confortáveis e outras pessoas esperando o horário da partida. Luana deixa as coisas dela em um dos cantos e vai ao bebedouro pegar água.

Mal me sento e um policial entra na sala armado e gritando:

— Todos para fora!

As pessoas pegam seus pertences e passam pelo guarda, assustadas. Eu recolho os meus e pego na mão de Luana para fazermos o mesmo, porém, ele aponta a arma para a gente e não nos deixa passar.

— Vocês dois não — diz sorrindo. A viseira do cap oculta os olhos, mas essa voz eu conheço.

Ele apressa os demais passageiros para fora da sala e mantém a mira em nós. Quando o último sai, eu afasto Lua com o braço e retiro alguns mabrares do bolso. Minha irmã também já percebeu a ameaça e faz suas mãos de acenderem com a energia púrpura. Assim que se prepara para atacar, algo entra depressa na sala, fazendo o quepe do policial voar com o vento. Em questão de segundos, as mãos de Luana são amarradas e eu sinto meu corpo preso por uma força estranha.

— Sem fagulhas roxas hoje, mocinha — Terandi provoca após parar ao nosso lado. Ela também veste uma farda policial. Luana tenta controlar a energia, mas sua força desaparece e as mãos se apagam. Terandi a prendeu em uma corda anuladora, como a usada pelos silenciadores de Acigam.

Olho para o quepe caído e então reconheço Balko na entrada da sala, apontando para nós. Atrás dele está Keon, que usa uma das mãos para me manter paralisado por meio de sua telecinesia.

— Quanto tempo, arqueiro. — Balko se aproxima de mim. —Achou mesmo que poderia fugir de nós só porque estava em Mabra? Você é esperto, eu gosto disso — diz apontando o dedo em meu rosto.

— Como nos encontrou? — Luana pergunta, irritada.

— Vocês deram mole — Terandi fala e aperta a corda que prende minha irmã. Depois ela também me amarra e nos coloca sentados de costas uma para o outro.

É então que Tony, o empresário de Gueth, entra na sala. Ele me olha furioso, da mesma forma que estava quando saiu da casa do lutador, após receber a notícia de que ele viria com a gente.

— Vocês não vão levar o meu campeão. Mexeram com a pessoa errada.

— Está louco? — Luana grita. — Não pode forçá-lo a lutar.

— Cala a boca, sua fedelha. Você não entende nada de negócios.

— Tome, conforme combinado. — Balko entrega um saco de moedas para Tony.

— Viu? — ele diz mostrando o saco cheio de dinheiro. — Negócios.

Antes de Tony deixar a sala, Gueth volta do banheiro e nos encontra presos. O empresário rapidamente esconde o dinheiro em seu casaco e vai na direção do lutador.

— O que está acontecendo aqui? — Gueth pergunta.

— Seus novos amigos — Tony acusa ao balançar a cabeça —, eles são bandidos, refugiados do sul. Esses policiais estavam à procura deles desde que chegaram a Mabra.

— É mentira — Luana grita, chorando. Mas Terandi tapa sua boca com a mão.

— Bandidos? — ele pergunta, confuso.

Ainda se fazendo passar por policial, Balko se aproxima de mim e se abaixa para segurar o meu queixo. Em seguida inventa mentiras deslavadas:

— Eles mataram muitas pessoas em Acigam, inclusive o rei. Este aqui em específico — fala ao me dar tapinhas no rosto — assassinou o melhor amigo. É acusado de traição.

Após as frases de Balko, Tony se aproxima do ouvido de Gueth e fala alto, destilando mais veneno:

— Também quer acabar assim, campeão? Morto por uma pessoa que se diz sua amiga?

— Eles estão distorcendo o que aconteceu, Gueth. Não acredite nisso — eu imploro. — Precisamos de sua ajuda.

— Então por que não me disseram toda a verdade? — ele pergunta, inseguro.

— Não é óbvio? — Tony fala.

Gueth abaixa a cabeça, claramente decepcionado, e fala para o empresário, buscando um conselho:

— Eu ainda preciso avisar minha irmã sobre nosso pai.

— Você quer ir atrás dela depois de tudo? É por isso que está entrando nessa aventura maluca? Tlavi não se importa, ela abandonou vocês, Gueth. Não seja idiota.

Abalado, o lutador vira as costas e segue para fora da sala:

— Você tem razão, vamos embora daqui — ele diz ao agente.

Antes de sair, Tony olha para mim com um sorriso de canto e vai atrás de Gueth.

— Quanta baboseira — Balko exclama após se certificar de que os dois já foram. — Levante-os.

Ao receber a ordem, Terandi e Keon puxam a corda que nos amarra e nos forçam a ficar de pé. Com a lâmina de sua espada, a mulher incentiva nossa ida para fora.

— E as coisas deles? — Keon questiona, apontando para as malas e meu arco.

— Eles não precisam mais disso — Balko responde.

Já do lado de fora, Terandi nos manda subir nos cavalos. Luana se recusa.

— Você é importante viva, garota — Balko encosta o cano de sua pistola na bochecha da minha irmã —, mas minha paciência tem limites. É bom se comportar.

Furiosa, Luana cospe no bandido e ele revida com uma coronhada em sua cabeça.

— Para com isso! — grito furioso e tento avançar sobre Balko. — Se encostar nela de novo, eu te mato! Tá me ouvindo? Eu te mato!

— Você fica na sua. — Terandi me dá um soco no estômago. A dor me faz curvar o corpo e ela aproveita para me colocar uma mordaça. Keon faz o mesmo com Luana.

— Não vamos querer mais escândalos — Balko diz.

Subo no cavalo de Keon e Luana no de Terandi. Após Balko montar no terceiro animal, ele faz o bicho se virar para a gente e fala com sadismo:

— Não se preocupem, crianças, logo estarão em casa. Iremos nos divertir muito juntos.

O bandido até poderia nos provocar mais, se o som das sirenes dos mobins policiais não o parasse.

— O que é isso? — Terandi questiona, virando seu cavalo.

— Diversão — ele diz.

Em poucos segundos, o porto é tomado por veículos da polícia. Dezenas de homens nos cercam pelos dois lados. Eles desmontam e miram suas pistolas para nós. Não há saída.

— Larguem as armas. — Um deles usa o alto-falante. — Estão presos por perturbar a ordem de Mabra, roubo de fardas policiais, sequestro e formação de quadrilha.

Acho que os caçadores se deram mal. Apostas realmente são proibidas em Mabra e podem colocar alguns policiais atrás de você. Mas, como Gueth mesmo disse, isso gera apenas uma noite ou duas na cadeia. Agora a prática da caçada de recompensas é algo condenado aqui. Por isso a proteção contra todo tipo de controle de rastreamento, como o que Balko usa em mim. Mabra é famosa por prezar pela liberdade de seus moradores. Nesse momento, nossos inimigos são também inimigos da cidade toda. A melhor coisa que têm a fazer é se renderem...

No entanto, a rendição é algo distante na cabeça dos caçadores.

Pela frente e por trás, temos guardas armados e barricadas de mobins. Na esquerda estão as paredes de lojas e salas de comércio portuário e, na direita, o rio. Balko aponta para um dos navios ancorados e deixa seus companheiros de alerta. Em seguida, acelera o cavalo na direção da água, liderando os outros dois bandidos. Meu coração dispara. Luana, no outro cavalo, arregala os olhos ao ver a montaria de Balko saltar muitos metros até o convés do navio. Logo depois, Terandi e Keon fazem o mesmo e todos entramos a bordo.

Antes de eu conseguir recuperar o fôlego, os três direcionam os cavalos por entre contêineres e caixas de mercadorias, desviando dos tiros dos policiais. O navio onde estamos é extenso e, correndo por ele, o bando ultrapassa uma das barricadas da polícia. Quando chegam ao final da embarcação, Balko dispara no mecanismo de controle de um dos guindastes da popa, que ainda suspende um contêiner. Com o dano do tiro, a enorme peça de ferro se desprende e cai entre o convés e o solo, oferecendo uma ponte para voltarmos a terra firme.

Assim que os cavalos pisam no chão de cimento, eles disparam para longe dos policiais. Vendo que conseguiu distância, Balko grita cheio de adrenalina:

— IH-HÁ!

E então completa:

— Viram? A nossa diversão está só começando.

Capítulo 19

Os cavalos negros de crina e mangas claras são rápidos e robustos, correm sem diminuir o ritmo. Mesmo carregando muito peso, eles não perdem vigor na corrida. Pelas ruas de Mabra, são mais velozes que os mobins e saltam qualquer obstáculo que se coloque à frente. Mas os policias não desistem. A cada cruzamento, novos veículos surgem atrás de nós.

Para evitarem uma nova barricada, Balko e os caçadores viram os cavalos para uma viela e seguem correndo pela estreita passagem. Enquanto estão distraídos com a fuga, concentro-me em soltar as mãos, firmemente amarradas pela corda anuladora. Ao sairmos da pequena rua, os cavalos passam a correr por uma avenida movimentada, sendo obrigados a desviar de mais mobins e trambolhos que roncam correndo em alta velocidade. Balko atravessa na frente de um veículo grande e faz com que o motorista perca o controle. O trambolho sai derrapando e capota na direção do cavalo de Terandi. Ela sacode as rédeas, porém o animal não responde a tempo. Sem opção, a bandida desmonta e usa sua velocidade para fugir, deixando Luana no cavalo, indefesa.

Keon e Balko param e se voltam para a tragédia. Finalmente consigo soltar as mãos e retiro a mordaça a tempo de gritar por minha irmã. Quando o veículo está prestes a atingir o cavalo, eu fecho os olhos e apenas ouço um estrondo enorme. Abro-os novamente e enxergo um amontoado de veículos amassados. O trambolho acertou vários deles.

No canteiro da avenida, está o cavalo caído, sem se mexer. Em menos de dez segundos, o corpo do bicho se deforma e vai diminuindo até sobrar no chão uma pequena ferradura quebrada, um medalhão.

Algumas pessoas feridas pelo acidente se arrastam, mas não vejo Luana. Ela deve estar no meio de tudo aquilo. Desço do cavalo e Keon não me impede, ele está chocado com o que aconteceu. Corro para os restos do veículo enquanto ouço Balko brigar com Terandi:

— Você a deixou morrer, sua incompetente!

— Eu é que não ia ficar lá com ela — Terandi responde ao fazer pouco caso.

— Luana! — chamo, ignorando tudo ao meu redor. — LUANA!

Olho por entre os destroços e continuo gritando até ouvir um ruído vindo debaixo do trambolho amassado. Antes de me aproximar, uma rajada púrpura arremessa o veículo para cima, fazendo-o parar do outro lado da avenida, próximo aos bandidos. Luana está intacta, coberta por um campo de força, uma barreira de energia bem próxima ao seu corpo. Os olhos brilham intensamente. Está com muita raiva.

— Vocês vão pagar por isso — diz.

Ela se descontrola e tudo ao nosso redor passa a levitar em um turbilhão de ondas de energia.

— Calma, Luana, você vai matar a todos nós.

— Não. Vou acabar com eles!

Um pedaço de ferro me acerta e sou arremessado para longe. Caio atordoado no chão e observo a energia gigantesca que passa a destruir tudo: destroça veículos, arranca partes da pista, entorta postes e até lança outras pessoas no ar. Os curiosos que pararam para ver o acidente agora correm desesperados para longe.

Luana pensa que tem o domínio sobre o que está acontecendo, mas ela não tem. Sua intenção é destruir os caçadores e a energia liberada busca atender a esse desejo a todo custo. Objetos levantados pelo turbilhão voam até Balko e seus capangas, que são obrigados a desviar dos ataques. Ele tenta atirar, mas as balas de suas pistolas param na barreira de Luana.

— Faça algo — enfurecido, ele grita para Keon.

O rapaz, ainda sobre a montaria, estende uma das mãos e tenta conter Luana com sua telecinesia, mas minha irmã se mantém ereta, expandindo a energia até os caçadores. Ele estende o outro braço para ampliar a força da manipulação. As pedras azuladas na palma de cada uma de suas mãos brilham muito, Keon está até suando. Devido ao esforço dele, o corpo de Lua se retrai, ela se agacha como se houvesse muito peso em suas costas. A cabeça também fica pesada e, aos poucos, a energia passa a regredir.

— Muito bem — Balko fala.

Porém, é cedo para que eles comemorem. Luana ergue o rosto e vejo seus olhos brilharem ainda mais. Ignorando a manipulação de Keon, ela fica de pé e volta a expandir o turbilhão de energia.

— É forte demais — Keon geme, tremendo. Ele ainda consegue manter os braços de Luana junto ao corpo dela, como se a amarrasse mentalmente.

— Continue — Balko ordena.

— Não vou aguentar! — ele reclama, já com sangue escorrendo do nariz.

E de fato não aguenta. Luana abre os braços bruscamente, quebrando o controle de Keon. A cabeça do caçador se projeta para trás, como se recebesse um golpe forte, em seguida ele cai ofegante sobre o pescoço do cavalo.

Agora Luana está ainda mais irritada. Seu corpo passa a levitar poucos centímetros e ela vai lentamente até os bandidos.

— Eu tenho que fazer tudo mesmo — Terandi fala, vangloriando-se.

Ela retira o florete policial, guardado no cinto da farda que roubou, e corre até minha irmã. Luana tenta acertá-la com raios e pedaços de veículos, mas a bandida é muito rápida, consegue desviar de tudo. Ao chegar diante do alvo, ela ativa a arma e a enfia pela barreira. Devido à descarga elétrica, o metal ultrapassa a energia solidificada. A ponta da arma penetra o peito de Lua e paralisa seu corpo. Os olhos da minha irmã se apagam e o turbilhão se desfaz, deixando tudo cair ao redor das duas. Em seguida, Luana despenca no chão, eletrocutada. Terandi guarda a arma e pega Lua nos braços para levá-la até o cavalo de Balko.

— Está aqui! — ela diz enquanto amarra novamente minha irmã. — Vivinha e bem quieta.

— E o arqueiro? — Keon pergunta ao se recuperar.

— Deixe-o aí — Balko responde. — Ela é mais importante.

Consigo me levantar, contudo não tenho tempo de impedi-los. Terandi monta no cavalo com Keon e os quatro seguem pela avenida sob os tiros de mais policiais que chegam e logo os seguem.

— Você está bem? — um deles, que parou ao meu lado, pergunta.

Em vez de responder, aponto para a direção na qual Balko levou Luana e falo desesperado:

— Levaram minha irmã. Preciso alcançá-los.

— Deixe isso com a polícia, rapaz — ele diz e pega seu comunicador: — Reforços, reforços! — grita enquanto se afasta para verificar outros feridos.

Quando está longe e distraído, subo em seu mobin com a intenção de seguir os caçadores. Só há um problema: não tenho ideia de como dirigir isso. Não consigo nem ligá-lo. Depois de alguns minutos vergonhosos tentando fazer o troço andar, ouço a voz de um amigo:

— Quer uma carona?

— Gueth?! — respondo surpreso ao me virar. Ele está montado em outro mobin e trouxe o meu arco.

— Achei que ia precisar disso. — Ele me entrega o arco e a aljava com flechas. — Sobe, vamos resgatar sua irmã.

Preparo minha arma e monto na garupa.

— Eles seguiram pela avenida? — Gueth pergunta.

— Sim.

— Estão indo para o sul, então.

— A linha de trem que cruza o deserto — concluo. — Se pegarem o trem expresso, não poderemos alcançá-los. Estarão em Acigam em poucos dias.

— Eu tenho um atalho.

O lutador arranca com o veículo e sai da avenida por ruas mais estreitas. Retiro o farol de dentro da camiseta e uso sua luz para nos ajudar pelo caminho.

— Por ali! — grito, apontando para outra rua.

— É mais longe! — ele retruca, também falando alto.

— Confie em mim!

Após minha frase, Gueth vira o guidão e faz o mobin nos levar no sentido que apontei.

— Onde conseguiu esse veículo?! — pergunto enquanto corremos.

— Peguei do Tony, depois de acertar a cara dele com um murro!

— Você bateu no seu empresário?!

— Sim, mas não sem antes demiti-lo!

— O que eles disseram é mentira! — grito, preocupado com tudo o que Gueth presenciou.

— Eu sei! Quando ouvi a polícia chegar ao porto, eu voltei e vi o que aconteceu. Depois coloquei o Tony na parede. Ele confessou que entregou vocês por dinheiro.

— Canalha!

— É! Meu pai também não gostava muito dele. Não sei por que dei tanta trela para aquele babaca.

— Ali! — Aponto para outra rua assim que o farol redireciona sua luz.

Gueth faz outra manobra brusca e se embrenha na viela até sairmos novamente na avenida principal, logo atrás dos bandidos.

— São eles! Chega mais perto que agora é comigo.

Coloco meu tronco em uma posição mais ereta e preparo uma flecha enquanto Gueth se aproxima dos cavalos, fazendo o mobin correr o máximo que pode.

— Acerte o cavalo! — ele grita. — São moldas, medalhões de montaria. Se forem feridos, o medalhão se desfaz.

Agora entendi o que aconteceu com o outro cavalo. Aceito a dica de Gueth, mas decido fazer melhor. Retiro um mabrar do bolso e prendo o anel de metal na ponta da flecha.

— O que vai fazer? — ele pergunta.

— Observe!

Concentro-me buscando a energia ao meu redor e disparo a flecha para cima, na diagonal. Faço-a viajar mais longe, visando passar os cavalos e atingir o solo na frente deles.

— Você errou, Leran!

— Não errei, não — falo ao ver o encanto de gelo se espalhar pelo chão, transformando a pista em uma escorregadia armadilha.

O cavalo de Balko para a tempo, mas o de Keon, não. Ele pisa no gelo e vai deslizando desgovernado até acertar a vitrine de uma loja, onde arrebenta o vidro e joga os dois bandidos para dentro. Com o impacto, o cavalo se desfaz e o medalhão na forma de ferradura aparece em seu lugar.

Vendo que não poderá passar, Balko se vira para nós e aponta uma das pistolas. Mas eu já desci do mobin e tenho uma flecha direcionada à sua cabeça.

— Acha que seu brinquedo pré-histórico é mais rápido? — ele provoca.

— Você quer arriscar?

Enquanto encaramos um ao outro, noto Terandi se levantando de dentro da loja. Ela se prepara para correr em nossa direção, mas, quando coloca o peso sobre a perna de impulso, sente dor e se vê obrigada a apoiar o corpo na parede. Não poderá nos atacar sem sua velocidade. Já Keon está inteiro. Ele sai para a calçada e coloca as mãos abertas ao lado da cintura, fazendo os dois discos metálicos se desprenderem do cinto. As armas passam a flutuar entre os quadris do caçador e suas mãos. Tanto as gemas nas luvas quanto os filetes nos discos estão acesos em azul-claro.

Vendo que o inimigo está prestes a atacar, Gueth saca o bastão de ferro que era de seu pai e se posiciona para enfrentá-lo:

— O vaqueiro é seu. Eu pego os outros dois.

Aceno e atiro a flecha. Balko a acerta no ar com um disparo, dando-me tempo de me esconder atrás de um trambolho parado. Ao passo que ele dispara no veículo tentando me acertar, posso ver a luta de Gueth, do outro lado da rua.

Keon lança os dois discos contra ele, que por sua vez aciona algo no pequeno bastão e faz com que a arma se transforme. A peça vai se desdobrando até ter mais de dois metros. De suas pontas surgem lâminas prateadas que formam um machado e uma lança, cada um em uma extremidade.

Armado, o lutador usa o bastão para desviar a trajetória dos discos e eles voam desgovernados para longe. Keon olha seu adversário e entrefecha os olhos. Em seguida, estende as mãos brilhantes devido aos cristais azuis e puxa os braços para perto do corpo. Gueth fica atento e se vira ao perceber os discos voltando em sua direção. Outra vez ele se defende, mas agora Keon mantém as armas "vivas", se movendo e atacando ao redor do lutador. Os braços do manipulador se mexem rapidamente e os discos acompanham cada um dos movimentos. Para evitar ser cortado pelas lâminas afiadas, Gueth salta, rodopia e dá cambalhotas enquanto acerta os discos com seu bastão de guerra.

Voltando minha atenção para Balko, observo-o descer do cavalo e vir até o veículo onde estou escondido. Ele saca a segunda pistola, estende os braços e junta as armas pela parte de cima dos canos. Fico impressionado ao ver o metal de ambas se fundirem para formar uma única saída de bala, maior e aparentemente mais destruidora.

— Continue se escondendo, seu rato — ele diz irritado. Em seguida aperta os gatilhos e a boca da nova arma se acende.

Pelo tamanho do bocal, ele vai atirar um cometa em mim. Corro para longe do trambolho antes de ele ser pulverizado pela imensa bola de fogo disparada por Balko. Peças de ferro voam para todos os lados, rodas saem pulando e uma nuvem de fumaça sobe no ar.

Mesmo correndo, sou pego pela força da explosão e caio rolando na calçada. Gueth e Keon até param o confronto para se protegerem. Os discos do inimigo voltam para suas mãos e ele se lança para dentro da loja, Gueth se abaixa e Terandi coloca as mãos na frente do rosto. Quando me levanto, Balko já está ao meu lado, apontando uma das pistolas, separadas novamente, para a minha cabeça.

— Estou cansado de você.

Ele só não atira devido ao som das sirenes que anuncia a chegada de muitos policiais. Keon e Terandi, preocupados com o grupo de guardas, deixam Gueth de lado e ele tem tempo para correr até Luana e retirá-la do cavalo. Em vez de impedir o lutador, ou mesmo me matar, Balko gasta sua pontaria com os policiais enquanto Terandi rouba um mobin estacionado e prepara a fuga. Keon sobe na garupa e o líder do grupo alcança sua montaria. Sem Luana, os três fogem pela pista, ainda molhada com os restos do meu encanto, derretido pelo calor da explosão.

Gueth apoia Luana no chão e retira as amarras, libertando-a. Dá alguns tapinhas em seu rosto, para acordá-la. Ela se levanta tonta, mal consegue falar. Apenas olha fixamente nos olhos dele, admirando o homem que a salvou.

— Tudo bem com você? — ele pergunta.

Lua acena com a cabeça.

Os primeiros veículos da polícia que chegam passam direto pela avenida atrás dos caçadores, ignorando nossa presença. Os guardas que vêm em seguida param e nos atendem, fazendo alguns curativos.

Depois de quase vinte minutos, quando as coisas se acalmam, Gueth sugere que deixemos o local:

— Será difícil explicar para eles o que vocês têm a ver com aqueles caras — ele diz, preocupado.

Eu concordo. Aproveitamos que os policiais estão ocupados, verificando o estrago deixado pela explosão de Balko, e saímos em silêncio por uma rua que cruza a avenida.

— Obrigado — digo a Gueth, oferecendo um aperto de mão.

Após me cumprimentar, ele sorri e se vira para Luana, que, ainda abalada, anda devagar se apoiando em mim.

— É melhor nos apressarmos, ou vamos perder o navio!

Lua sorri e todos nós seguimos para a estação de trem.

De volta ao porto, pegamos nossas malas, guardadas por Gueth, e conseguimos subir a bordo faltando poucos minutos da hora de zarpar. Nossa passagem por Mabra parece, enfim, terminar. Por alguns meses eu pensei que poderia viver aqui. E, se não fosse por caçadores, rainhas malucas e Estrelas, eu de fato poderia. Mas essa cidade apenas faz parte de um roteiro muito extenso que me aguarda. Ela nos serviu de descanso para que estivéssemos prontos para continuar. Agora estamos prontos, mais fortes e com uma ótima companhia.

Capítulo 20

— Gueth! — falo ao entrar na cabine onde ele dorme.

O navio é muito confortável. No convés, os passageiros podem observar a paisagem e ainda tomar algo no bar. As acomodações ficam na parte interna. São cabines aconchegantes com camas e um pequeno banheiro.

— Oi — ele responde, sonolento, e esfrega os olhos. — Que horas são?

— É hora de acordar!

— Por quê? — Ele faz manha.

— Entramos em Nairatis.

Gueth salta da cama ao ouvir o nome de sua terra natal. Rapidamente veste uma camiseta e subimos correndo ao convés. Estamos navegando no meio da maior floresta da região: Nairatis. O Rio Sorah, após deixar Mabra, corre para o oeste, na direção de Sonatri, e passa pela morada dos nairatianos.

— É lindo. — Ele se debruça no guarda-corpo ao lado de Luana.

— Nunca tinha visto a floresta antes? — ela pergunta.

— Não. Saí poucas vezes de Mabra, nunca tão longe assim.

A viagem já dura quase três dias. Segundo a tripulação, a passagem pela floresta levará outro, quase inteiro. As árvores que vejo nas margens não são tão altas, porém ao longe existem copas gigantescas, com facilmente uns cinquenta metros de altura. É mato que não acaba mais.

— Como seu pai vivia aqui? — pergunto. — Parece tudo tão selvagem.

— Os nairatianos estão acostumados a isso. Vivem em harmonia com a selva. Mas não se engane achando que eles vivem pelados, balançando em cipós.

— Não — dou risada.

— Meu pai dizia que a vila de Nairatis possui construções belíssimas, erguidas por meio do mais rico conhecimento das energias naturais. Algumas casas se misturam com árvores, com o solo. É tudo uma coisa só.

— Deve ser magnífico — diz Luana.

— Deve mesmo — Gueth concorda. — Tanta beleza e sabedoria escondidas debaixo de bilhões de folhas verdes.

— É impressão minha ou tá balançando mais do que o normal? — pergunto enquanto eles admiram a paisagem. Estou sentindo um leve enjoo.

— As águas aqui estão mais turbulentas mesmo — pontua um dos tripulantes que ouvia nossa conversa. — O percurso do Sorah é acidentado na floresta.

Eu já não estava muito bem desde que entrei neste navio. Nunca havia andado em um desses antes. Esse balanço todo revira meu estômago.

— Senta um pouco — Luana fala.

Aceito o conselho e puxo uma cadeira. Enquanto continuamos a olhar para as árvores, nos entretemos vendo flores exóticas, diversas plantas e animais: entre eles, pássaros coloridos, macacos e até uma imensa cobra enrolada em um galho alto. A parte ruim são os insetos. Mosquitos invadem o navio a todo instante, nos obrigando a usar as mãos para afastá-los.

— Ai, que coisa chata! — Luana coça uma picada que recebeu no braço.

— Seu sangue é doce — Gueth brinca.

Enquanto ela reclama dos insetos, algo me chama atenção em meio às árvores: uma construção alta de madeira; uma não, dezena delas. O topo de cada uma contém uma guarita coberta de palha e folhas que se misturam com a copa das árvores. Tem pessoas dentro delas, nairatianos armados com lanças e arcos para vigiar o leito do rio. Eles se vestem de uma forma semelhante a que Gueth se vestia nas lutas de Mabra. Placas de madeira e couro protegem o corpo, tudo decorado com folhas. Alguns usam máscaras de tecido, outros escondem o rosto atrás de grandes disfarces feitos de madeira pintada com caretas.

— Por que estão ali? — pergunto.

— Eles protegem a floresta — o tripulante responde. — Os navios têm permissão para usar as águas de Nairatis, mas ninguém pode desembarcar nas margens da selva ou deixar resíduos para trás.

— Meu pai falou sobre isso. Os nairatianos não gostam de se misturar com os outros povos, mas firmaram um acordo com Mabra e Sonatri, permitindo o uso do rio para a navegação. Em troca, exigiram que Nairatis permanecesse intacta perante a exploração de recursos naturais que acabou com outras florestas da região.

— Você é daqui, rapaz? — o tripulante pergunta a Gueth.

— Apenas nasci aqui.

— Bom ver que seguiu com sua vida em outro lugar. Os que saem jamais são aceitos de volta.

Gueth abaixa a cabeça e sai do guarda-corpo na direção das escadas que levam às cabines. Fico sem entender ao certo o que houve, Luana decide ir atrás do lutador para ver se ele está bem. Continuo observando a mata por alguns minutos e, quanto mais adentramos na floresta, mais o navio balança. Olhar para o solo firme me deixa ainda pior. Decido ir para o quarto também.

Ao abrir a porta, vejo Lua sentada na cama e Gueth em pé, preparando algo para beber. Eles param de conversar quando eu entro.

— Você está bem? — pergunto a Gueth, preocupado com a forma como ele deixou o convés.

— Sim. Quem não parece bem é você.

— Estou um pouco enjoado.

Sento ao lado de Luana e respiro fundo, tentando manter o café da manhã dentro da minha barriga.

— Não vai vomitar em mim, né? — ela fala com nojo e se levanta.

— Você não está ajudando.

Gueth termina de preparar sua bebida e passa a bebericar no copo.

— O que bebe? — pergunto.

— Uma mistura proteica feita com vegetais. Excelente para os músculos. — Ele mostra o bíceps. — Seria bom para você.

— É. O Leran está precisando ganhar uns músculos mesmo — Luana faz piadas.

— Ah, me deixem em paz, vai — falo, sem dar importância.

— Experimenta um pouquinho, pelo menos. — Gueth estende o braço e coloca o copo próximo de mim.

O cheiro azedo é a gota que faltava para me embrulhar inteiro por dentro. Coloco a mão na boca, tapando o líquido que sobe involuntariamente, e corro para o banheiro.

— Preciso descansar — digo assim que volto para o quarto e deito na cama. Luana e Gueth estão rindo de mim.

— É, dormir vai te fazer bem — minha irmã fala e deixa o quarto com Gueth.

Não demoro a pegar no sono. A fraqueza do enjoo ajuda nisso. Coloco a mão sobre o peito e sinto os batimentos do meu coração. É no ritmo dele que adentro em um sonho esquisito.

Primeiro vejo meus olhos verdes no espelho e eles, aos poucos, mudam de cor, ficando vermelhos como quando uso os encantos. Depois meus olhos são substituídos pelos de Luana e a linda cor azul de suas íris fica roxa, brilhando com a luz púrpura de sua energia. Em seguida, os olhos escuros e misteriosos de Judra aparecem, se tornando amarelos como os da silenciadora cruel. Por fim, aparecem os assustadores olhos negros que vi naquela sala redonda e nebulosa. O vazio neles é tão forte que tenta me engolir e acaba destroçando o espelho.

Acordo assustado e percebo que já é noite. Gueth e Luana estão dormindo nas outras camas. Levanto, pego um copo de água e vou para o convés. O navio já não balança como antes. Deixamos a floresta há algumas horas. Sem o enjoo, consigo apreciar a lua belíssima que paira no horizonte das planícies. Já devemos estar em Sonatri.

Sento-me e fico pensando no sonho que tive. Luana é minha preocupação constante, faz sentido ela estar presente nele. Judra, por sua vez, é a mulher por quem senti algo que jamais senti antes e, mesmo que não esteja viva, em minha mente sua presença permanece forte. Agora, aqueles olhos vazios... não vejo sentido em me perseguirem. Eles me desejam, chamam-me. Quem será o dono deles? Preciso descobrir quem é esse ser. Será que tem algo a ver com Nagisa? E é me lembrando da rainha que também me recordo dos caçadores; e a lembrança vem seguida de uma estranha sensação, um pressentimento ruim que me arrepia os pelos do braço. Se realmente já estamos em Sonatri, a proteção de Mabra contra controles de rastreamento acabou. Isso quer dizer que Balko sabe para onde estamos indo. Tinha me esquecido desse detalhe.

Corro para o quarto e acordo Gueth:

— Leran, de novo? — ele fala baixo, colocando o travesseiro na cabeça. — Se soubesse o quanto é difícil para eu pegar no sono... Me deixe dormir, menino!

— É urgente, quero falar com você.

Vou para fora do quarto e o espero sair.

— O que foi? — Ele se apoia na porta, cansado.

— Os caçadores virão atrás da gente.

— Ah, Leran, relaxa. Jamais saberão aonde vamos. Vou voltar pra cama.

— Não, você não entende. Eles sabem aonde vamos — digo ao impedi-lo de voltar ao quarto.

— Como? — ele pergunta com os olhos semifechados.

— Eu fui marcado.

— O quê? Isso é proibido.

— Acho que você percebeu que não estávamos lidando com amadores, certo?

Ele pensa alguns instantes e tenta me acalmar.

— Cara, calma. Pensa comigo. A polícia deve ter prendido eles. Não virão atrás de vocês.

— Eles virão, eu sinto isso. A polícia não os pegou. Balko não vai desistir tão fácil. Luana é uma mina de ouro para ele. E você viu o que eles podem fazer.

— Vamos esperar chegarmos a Nuanto e lá decidimos o que fazer.

— Não dá tempo — falo. — Tenho certeza de que Balko está nos rastreando. Algo me diz isso. Estou falando, posso sentir.

— Ok, então o que você quer fazer?

— Eles deixaram claro que apenas Luana importa. É perigoso eu continuar com ela.

— E? — Gueth franze o cenho, tentando entender o que pretendo.

Antes de responder, olho fixamente em seu rosto.

— Preciso muito de um favor seu. Algo que eu jamais pensei em confiar a alguém.

— Diga, Leran. Você pode confiar em mim.

— Eu sei. E é só por esse motivo que estou pedindo sua ajuda.

Ele acena com a cabeça, aguardando. Eu falo:

— Leve Luana a Nuanto. Cuide dela pra mim.

O olhar de Gueth é firme, passa-me toda a segurança de que necessito nesse momento.

— Você tem a minha palavra. — E me oferece um aperto de mão.

Na manhã seguinte, chamo Luana para conversar enquanto Gueth está no convés.

— Você cresceu tanto, Lua. A garota frágil de Acigam não existe mais.

— Por que esse papo agora? — ela fala e se senta na cama. —Até alguns dias atrás, eu não podia nem me *engraçar com alguém* — diz imitando o meu jeito de falar.

— Estou falando sério, Luana.

— Ok, diga logo então.

— Tive que tomar uma decisão importante que afeta a nós dois.

— Você está me assustando. Qual decisão? — ela fica apreensiva e me escuta atenciosamente.

— Devemos nos separar.

— Você ficou maluco?

— Balko virá atrás de mim. Não estamos mais protegidos do rastreio.

— Iremos vencê-lo. Eu vou vencê-lo! — Luana aperta os dentes com raiva.

— Não, não podemos vencê-lo. Você ainda não domina sua energia. Quase me matou em Mabra, lembra?

Diante da verdade dura, ela abaixa a cabeça e deixa algumas lágrimas escorrerem.

— Eu vou para onde você for, Le.

— Lua... — Eu retiro o amuleto de dentro da camiseta. — Você aprendeu sozinha tantas coisas novas nesses últimos meses. Não precisa mais de um guardião, precisa de um professor, um mestre.

— Não — ela fala e ameaça um choro —, eu preciso do meu irmão.

Eu a abraço e a deixo desabafar. Ela sabe que é a única saída.

— Pegue o amuleto. Se ficar comigo e eles me pegarem, acharão você.

Luana recebe a joia e a guarda no bolso.

— O que você vai fazer?

— Acharei um lugar para ficar e esperarei por eles.

Ela balança a cabeça, discordando.

— Eu ficarei bem, não se preocupe. Gueth vai com você para Nuanto. Ache Tlavi, aprenda tudo o que puder com ela e então será a sua vez de me proteger. Eu encontrarei vocês lá depois de me livrar dos caçadores.

Ela seca as lágrimas e me dá outro abraço.

— Não vou te decepcionar. Serei a Estrela mais poderosa que este mundo já viu.

— Assim que eu gosto — falo e lhe dou um beijo na testa.

Durante o dia, preparo minhas coisas: arco e aljava nas costas, espada presa ao cinto e armadura posta. Devo carregar o essencial, peso demais vai me atrasar. Após fazer uma mala pequena, deixo o resto das coisas com Gueth. Despeço-me de Luana e saio do navio durante a breve parada que fazemos no final da tarde.

O porto onde desço é pequeno, mas, de acordo com os trabalhadores, conseguirei abrigo no vilarejo da região, a poucos quilômetros da margem do rio. Ando algumas horas para o norte e, no caminho, avisto muitas plantações de algodão. O vilarejo deve ser o lar da maioria dos agricultores daqui. Quando chego, me deparo com construções simples de madeira, entre elas um albergue malcuidado. A espelunca é a única opção para dormir. Pago alguns centavos pela pensão e vou até o quarto no térreo. Não existem outros hóspedes além de mim.

Durante a noite, eu aguardo por algumas horas, andando de um lado para o outro do quarto minúsculo. Sinto um incômodo em minha mente e olho pela janela. Está escuro lá fora, mas é como se alguém se espreitasse e ficasse me olhando. Alguém que sabe que eu estou aqui. Sento na cadeira velha e fico de frente para a porta. Eles chegaram, posso sentir. Sou como um cervo cercado por uma alcateia de lobos famintos.

Continuo calmo e, em menos de um segundo, a porta se abre com um golpe de vento. Algo entra devastando os móveis com velocidade. Terandi surge na minha frente, bastante irritada. Levanto e puxo a espada da bainha em um movimento ligeiro, que não é páreo para ela. Antes mesmo de tentar um golpe, a bandida desaparece da minha frente e logo ressurge pela esquerda, me acertando um murro, depois um chute, uma cabeçada, outro chute, mais um murro, e outro, mais outro. Ela é tão rápida que não há o que fazer. Quando termina, caio imóvel, inchado, com cortes e contusões em diversas partes do corpo. Mal consigo olhar para ela.

— Rato fujão! — ela diz, após cuspir nas minhas costas. — Não aguento mais correr atrás de você. E mal posso esperar para pôr as mãos na sua irmãzinha, aquela safada.

Eu apenas tento me levantar, apoiando as mãos no piso de tábuas.

— Eu te disse que não poderia ajudá-lo se Terandi o pegasse primeiro, não disse? — Balko entra na casa. Keon está ao seu lado.

Quando elevo meu tórax alguns centímetros do chão, Terandi usa um dos pés e arrasta minha mão, fazendo-me cair novamente.

— Vocês tiveram a chance de fazer do jeito fácil. Mas não... Preferiram correr uma, duas vezes de mim — o caçador fala irritado. — Eu vou matar você, sabia, arqueiro? Só preciso achar a insuportável da sua irmã.

Ele se aproxima e levanta minha cabeça me puxando pelos cabelos. Fixo meus olhos nele enquanto tento mover meu corpo, porém nada responde aos meus comandos. A dor está por todos os lados, devo ter quebrado alguns ossos.

— Onde está a garota? — ele grita furioso, apertando o meu queixo com sua outra mão.

Em resposta, arqueio os lábios cortados. Balko entrefecha os olhos sem entender minha felicidade. Eu explico:

— A esta hora? Muito longe daqui!

Parte V

Laços de Sangue

por Gueth Hur

CAPÍTULO 21

Meu pai dizia que eu era altruísta demais, que me preocupava tanto com os outros que acabava me esquecendo de cuidar de mim mesmo. Não sei até onde ele estava certo, mas acho que aprendi a viver assim por causa das plantas. Nada me alegrava mais do que um jardim bem cuidado. Quando transmitia meu carinho e atenção para as mudas, elas cresciam mais belas e isso me deixava feliz. Para mim, as pessoas são iguais às plantas. Se você as rega com carinho, colhe felicidade. E eu sempre tive certeza de que, para ser feliz, era necessário ter pessoas felizes ao meu redor.

É claro que, para isso, oprimi alguns desejos em função dos outros. É normal para um cara altruísta. Participei de torneios para salvar meu pai, me mantive nas lutas para agradar o empresário e tentei poupar Tlavi dos principais problemas de nossa família. Eu podia segurar a bronca. Pelo menos, achei que podia. Mas o fato é que, quando precisei pedir ajuda, a ajuda não veio.

Isso me fez pensar muito sobre várias convicções que eu tinha. Para começar, mudei a forma de ler o termo "família". Sei que é difícil pensar sobre uma sem se remeter a mãe, pai e filhos. Porém, cheguei à conclusão de que não é isso que forma uma família. Ela não está no laço sanguíneo. Ela se cria a partir de interesses e, às vezes, se desfaz da mesma maneira. Pode parecer uma visão cética para alguém considerado altruísta, mas esse também é outro termo que andei revendo.

Desde pequeno, vivi com minha irmã e meu pai. Aprendemos a nos virar. Não era fácil, principalmente no começo, mas admito que, das piores partes, eu pouco me lembro devido à idade. Recordo-me de épocas em que já estávamos bem instalados em Mabra, quando nossa família ganhava um novo membro: Tony. Esse sim tinha tudo para ser um bom parente. Ele confiava nas habilidades de luta de meu pai e tinha os contatos necessários para fazê-lo rico. O melhor de tudo eram os interesses em comum. Tony era necessário para a gente assim como meu pai era necessário para ele.

E famílias duram enquanto os interesses são os mesmos. Tony provou isso há alguns dias, quando entregou meus amigos na tentativa de me manter lutando. Muitos podem dizer que Tony fez isso porque, na verdade, não tinha nenhum laço de sangue comigo ou com meu pai, que suas intenções eram mesquinhas desde o começo. Contudo, eu digo que, enquanto tais intenções eram as mesmas que as nossas, aquela família funcionou muito bem. E, se as pessoas acham que o laço sanguíneo obriga os familiares a se manter unidos, tenho outra prova de que isso é besteira.

Meu pai morreu de uma doença rara, cuja cura nenhum médico ou curandeiro foi capaz de achar. Só uma pessoa podia ajudá-lo. Só uma pessoa. E esta era aquela cujo laço com meu pai não poderia ser maior. Aquela cujo laço comigo não poderia ser mais forte. Mesmo assim, fomos abandonados.

Como alguém que se preocupa demais com os outros, posso afirmar que aceito membros em minha família com extrema facilidade. Eu só não imaginava que essa facilidade também existia para esquecer que um dia outras pessoas também fizeram parte da minha família. Afinal, temos opção para construirmos laços com qualquer um. E, se algum dia esses laços se quebram ou deixam de ser convenientes, cabe-nos juntar as coisas e seguir em frente.

Isso é o que faço agora. A família que me resta é a que eu acabei de conhecer e talvez, com ela, eu consiga manter os laços por mais tempo.

O convés esteve quieto nas últimas horas de viagem para Nuanto. Sentado de onde estou, já vejo as cúpulas douradas da cidade no horizonte. Estamos perto. Fui obrigado a colocar minha jaqueta, pois o vento das planícies de Sonatri é forte e gelado. Luana, também agasalhada, está olhando o rio do outro lado da embarcação. Desde que Leran deixou o navio, a garota não mostra o mesmo sorriso de antes. Está triste, preocupada. Se pudesse, ela daria o lugar para proteger o irmão. Mas é ele quem sempre se sacrifica por ela. Um fato que Luana detesta.

Os dois têm uma relação forte, algo que jamais tive com Tlavi. Sinto até um pouco de inveja quando os vejo juntos. Foi por isso que dei minha palavra a Leran. Proteger Luana é uma forma de mostrar o quanto admiro a cumplicidade deles. E também um meio de me sentir parte da família que eles têm.

Sempre me perguntei por que Tlavi era tão distante. Pensava ser devido à diferença de idade entre nós. Só que não era isso. Ela sempre foi ausente, focada em seus próprios objetivos. Sua ida para Nuanto só potencializou essa característica.

Enquanto penso em minha antiga família, pego o Arado e o observo com carinho. Nem noto Luana, que saiu de onde estava e agora se senta ao meu lado.

— Você sente falta do seu pai, não é? — ela pergunta ao admirar a arma em sua forma latente.

— Nós éramos muito unidos — falo ainda olhando para o bastão de ferro. Com a ponta do polegar, acaricio os símbolos gravados por todo o metal.

— Também perdi meu pai — Luana se simpatiza com minha dor. — Mas ainda tenho pessoas que se importam comigo. Pessoas por quem vejo sentido continuar.

— Está mencionando o restante de sua família? — pergunto, ainda cabisbaixo.

— Sim. Minha mãe nos aguarda em Acigam. E tem o Le. Eu não saberia viver sem ele.

Enquanto ela fala, volto meu olhar para sua face e percebo uma expressão doce brotar em meio à maquiagem pesada. Luana gosta muito do irmão, ela nem precisa dizer isso.

— Leran é um cara fantástico — falo sorrindo.

— Eu sei disso — ela também arqueia os lábios. — Mas não conte nada a ele.

Ambos rimos e eu cruzo os dedos nos lábios em um sinal de que o segredo está bem guardado.

— Você também tem a sua irmã — ela busca o lado positivo na história toda. — Ela vai adorar vê-lo novamente, mesmo que seja trazendo notícias ruins.

As intenções de Luana são legítimas. Ela se importa comigo. Talvez seja a forma que encontra para tirar a própria preocupação da cabeça. Só é uma pena eu não ter a mesma certeza a respeito de Tlavi.

— Não nos vemos há muito tempo — falo incerto.

— Mais um motivo para ela ficar feliz — Luana pega uma de minhas mãos. — Você vai ver.

Aceno com a cabeça e sorrio. Não quero incomodá-la com os meus problemas. Minha situação com Tlavi é mais complexa do que Luana pode compreender. E, para manter a promessa que fiz a Leran, preciso manter a garota calma, distraída. Falar de questões familiares não ajudará em nada.

Continuamos a conversa com outros assuntos. Luana conta um pouco de como era sua vida em Acigam, dos livros que costumava ler e termina dando mais detalhes da viagem que fizeram até Mabra. O papo é tão interessante que o tempo passa depressa e logo um dos marinheiros nos manda preparar nossas coisas. Vamos aportar em alguns minutos.

Corremos para o quarto e arrumamos tudo. Pouco tempo depois, já de malas prontas, descemos do navio no belíssimo porto de Nuanto.

— Ali está — aponto para a frente —, a Cidade Dourada.

— E agora? — Luana pergunta diante da pequena estrada que separa o porto da cidade.

— Vamos andar um pouco.

Todos estudam sobre Nuanto, ou quase todos. Talvez em Acigam não seja bem assim. Luana não tem ideia do que essa cidade significa para a nossa civilização, mas esclareço tudo enquanto andamos.

O porto não fica exatamente dentro da cidade, mas sim próximo à entrada da Radial Sudeste, onde o Rio Sorah corre. A Cidade Dourada foi a primeira de todas as cidades. Carrega muito prestígio e importância por isso. Consequentemente, ainda é um dos lugares mais ricos do mundo. E é fácil notar isso, basta ver o tipo de produtos que desembarca aqui: roupas chiques, móveis caros e muitas joias. Nuanto contém os principais clientes para vários dos artigos fabricados em Mabra.

Todos sabem que o povo da Cidade Dourada é bem mais conservador do que os demais. Mesmo os prédios novos e modernos mantêm a arquitetura clássica de milênios atrás. Grandes abóbadas e pináculos decoram o alto da cidade enquanto escadarias e pilares formam a parte inferior.

Na área mais periférica, aonde chegamos primeiro, moram as pessoas mais afastadas da política: comerciantes, professores, médicos, entre outros. E não é porque se trata de uma zona distante do centro que a periferia de Nuanto é pobre, muito pelo contrário. Apesar de os mais clássicos viverem próximos à Praça Áurea, é na periferia que o dinheiro corre. Mercados, consultórios e muitos outros estabelecimentos comerciais ficam expostos pelas grandes avenidas radiais que ligam o exterior da cidade ao centro, que hoje não passa de um recanto político.

Apesar de ser uma cidade grande, Nuanto cresceu organizada, o que a torna bem diferente da caótica Mabra. Os veículos individuais são praticamente desnecessários, uma vez que as radiais contam com os inúmeros bondes vermelhos, famoso meio de transporte por aqui. Eles sobem e descem as principais ruas, flutuando de um lado para o outro. Diferentemente dos mobins, esses veículos públicos usam um poderoso sistema magnético que os mantém levitando a alguns centímetros do chão, ideal para as ruas de paralelepípedo irregulares do centro da cidade. É em um deles que subimos a fim de tornar mais curta a viagem para o Santuário.

O plano é simples: chegar ao lugar onde os paladinos moram. Tlavi provavelmente estará lá. Apesar de eu ainda não estar pronto para encará-la, preciso, pelo menos, levar Luana até ela. Depois decido o que fazer.

Por falar em Luana, ela está deslumbrada com a cidade. Quando viu o bonde, entrou tão rápido que o motorista não teve tempo de cobrar pela passagem. Paguei por nós dois em seguida. A reação dela é engraçada, mas, sinceramente, eu também não conhecia Nuanto. Dizer que não estou impressionado seria uma mentira.

O bonde alcança o centro e nos deixa próximos à biblioteca, uma bela construção erguida sobre colunas de pedra dourada. De onde estamos, podemos ver o chafariz no centro da praça. Sua beleza hipnótica não nos deixa seguir enquanto não vamos olhar o monumento de perto.

— Que coisa incrível — Luana fala sem tirar os olhos da fonte.

Os jatos de água formam diversos desenhos no ar, a mais de quinze metros de altura.

— São todos diferentes. — Ela se refere aos rostos esculpidos na pedra.

Apenas aceno com a cabeça e continuo, sem palavras, observando a fonte. Só uma coisa tira minha atenção da escultura. Do outro lado da praça, uma jovem mulher anda vestida com armadura de ouro, decorada com pedras de material marrom. Sua cabeça está coberta por um capuz branco que deixa parte dos cabelos negros à mostra.

— Veja — chamo atenção de Luana para a mulher. — Uma paladina.

— É sua irmã?

Não estou certo se reconheceria Tlavi depois de tanto tempo, mas aquela definitivamente não é ela.

— Não, mas poderá nos ajudar. Venha.

Puxo Luana e corremos na direção da jovem. Assim que ela nos nota, aceno pedindo que pare e ela gentilmente nos espera chegar mais perto.

— Obrigado — falo ao fazer reverência.

Ela repete o cumprimento e pergunta o que desejo.

— Viemos de Mabra, estamos à procura de Tlavi Hur.

Ela recebe minhas palavras com surpresa e me encara por alguns segundos antes de falar com uma voz serena:

— Seus olhos são iguais aos de sua irmã, Gueth.

Não consigo conter a surpresa.

— Vocês se conhecem? — Luana pergunta, confusa.

— Não. — A paladina sorri. — Meu nome é Minerva. Sirvo à Ordem dos Paladinos. Tlavi é minha mestra. Ela já me falou sobre você.

Difícil imaginar Tlavi falando de mim ou de qualquer coisa referente à nossa família. Na minha cabeça, ela tinha esquecido completamente que um dia existimos. Apesar de ser algo trivial para muitos, esse fato mexe comigo de alguma forma.

— Podemos vê-la? — Luana pergunta, ansiosa, colocando-se à frente.

— Ela está em uma importante missão no norte de Sonatri, sem previsão para retorno.

— Então iremos esperar — ela fala, buscando meu consentimento com o olhar.

— Precisamos de um lugar para ficar, Luana — lembro-a.

— Vocês parecem ter chegado de uma longa viagem — Minerva pontua. — Venham comigo até o Santuário, poderão descansar lá até encontrarem outro lugar para se hospedarem.

Justo.

Minerva nos dirige pela praça até a entrada do templo paladino. Passamos por alguns corredores e chegamos a uma ala de apartamentos. Subimos as escadas, já no anexo da parte posterior do Santuário, onde ela abre uma das portas.

— Podem ficar aqui, por enquanto. — Minerva mostra o apartamento com a mão. —Ele é próprio para visitas importantes.

— Não é necessário tudo isso — falo ao ver o requinte do lugar. —Podemos conseguir algo mais simples na periferia, não queremos dar trabalho.

— Você é irmão de Tlavi Hur, uma dos membros mais poderosos da Ordem. Sua estada é uma honra para nós.

Luana me olha e faz sinal para que eu aceite. Diante da pressão, digo que tudo bem.

— Ótimo — diz a paladina, contente. — Avisarei Ioseth que você está aqui. Ele foi mestre de sua irmã, adorará conhecê-lo.

Agradeço e Minerva deixa o apartamento. Luana coloca as coisas no chão e se joga no sofá macio:

— Isso aqui é muito melhor do que eu esperava.

Ando pela sala e observo a decoração, pensativo.

— Veja isso! — ela se levanta e vai para a sacada, de onde se pode ver um lindo jardim.

— É tudo muito ostensivo — digo, preocupado.

— Ah, Gueth, relaxa, vai. Isso é um luxo. Leran vai adorar quando vier para cá também.

Ofereço um sorriso desconfortável e levo minha mala para um dos dois quartos do apartamento. Jogo-a sobre o requintado móvel de cabeceira e me deito na cama, pensando em como será meu reencontro com Tlavi.

— Vou tomar um banho, tá?! — Luana grita da sala.

— Certo! — respondo.

Ouço o chuveiro ligando e o barulho da água me ajuda a relaxar um pouco. Minutos depois, quando as gotas param de tocar o chão, a campainha soa.

— Quem é?! — Luana pergunta, ainda de dentro do banheiro.

— Não sei, vou ver.

Saio do quarto, sigo até a porta e a abro. Vejo Minerva novamente, desta vez acompanhada de um homem, outro paladino. Ele veste uma armadura de ombreiras largas, também desenhada com arabescos. Alguns cristais brancos decoram o peitoral, as luvas e o elmo, que ele segura com uma das mãos. Seu rosto é familiar para mim.

— Gueth — ele diz calmamente e me oferece um cumprimento —, que surpresa maravilhosa. Da última vez que o vi, era apenas uma criança.

Ele me mede com o olhar enquanto fala.

— Eu te conheço?

— Desculpe-me — sua voz suave tem sempre o mesmo tom. — É pretensão demais de minha parte exigir que se lembre. Podemos entrar?

Saio da porta e dou passagem para eles. Nem sei por que me pede licença, eu é que sou o convidado aqui.

— Meu nome é Ioseth — o paladino fala e se senta. — Quando soube que você estava aqui, resolvi dar as boas-vindas pessoalmente.

— Você é o mestre de minha irmã?

— Fui — a resposta é rápida e direta. — Hoje ela é tão forte quanto eu. Não precisa mais de mestres.

Olho mais atento ao rosto do paladino e começo a me lembrar de quem se trata. Foi ele que buscou Tlavi. Ele estava lá no último dia em que a vi. De alguma forma, o sentimento de frustração que tenho por minha irmã se derrama sobre esse homem também. Minha expressão muda e passo a olhá-lo com certa tristeza. Não sei por que ela não voltou para Mabra ou não respondeu a minhas mensagens, mas os paladinos têm algo a ver com isso.

— Está tudo bem? — Ioseth pergunta.

— Sim — falo, desviando o olhar.

Antes de continuarmos, Luana aparece na sala vestindo uma camiseta clara e calças compridas, os cabelos ainda estão molhados.

— Olá — ela diz.

Ao vê-la, a face de Ioseth muda. Seus olhos se arregalam, tirando-o da posição de calmaria que demonstrou desde que abri a porta do apartamento. Luana estranha a expressão do homem e logo leva a mão ao tórax. Por baixo de seus dedos, vejo uma estranha luz. O brilho passa pelo tecido ralo da camiseta e ilumina a sala com um tom arroxeado.

Ao notar o brilho, Ioseth se levanta e vai à direção da garota, ignorando a conversa que estávamos tendo até então. O paladino retira uma pequena joia de dentro de sua armadura e a deixa pendurada por uma correntinha. A pedra transparente, lapidada em formato de prisma, também está acesa e o brilho esbranquiçado contrasta com a luz emitida do peito de Luana. Ela puxa o amuleto para fora da roupa e também o segura pelo cordão. Trata-se da peça que Leran carregava. Minerva e eu continuamos parados, admirando o magnífico efeito luminoso. Ao ver o amuleto, Ioseth se aproxima de Luana e finalmente as luzes se apagam.

— Minha cara — ele diz ao tocá-la no ombro. — Como chegou até aqui?

— Vim com ele. — Ela aponta para mim.

O paladino me olha confuso e se volta novamente para Luana:

— Quem te deu isso? — ele se refere ao amuleto.

— Meu irmão — Luana responde assustada e afasta a joia de Ioseth.

Vendo a situação, eu me coloco entre os dois:

— O que está acontecendo? — pergunto. — Você sabe algo sobre essa joia?

Ele se afasta, deixando claro que não representa nenhuma ameaça para nós, e volta ao sofá, onde se acomoda mais uma vez.

— É irônico — ele diz.

— O quê? — Luana questiona.

O paladino coça a barba e, sorrindo, responde à pergunta:

— Fui eu que enviei esse farol a você.

Capítulo 22

Todos ficam em silêncio tentando absorver a notícia. Atordoada, Luana me olha enquanto eu permaneço confuso. Não sei o que está acontecendo.

— Após duas décadas, o farol retorna — Ioseth diz maravilhado, quebrando o silêncio.

— Ela é outra Estrela, mestre? — Minerva questiona.

— Sim — ele responde. Em seguida, olha novamente para Luana e pergunta: — Qual o seu nome, pequena?

Ela responde brevemente e logo emenda uma dúvida:

— Você disse que enviou isso para mim?

Ele acena com a cabeça.

— Então conheceu meu avô? Meu pai? Simus, talvez?

— Calma — Ioseth demonstra paciência para esclarecer tudo. — Deixei a joia com Quiroon. Ele se encarregou de passá-la adiante, até que chegasse a você.

— Quando? Não me lembro de você entregando nada no dia em que buscou Tlavi — falo, duvidando de sua história.

— Conheci seu pai há muito tempo, jovem Gueth. Fomos apresentados quando sua irmã era criança e você tinha acabado de nascer. Os xamãs de Nairatis me chamaram.

— Por que te chamariam? — pergunto.

Com um gesto, ele sugere que sentemos para ouvi-lo. Sua postura é tão serena que desarma minha desconfiança. Luana e eu acatamos. Ele começa:

— Tlavi é a Estrela da Cura, a mistura de Luz com Água. Os poderosos xamãs de Nairatis dominam apenas quatro elementos primários: Terra, Água, Fogo e Ar. Não poderiam treinar uma Estrela que também precisasse de um mestre na arte da Luz.

Isso é verdade. Afinal, nenhum Nairatiano tem afinidades com a Luz ou com as Trevas. Tlavi deve ter sido a primeira.

— Quando encontrei seu pai pela primeira vez, ele foi relutante em permitir o treinamento dela. Não queria que eu a trouxesse para Nuanto.

— Então ele fugiu — concluo.

— Sim, mas naquele dia eu expliquei sobre as Estrelas, sobre os faróis e entreguei duas joias a ele: esta que Luana possui e o pingente em formato de gota, o farol da Cura. Era uma forma de ganhar sua confiança. Sem a peça de Tlavi, eu não teria como ir atrás dela. Caberia a ele decidir se a filha iria ou não ser treinada.

— E como nos encontrou depois?

— Seu pai me avisou que estavam em Mabra.

— Por que ele faria isso? Ele não queria que Tlavi deixasse nossa casa.

— Essa foi a primeira coisa que questionei quando o reencontrei. Eu tinha que saber se ele estava realmente disposto a deixá-la ir comigo. Sua resposta foi muito honesta. Quiroon não podia privar o mundo de ter a Estrela da Cura. Se sentia péssimo por ser o único a usufruir do dom da filha. Então decidiu deixar que ela mesma escolhesse.

— Ok, mas por que você entregou minha joia para o pai e Gueth? — Luana indaga.

— Porque eu sabia que ele era a pessoa ideal para fazer o amuleto chegar ao seu destino.

— Não entendo — ela fala. —Como você sabia disso?

— Primeiro porque ele tinha uma filha Estrela e teria o cuidado necessário com a peça. Segundo, porque é assim que o farol funciona. Quem o carrega sempre sabe o momento certo de passá-lo adiante. Se não funcionasse assim, o amuleto não teria chegado até você, não é mesmo?

Da mesma forma que eu, Luana não parece estar satisfeita com a história. Contudo, Ioseth está disposto a explicar. Para que entendamos o real significado dessas joias, o paladino busca fatos antigos, ocorridos há mais de quatro mil anos, quando as primeiras Estrelas foram descobertas.

De acordo com Ioseth, o ser humano demorou a perceber que entre sua raça habitavam seres extraordinários, capazes de reger todo o fluxo de um elemento. As Estrelas viviam escondidas entre pessoas comuns. Acredita-se que os primeiros líderes, sábios e pensadores humanos tenham sido Estrelas.

Desde o descobrimento desses seres, tenta-se desvendar uma forma para saber quem são e por onde eles andam. Os primeiros cientistas a se aventurar nessa tarefa fundaram os conceitos da Ciência das Energias.

A descoberta desses homens foi importante para mapear alguns dos fluxos energéticos do nosso mundo, permitindo entender com profundidade os elementos. Mas o real objetivo era encontrar as fascinantes Estrelas, aproveitando o poder delas continuamente.

De acordo com Ioseth, as Estrelas tiveram papel fundamental na escalada de nossa raça até a supremacia no mundo. Elas foram utilizadas como armas pelo império humano, naquela época em constante expansão. O problema era que, como todos os seres vivos, as Estrelas também morriam. Apesar de saberem que uma nova havia de nascer para repor a que sucumbira, o local exato não era conhecido. Muitas delas viveram sem nunca descobrir que tinham um dom e tiveram seu potencial para a humanidade totalmente desperdiçado.

Para evitarem isso, os cientistas, a serviço do imperador, desenvolveram a tecnologia dos faróis. Inicialmente, eram muito mais precários do que as joias de hoje, mas serviram para que o império reunisse as doze Estrelas. Quando um de seus soldados excepcionais morria, os faróis eram usados para encontrar a Estrela renascida e assim manter o exército imbatível.

Foi há aproximados quatro mil anos que o primeiro farol foi erguido. Ao contrário das joias que Luana, Tlavi e Ioseth possuem, no passado os faróis eram altas torres que apontavam luzes refletidas em gemas preciosas na direção na qual as Estrelas nasceriam. Doze torres para doze Estrelas. Daí o nome utilizado até hoje. Eram construções muito semelhantes às usadas para orientar navegações próximas à costa.

O local escolhido para a instalação das torres foi o Arquipélago Celeste, um grupo de ilhas localizado entre os dois grandes continentes. Lá a concentração das energias era a mais variada possível, devido à aparente equidistância de todos os polos.

Seguindo a luz dos faróis, os cientistas podiam passar anos na busca de uma Estrela, mas quase sempre a achavam. Depois que a civilização humana se tornou predominante, a guerra acabou e os poderosos receptáculos de energia se dispersaram pelo mundo. Sem mais o patrocínio do império, os faróis foram desativados e a busca pelas Estrelas cessou.

Séculos depois, outro grupo de cientistas retomou os estudos no Arquipélago Celeste. Dessa vez era a Ordem dos Paladinos que financiava tudo. Tinham o objetivo de criar um novo mecanismo de busca para as Estrelas, mais discreto e muito mais eficaz.

E, em algumas décadas de pesquisa, eles conseguiram concentrar a tecnologia das grandes torres em pequenos objetos. Usaram as mesmas pedras preciosas dos faróis antigos para forjar joias embebidas na energia de cada um dos doze elementos secundários. Uma vez criados, os novos faróis seriam capazes de perseguir as Estrelas por si sós, mantendo um elo entre elas e o arquipélago. E fariam isso da forma mais ousada possível: através da energia de todas as pessoas do mundo.

Parece bem estranho, e o conceito não é nem um pouco fácil, mas Ioseth repetiu a explicação diversas vezes, até que entendêssemos.

Primeiro foi preciso compreender um termo muito usado pelos cientistas: a Troca Energética. Como sabemos, todos os corpos são formados de energias, mas cada um possui uma combinação única delas, que nos individualiza. A Troca Energética mostra que, quando as pessoas se relacionam, elas trocam uma mínima parte dessa energia e acabam carregando consigo resquícios de interações que já tiveram, desde simples contatos sociais até relacionamentos duradouros. Quanto maior o contato que temos com alguém, maior a quantidade de energia dessa pessoa que carregamos. A energia trocada não é significativa para representar alguma mudança em nós e, até então, não havia a necessidade de se estudar isso a fundo. O fato é que os cientistas acharam uma forma de mensurar essas trocas e viram uma utilidade para isso.

Mesmo que as Estrelas não saibam que são seres especiais, a energia dentro delas indica o poder. Qualquer pessoa que tenha contato com uma Estrela carrega um vestígio dessa energia. Por sua vez, a pessoa que conhece quem já teve contato com uma Estrela carrega uma parte ainda menor da energia, e assim por diante.

Avançando nos estudos da Troca Energética, os cientistas descobriram que todos no mundo estão ligados por interações energéticas. Vamos supor que eu nunca tenha estado com uma pessoa que more do outro lado do mundo. Mas eu certamente conheço alguém que conhece alguém, que conhece alguém, que conhece essa pessoa. De acordo com essa teoria, eu estou ligado a qualquer pessoa do mundo por aproximadamente cinco conexões de energia.

O conceito é bem maluco, mas é aí que reside o truque. A ousadia dos cientistas estava em usar essas interações, usar a energia de todas as pessoas para se chegar até as Estrelas. As joias que eles criaram seriam passadas de mãos em mãos e alcançariam sempre seus destinos. Cinco trocas de dono, cinco passos até a Estrela.

Ioseth recebeu a joia de Luana diretamente de um cientista do Arquipélago, em seguida a entregou ao meu pai em Nairatis. Meu pai a deu para seu amigo, Simus, que presenteou o avô de Luana. Por fim, ele passou a joia para Caio Yandel quando a menina nasceu. De todos, apenas Ioseth e meu pai sabiam que a joia era um farol. Os demais simplesmente a passaram para a frente no momento em que sentiram a necessidade de fazê-lo. É assim que funciona. Instintivamente, quem carrega a joia a entrega para quem terá maior chance de encontrar a Estrela. Em cinco passos, a joia chegou à Luana, acabando nas mãos de um guardião até que ela pudesse carregá-la por si só.

Se não fosse pela morte do pai e do avô, Leran jamais teria pegado a joia. No fim, ele se tornou o guardião de Luana e, mesmo sem saber que um dia esse amuleto deveria estar nas mãos da própria Estrela, o entregou para a garota no navio, fechando o ciclo. Para Ioseth, isso significa que Luana está pronta.

Após ouvir a história, Luana permanece totalmente recostada no sofá, sem mover um músculo, até sua respiração está mais fraca. Os olhos azuis estão perdidos em algum ponto da sala, enquanto sua cabeça parece trabalhar arduamente para absorver a maluquice toda.

— Pronta? Pronta para quê?

— Apenas você poderá descobrir — o paladino responde, enigmático.

Luana pisca os olhos lentamente e, ao abri-los, pergunta ainda desorientada:

— E o que devo fazer agora?

— Descansar — ele diz, sereno. — Está segura aqui. Em breve você é quem dirá o que vai fazer.

Luana acena com a cabeça e se levanta, evidentemente confusa. Ela olha para mim por poucos segundos e segue para o quarto do luxuoso apartamento.

— Minerva, vamos deixá-los agora.

Os dois paladinos se dirigem para a saída e eu os sigo para fechar a porta. Antes de sair, Ioseth fala:

— Bom revê-lo, meu rapaz. Sua vinda trouxe bons presságios. Trouxe esperança — faço um sinal com o polegar e fecho a porta assim que os dois dão as costas. Antes de ir para o quarto, paro na sala e me sento no sofá de veludo claro.

Eu achava uma grande coincidência Leran e Luana terem cruzado o meu caminho. Nuanto era o lugar certo para todos nós, tanto por conter as respostas que eles procuram quanto por me aproximar de Tlavi outra vez. Mas, pensando no que Ioseth disse, não é possível acreditar no acaso. Nossos destinos já estavam laçados quando as duas joias foram entregues ao meu pai.

Ainda exausto da viagem, vou novamente para a cama, tiro a roupa e tento dormir. Só que o sono não vem. Isso costuma acontecer comigo, sofro de insônia. Quando estou assim, apenas uma coisa me apaga.

Abro minha mala e pego uma bolsinha verde, dentro dela está o pó avermelhado, feito com o pólen de uma famosa flor nairatiana, o nebrisco. Basta jogá-lo sobre o nariz que o sono vem instantaneamente. Em poucos segundos, eu capoto em meio aos lençóis e esqueço-me de tudo à minha volta.

— Gueth? Gueth!

Abro os olhos com dificuldade e vejo Luana olhando pela fresta da porta aberta.

— Que horas são? — pergunto, coçando o rosto.

— Cedo — ela responde e termina de abrir a porta, deixando toda a claridade entrar de uma só vez. — Venha, preciso de sua ajuda.

Retiro os lençóis de cima do corpo e me levanto. Vou ainda sonolento até a porta do quarto e apoio o cotovelo no batente, aguardando que Luana me diga o que quer. Ela me olha, me fita dos pés à cabeça e diz:

— Pensei sobre o que Ioseth disse ontem. Quero falar com ele. Estou com algumas dúvidas.

— É. Muito do que ele disse foi confuso pra mim, também.

— Você vem comigo?

— Sim.

— Ótimo — ela fala e vira as costas. Antes de se afastar, continua: — Melhor vestir algo mais quente, está frio lá fora.

Só então me dou conta de que estou apenas de cueca. Balanço a cabeça, ainda com sono, e volto para o quarto. Minutos depois, já vestido, encontro Luana sentada à mesa de café, comendo algumas torradas. Sento-me do outro lado e me sirvo também.

— Não dormi nada — ela diz.

— Não posso dizer o mesmo — falo com sorriso nos lábios. Essa foi a melhor noite que tive desde que saí de casa. A cama do navio não era das mais confortáveis.

— Que bom para você.

Ao terminar, Luana se levanta e vai até a porta. Reparo em seu corpo enquanto anda. Ela está vestindo uma calça de tecido fino e justo, o que enfatiza suas curvas femininas. É engraçado Leran insistir em tratá-la como criança. Apesar de ter dezesseis, Luana é uma mulher formada, passa com facilidade por uma jovem de vinte anos, principalmente quando se maquia.

Termino as torradas e a sigo. Não sabemos onde Ioseth mora, mas a intenção é pedir informações para o primeiro paladino que encontrarmos. Descemos ao térreo e saímos do pequeno prédio. Vamos pelo jardim até a entrada do Santuário da Ordem. Algumas pessoas passam apressadas de um lado para o outro.

Luana avista um cavaleiro de armadura dourada entre os que passam e corre até ele. Vou atrás e chego a tempo de ouvir a resposta do paladino:

— Ioseth está reunido com outros paladinos. Estou indo para lá.

Seguimos o homem pelos corredores largos do Santuário até uma porta arqueada. Ele a abre e, antes de entrar, pede que esperemos do lado de fora. Os paladinos estão em uma reunião importante que não pode ser interrompida. Luana se senta em um banco de mármore, próximo à parede, e eu aguardo em pé ao lado dela.

Quase uma hora depois, quando já estamos cansados de esperar, a porta se abre e diversos paladinos saem falando uns com os outros:

— Vamos acabar com aquelas aberrações — um deles diz com raiva.

— Essas coisas são medonhas — ouço outro falar mais adiante.

Em meio à confusão, Luana passa pelos paladinos e adentra a sala. Faço o mesmo. Do lado de dentro, vejo Minerva, Ioseth e mais um paladino de costas para nós. Todos estão concentrados em alguma coisa diante deles.

— Ioseth — Luana chama enquanto se aproxima dos três. O mestre paladino se vira surpreso e a garota continua: — Pensei bastante no que disse e tenho algumas dú...

Porém, algo faz com que ela pare de falar. Seus olhos ficam semifechados, focando os fundos da sala.

— O que é isso? — pergunta chocada.

— O que vocês fazem aqui? — o paladino desconhecido eleva a voz. — Não têm permissão para isso.

Finalmente consigo ver o motivo do espanto de Luana. Atrás dos paladinos está uma criatura horrenda, parece um homem, ou pelo menos parece ter sido um. Sua pele está apodrecida, parte dos cabelos caiu de modo a deixar falhas na cabeleira longa. A mandíbula está à mostra, sem carne suficiente para esconder os ossos e os dentes escuros. Roupas rasgadas e os ferimentos pelo corpo dão ainda uma aparência mais grotesca. Amarrado com correntes pelos pulsos e pelo pescoço, ele tenta avançar sobre os guerreiros de armadura, emitindo gemidos baixos.

Luana dá alguns passos para trás e busca sair da sala, porém seu corpo encontra algo invisível no caminho. Com as mãos, ela empurra a parede que Ioseth colocou entre ela e a porta.

— Acalme-se, Luana — ele diz. — Vocês dois não deveriam estar aqui. Mas agora que viram não podem sair sem antes conversarmos.

— O que está acontecendo, Ioseth? — Coloco-me ao lado de Luana.

— Pretendia contar a vocês. Não temos motivos para esconder essa crise.

— Crise? — Luana questiona, assustada. — Quem é esse homem? O que vocês fizeram com ele?

— Isto não é um homem — o outro paladino se exalta —, é uma aberração. Uma cria da morte.

Ele também veste uma armadura dourada, de formato diferente das de Minerva e Ioseth. A maior parte é feita de metal mais escuro enquanto alguns desenhos claros decoram as peças, parecem relâmpagos. Os cabelos pretos são curtos.

Ioseth coloca a mão sobre o ombro do companheiro e lhe pede calma. Ele acata e abaixa a cabeça.

— Este é Lanor, um paladino vindo do Polo Luz. — Lanor faz uma reverência nos cumprimentando, mas seu olhar continua duro, repreensivo. — Está aqui para nos ajudar com esse problema.

— Esta é a Estrela que você mencionou, Ioseth? — ele pergunta.

— Sim. E o jovem é o irmão de Tlavi.

— É um prazer conhecê-los — diz Lanor, um pouco mais calmo.

Eu adoraria conversar tranquilamente com eles, se aquela criatura aos fundos da sala deixasse. Não consigo tirar os olhos dela. Sinto agonia, medo. Ela mexe de alguma forma com o meu autocontrole. É terrível.

— Pode acabar com isso — Ioseth fala, notando minha indisposição.

Ao receber a autorização do mestre paladino, Lanor se coloca à frente da criatura e estende a palma de sua mão diante da face decrépita. Uma luz suave se acende entre os dois e o homem moribundo se atiça, ficando ainda mais furioso.

— O controle os deixa agitados — Ioseth explica a reação da criatura. — Quando se separam do grupo maior, acabam seguindo fontes de energia.

A tal cria da morte passa a se debater com violência, tentando atacar Lanor de toda forma. Quando a luz na mão do paladino se intensifica, o monstro passa a se contorcer como se sentisse muita dor. Os olhos brilham e ele abre a boca para que a mesma luz escape de sua garganta, como se seu interior estivesse pronto para explodir. Aos poucos, toda a pele podre se acende e a criatura queima diante de nossos olhos, virando um punhado de cinzas.

Luana e eu estamos estonteados, paralisados. Um leve cheiro de carne queimada paira no ar. Eu tapo o nariz com certo desconforto no estômago.

— Estamos em uma batalha feroz — Ioseth diz, sem cerimônias. — Essa criatura é uma das armas do inimigo.

— Batalha? Armas? — Sento-me em uma das cadeiras da sala, tentando entender o que está acontecendo. — Nenhuma notícia chegou a Mabra. Que batalha é essa?

— O Parlamento decidiu manter o conflito em sigilo para não alardear outras cidades.

— A missão de minha irmã tem algo a ver com isso?

— Sim, ela partiu para um ataque surpresa a Cimérium, onde está escondido o suposto líder do exército inimigo.

A notícia me deixa ainda mais enjoado. Sinto tontura, um pouco de fraqueza e muito de remorso. Estive culpando Tlavi por não dar notícias, mas não tinha ideia do que estava acontecendo aqui. Ela está atacando o inimigo? E se der errado? E se ela morrer?

— Ei? — Luana segura o meu queixo e me faz olhar para ela. — Sua irmã está bem. Ela é uma Estrela, lembra?

— Exato, Gueth — Ioseth concorda. — Tlavi sabe se cuidar. Ela é especialista na técnica do expurgo. Nenhum monstro como esse pode pará-la.

— Foi para isso que chamamos Lanor e outros paladinos do Polo Luz — Minerva continua. — Tlavi estava liderando os treinamentos contra esse tipo de criatura, mas, devido a sua missão, tivemos que buscar ajuda.

— E o que isso fazia aqui? — Aponto para o lugar onde o monstro estava.

— Eles costumam andar em bandos quando possuem um líder. São obedientes, um exército violento, perfeito. Porém, quando um se desgarra do grupo, pode vagar sozinho por dezenas de quilômetros, buscando saciar sua vontade de matar.

— São feitos pra isso — Lanor completa as informações de Ioseth. — Criaturas sedentas por sangue que buscam vingar seu estado mórbido em tudo o que é vivo. Sob o comando de um líder, dentro de uma horda, usam espadas, machados, lutam feito soldados. Sozinhos eles mordem, estrangulam, arranham, usam o que têm para assassinar. São mais fracos assim, mas não menos perigosos.

— Este foi encontrado em uma vila, ao norte de Nuanto — Minerva diz. — Felizmente, acabou capturado antes de fazer qualquer vítima. Outras vilas não tiveram tanta sorte. Muitos desgarrados estão vagando por Sonatri e o número aumenta a todo instante.

Não é preciso dizer mais o quanto essas criaturas são perigosas. A conversa continua por alguns minutos para que eles nos expliquem sobre a doença que afeta esses monstros e sobre o líder deles, antigo membro do Parlamento e agora autodenominado Shaz, o filho da morte. Ele levantou um exército de crias da morte e está ameaçando Sonatri.

— Esse exército está se movendo para cá? — pergunto preocupado.

— Não. — Ioseth é direto. — Acredito que estejam buscando cidades mais populosas. Onde possam aumentar o número de soldados consideravelmente.

— Então para onde estão indo agora?

— Tênus. Mas não pretendemos esperar que cheguem até lá. Agora mesmo estávamos informando a Ordem de que iremos para a batalha. Durante esta noite, um grupo de paladinos partirá para impedir que as hordas cruzem a Zona do Algodão.

— Zona do Algodão? — Luana questiona com os olhos arregalados. — Isso fica a leste daqui, não fica?

— Sim, é para onde o exército de hordas segue neste momento. Depois, provavelmente mudarão de curso para o norte, na direção de Tênus.

Luana balança a cabeça desesperada e se vira para mim:

— Gueth! — fala enquanto me aperta pelos ombros. — É onde o Le desceu!

Capítulo 23

Luana está certa. As hordas de Shaz se movem na direção de Leran. Vilas próximas ao rio geralmente têm população maior, elas serão um excelente aperitivo para o exército de crias. E agora a preocupação de Luana não tem como ser controlada. Se os caçadores já eram motivo suficiente para tirar seu sono, o que vai pensar sabendo que um exército como esse caminha até seu querido irmão?

— Meu irmão está lá! — ela grita para Ioseth. — Precisamos ajudá-lo.

— Não se preocupe. Os paladinos chegarão a tempo de salvar todas as vilas. Seu irmão não corre riscos.

— Eu vou com vocês, então — ela diz.

— De maneira alguma — Ioseth eleva seu tom.

— Você não falou que eu diria o que fazer depois que descansasse? Pois bem, vou atrás do meu irmão!

— Não use minhas palavras contra mim, Luana — Ioseth a enfrenta. — Não foi isso o que eu quis dizer. Você ainda precisa de treinamento. Eu mesmo te ensinarei no momento certo.

— Se a vitória está tão garantida, não corro risco nenhum. Eu vou.

— Você não vai e espero não ter que me certificar disso.

O olhar do mestre paladino é severo, não podemos desafiá-lo. Vendo a situação, eu pego na mão de Luana e peço calma.

— Vamos — digo baixo ao seu ouvido. — Nada que você fizer de cabeça quente vai ajudar.

Ela me olha, ainda furiosa, e sai da sala passando pela barreira que Ioseth desfaz.

— Cuide dela, Gueth — o mestre paladino pede.

— Já estou fazendo isso.

Minha frase sai seca, viro as costas e também saio. Não gosto da atitude de Ioseth. No começo foi gentil, mas agora está se mostrando autoritário. É claro que não concordo com a vontade de Luana em ir para a Zona do Algodão. Se permitir isso, eu estaria ignorando a promessa que fiz a Leran. Mas, ao mesmo tempo, se eu ficar aqui sem fazer nada, consentirei com a morte dele.

De volta ao apartamento, encontro Luana trancada em seu quarto. Ouço-a chorar e fico sem saber o que fazer.

— Luana? — pergunto após bater na porta.

Poucos segundos depois, ela a abre e volta para a cama, onde se deita abraçada ao travesseiro.

— Não podemos deixá-lo lá. Ele vai morrer.

Sento-me na beirada da cama e tento ser um pouco mais racional.

— Temos que pensar melhor, Luana. Já faz alguns dias que seu irmão foi para lá. Lembre-se de que ele fez isso para te manter segura, para despistar os caçadores. É provável que já tenha fugido, talvez até esteja vindo pra cá. Não sabemos se vamos encontrá-lo se formos com os paladinos. Só estaremos nos colocando em perigo.

Minhas palavras parecem invocar um pouco de sensatez nos olhos de Luana. Ela se encolhe na cama e continua chorando. Pode ter concordado em não ir buscar seu irmão, mas ainda se preocupa. A mim, resta apenas consolá-la. Gentilmente levo as mãos até sua cabeça e acaricio os cabelos negros. Ela se apoia em meu braço e se aconchega com a cabeça em meu ombro. Dou-lhe um abraço carinhoso enquanto ela continua chorando, bem baixinho. Meu olhar se fixa no rosto da garota e noto a face doce que às vezes se esconde por trás da pose de mulher madura e durona. Não acho que Luana seja frágil como Leran insiste em dizer, porém, como todas as pessoas normais, ela às vezes precisa de colo.

Minhas mãos continuam afagando sua cabeça e Luana passa a retribuir, mexendo os dedos entre os meus cabelos. Ela é uma garota linda, não consigo negar isso. Os olhos azuis brilham enquanto me olham, a face delicada, os cílios compridos. Ela é uma mulher linda.

Quando me percebe admirando seu rosto, Luana fixa seus olhos nos meus. Sua expressão tem um ar de hipnose, me olha com certo encantamento, maravilhada. Aos poucos, ela aproxima a face da minha e fecha os olhos. Em retribuição, respiro fundo, fecho os olhos também e, em um movimento brusco, me afasto. Não posso fazer isso!

— Aonde você vai? — ela pergunta, espantada com minha reação.

— Me desculpe. Preciso ir. — É o máximo que posso dizer.

Como você deixou as coisas chegarem a esse ponto, cabeçudo?

Já faz dias que percebo Luana se aproximando, me olhando de uma forma diferente. Eu deveria ter cortado isso logo no começo. Essa mania de ficar dando atenção aos outros. Acabei brincando com os sentimentos dela. Sou um babaca, mesmo! E o que o Leran vai pensar? Prometo proteger a garota e agora ela está apaixonada por mim? A única forma de melhorar isso é esfriando a cabeça. Assim dou tempo para que ela pense também. Vou até o meu quarto, pego minha mochila, um pouco de dinheiro e saio do apartamento. Da praça principal, eu sigo pela Radial Noroeste na direção da periferia.

Tento pensar em outras coisas e foco minha atenção no clima. O dia em Nuanto é muito belo. O sol reluz em todas as cúpulas e telhados. É essa visão que emoldura meu passeio. Decido ir até uma das feiras da Cidade Dourada.

Nuanto tem muitas ruas comerciais que vendem artigos de luxo e produtos exclusivos. Ao mesmo tempo, é uma cidade conhecida por suas famosas feiras de calçada. Os mercadores de Mabra sempre falam a respeito das feiras daqui; elas são excelentes para se comprar especiarias. Estou à procura de uma em especial, que vende todo tipo de plantas. Mabra também tem muitos lugares para a compra de ervas e sementes, porém a tradição das feiras de Nuanto garante uma variedade infinita de produtos. Se existe uma coisa melhor para esfriar a cabeça do que bater em sacos de areia, essa coisa é visitar barracas de flores.

Assim que chego ao final da avenida, desço do bonde e já me encontro diante da feira. São inúmeras tendas com artigos diversificados: artesanatos, frutas, grãos, carnes, vegetais. Produtos belos e frescos. Sinto-me bem melhor aqui do que no centro, onde a ostentação impera. Na periferia, as pessoas são mais acolhedoras, conversam, gritam, tudo muito parecido com os mercados de Mabra. Gosto disso.

No caminho para a seção das plantas, vejo passas e outras frutas secas, noz-moscada, nacos de canela e muitos temperos. Outras barracas têm gengibre, pistache, castanhas, pinhas, vagens, misturas de ervas, ramalhetes de folhas, garrafadas medicinais. No final da feira, ao virar em uma das ruas, finalmente encontro o que eu buscava: flores e muitas sementes.

Quando se conhece bem o elemento verde, sabe-se do que essas preciosidades são capazes. Aproveito para reabastecer meus estoques. Primeiro compro algumas sementes de alimentos: frutas, tubérculos e folhas. Sempre é bom andar com elas, às vezes pode dar uma fominha. Depois encontro outras sementes interessantes que poderão ser úteis: gavinhas selvagens, trepadeiras, roseiras e alguns tipos de árvores de madeira firme. Vou organizando tudo, parte em saquinhos coloridos que guardo dentro da mochila e parte nos bolsos acoplados ao meu cinto.

Enquanto termino de guardar as últimas compras, avisto nos fundos da rua uma barraca curiosa, pequenina e cheia de sementes exóticas. A curiosidade me leva mais perto. A quantidade de cada item é bem pequena. O vendedor nem parece ter volume suficiente para fazer muitas vendas durante o dia. Isso se realmente alguém compra algo aqui. Ao contrário das outras barracas, esta está vazia.

— Gostou de algo? — Uma voz vinda das sombras me assusta. Viro-me e encaro a vendedora, uma senhora baixa e gordinha, de cabelos grisalhos e rosto bem marcado pela idade.

— Estou apenas olhando.

— Essas aqui você não encontrará em nenhuma outra barraca — ela diz com sua voz rouca enquanto observa orgulhosa as próprias sementes.

— Tenho certeza de que não — replico. E realmente ela deve estar certa. Nunca vi nenhuma dessas plantas antes.

— Veja. — A velha pega uma semente alaranjada de formato rugoso. — É nativa da Zona Vulcânica, um Cipó de Fogo.

— Que interessante. — E não digo apenas para ser simpático, não. Eu realmente gosto dessas coisas. — E esta? — pergunto ao apontar para outra, de formato lunar e cor esverdeada.

— Esta nasce nas matas próximas a Romeda. Uma planta raríssima que floresce a cada dez anos.

Vendo meu interesse, a velha senhora passa por quase todas as sementes, me explicando uma a uma. Fala das Bromélias de Inverno, que nascem em Prythus; das Vitórias do Oriente, nativas das regiões alagadas de Kânius; das Algas Abissais e dos Corais Cassis, que infestam o Mar do Sul. São tantas coisas que minha imaginação se perde. Quando ela termina, estou olhando para uma semente colocada em um pote na prateleira mais alta da barraca.

— Qual é aquela? A senhora não me falou dela.

Ela pega o pote com certa dificuldade e o abre. Retira três sementes e as mostra na palma de sua mão trêmula. São compridas, escuras e retorcidas, têm um aspecto feio e é por isso que chamam tanta atenção.

— Essa é a semente de Ferrão Negro, uma praga encontrada no Grande Abismo.

— Praga?

— Sim, é uma árvore que cresce rapidamente quando encontra energia abundante, se espalha, drena tudo do solo. Dizem que a região do Polo Trevas é imprópria para o plantio por causa dessa pequenina aqui — a velha diz e ri.

— E não é perigosa?

— Não aqui. Ao contrário das plantas comuns, o Ferrão Negro precisa de trevas em vez de luz para crescer. Por isso se deu tão bem nos arredores do abismo e do polo.

— Entendo. Esta sim é uma raridade, então — digo sorrindo.

— Sim, sim. Tome, fique com elas. — Ela oferece as sementes que retirou do pote.

— Não, senhora, obrigado. Já gastei todo o meu dinheiro. Infelizmente não posso comprá-las. Quem sabe outro dia. Prometo voltar aqui.

— Não quero que as compre. Estou dando-as a você. Vamos, pegue, não seja tímido, é um presente.

A insistência é tanta que não tenho como negar. Abro a mão e recebo a três sementes negras. Guardo-as no bolso e agradeço.

— Adorei a conversa — digo antes de sair. — A senhora é muito simpática.

Ela me oferece seu sorriso furado pelos dentes que já se foram e acena com a mão. Retribuo o gesto e me afasto.

O passeio foi tão bacana que a hora voou. Antes de voltar, como alguma coisa em uma das barracas de alimentos e pego o bonde. No caminho de volta, me lembro do que Ioseth falou sobre o grupo de paladinos que deixará Nuanto esta noite para intervir na Zona do Algodão. Isso também me faz pensar em Luana, que deve estar se sentindo muito mal agora. Sem o irmão, rejeitada por mim. O que eu devo fazer pra consertar isso? Para acalmá-la?

Volto ao apartamento em silêncio. Entro calmamente, tentando evitar que Luana me note. Deixo a mochila sobre a cadeira e me sento no sofá. Ela ainda está no quarto, não vai querer sair tão cedo, muito menos olhar na minha cara. O melhor que tenho a fazer é deixá-la sozinha.

Pela janela do apartamento, posso ver o jardim do Santuário e, nele, a luz do sol já começa a sumir. Após alguns minutos, a escuridão toma a sala e eu acendo os abajures. Em seguida, escuto a porta do quarto se abrir. Luana passa vestindo botas, calças e blusa de frio. Nas costas, traz uma mochila pequena. Ela finge que não me vê e segue para fora.

— Aonde você vai? — pergunto, já sabendo da resposta.

Ela não responde. Corro até ela e a seguro pelo braço:

— Ei, você não pode ir atrás dele. Ioseth deixou isso claro.

— E desde quando ele manda em mim?

— Luana...

— Você também não deveria se preocupar, Gueth — ela interrompe. — Não dá a mínima mesmo.

— Isso não é verdade — retruco, paciente.

— Vai, me solta! — Ela puxa seu braço e me faz largá-la.

Não conseguirei convencê-la. Preciso de outra estratégia.

— Então eu vou com você.

Luana, que já estava abrindo a porta, larga a maçaneta e se vira para mim, fitando meus olhos com um ar de raiva:

— Eu não quero a sua ajuda!

— Não é questão de querer. Você acha que poderá achá-lo sozinha? E, se conseguir, vai enfrentar os três caçadores? E se aquelas criaturas aparecerem?

Ela recua diante das perguntas. Olha-me por mais alguns segundos e concorda.

— Você tem um minuto pra se arrumar.

Vou ao quarto, pego o Arado, prendo-o no cinto, troco de camiseta, coloco a mochila nas costas e volta à sala.

— Pronto.

Luana se apressa até a porta enquanto eu pego uma pequena semente avermelhada de dentro das bolsinhas na mala. Uso o controle das energias para fazer a planta germinar e ela cresce rapidamente, enrolando seu caule entre meus dedos. Na ponta, desabrocha uma linda flor vermelha de pétalas coradas.

— Luana — digo ao me aproximar, antes de ela sair.

Ela se vira e me vê oferecendo a flor.

— O que significa isso? — ela pergunta, desconfiada.

— É sua. Pensei bastante no que aconteceu mais cedo. Eu te devo desculpas.

Minhas palavras a tiram da postura de durona. Ela abre um sorriso tímido e recebe a flor.

— É linda — diz sem graça. — Nunca havia visto uma flor tão linda assim.

— Não quero que fiquemos mal um com o outro — falo, olhando-a nos olhos. — Temos muita coisa para passarmos juntos, ainda. Precisamos um do outro.

— Você tem razão. Obrigada. — Ela alarga o sorriso e cheira profundamente a flor, se inebriando com o doce aroma. — Que delícia esse cheiro. De onde é essa planta?

— De Nairatis. Chama-se nebrisco.

— O nome também é muito bonito. — Ela se apoia em uma das paredes. — Engraçado, me deu uma tontura de repente.

— É melhor se sentar — digo triste. Estou me sentindo péssimo ao fazer isso, mas não tenho escolha.

Acomodo Luana no sofá e ela me olha, tendo dificuldades em manter as pálpebras no alto.

— Temos que ir. Leran precisa de ajuda... — E, antes que pudesse dizer mais uma palavra, cai sobre o sofá, nocauteada pelo sono.

— Fique tranquila — digo, mesmo sabendo que ela não pode mais me escutar. — Trarei seu irmão de volta.

Capítulo 24

O pó de nebrisco que uso para dormir é forte, pode me deixar apagado por quase oito horas seguidas, contudo não chega aos pés da potência que a flor em si tem. Luana vai dormir o dia inteiro. Mesmo assim, pego a chave do apartamento e o tranco por fora, garantindo que ela não vá a lugar algum caso acorde antes de eu voltar. Tem bastante comida e água na cozinha. Ela ficará bem.

Corro para a praça principal e vejo o grupo de paladinos se preparando para sair. Não são muitos, uns sessenta talvez. Não sei se serão capazes de deter um exército inteiro de crias. De qualquer forma, não posso deixar que me vejam. Tenho que chegar antes deles às vilas e achar Leran. Mas como farei isso? Os cavalos dos paladinos são muito rápidos e eu não tenho um comigo. Se for caminhando, a viagem vai durar dias. Preciso de um veículo.

No passeio para a feira, notei um pequeno galpão de estacionamento próximo daqui. Sigo para lá. Encontro-o já fechado. Poderia negociar a compra de um mobin com o dono, mas não tem ninguém aqui. Não posso esperar. Pulo a grade do terreno e adentro o galpão. Encontro poucos mobins e alguns bondes. Todos velhos, provavelmente sem uso há alguns anos. Não vão sentir falta de um deles.

Antes de sair, arrebento o cadeado dos portões usando o Arado e monto no mobin escolhido. Com ele, sigo por uma das radiais e deixo a cidade na direção do leste. Essas horas de vantagem perante os paladinos me ajudarão a tomar a dianteira. O mobin não é rápido como os que uso em Mabra, nem mesmo corre como as montarias paladinas, mas é melhor do que andar.

Pelo que entendi, Minerva e os paladinos vão parar de vila em vila, ajudando os aldeões a evacuar a área. Se eu for direto, conseguirei chegar a tempo até Leran. Com sorte, alcanço a Zona do Algodão antes do amanhecer.

O sol já nasce quando piso na vila mais próxima ao porto, onde Leran desceu. Paro o velho mobin ao lado de um bar e sigo andando. Diversas carretas cheias de algodão estão paradas pelas ruas. Parece que o trabalho foi interrompido há dias. Não é de estranhar que muitos tenham deixado a região por medo das hordas. Mas e Leran? Será que partiu também? Já que estou aqui, não perco nada se procurar um pouco.

As ruas de terra me levam direto ao centro do vilarejo. Nenhum sinal de pessoas, o lugar está silencioso, sombrio demais, mesmo com o sol que já brilha forte pela manhã. Todas as casas e lojas estão fechadas, com exceção de um lugar: um albergue velho, cujas portas "vai e vem" não estão travadas. Entro.

Ninguém na recepção. Atrás dela, dois corredores, um na esquerda e outro na direita. Ando para um deles, mas escuto passos e um assovio vindo lá de fora. Sem tempo para sair do albergue, corro e me agacho sob o balcão receptivo. Uma pessoa entra assoviando distraída e passa por mim na direção de um dos corredores. Vejo-a de relance e logo reconheço os cabelos curtos de franjas coloridas e a grande cicatriz em um dos olhos. É a mulher rápida do grupo de caçadores, Terandi.

Ela sai do meu campo de visão e entra no corredor. Com cuidado, deixo o esconderijo e vou para fora do albergue. Dou a volta na casa e procuro alguma janela por onde consiga ver algo. Na primeira, enxergo apenas um quarto vazio pelas frestas na madeira. É na segunda, a alguns metros, que vejo alguém sentado, ou melhor, amarrado a uma cadeira. Está de costas para mim, mas tenho certeza de que é Leran. Eles o estão mantendo preso.

Apesar de ter visto apenas a mulher, preciso me preparar para enfrentar três inimigos. E não são quaisquer inimigos. Eles foram bem treinados, sabem lutar muito. Não poderei com todos ao mesmo tempo. Será necessário um plano, uma forma de neutralizar um por vez.

Volto para a entrada do albergue e começo a pôr em prática a ideia que vem à minha cabeça. Na rua, logo na frente da porta "vai e vem", eu cavo dois pequenos buracos com os dedos e coloco algumas das sementes que trouxe nos bolsos do cinto. Depois cubro tudo com um pouco de terra e ponho minha mão sobre o lugar, fornecendo energia para que possam crescer logo. Em segundos, nascem dois pequeninos brotos de galhos retorcidos e flexíveis. Deixo as plantas ali e volto para as janelas, na tentativa de localizar os caçadores. Dois quartos depois do qual está Leran, encontro Terandi novamente, desta vez na companhia dos outros dois. Balko está sentado na cama, limpando sua pistola, e Keon fica em pé, ao lado da porta.

Agora, nenhum dos caçadores usa a farda policial que roubaram de Mabra. Terandi está com um top e calças justas, Balko com um grande sobretudo marrom e Keon com o peitoral de uma armadura, que deixa à mostra os braços magros e definidos, tatuados com círculos pretos. Ele olha para a janela e eu me afasto.

Droga! Não posso chegar muito perto ou o telepata vai me perceber. Fico mais longe, porém mantenho meus ouvidos atentos para o que discutem:

— Ficar aqui é perigoso — Terandi diz. — A vila inteira foi evacuada. Corri até pequenas cidades próximas e a situação é a mesma. Estão esperando por um ataque a qualquer momento. Ter vindo pra Sonatri não foi uma boa ideia.

— E você queria ter deixado nossa mina de ouro escapar? — Balko rebate.

Terandi pensa alguns segundos e concorda com o líder. Mas Keon, que até então apenas ouvia a conversa calado, se impõe:

— Ela escapou, Balko. Já era. Não virá para buscá-lo.

— Vamos matá-lo então. — Ouço o barulho da pistola de Balko sendo armada. — É isso o que você quer? Assim voltamos logo pra casa.

— Não — ele responde. — Já fomos longe demais com isso. Você já matou muita gente por causa dessa garota.

— Nós matamos! — Balko grita, furioso. — Estamos juntos nisso, esqueceu?

— Estamos juntos — Keon fala, amenizando o tom. — Mas isso não quer dizer que concordo com o que estamos fazendo.

— E por que você não vai embora?

Em resposta, Keon fica em silêncio.

Vejo uma oportunidade nesse desentendimento. O telepata não parece muito motivado a continuar obedecendo a Balko. Nesse caso, talvez eu precise me preocupar apenas com a velocista e com o atirador. Ela é, sem dúvida, mais perigosa, por isso será a primeira que vou derrubar.

Pego uma pedra e a arremesso por cima do telhado, tentando atingir as telhas da parte frontal da casa. O barulho da batida chama atenção deles.

— O que foi isso? — Balko pergunta.

— Eu vou ver — Terandi diz.

Corro para a entrada e espero. Na porta, surge Terandi vasculhando o local. Demoram alguns segundos até que ela me note do lado de fora.

— Ora, ora. Temos visitas! — ela grita para os outros.

— Olá — digo com um aceno.

— Lutador, vou acabar com você *bem* rápido.

Ela sorri sadicamente e voa na minha direção. Entre nós não há nada, a não ser os dois pequenos brotos que plantei na terra. Os pés de Terandi passam depressa por eles, mas não chegam a se distanciar muito dali.

— O que é isso? — Ela olha para os pés, enrolados na planta que cresceu abruptamente.

— Gavinhas.

— Me tira daqui! — ela berra e se sacode tentando se livrar. Tira a espada da bainha e corta alguns galhos, que rapidamente são substituídos por outros, cada vez mais grossos e fortes.

— Quanto mais se mexer, mais vai ficar presa — digo ao vê-la encoberta pelas plantas até a cintura. — Essa espécie reage ao movimento.

Mas ela não me escuta. Continua se debatendo até acabar completamente coberta pelos galhos que chegam até sua boca, impossibilitando-a de falar. Sem mais o que fazer, a caçadora cai de lado, permanecendo imóvel.

Menos um.

Antes que eu pudesse contar vitória, Balko aparece na entrada e dispara, fazendo-me correr para trás de algumas caixas deixadas na esquina.

— Você não o notou se aproximar? — ele pergunta a Keon, que chega logo em seguida.

— Estava distraído discutindo com você — ele responde, seco.

— Veja se a garota está por perto — Balko ordena.

— Você sabe que não é assim que funciona

— Esquece. Vá pegar esse nairatiano desgraçado.

Enquanto Keon vem na minha direção, vejo Balko se abaixando para libertar Terandi das gavinhas. Porém, assim que ele aproxima a mão, os galhos tentam prendê-lo também e ele se afasta.

—Você terá que ficar aí, querida.

Em retorno, ele apenas recebe gemidos.

Keon já está perto das caixas quando usa sua telecinesia para movê-las de seu caminho. Aproveito a deixa e salto sobre ele, já com o Arado em sua forma de combate. Caio dando um golpe vertical que ele evita, parando minha arma no ar com o poder da mente. Uso um chute para acertá-lo no abdômen e retomo a sequência de golpes com a alabarda de meu pai. Keon, em um movimento rápido, desprende seus chakrams do cinto e os faz levitar ao seu redor, impedindo meus golpes. Ele é um adversário formidável. Mas não parece querer me ferir. Apenas se defende dos ataques e recua.

Balko, ao perceber a hesitação do comparsa, manda mais disparos na nossa direção, sem medo de acertar Keon. O líder dos caçadores descarrega dezenas de tiros, fazendo-me esquecer do telepata e usar o Arado para me proteger das balas. Keon faz o mesmo e se esquiva de três disparos antes de gritar com Balko:

— Você está louco?

— Saia da frente, seu mirim. Vou te ensinar como se acaba com selvagens.

Keon dá espaço para evitar mais tiros e eu sou obrigado a recuar diversos passos, rodando a alabarda e rebatendo os disparos de Balko. Infelizmente não sou rápido o suficiente. Um deles me acerta de raspão no braço, o que me impede de continuar manuseando a arma. Ao ver que estou ferido, o caçador para de atirar e se aproxima rindo.

Coloco a mão sobre o ferimento e tento conter o sangue. Ofegante, eu olho para o bandido, que já tem minha cabeça em sua mira. Abaixo o rosto e fito o Arado na mão do braço ferido. A poderosa arma de meu pai é minha última esperança. Terei de usar todo o potencial dessa alabarda.

Nunca vi meu pai usá-la, mas ele me contava as histórias da arma. O Arado tem uma forte ligação com a terra e, quando seu poder é acionado, o elemento do solo responde a ele. Chegou a hora de experimentar.

Antes que Balko dispare, eu levanto a arma e, com força, finco a ponta inferior no chão. Uma vibração é emitida abaixo dos meus pés e se expande em um raio enorme. O tremor aumenta de intensidade, desequilibrando o atirador. Muita poeira sobe e as construções próximas tremem. Mas eu não paro por aí. Rodopio a arma, mesmo sentindo o braço doer, e golpeio o chão novamente, desta vez com a parte superior da haste, cravando a lâmina na terra. Meu golpe abre uma ranhura no solo onde o metal bateu, que cresce para uma fissura mais adiante, e ainda mais à frente, onde Balko está, se abre uma fenda profunda, fazendo jorrar pedras e poeira para cima. Com o golpe, o caçador é arremessado para o lado e cai ferido. Keon também é obrigado a se jogar para longe da fenda e acaba coberto por pedras e areia.

A poder do Arado é enorme. Assisto à gigantesca fenda engolir a parte lateral do albergue, demolindo várias paredes e levando ao chão metade do telhado. Preocupado com Leran, vou correndo até a entrada da hospedaria e deixo para trás os dois caçadores, caídos após o meu ataque.

Além da dor no braço, eu estou desgastado. Usar o poder da arma nairatiana requer energia demais. Com dificuldades, passo por cima de alguns escombros e chego ao quarto onde Leran está amarrado. Por sorte, meu ataque atingiu a outra metade do albergue. Porém, para minha surpresa, o estado de Leran é muito pior que o meu. Encontro o garoto caído no chão, ainda preso à cadeira. Ele está pálido, cheio de hematomas e cortes na face. Deve ter ossos quebrados também. Pego seu rosto e o sacudo para que acorde. Desorientado, ele diz:

— Não direi onde ela está, não direi.

— Le, sou eu. Vim te tirar daqui.

— Quem?

— Gueth.

Ao ouvir meu nome, ele fica alerta e grita:

— Eu te falei para não voltar, não falei? Onde está Luana? Por que a trouxe até aqui? Eles vão pegá-la.

— Calma — Seguro-o pelos ombros. — Ela está segura em Nuanto. Eu vim sozinho. Beba isso. — Ofereço um pouco de água do meu cantil.

Desamarro-o e o ajudo a se levantar. Pego suas armas, jogadas no canto do quarto, e as entrego a ele. Com muita dificuldade, Leran prende a aljava e o arco nas costas e a espada junto ao cinto.

— Você está péssimo — ele diz ao notar meu ferimento no braço.

— Você também já esteve em melhor estado.

Apoiados um no outro, andamos para a lateral do albergue e saímos pela parte demolida, evitando os caçadores. Seguimos por vários metros por entre algumas casas da vila, na direção de onde eu guardei o mobin. Falta pouco.

— Você deu conta deles sozinho? — Leran pergunta, com a voz fraca.

— Foi fácil — brinco. — Você acha que o grande Nairatiano não seria capaz de vencer aqueles bandidos de araque?

Aguardo uma resposta que não vem. Leran diminui o passo e logo desaba, levando-me com ele para o chão.

— Ei! — Chacoalho seus ombros. — Levanta, cara. Precisamos sair daqui.

Mas ele não responde. Está muito fraco. Provavelmente sem comer direito há dias. O rosto magro, doente. Não vamos longe assim. Acomodo-o próximo a uma parede e me levanto, pensando no que fazer. Antes de chegar a uma solução, ouço barulho de pessoas correndo. Não é possível que sejam os caçadores novamente. Ando até a rua principal da vila e vejo muita gente vindo na minha direção. Vestem armaduras douradas, são paladinos.

— Recuar! — grita um deles e vários passam por mim, seguindo pela rua até o centro do vilarejo.

Entre os sons de passos e disparos de energia, ouço gemidos, grunhidos de dor. O barulho é tanto que parece uma multidão sofrendo de agonia. Curioso, olho por entre os que correm e avisto ao longe, entrando na vila, uma centena de pessoas andando devagar, avançando lentamente. São as crias, as hordas de Shaz.

Volto desesperado até Leran e tento fazê-lo recobrar a consciência de toda forma. Dou tapas, jogo água em seu rosto, imploro para que se levante, nada surte efeito. Mais paladinos passam pela rua e eu grito por socorro, mas ninguém para. Sem ter o que fazer, eu o arrasto para trás de alguns entulhos e me escondo junto, tentando me manter imóvel.

Apenas ouço os gemidos das hordas cada vez mais altos. Logo vejo as sombras das criaturas projetando suas imagens grotescas pelas paredes das casas. Elas seguem pela rua atrás dos paladinos e, por sorte, nenhuma entra na viela onde estamos. Passam-se alguns minutos até que o grupo inteiro de crias da morte atravesse. Quando o choro da multidão começa a ficar distante, levanto-me e saio de trás do entulho, indo até a rua.

Espreito na direção para a qual as criaturas foram e não vejo mais sinal delas. Devem estar lutando com os paladinos nas proximidades do centro da vila. Solto um suspiro de alívio, mas ele não dura muito tempo. De onde estou, um pouco mais à frente do entulho no qual Leran ficou, posso ouvir uma respiração afobada vinda dos fundos da viela, em seguida sinto um cheiro extremamente desagradável. Em resposta a esses estímulos, meu corpo se paralisa de medo, não tenho coragem de virar e ver o que pode ser. Meu coração dispara, as pernas não respondem.

Quando finalmente ouso me virar, encaro o que, sem dúvidas, é a pior coisa que já vi em toda a minha vida: grandes olhos vermelhos enervados, uma boca capaz de engolir minha cabeça sem mastigar, presas do tamanho de facas, patas maiores do que as dos maiores leões, garras que se fincam na terra de tão grandes e curvadas, o pelo se mistura com chagas e pedaços de carne viva; de quatro, ele é quase do meu tamanho, um urso em formato de canídeo, sedento por sangue.

Ao encará-lo, ele rosna e deixa cair uma porção de baba avermelhada por entre os dentes afiados, mistura de saliva e sangue. Dou alguns passos para trás, bem devagar, tentando ganhar espaço, mas, a cada centímetro que me afasto, a criatura avança quase um metro até mim, andando esgueirada, com a cabeça próxima ao chão, no preparo de um salto fatal. Quanto mais ela rosna, mais sinto o fedor de sua boca podre.

Levo a mão para o cinto e seguro minha arma. Esse gesto faz as orelhas da criatura se içarem ainda mais, demonstrando sua total atenção em meus movimentos. O que eu vou fazer agora? Se eu correr, bastará um salto para que a besta me alcance e dilacere minha carne com suas garras. Se eu armar a alabarda, terei uma chance mínima de enfrentá-la. Seu tamanho é descomunal, não consigo imaginar a força que essa criatura tem. Além disso, vendo o estado de sua pele, não acredito que os ferimentos causados pelo Arado sejam suficientes para vencê-la. Mesmo assim, é a melhor opção.

A arma se desdobra na poderosa alabarda nairatiana e a criatura prepara um ataque ao perceber minha ação. Armado, eu espero por um salto da besta, porém ela não ataca. Em vez disso, urra por ter recebido uma flechada no dorso. A seta logo se acende em chamas e a criatura dá pequenos pulos no mesmo lugar, tentando se livrar do fogo.

Avisto Leran apoiado ao entulho, preparando outro disparo. Aproveito a deixa e corro na direção do monstro, servindo-lhe um golpe em sua cara. A lâmina do Arado abre um grande talho no focinho, o que faz jorrar baldes de sangue enegrecido, sujando minhas roupas e meu rosto. A criatura cambaleia após o golpe e, ainda em chamas, cai estremecendo o solo.

— Que porcaria é essa? — Leran pergunta escorado nas caixas.

— Precisamos sair daqui — digo ao me aproximar dele. — Consegue andar?

— Sim, eu acho.

— Então vamos.

Novamente nos apoiamos um no outro e seguimos para o outro lado da viela, buscando uma saída do vilarejo. Antes de deixarmos a pequena via, Leran me segura e se volta para a criatura.

— Caramba! — ele exclama.

— O quê? — falo ao me virar também.

Mas não é preciso resposta. Lá está o monstro, em pé, ensanguentado e ainda pegando fogo. Sua respiração mais acelerada demonstra o quanto está furioso. Leran arma outra flecha e eu saco o Arado. Já a besta levanta as fuças e solta um uivo aterrorizador. Leran dispara duas flechas que se prendem na carne do monstro sem abatê-lo. Logo o som se torna alto demais, penetra os ouvidos, o cérebro. Deixo a arma cair, arregalo os olhos e fico petrificado.

O uivo dá lugar a gritos de pânico, ao choro daqueles que estão desesperados. Sinto lágrimas brotarem pelo meu rosto enquanto assisto às pessoas morrendo bem na minha frente. Crias da morte matam inocentes, aberrações monstruosas devoram a carne de todos ao meu redor. Tenho vontade de correr, mas minhas pernas não funcionam. Estou com medo, muito medo. Algo irracional.

É então que, no meio da multidão que foge, avisto meu pai. Estendo a mão, chamo por ele, mas não tenho resposta. Ele também corre de um gigantesco cão. Tlavi aparece para ajudá-lo, ambos lutam com a criatura, mas acabam falhando. Meu pai é atingido pelas garras do monstro e cai desfalecido, em seguida Tlavi tem sua cabeça decepada por uma mordida violenta.

Despenco de joelhos, chocado com todo esse horror. São milhares de corpos que, aos poucos, se levantam e se juntam àqueles que foram responsáveis por suas mortes. Logo meu pai faz o mesmo e segue na minha direção. Seu rosto continua retalhado pelas garras do animal, mas ele não parece sentir dor, nada o impede de vir até mim.

Enquanto ele se aproxima, vozes ecoam na minha cabeça dizendo o nome do responsável por tudo isso: Shaz, o Senhor da Morte.

— Shaz — elas insistem.

— Não! — respondo

— Shaz... Shaz...

— Para!

Não aguento mais isso, não quero ser um fantoche nas mãos de Shaz. Não serei devorado por essas criaturas bizarras. Só existe uma solução para essa dor.

Alcanço o Arado, agarro-o firmemente, levanto com desespero e, em um movimento rápido e preciso, direciono sua ponta ao meu próprio coração.

CAPÍTULO 25

— Não faça isso. — Alguém segura a haste de minha arma.

— Eu preciso. É horrível demais — respondo insanamente. — Me deixe fazer!

— Não seja idiota! — Ela insiste e me acerta um golpe no peito.

Caio atordoado ao lado do bastão de guerra. Só então reconheço Minerva, que permanece me olhando, tendo certeza de que não farei nenhuma besteira.

Levanto com pressa para olhar as criaturas que estavam aqui há pouco. Todas desapareceram. A não ser o primeiro cão, que Leran e eu enfrentamos. Mas este não parece ser mais um problema. Diversos paladinos o cercaram e agora tenho apenas tempo de vê-lo ser desintegrado com a técnica de expurgo, assim como fizeram no Santuário. Ao meu lado, encontro Leran encolhido, também com os olhos cheios de lágrimas.

— O que aconteceu? — pergunto, confuso.

— Chamam essas coisas de Cães do Horror — Minerva fala. — Seu uivo é uma manipulação poderosa que afeta a mente de pessoas despreparadas, fazendo-as agir em um estado de extremo pânico.

Tudo o que eu vi foi uma alucinação? Não é possível. Era real demais. Eu quase me matei por causa de uma manipulação das trevas?

— Esse era o motivo pelo qual Mestre Ioseth não permitiu que viessem — ela diz, brava. — É perigoso. — Minerva para de falar e olha para Leran. — Este é o irmão de Luana?

— Sim.

— E ela, onde está?

— Trancada no apartamento.

Aliviada, Minerva se aproxima e leva suas mãos até meu ferimento no braço.

— Relaxe, por favor.

Em poucos segundos, sinto a dor diminuir e vejo a ferida se fechar quase por completo.

— Sua irmã foi uma boa mestra — ela diz ao notar minha expressão de surpresa. — Agora você. — E se dirige a Leran.

Minerva consegue aliviar grande parte dos ferimentos dele, inclusive melhorando seu estado de fraqueza.

— Ele precisa comer algo — ela diz.

Faço um buraco na terra e coloco uma semente. Uso a energia verde para fazer brotar um pequeno arbusto que dá grandes frutos avermelhados. Colho alguns e ofereço-os a Leran. Sem agradecer, ele devora as frutas com rapidez e se deita.

— Não temos tempo pra isso — Minerva diz.

— Calma, poxa — ele reclama, já recuperando o humor. — Estou de barriga cheia. Vocês querem que eu tenha indigestão?

— Vai logo. — Eu o puxo.

Todos ficam em pé e seguimos ao lado dos paladinos.

— A horda está logo à frente. Precisamos impedir que avancem mais.

O grupo de Minerva tem apenas seis paladinos, contando com ela. Com mais Leran e eu, formamos oito pessoas. Os demais guerreiros dourados estão logo à frente, enfrentando as hordas na área central do vilarejo. Indo por entre as casas, alcançamos o conflito e ficamos à espreita, observando a pancadaria. Os paladinos parecem levar vantagem. Mortos são decapitados por espadas poderosas e raios de luz desintegram seus corpos putrefatos.

— Como podemos ajudar? — pergunto.

— Ficando aqui — ela diz. Mas Leran nem pode ouvi-la, pois já está avançando.

— Não, espere — ela grita.

Leran é um arqueiro muito habilidoso. Deu cinco passos e disparou cinco vezes. Foram cinco flechas certeiras na cabeça de cinco crias diferentes. O problema é que nenhuma delas morreu. Leran apenas denunciou nossa posição.

— Seu imbecil. Pare de desperdiçar flechas. — Minerva o alcança, furiosa. — O que está fazendo?

— Matando eles. É só atirar na cabeça, não é? — ele pergunta surpreso ao ver seus alvos continuarem avançando.

— Isso não é uma história de terror — ela repreende. — São criaturas moldadas com as Trevas, apenas a Luz pode pará-las.

— Quero ver se isso aqui não as para então.

Novamente ele se distancia de Minerva e dispara uma flecha brilhante que se prende no peito de uma das crias. Uma enorme explosão acontece em seguida, fazendo pedaços de carne voar sobre nós.

— Viu? — ele diz, limpando o rosto sujo de sangue.

— Ok. Fiquem na formação. — Ela também limpa sua armadura. — Vamos acabar com essas coisas.

Corremos para cima dos monstros e iniciamos a batalha. Com o Arado, eu corto e furo diversos inimigos enquanto rodopio e salto pela rua. Arranco braços, degolo, amputo pernas. Pico as criaturas em pedaços de carne que insistem em continuar vivos. Mãos soltas pelo chão ainda mexem os dedos. Cabeças rolam ao mesmo tempo em que suas bocas permanecem na tentativa de morder algo. Chuto algumas que estão mais próximas e continuo golpeando todo tipo de coisa morta que aparece pela frente.

Leran faz o mesmo. Usando a espada, ele manda dezenas de crias de volta à sepultura. Com os mabrares, ele ainda incendeia alguns corpos e explode outros tantos. A batalha vira uma carnificina para as hordas. Estamos vencendo. Juntando forças com os outros paladinos, conseguimos limpar a vila na direção do centro.

Sigo andando por entre corpos até avistar ao fundo, perto do albergue, Balko e Keon enfrentando inúmeras crias para proteger Terandi, ainda presa em minhas gavinhas. Keon usa seus chakrams para deter os avanços das hordas. Ele lança o primeiro disco que decepa meia dúzia de criaturas em uma linha reta, deixando um rastro de luz azulada pelo caminho. A arma voa até parar no peito de uma das crias, mais atrás. O telepata se concentra e o disco volta a girar, ainda no tórax do monstro. Com o braço estendido, ele recua o pulso, baixando a mão e golpeia o ar com a palma. A arma sente a pressão de seu movimento a mais de 100 metros de distância e atravessa o tórax podre da cria da morte, dividindo o monstro ao meio. Logo depois, ele lança a segunda arma e passa a movimentar seus braços orientando a direção dos discos, que cortam, mutilam e decapitam diversos inimigos. A velocidade dos golpes é tão alta que só consigo ver vestígios da luz azul das armas. Enquanto isso, Balko tenta impedir que os mortos os alcancem, atirando em suas pernas.

— Precisamos ajudá-los — aviso Leran.

— Você bateu com a cabeça? — ele questiona com raiva. — Quase me mataram. Quero que eles se explodam.

— Ninguém merece morrer pra essas coisas.

— Nós nos viramos. Deixe que eles se virem também.

Apesar de as palavras de Leran serem sensatas, minha consciência não está tranquila. Eles poderiam se virar se a mulher não estivesse presa em uma molda feita por mim. Preciso soltá-la. Sem pensar mais, eu corro até eles.

— Seu louco! — Leran acusa preparando seu arco.

Enquanto me aproximo dos três caçadores, decepo mais meia dúzia de crias e Leran me dá cobertura com suas flechas. É então que percebo mais hordas vindas do outro lado da vila. São milhares andando em nossa direção.

— Voltem! — Minerva nos alerta. Os paladinos já deram meia-volta.

— Gueth! — agora é Leran quem grita. — São muitos, sai daí.

No entanto, em vez de voltar, continuo avançando, corto, bato, chuto e esmurro mais crias até alcançar os caçadores. Leran continua me protegendo e, com os poucos disparos que lhe restam, ele consegue afastar duas crias que já estavam praticamente com meu pescoço em seus dentes.

Corro até Terandi e me abaixo para soltá-la. Balko e Keon mal têm tempo de olhar para mim. A atenção deles permanece completamente direcionada para as hordas. Apenas toco as gavinhas para que elas definhem e quebrem secas no chão. Terandi se levanta assustada, encara meu rosto com muito ódio e, usando sua velocidade incrível, passa para trás de mim. Ela me agarra e coloca sua lâmina em meu pescoço.

— O lutador voltou? — sua voz, ao meu ouvido, é sádica e raivosa.

— Larga ele — é Keon quem ordena.

— Não mesmo! — Ela aperta a espada contra minha jugular. Sinto um forte ardor no local.

— Ele acabou de te ajudar — Keon defende.

Enquanto os dois discutem, observo tenso as hordas que se aproximam depressa. Ninguém mais as impede, a não ser Leran, que, ainda preocupado comigo, dispara uma de suas últimas flechas e grita desesperado para que eu corra.

Todos os paladinos já voltaram e os corpos que derrubamos continuam se retorcendo, mesmo em pedaços. Alguns, se arrastando, já estão a menos de um metro de nós.

— Cale a boca, moleque — Balko fala, dando um tabefe nas fuças de Keon. — Chega dessa lenga-lenga.

Keon coloca uma das mãos na bochecha e não responde. Simplesmente olha furioso para Balko, mas abaixa a cabeça.

— Apesar de tudo, Terandi, ele tem razão — Balko olha para a caçadora. — Não devemos matar o nairatiano. Ele te salvou. Seremos bondosos, também.

Terandi me larga e se afasta. Eu, aliviado, faço uma leve reverência em agradecimento.

— Vamos sair logo daqui — digo em seguida.

— Vamos? — Balko questiona com ironia. — Você não vai a lugar algum.

Sem ter tempo de me defender, assisto a Balko disparar covardemente em minha perna, abrindo um rasgo no tendão da coxa. Gritando de dor, eu caio sentado enquanto ele e Terandi se afastam.

— Boa sorte — ela fala e corre para longe das hordas. — Ah, e obrigado pela ajuda.

Mal consigo dar atenção para o que ela diz. A dor na perna é insuportável. O sangue é abundante, deixando as crias ainda mais ouriçadas com a minha presença. Não tenho como correr. Mal consigo me levantar. Metade de um corpo desliza seus braços na minha direção. Ele quase me agarra se não fosse pela lâmina de uns dos chakrams, que despedaça seus membros podres.

— Vem, se apoie em mim — Keon diz, oferecendo-me um dos ombros. Sua expressão é séria, mas posso ver bondade em seus olhos escuros.

Ele me ajuda a ficar de pé com uma das mãos. Com a outra, continua manipulando sua arma para mutilar qualquer cria que se aproxime.

— Venha aqui, Keon! — ouço Terandi gritar. Ela está na entrada de um beco, mais à frente de nós.

— Esqueça-o, Terandi — Balko também grita, já adentrando a ruela. — Esse ingrato vai pagar com a vida.

Terandi acata a decisão de Balko e corre para perto dele. Keon me leva na direção de Leran e o alcançamos na frente do beco por onde os caçadores fugiram. O arqueiro lança um mabrar encantado no meio da rua e o faz explodir, levantando poeira e pedaços de pedra.

— Isso vai retardar o avanço daquelas coisas — ele diz após sentirmos o tremor da explosão.

Keon me entrega a Leran e se afasta na direção do beco.

— Aonde você vai? — pergunto.

— Para o meu lugar. — Ele nem se vira para mim.

Leran me olha inconformado:

— Deixa o cara pra lá. Eu disse pra não ir ajudá-los. Olha no que deu.

— Desculpa, Leran, mas eu sou assim — falo bravo. — Se eu não fosse desse jeito, nem teria vindo pra essa vila, ajudar você.

Não sei o que me dá. Não consigo ver alguém precisando de ajuda. Tenho essa mania de procurar o lado bom das pessoas, de querer torná-las melhores. O que eu posso fazer? É no que eu acredito. É o que eu sou. Sei que Keon não é ruim como Balko e Terandi, porém não posso escolher por ele.

Assisto-o se afastando pelo beco enquanto Leran me ajuda a voltarmos para onde deixei o mobin. Quando estou quase perdendo Keon de vista, Terandi volta correndo pela esquina. Depois dela aparece Balko e, poucos metros atrás dele, uma centena de crias.

— Me ajuda! — o líder dos caçadores grita desesperado enquanto dispara para trás.

Terandi ignora e usa sua supervelocidade passando por Keon e depois por nós, na direção da saída da vila. Ela desaparece, deixando um rastro de areia no ar.

— Sua maldita! — Balko berra, inconformado. — Keon, socorro — ele insiste.

Mas, mesmo com o esforço do telepata, não dá tempo de ajudá-lo. Essas crias são mais rápidas do que as outras que enfrentamos há pouco. Usam armaduras, espadas e correm como super-humanos. Seus corpos, apesar de podres, possuem vigor anormal. Keon tenta acertá-los com seus discos, contudo esses inimigos se defendem e continuam investindo.

Sem ter como ajudá-los, apenas assisto a tudo, assustado. Vejo o momento em que uma das criaturas acerta Balko com uma espadada e o caçador cai. Keon grita, tenta arremessar os monstros para longe com a telecinesia.

— Socorro! — Balko exclama em um misto de pânico e dor.

Guiada por uma selvageria inexplicável, a cria que derrubou o caçador salta sobre ele e lhe dá uma forte dentada no pescoço, estraçalhando o lenço vermelho. O sangue jorra enquanto Balko nos olha, ainda estendendo as mãos em busca de ajuda. Mais inimigos o alcançam, o caçador é cercado e seu corpo vira alvo para as armas enferrujadas de todos eles.

CAPÍTULO 26

Ficamos apavorados observando as criaturas destruírem o corpo de Balko. Mesmo com o caçador morto, a fúria delas não se esgota. Continuam atacando, mordendo. Já são tantas sobre o cadáver que não posso mais vê-lo.

— Vamos embora — Leran ordena.

— Keon, saia já daí — grito em seguida.

Meu alerta tira o telepata do transe causado pela morte de seu companheiro. Furioso, ele abre os braços, apontando as mãos para as paredes dos dois lados da viela, e usa seu magnífico poder para puxá-las. Toneladas de escombros caem sobre as criaturas, bloqueando a passagem. Em seguida, ele sai do beco e passa por nós.

— Keon — digo.

Ele não responde. Apenas corre na direção da saída do vilarejo. Leran, que continua me ajudando na caminhada, fala ao meu ouvido:

— Quer parar de dar trela pra ele? É um bandido. Tentou me matar, capturar minha irmã. Teve sorte de não morrer também.

— Ele é diferente, Leran — inicio.

Porém não temos tempo para discutir sobre o caráter de Keon. De outras ruas, mais crias surgem. Elas vêm de todos os lados.

— A vila está sendo cercada — Leran diz ao perceber o lugar se entupindo de inimigos que correm na nossa direção. — Não conseguiremos sair daqui a tempo.

Realmente, comigo nesse estado não conseguiremos. Estou atrasando Leran. Não vim até aqui para morrermos juntos. Vim para levá-lo de volta à Luana, nem que para isso apenas eu tenha de morrer.

— Você vai — falo com seriedade, ainda ao lado dele.

— Ficou louco? — Ele continua focado no caminho, andando o mais rápido que pode enquanto me apoio em seu ombro.

— Me carregando não vai conseguir — insisto. — Você também está fraco. Não come direito há dias. Vamos acabar morrendo os dois.

— Cala a boca, Gueth. Vou fingir que não estou ouvindo essa besteira.

Vendo que não irei convencê-lo, eu me solto de seu ombro e caio no chão:

— Eu disse pra você ir! — grito. — Luana está te esperando. Fiz uma promessa a ela. Você tem que voltar.

— Eu não estou acreditando nisso — ele esbraveja e se abaixa para me ajudar.

— Não! — retruco. — Não dá tempo. Vai logo.

— Eu ajudo — a voz de Keon soa ao nosso lado. — Vamos!

Sem objeções da parte de Leran, os dois me levantam. Cada um me pega por um dos braços e me sustentam nos ombros. Com a ajuda de Keon, conseguimos andar mais rápido e ganhamos distância das hordas. Concentrados no caminho, ninguém emite uma só palavra. O único som ao nosso redor provém dos gemidos aterrorizantes das crias.

Quase na saída do vilarejo, encontramos os paladinos. Eles fazem uma última barricada para enfrentar as hordas. Minerva, ao nos ver, abre espaço entre os soldados dourados e corre até nós:

— O que ainda faziam lá, por Phelgor?!

Ninguém responde. Leran está exausto, Keon mantém uma expressão séria e eu não tenho coragem de dizer nada.

— Será que você não consegue se manter inteiro? — Ela leva uma das mãos à minha perna ferida. A hemorragia é estancada pela energia de Minerva, porém a dor não diminui. O estrago foi grande demais.

— Acha que vamos conseguir pará-los? — pergunto após assistir, por alguns minutos, à multidão de crias que caminha até nós. Mesmo aqueles de armaduras, que estavam correndo, agora andam ao lado dos demais, como em um exército marchando para a guerra. Deste lado, não mais do que quarenta paladinos restam. Homens e mulheres cheios de coragem, equipados com armaduras que insistem em reluzir o sol opaco vindo do céu cheio de nuvens escuras.

— Faremos o possível — diz Minerva. — Temos que destruir o maior número dessas aberrações a distância. São muitos para enfrentarmos no corpo a corpo.

— Vamos ajudar — Leran fala, ainda esbaforido da caminhada. Ele saca o arco e conta, preocupado, apenas quatro flechas na aljava.

Eu não poderei fazer muito daqui. Talvez o Arado ajude, mas estou fraco demais para usá-lo. Ao nosso lado, os paladinos se preparam para atacar. Levantam lanças, maças e espadas, concentrando suas energias para destroçar as hordas com poderosos raios de luz.

— Também posso ajudar — Keon surge a meu lado com os discos flutuando ao seu redor.

O telepata, que estava quieto aos fundos do grupo, se mostra disposto a lutar. Talvez para vingar a morte de Balko, talvez para pagar uma dívida que tenha comigo por eu tê-lo ajudado, talvez para lavar sua consciência de anos de crimes, ou talvez porque esta seja uma ameaça maior, que afeta todos nós. No final das contas não importa o motivo, eu olho para ele e sorrio. Em retorno, recebo um gesto com a cabeça.

As investidas iniciais partem do lado paladino. Dezenas de criaturas são desintegradas pelos raios de luz, restando cinzas que flutuam no vento. Todavia, mesmo com os potentes ataques, as hordas não recuam. Surgem mais e mais crias, dominando a rua a nossa frente, até se perderem no horizonte.

— Como podem ser tantos? — pergunto a Minerva.

— Eles já passaram por centenas de vilarejos antes de chegarem até aqui. Estão se multiplicando mais rápido do que podemos conter.

Isso é terrível. Imagino quantos já morreram para que as hordas estejam deste tamanho. E, pelo que vejo, eles não poupam ninguém.

Até crianças caminham entre as crias, desejando o sangue de qualquer coisa viva que esteja à frente.

O céu continua se fechando. O dia quase se torna noite de tão carregadas que as nuvens estão. Raios cortam a paisagem negra por trás das hordas e o barulho dos trovões consegue sufocar os gemidos das criaturas.

— Essa chuva vai piorar nossa situação — outro paladino alerta.

Minerva concorda. Ela sugere que recuemos antes que a tempestade se inicie. Enquanto metade dos paladinos continua atacando para retardar o avanço das tropas de Shaz, os outros preparam a viagem de volta. Usam seus medalhões para evocar cavalos de crina dourada que logo estão prontos para a partida.

Leran e Keon me ajudam a montar em um deles, na garupa de um dos paladinos. Minerva convida Leran a cavalgar com ela. Keon, por sua vez, usa seu próprio medalhão de ferradura e recria o cavalo negro que usou em Mabra.

— Vamos — a paladina chama os demais guerreiros, que continuam lutando.

Enquanto eles recuam, noto algo abrindo caminho entre as crias. Na verdade são elas que dão espaço para que algo passe. Leran também já percebeu a movimentação e está atento de cima do cavalo de Minerva.

— O que é aquilo? — ele pergunta, vendo as crias da linha de frente cederem espaço para que uma estranha figura surja entre eles.

Minerva, Keon e vários paladinos se viram a fim de entender a pergunta do arqueiro. Todos encaram um enorme cavalo macabro, que toma a liderança do grupo de crias. Sua pele é brilhante e de aparência rígida, como a dura carapaça de um besouro. Os olhos são apenas buracos ocos e, nas laterais da cabeça, perto das orelhas caídas, estão dois chifres curvados para baixo. Em vez de crina, uma crista de espinhos e o rabo, que bate lentamente nas laterais dos quadris, se assemelha à cauda dos lagartos.

A única imagem pior do que a terrível montaria é a do cavaleiro: um gigante de armadura com placas negras. O elmo possui chifres longos e é aberto na parte frontal, deixando à mostra um vazio desolador, como se ninguém estivesse embaixo da armadura. Em uma das mãos, ele segura um imenso martelo, na outra, correntes que servem de coleira para mais cães horrendos, muito maiores e mais feios do que aquele que quase me matou. Os bichos são ferozes, latem e rosnam para nós, prontos para atacar.

— Ilium — Minerva solta por entre os dentes.

— Quem é ele? — pergunto ao notar a reação temerosa da paladina.

— O Comandante da Morte. O general das tropas de Shaz.

A atitude dos paladinos deixa claro que esse é um inimigo que não podemos vencer. Todos se apressam para subir nos cavalos e deixar o vilarejo o quanto antes. Minerva os acelera e logo puxa a cavalaria para partirmos. Os cavalos disparam para longe das hordas enquanto eu continuo olhando para trás, diretamente para o general da morte. O vazio em seu elmo me hipnotiza. É como se ele me olhasse o tempo todo. Ao perceber nossa fuga, Ilium apenas larga as correntes e libera as criaturas, que avançam desembestadas atrás de nós. Para minha surpresa, mais cães saem do meio das tropas e se juntam aos primeiros. São dezenas deles.

— Depressa! — os paladinos gritam.

Por mais rápidos que sejam os cavalos, não conseguimos nos afastar dos monstros. Eles são dominados por uma energia poderosa demais. Sua velocidade é incrível. Dão grandes saltos que os deixam cada vez mais próximos. Em poucos minutos, alguns já atacam os cavaleiros ao fundo do grupo.

Com investidas rápidas e violentas, as bestas pulam sobre os paladinos e os derrubam das montarias. Ouço gritos, pedidos de ajuda e não posso fazer nada, a não ser torcer para que nenhuma delas me alcance. Um a um, vejo paladinos serem devorados bem atrás de nós enquanto tentam, inutilmente, abater os monstros à base de golpes e raios de luz.

Agora os cães já correm emparelhados aos nossos cavalos e os paladinos são obrigados a fazer manobras com as montarias, tentando evitar os ataques que partem de todos os lados. Leran envia uma flecha

certeira na boca de uma das criaturas, fazendo a sua mandíbula explodir e jorrar sangue negro pelos ares. Keon também luta enquanto controla o cavalo: uma mão às rédeas e outra manipulando um dos discos para manter os cães afastados.

Distraído com eles, nem percebo o ataque de um dos monstros, que salta por cima de nosso cavalo e abocanha o paladino que o dirigia. O golpe derruba o soldado da montaria e me faz ficar pendurado por um dos estribos. Enquanto o cavalo continua a correr, consigo retornar à cela e assumo o controle, deixando para trás a criatura que devora o paladino no chão.

Nossa fuga se transformou em uma zona. Os paladinos começam a se separar uns dos outros, cavalgando em direções distintas pelos campos de algodão. Tento acompanhar o cavalo de Minerva, que foge de mais dois cães do horror na direção de um morro. Não sou tão bom com animais como sou com as plantas e controlar o bicho para que ele se aproxime de Minerva não é uma tarefa fácil.

Consigo ficar ao lado da montaria da paladina durante a subida de uma pequena colina. Pego duas sementes de gavinhas e as seguro firme. Faço meu punho se acender com a energia verde e lanço os pequenos caroços pelo caminho, deixando-os cair na terra. Em segundos, um broto cresce, preparando a armadilha. Assim que os cães passam por ali, as ferozes vinhas se esticam e os prendem. Quanto mais se esforçam para sair, mais amarrados ficam, até que as gavinhas os estacam no chão.

Minerva e Leran me olham surpresos e, sem tempo para comemorarmos, seguimos com os cavalos para perto de outro grupo paladino, atacado por mais três criaturas. Eles cavalgam próximo ao barranco do morro. O telepata está com eles.

Keon consegue, com seu disco, arrancar a pata de uma das bestas, que cai e, mesmo decidida a continuar caçando, acaba para trás devido à dificuldade em correr. O segundo monstro é detido por um dos paladinos, que lhe acerta uma lança no dorso. A arma foi embebida em energia de luz, desintegrando boa parte do cão logo que o atinge. Sobra apenas uma carcaça queimada no solo.

Já a última criatura é mais ágil. Ela derruba dois paladinos enquanto desvia de todos os ataques. Salta por cima de outro broto de gavinhas que deixo, se esquiva da flechada de Leran, abaixa-se para evitar o disco de Keon e finalmente pula sobre o cavalo do telepata, abocanhando o quadril do animal. A montaria relincha e salta várias vezes, tentando se soltar dos caninos sangrentos, até que, por se tratar de uma molda, ela se desfaz e derruba Keon pelo barranco de grama seca. O cão pula atrás do telepata, mas perde o equilíbrio ao correr pelo declive e acabam os dois caídos aos pés do morro, a uns quatro metros abaixo de nós.

Dou meia-volta e corro para ajudá-lo. Paro na beira do barranco e avisto Keon se levantando. Com dificuldade e ferido pela queda, ele para diante do cão. A besta, já de pé e furiosa, abaixa o focinho, mostrando seus dentes podres, e enrijece as patas dianteiras no preparo de uma investida. Desço do cavalo e me debruço sobre o barranco estendendo o braço.

— Aqui! Pega a minha mão — grito para ele.

O telepata olha para cima, calcula a distância e usa sua telecinesia para impulsionar o corpo para cima. Com uma das mãos aberta, ele golpeia o ar abaixo de si, voltando sua palma para o solo. A energia repele Keon para cima como um tiro, fazendo-o escapar das garras do canídeo por muito pouco. Ele alcança meu braço e se agarra nele. Apoio-me de joelhos e o puxo. Ao ver o cão saltar para pegar suas pernas, ele empurra a lateral do barranco com os pés e salta para cima. Sua força somada à minha nos faz cair para trás, quase um sobre o outro. Já livres da criatura, ambos respiramos fundo, exaustos.

— Você está bem? — questiono, olhando-o nos olhos.

Suas bochechas coram. Ele apenas empurra meu braço, ainda sobre seu tórax, e se levanta. Em seguida, acena com a cabeça.

— Vamos — Minerva chama, mais à frente. Monto novamente no cavalo e Keon sobe na garupa sem dizer uma só palavra. Ele recuperou seu medalhão de cavalaria e agora o guarda no bolso.

Pouco mais de uma hora de cavalgada veloz pelos campos e nós podemos diminuir o passo. As hordas ficaram para trás. Na estrada de volta a Nuanto, outros paladinos sobreviventes vão se juntando a nós. Apenas metade do grupo regressa.

Ioseth tinha razão. A ameaça que cobre Sonatri é terrível. Nunca havia passado por uma situação tão difícil em toda a minha vida. Aquelas criaturas, aqueles mortos. Era tudo assustador demais. Não consigo esquecer a morte de Balko, as visões que tive sob o efeito do uivo do cão do horror e aquele vazio dentro do elmo do general das trevas, Ilium. Que ser abominável era aquele? Só de lembrar, sinto calafrios.

Ir ao Santuário é a primeira coisa que fazemos ao chegar a Nuanto. Minerva quer passar os detalhes do ocorrido para Ioseth o mais rápido possível. Enquanto os paladinos discutem na sala de reuniões, Leran, Keon e eu somos obrigados a esperar do lado de fora.

— Quero ver Luana — Leran diz. — Será que eles vão demorar?

— Ela está bem, te garanto.

Estou sentado ao lado de Leran em um dos bancos. Keon está afastado de nós, cabisbaixo em um canto da parede, no outro lado da antessala.

— O que vamos fazer com ele? — Leran pergunta com a voz baixa enquanto olha para o telepata.

— Não sei. Talvez ele não tenha para onde ir.

— Está sugerindo deixá-lo ficar conosco?!

— Estou sugerindo o deixarmos decidir. Se quiser ficar em Nuanto, pedirei a Minerva que consiga um lugar provisório para que more.

— Menos mal. Ele não ficará debaixo do mesmo teto que minha irmã.

— Vou falar com ele — digo e me afasto de Leran.

Keon nota minha aproximação e vira o rosto, passando a olhar para a quina das paredes.

— Acho que ainda não tivemos a oportunidade de nos apresentar decentemente — falo. — Meu nome é Gueth. — E estendo a mão para um cumprimento.

Ele ignora.

— Você já sabia disso, né? Afinal, pode ouvir o que eu penso.

Keon volta o rosto para mim e me olha com desdém, como se eu realmente o incomodasse. Mas eu não desisto:

— Pode ouvir o que eu estou pensando agora?

Ele balança a cabeça em sinal de negação. Em seguida, diz com seriedade:

— Telepatia não é o meu forte.

— Achei que fosse um telepata — digo surpreso.

— Você não parece entender de artes mentais, nairatiano.

Agora sou eu quem balança a cabeça, concordando com sua afirmação.

— Quando uma pessoa entra em si mesma e passa a pensar mais do que age ou fala, eu posso, sim, ouvir algo vindo de sua mente. Mas não são como palavras — ele diz, novamente desviando o olhar. — São sons estranhos, ruídos. As mentes se comunicam em outra língua. É preciso anos de estudos para saber decifrá-las.

— Mas algo você deve entender, certo? — pergunto. Acho que finalmente estou quebrando o gelo.

— Dependendo do tipo de som, às vezes sei se a pessoa está triste, com raiva ou feliz. Mas não sei dizer ao certo sobre o que pensa.

— Então você consegue ouvir os sons da minha mente? — sorrio e convido-o a uma brincadeira. — Como eu estou agora?

Keon me fita nos olhos com seriedade. Em seguida responde com certa grosseria:

— Curioso demais.

Após me deixar sem graça, ele se levanta e sai da antessala para os jardins do Santuário.

Não demora até que Ioseth, Minerva e outros paladinos saiam da reunião. Entre eles está Lanor. Ao passarem por mim, ouço falarem de Tlavi:

— Agora que ela voltou conseguiremos intensificar os treinamentos.

Ao ouvir a notícia, vou até Ioseth e Minerva e questiono se é verdade.

— Sim — Ioseth diz. —Tlavi retornou ontem. Ela está bem, um pouco ferida, mas se recuperando. Poderá vê-la em breve.

— Sugiro que descanse também, Gueth — Minerva aconselha. — Você e seus amigos passaram por momentos difíceis. Sua perna está melhor? — ela pergunta ao se abaixar e tocar o ferimento.

— Sim, obrigado.

— Mais tarde visitarei o apartamento de vocês para outra sessão de cura. Estará bem depois disso.

Agradeço-a novamente e os vejo deixar o Santuário. Fico feliz que Tlavi tenha voltado em segurança. Não sei que tipo de missão ela enfrentou, mas, se foi algo relacionado a Shaz, deve ter passado por maus bocados. O que tenho a fazer agora é acatar o conselho de Minerva. Além disso, Leran precisa ver Luana.

Sigo para o apartamento acompanhado do arqueiro. Apresento para ele algumas coisas que estão no caminho, como a Praça Áurea e os jardins. Procuro brevemente por Keon, porém não o encontro. Decido deixá-lo. Ele precisa pensar um pouco também, descansar. Tenho certeza de que sabe se virar sozinho.

Pego a chave do apartamento na mochila e o abro. Avisto Luana no sofá da sala. Assim que percebe alguém entrando, ela se levanta e olha na direção da porta. Não tenho tempo de dizer nada. Leran passa por mim e corre para abraçá-la. Ela chora de alívio enquanto ele repete a palavra "acabou" diversas vezes.

Ele está certo. Com Balko morto, não existe mais marca alguma feita sobre ele. Ninguém vai rastreá-los. Mesmo Keon ou Terandi não são mais ameaça. Dos caçadores eles estão livres. No entanto, eu não acredito que tudo tenha acabado. Shaz parece ser muito mais perigoso do que os caçadores ou até mesmo do que a tal rainha Nagisa, de quem eles fugiram. E, pelo que Ioseth disse à Luana, pela forma como ele a olhou quando a encontrou pela primeira vez, talvez a garota ainda tenha um papel relevante nisso tudo.

Após o demorado abraço, Luana deixa Leran e vem em minha direção. Sorrio ao ver que ela está aliviada.

—Viu? — falo contente. — Eu o trouxe...

Entretanto, em vez de me agradecer, ela desce a mão na minha cara.

Capítulo 27

O golpe foi tão rápido e espontâneo que não tive condições de me defender. Ela nem me esperou terminar a frase. Coço a bochecha com uma das mãos e a encaro com os olhos arregalados, aturdido por sua reação.

— O que é isso, Luana? — Leran se aproxima, sem entender.

— Ele sabe bem o motivo — ela rebate, furiosa. Em seguida vai para o quarto.

— Vocês andaram se estranhando? — ele pergunta, confuso, depois de ouvirmos Luana bater a porta.

— É uma longa história.

É claro que Leran não me permite sair sem contar tudo o que aconteceu. E eu falo sobre tudo, menos o "quase beijo", é claro. Sei que ele é ciumento, saber disso agora só vai piorar as coisas. Mas não é preciso ser nenhum especialista em mulheres para saber que o tapa não foi apenas por tê-la trancado no apartamento. Eu usei seus sentimentos quando dei aquela flor, ofereci esperanças. Imagino o quão furiosa deva ter ficado quando acordou e percebeu que eu a enganei.

Só espero que ela entenda meus motivos.

Os dias que se seguem são tranquilos. Recupero-me do ferimento da perna com a ajuda de Minerva e Leran também já está muito melhor. Cedi a cama do quarto para que ele dormisse bem e se recuperasse mais rápido. Passei a deitar no chão, em um monte de colchas que improvisei. Também não falei mais com Keon. Minerva o colocou em um apartamento menor, no prédio do outro lado do Santuário. Ela me disse que ele pretendia deixar Nuanto para recomeçar a vida. Fiquei feliz com a notícia. Torço para que consiga.

Ao mesmo tempo, os treinamentos de Luana começaram. É claro que ela não fala comigo desde que me esbofeteou. Até me olhar, ela evita. Se chego a algum lugar, ela sai. Se entro em uma conversa, ela fecha a cara. Se pergunto algo, ela ignora. Decidi não forçar a barra. Mas pude acompanhar grande parte de seus treinos.

Ioseth a ensinou a aperfeiçoar as barreiras e a controlar melhor a Luz. Segundo ele, o farol, uma vez com a Estrela, auxilia no domínio das energias e facilita o controle.

Leran também teve algumas sessões de treinos com Minerva. Ele aprendeu a fazer um novo encanto com a luz, capaz de expurgar a energia negra das crias. Comprou novas flechas no mercado e ainda conseguiu um bom ferreiro para fazer suas ponteiras de cobre. Uma ideia bem interessante, por sinal. Muito melhor do que a dos mabrares. Achava o cúmulo vê-lo destruir dinheiro.

Por fim, tive coragem de marcar uma hora na conturbada agenda da minha irmã. Perdi muitas noites de sono pensando sobre como faria para contar a ela que nosso pai faleceu. Tlavi ainda não sabe. Será uma notícia dura, certamente. Sei que ela já se recuperou de sua missão e esteve participando de diversos treinamentos e reuniões, o que ocupou muito de seu tempo ultimamente.

Entendo a seriedade da situação em Sonatri, por isso não exigi vê-la antes. Preferi aguardar as coisas se acalmarem um pouco. Mas chegou o dia. Essa noite ela está descansando em seu apartamento. É a oportunidade ideal para falarmos depois de tanto tempo.

Diante da luxuosa porta decorada, eu toco a campainha. Um minuto se passa e, durante ele, penso dezenas de vezes em desistir, em sair dali, em voltar para Mabra. Mas o barulho do trinco se abrindo me traz de volta a realidade e enche meu estômago de ansiedade.

— Oi — falo tímido ao vê-la diante de mim.

Tlavi está tão diferente da última lembrança que tenho dela. Até mesmo os olhos, que eram doces e cheios de vida, agora possuem um brilho triste, trazem marcas fundas de uma vida exaustiva. A forma como me observa também não é a mesma. Parece que está diante de um estranho. Não recebo nem um sorriso.

— Você cresceu. — Ela abre caminho para que eu entre.

Passo pela abertura arqueada da porta e me deparo com um lugar muito mais ostentoso do que o apartamento no qual estou hospedado. Os móveis, os detalhes nas paredes, lustres, tapetes, tudo do mais caro, do mais fino. Não imaginei que Tlavi vivesse assim. Sempre fomos tão simples. Mesmo quando nosso pai começou a ganhar dinheiro com as lutas, não tínhamos tanto luxo. Isso nunca foi necessário. Ela realmente está mudada.

— Sente-se — fala, ainda sem demonstrar nenhuma emoção.

O que acontece a seguir é uma sequência de atos aleatórios, que indica o desconforto de ambas as partes:

Eu me sento. Ela olha para meu rosto. Eu desvio o olhar. Ela pergunta se quero beber algo. Eu respondo que não. Ela cruza os braços. Eu balanço os pés. Ela pergunta se eu estou bem. Eu respondo que sim. Pergunto se ela está bem. Ela responde que sim. Mais dez segundos de silêncio. Mais cinco sacudidas com o pé. Tlavi pega um livro sobre a mesinha de centro. Eu a observo folhear as páginas. Ela decide ir direto ao assunto:

— O que veio fazer aqui? — pergunta enquanto manuseia o livro, sem olhar para o meu rosto.

— Acompanhar dois amigos.

— Sei. A garota Estrela e seu irmão, certo? Ioseth quer que eu a treine também.

— Vai ensinar cura a ela?

— Você sabe que estamos passando por uma fase difícil. Não tenho tempo pra isso agora.

— Ela pode ajudar se for bem instruída.

Tlavi balança a cabeça como se minha frase fosse a coisa mais estúpida que já ouviu na vida e tira os olhos do livro a fim de me encarar:

— Esqueça esse assunto, Gueth. Ele é complexo demais para você.

Mesmo depois de todos esses anos, talvez Tlavi ainda me veja como um garotinho. Aceno com a cabeça e me levanto. Não tenho o que conversar com ela, não agora. Gostaria de falar sobre a morte de nosso pai, mas ela não está no clima para conversarmos sobre isso. O melhor que tenho a fazer é ir embora.

— Foi bom te ver — digo e me dirijo à porta.

Eu teria chegado até a saída, se algo sobre a mesa de canto não me chamasse atenção: entre os diversos papéis jogados e a jarra decorativa, eu reconheço a imagem da Ponte do Elo de Mabra, estampada em um cartão-postal. O cartão que eu enviei.

Vou até a mesa enquanto Tlavi permanece sem dizer nada. Reviro a papelada e encontro diversas mensagens sobre nosso pai, todas elas, na verdade. Meses de pedidos de socorro, de súplicas pelo retorno dela. Tlavi recebeu tudo, ela leu tudo.

O que sinto ao ver esses cartões é inexplicável. Uma mistura de indignação com raiva, pena, tristeza. Não consigo falar ou fazer nada por longos segundos. Apenas seguro as cartas, tentando conter as lágrimas que enchem meus olhos.

— Você tinha recebido tudo? — questiono com a voz tremida, ainda de costas.

— Sim — ela responde, se mantendo séria, indiferente.

— E por que não voltou?! — Viro-me para ela, com raiva.

— Não pude — já de pé, ela responde e desvia o rosto.

— Não pôde?

— Gueth, já disse, é complexo demais para que você entenda. — Sua postura me deixa ainda mais irritado.

— Por que é que você não tenta me explicar?

Ela não responde.

— É porque você é uma egoísta! Nem mesmo enviou uma resposta.

— Não tive tempo. — Seus olhos evitam os meus. Não sei se por vergonha ou por total descaso.

— Tempo? Eu te enviei mais de dez cartas, durante meses!

— Você viu como as coisas estão por aqui? — Tlavi fala enquanto arruma os objetos da mesa. Suas respostas são automáticas, frias. Nem se abala com o meu estado de nervos. — Além do mais — ela continua —, tenho certeza de que você cuidou muito bem de tudo.

Seu desdém à situação me machuca. Não consigo controlar a enorme decepção. Minha voz sai fraca, porém clara:

— Sim, cuidei. Ele teve um enterro lindo.

Um enterro lindo. Foi a última coisa que pude fazer por ele. Mas meus esforços, por maiores que fossem, foram inúteis. Tomei seu lugar nas arenas, gastei tudo o que ganhei com tratamentos e remédios. Paguei pelos melhores médicos de Mabra e nada adiantou.

Cansei de apanhar o dia todo nas lutas, chegar em casa e usar minhas próprias plantas para aliviar as contusões e as dores. Cansei de dormir ao lado dele enquanto ele sentia calafrios de febre aguda e gritava de agonia. Cansei de ouvi-lo chamar por Tlavi, perguntar por ela, mesmo em seu leito de morte. E onde ela estava? ONDE ELA ESTAVA?!

Estava aqui, preocupada com mortos, enquanto deixava seu próprio pai se juntar a eles. Ela tem razão. Fui eu quem cuidou de tudo. O filho frágil, que quase morreu no parto, que preferia as plantas a lutar. Fui eu que no fim precisei ser forte, enquanto uma Estrela como minha irmã, que já nasceu poderosa, se demonstrou covarde, o maior sinal de fraqueza.

Por mais dura e insensível que ela seja, nesse momento Tlavi se abala. O livro pesado despenca de suas mãos no momento em que ouve a palavra "enterro". Não sei se ela imaginava que nosso pai pudesse ter falecido, mas a certeza da notícia visivelmente a entristece. Ela se abaixa, recolhe o volume e o coloca sobre a mesa.

— Que bom, Gueth. — Os olhos permanecem evitando os meus.

— Você me diz isso? — Eu sei que ela está afetada por saber, mas continua bancando a durona, indiferente a tudo que acontece ao seu redor. — Fico feliz em saber que sua consciência está limpa.

— Sim, ela está. Eu optei por curar o mundo. Esse é o meu papel. Mas não espero que você entenda isso.

— O que eu não entendo é como uma pessoa será capaz de curar o mundo se nem mesmo pôde salvar o próprio pai.

Sem mais uma palavra, viro as costas e saio. Tlavi fica parada, reflexiva. Olho uma última vez para ela antes de fechar a porta e a deixo ali; sozinha com a vida que escolheu.

No final das contas foi uma escolha, certo? Ela mesma disse. "Eu optei por salvar o mundo." Não posso julgar uma Estrela por tomar essa decisão. É seu papel proteger o mundo, manter o equilíbrio das coisas. Porém, me sinto no direito de julgar uma irmã, uma filha. E ninguém pode me convencer do contrário.

Saio do prédio de Tlavi e volto ao apartamento onde estou hospedado. Em vez de subir as escadas até meu andar, sento nos degraus e desabo em choro. Fazia tempo que não me sentia assim, um lixo. Chorei algumas vezes enquanto via meu pai morrendo e me sentia impotente. Mas nunca na frente dele. Eu era seu alicerce, tinha de me manter firme. Agora não tenho mais a quem cuidar, nem tenho mais minha família de sangue. Sobram-me amigos, que talvez também me deixem em breve.

Durante meu momento de desespero, é justamente um deles que aparece e se senta ao meu lado:

— O que houve? — Leran pergunta.

— Nada, eu estou bem — falo e seco as lágrimas.

— Tudo bem se não quiser contar — ele fala com ternura. — Mas, se precisar conversar depois, pode contar comigo. Você sabe disso, né? Fique bem.

Leran me dá um tapinha nas costas e sobe. Ofereço um sorriso choroso e recupero a compostura. Onde já se viu um homem desse tamanho chorando? Era a pergunta que meu pai fazia quando eu me machucava. Um filho de guerreiro, um nairatiano não podia ser fraco, chorar. Segurei muito choro durante a infância. Mas, agora, apenas acho engraçado o jeito que meu pai tinha.

Após trinta minutos, eu subo ao apartamento. Leran está na sala, onde come um sanduíche gigantesco.

— Já está melhor? — fala com a boca cheia.

Faço sinal positivo e pergunto sobre Luana.

— Está dormindo.

— Bem, farei o mesmo. Estou exausto.

— Sem problemas. — Ele deixa cair um pedaço de pão da boca. — Ops, me desculpe por isso.

Digo que está tudo bem e vou para o quarto. Antes que a insônia me afete, já salpico o pó sonífero sobre o nariz e durmo em menos de dois minutos. Acordo com uma gritaria vinda da sala. A luz que entra pela janela ofusca minha visão. É cedo. O sono foi pesado demais.

Levanto-me um pouco zonzo e saio do quarto ainda com as roupas de dormir: regatas, shorts e meias. Quando apareço na sala, dois paladinos vêm em minha direção de forma abrupta e me seguram. Meus pulsos são presos por uma espécie de algema dourada.

— Isso não é necessário — diz Tlavi. — Ele não vai resistir.

Balanço a cabeça ainda confuso enquanto Leran e Luana discutem com os paladinos, defendendo-me. Na sala ainda estão Ioseth, Minerva e mais três soldados de armaduras douradas.

— O que está acontecendo? — pergunto enfim.

— Você está preso — diz um dos paladinos que me agarrou.

— Furto qualificado e destruição de propriedade privada — o outro explica após minha expressão de surpresa.

— Sinto muito, Gueth. — Minerva lamenta. — Viram você arrebentando o cadeado do galpão. O dono do mobin deu queixa.

— Mas foi uma urgência. Eu ia pagar. Eu posso pagar — justifico.

— Em Nuanto, as leis são rígidas — ela diz novamente. — Sinto muito, mesmo.

— Peguei as coisas dele — um dos paladinos fala após sair do meu quarto com minha mochila e arma nas mãos.

— Podemos achar outro jeito, Tlavi — Ioseth argumenta enquanto sou carregado pelos soldados paladinos.

— Infelizmente não podemos — ela replica, novamente cheia de indiferença. — O Parlamento já dificulta bastante as coisas para nós. Se eu abrir exceções para meu irmão, Zarius usará isso contra mim.

Passo por Tlavi chocado com o que está acontecendo. Ao tentar olhá-la nos olhos, ela desvia o rosto. A discussão na sala permanece enquanto eu sou guiado pelas escadas para fora do prédio. Contudo, nada que Luana e Leran disserem vai adiantar. Minha irmã, outra vez, era a única capaz de me ajudar e, seguindo a mesma postura de antes, ela me abandonou.

A delegacia de furto e roubo fica no meio da Radial Sudeste. Sou levado para ela e deixado em uma cela com camas e banheiro. Não tem nenhum outro detento além de mim. A pena para roubo é de três meses, mas, segundo Minerva, eles tentarão apelar para um julgamento, uma vez que meus motivos foram nobres. Se tudo der certo, poderei aguardar por ele em liberdade. Mas, devido ao problema com Shaz, não acho que o Parlamento vá priorizar o meu caso.

Passam-se oito dias e não recebo boas notícias. Leran me visita com frequência para me dizer como andam os trâmites, porém já faz uns três dias que ele não aparece, o que significa que não houve avanços. Por sorte, o carcereiro paladino é bem tranquilo. Sempre traz alimentos às oito, às treze e às dezoito horas. Às vezes conversa um pouco comigo também. Até me deixou ter alguns vasinhos com plantas para que eu pudesse gastar meu tempo. Só que hoje ele está atrasado para o jantar. Ele é sempre tão pontual.

Acabo dormindo sem comer. Na manhã seguinte, acordo faminto e espero um bocado sem que ninguém apareça. Bato nas grades, chamo pelo carcereiro, mas ninguém responde. Passa a hora do almoço e já vai fazer quase um dia inteiro que estou sem me alimentar ou beber nada. Seria isso algum castigo? Ou será que se esqueceram de mim? Não é possível.

— Preciso comer alguma coisa! — grito depois de esperar por algumas horas, sem ninguém responder aos meus chamados.

Olho para os vasos no canto da cela e penso que poderia fazer crescer algum alimento neles, porém não tenho sementes de comida. As mudas que plantei não são comestíveis: nebrisco para dormir, rosas para decoração e trepadeiras, pois gosto de brincar com os galhos. Fico observando a muda de trepadeiras e suas gavinhas firmes enroladas em um arame que sai da terra. É, talvez isso funcione.

Pego o vaso da planta e o coloco entre duas barras da grade da cela. Uso toda a energia verde que consigo para fazer as gavinhas crescerem mais, deixando o pequeno arame e passando para as barras. Elas aumentam tanto de tamanho que as raízes arrebentam a cerâmica do vasilhame e penetram o chão de pedra em busca de mais terra. A força com a qual se enrolam na barra de ferro é suficiente para entortar o metal e, logo em seguida, arrancá-lo do teto. Isso me dá espaço para passar espremido entre os galhos e as barras que sobraram.

— Alguém aí? — Olho pelos corredores.

Continuo andando até encontrar minhas coisas, postas em uma sala lateral. Pego a mochila e penduro o Arado no cinto.

O lugar está deserto. Não escuto nada. Grito novamente enquanto subo as escadas para a zona térrea da delegacia paladina. Ninguém está na entrada, nenhum paladino protegendo o lugar. O que está acontecendo aqui?

Saio para a rua e encontro a radial vazia. O sol ainda está se pondo. Era para a cidade estar repleta de gente andando para todos os lados. Vejo alguns veículos parados mais adiante e ando na direção deles. Estão abandonados. Só então percebo alguns cartazes presos nos muros. Todos com a mesma mensagem de alerta, carimbada com a assinatura do Parlamento e com a data de dois dias atrás. Confuso, eu paro diante de um deles e fico aterrorizado com o que leio:

"Povo de Nuanto, pedimos calma e organização para que sigam as instruções deste comunicado. Diversas caravanas partirão para vilas distantes amanhã. Peguem apenas o básico e certifiquem-se de que estão levando todos de suas famílias. Não haverá tempo para esperar por ninguém. Infelizmente não é seguro permanecer aqui. As hordas tomaram a cidade.

Atenciosamente,
o Parlamento"

Parte VI

Desgarrados

por Leran Yandel

CAPÍTULO 28

Apenas uma avenida. É isso o que nos separa do mercado, a única possível fonte de comida nessa área. Se não conseguirmos nada ali, não sei o que faremos. Chegar até ele seria fácil se a avenida estivesse vazia. Ou ainda se estivesse cheia de pessoas... vivas. De onde estou, o terraço de um pequeno sobrado, vejo dezenas de crias perambulando de um lado para o outro, reviram latas de lixo, abocanham nacos de carne podre espalhados pelo chão. Já não sei se só devoram coisas vivas ou se passaram a comer pedaços de seus próprios corpos. É nojento demais.

— Algum plano? — Luana pergunta, ao meu lado. Ela se apoia no parapeito do muro, fraca. As veias de seu ombro estão negras e inchadas. A infecção piorou.

— Chamar o mínimo de atenção — respondo. — E isso inclui não controlar energias.

Como os paladinos disseram, essas coisas sentem o movimento das energias e se movem na direção de fontes de controle. A cidade está infestada. Controlar agora traria milhares de crias na nossa direção.

Saímos da cobertura do sobrado e vamos pelas escadas até chegar à saída pelos fundos. Uma viela apertada nos dirige pela lateral da avenida até o último beco que vira para o mercado. Já passa do meio-dia. Estamos famintos.

Na esquina, avisto uma cria andando desengonçada. Faço sinal para Luana se esconder. Me abaixo atrás de algumas latas de lixo e ela entra embaixo de uma escada, do outro lado da viela. Mantenho contato visual com minha irmã e alterno o olhar, de tempos em tempos, para a cria, que abaixa algumas vezes para fuçar no lixo. Lentamente, a criatura vai se aproximando de nós e eu faço sinal para que Luana se prepare. Saco minha espada e espero. Para meu azar, a cria muda sua rota e passa para o outro lado da viela, ficando mais próxima de Luana do que de mim. Faço um novo sinal para que ela não se mova e se esconda, mas ela apenas espera, com olhar determinado. Pronuncio seu nome em voz baixa para mim mesmo, represando minha vontade de gritar para que ela deixe de ser estúpida.

A cria chega a menos de dois metros do esconderijo de Luana e eu saco meu arco para impedi-la. Só não atiro porque minha irmã é mais rápida, apanha sua espada do cinto e golpeia o monstro diversas vezes. Primeiro na jugular com um corte fundo que quase derruba sua cabeça, deixando-a pendurada por pedaços de carne. Depois vem um golpe que perfura a barriga, em seguida corta fora um dos braços para evitar ser agarrada e chuta o peito, derrubando o monstro no chão. Para finalizar, Luana acerta, com um golpe, os dois pés da criatura, garantindo que não se levante mais.

— Sua maluca — falo furioso ao atravessar a viela. No chão, a cria apenas move alguns músculos, incapaz de oferecer qualquer perigo.

— Já disse que posso me defender sozinha — ela esbraveja, ofegante.

Maldita ideia ter deixado uma espada com Luana.

Ela balança a lâmina, retirando o sangue podre do metal e, em seguida, leva a mão ao ombro ferido.

— Você é uma idiota, mesmo. Isso só piora o seu ferimento.

Mas ela me ignora e segue para a esquina na direção do mercado.

[Dias atrás]

É diante de uma cria que estou. Ela foi amarrada na árvore a poucos metros de nós.

— Por que tenho que fazer isso nela? — pergunto, incomodado.

— Porque você aprendeu *isso* para se defender dela.

Olho novamente para o bicho e sinto um arrepio. Ainda me lembro de coisas como essas nos seguindo na Zona do Algodão.

Desde que Gueth foi preso, Tlavi pediu que Minerva me ensinasse sobre o controle da Luz.

— Está esperando o quê?

— Não é perigoso manter essas coisas aqui? — questiono, ainda inquieto na presença da cria. Ela tenta avançar, esticando a corda. Ouço grunhidos agonizantes, raivosos.

— Por isso estamos fora da cidade — Minerva pontua. — E você vai destruí-la. Ela não fará mal a ninguém.

— Usar a Luz no encanto é bem diferente de usá-la para matar essas coisas.

— Para você, o truque é o mesmo. Encante algo e deixe a Luz destruir a energia negra dentro da cria.

— Então preciso de uma das flechas de cobre.

— Você depende muito do cobre, arqueiro.

— Eu aprendi com ele, algum problema?

— Encantadores podem fazer muito mais do que isso. Está subestimando sua habilidade. Tente com isso. — Ela me dá uma pedra.

— Nem é um metal — falo irritado. — É alguma piada?

— Você já aprendeu a controlar a Luz. Precisa aprender a usá-la sem o cobre.

— É impossível!

Cansada de argumentar, Minerva pega uma flecha de cobre da aljava no chão e me entrega.

— Ok. Uma coisa de cada vez — ela diz.

Concentro-me na ponteira e faço a energia luminosa se acumular no cobre rapidamente. Desde as primeiras aulas, eu não tive muita dificuldade em encantar com a Luz. Ainda acho os encantos com gelo muito mais difíceis. E, como agora já os tiro de letra, o expurgo foi um pouco mais fácil. De fato, é muito parecido com a flecha elétrica que uso para paralisar inimigos. A diferença é a mente, que tem de estar purificada, sem que sentimentos ruins atrapalhem. Tive de aprender a limpar meus pensamentos, tirar a preocupação com os outros e focar no objetivo de purificar as trevas. Assim, o expurgo consegue destruir um corpo infectado.

Eu aprendi porque achei a técnica útil, mas, agora, ter que usá-la em uma das crias é algo um pouco diferente. Não tinha a intenção de cruzar com nenhuma delas depois de tudo o que vi na Zona do Algodão. Essa lição que Minerva tenta me passar é, no mínimo, incômoda.

Depois de deixar a ponta pulsando com a força da Luz, espeto a flecha no peito da cria, como se fosse um punhal. O monstro se retorce e, em segundos, evapora diante de nós.

— Satisfeita? — pergunto, enojado com o cheiro de carne queimada.

— Sim — ela responde. — Agora vamos ver como sua irmã está se saindo.

Depois que ajudou Luana com a técnica das barreiras, Ioseth ordenou que uma pequena parte de seus paladinos continuasse com treinamentos voltados a ela. Começaram ensinando novas técnicas de Luz e, da mesma forma como ela surpreendeu seus primeiros mestres no Covil, os paladinos também acharam incrível a facilidade com que aprende.

Luana também exigiu aulas de luta como condição para se dedicar aos ensinamentos da Luz e foi treinada em esgrima. É claro que nos poucos dias de aula ela não aprendeu muita coisa, mas evoluiu o suficiente para ganhar uma espada.

Minha intenção era dar suporte ao treinamento de Luana e depois pensar em algum plano para voltarmos a Acigam. Shaz e suas crias não eram nosso problema. Contudo, a prisão de Gueth nos pegou desprevenidos. Não podíamos partir sem antes resolvermos esse problema.

Enquanto minha irmã treinava, eu tentava, ao lado de Minerva, alguma forma de libertar o Gueth. Tlavi nem sequer interveio. Para falar a verdade, eu mal a vi depois do dia em que ele foi preso. Entre uma e outra burocracia para libertar nosso amigo, Minerva se dedicou a me ensinar o controle da Luz. De quebra, me mostrou um bom ferreiro para reaver minhas flechas de cobre.

Saímos do lugar onde estávamos e vamos para o outro lado do bosque, que fica em uma das saídas de Nuanto. É nesse lugar que Luana treina com outros dois paladinos.

— Como estão indo as coisas? — Minerva pergunta a um deles.

— Alguns avanços — ele responde.

— Melhorei bem com a Luz — Luana afirma. — Mas a força dentro de mim ainda se rebela.

— Deixe-a sair — a paladina fala. — Vou tentar ajudá-la a controlar.

— Tem certeza? — pergunto.

— Sim — ela responde. — Escolhemos esta região para que sua irmã pudesse liberar a energia sem medo de ferir ninguém. No máximo teremos algumas árvores queimadas. Vamos!

Luana olha para mim desconfiada, mas eu aceno com a cabeça, dando a ela um voto de confiança. Ela então se concentra e deixa seus olhos se acenderem na cor púrpura. A energia se expande ao redor de seu corpo enquanto Minerva instrui com palavras para que Luana controle o poder. A paladina também usa sua própria energia em forma de aura para conter a da minha irmã.

Parece estar indo tudo bem. Continuo assistindo ao treino até ficar tonto por causa de um leve desconforto na cabeça. Resolvo me sentar no chão. É como se alguém estivesse dentro da minha mente, me observando. Uma sensação estranha, parecida com a que tive na Zona do Algodão, antes de os caçadores chegarem ao quarto em que eu estava. Naquele dia, pensei ter sido um sintoma da marca que Balko tinha colocado em mim, mas, depois de sua morte, essa sensação não faz mais sentido.

Paro de prestar atenção no treino de Luana, me levanto e vou caminhar entre as árvores do bosque. Minha mente continua estranha e, quanto mais eu me afasto da cidade, mais a impressão me incomoda. Logo vem uma dor forte e então fecho os olhos.

Quando os abro novamente, estou enxergando outro lugar. Tem árvores também, parece o mesmo bosque, mas outra parte dele. Eu enxergo pelos olhos de outra pessoa. Não controlo o corpo, apenas vejo o que ela vê. Mais árvores, chão de terra, o céu. A pessoa anda com dificuldades e alterna seu olhar para diversos lugares, sem foco. Ela apoia a mão em um tronco e posso ver um braço ferido, repleto de cortes e sangue. Parece de um homem. Em seguida, vejo as botas e os passos falhos enquanto ele olha para baixo. Continua andando até o final do bosque. É uma cor roxa que chama sua atenção. Ele segue reto e se encosta em outra árvore. Ouço alguns gemidos e logo enxergo a fonte que o chamou ali. É Luana treinando seu controle.

O laço psíquico se rompe e volto para meu corpo. Olho, confuso, ao meu redor e não vejo nada de diferente. Mas a imagem de alguém encarando minha irmã não me sai da cabeça. Corro de volta à cidade e me deparo com um horror: dezenas de crias saem do outro lado do bosque e seguem na direção de Nuanto. Minerva e Luana já pararam o treinamento e agora atacam as criaturas para mantê-las longe.

Ouço um dos paladinos chamar os monstros de desgarrados. É o termo usado para as crias que não estão a mando Shaz. Elas apenas vagam por Sonatri, mudando de direção quando têm sua atenção atraída. Será que foi a energia de Luana que os atiçou? Que os trouxe para cá?

Nossa opção é correr para dentro da cidade. Uso minhas flechas para incendiar algumas crias e mantê-las afastadas, nos dando tempo para fugir. As defesas paladinas não estavam preparadas para tantas crias. São milhares delas. Todos são pegos de surpresa. Em poucos minutos, diversas ruas da região noroeste de Nuanto ficam infestadas de monstros. Enquanto corro com Luana e Minerva, vejo pessoas inocentes serem atacadas. Muitas mortes sem motivo, uma tragédia totalmente inesperada.

Veículos capotam, bondes batem. Pessoas gritam e se escondem. Cada uma que morre dá lugar a um novo desgarrado em poucos minutos. Não tem como parar isso.

Logo a dor de cabeça se repete e sou levado a enxergar pelos olhos do estranho outra vez. Ele anda por um beco, chuta algumas latas de lixo e chega à avenida. Com passos lentos, ele caminha alguns metros e logo avista seu verdadeiro alvo: alguém parado, imóvel em meio à multidão que foge. Sinto sua boca salivar. Ele então corre.

Sua presa é um rapaz loiro que está de costas. Ao lado dele, sua irmã tenta fazê-lo se mexer, sair de um estado de transe. Sou eu, ali. Ou, pelo menos, o meu corpo. Quando Luana nota o ser se aproximando, ela me deixa e vem na direção do estranho. Saca a espada e lhe acerta um corte na face. Ele se defende de outros golpes e contra-ataca com as unhas, oferecendo um arranhão fundo no ombro dela.

Luana deixa sua arma cair e é derrubada no chão. Através da visão do estranho, posso ver os olhos assustados da minha irmã, sem saber o que fazer. Vê-la assim me tira do transe. Volto ao meu corpo e rapidamente saco uma flecha, acendo a ponta de cobre com energia luminosa e disparo no peito do inimigo. Antes do encanto de expurgo fazer efeito, consigo ver com clareza de quem se trata. O grande casaco marrom, agora rasgado, os olhos pequenos e desconfiados, os restos do lenço vermelho no pescoço. É Balko. Revivido pela terrível infecção das trevas.

Em poucos segundos, minha flecha libera a energia armazenada e o corpo do caçador se desfaz diante de nós. Só então sinto minha mente se aliviar. A presença estranha não está mais nela. Finalmente a marca se quebrou.

No início, pensei que fosse a energia de Luana que trouxe as crias até aqui, Mas elas vieram seguindo o caçador. E o caçador apenas seguiu sua presa. Presa esta que continuou ligada a ele mesmo depois de sua morte. A culpa não é de Luana...

A culpa é minha.

— Coma isto — ofereço um pacote de biscoitos a Luana.

Faminta, ela devora tudo sem hesitar. Como um pouco também e encho a mochila com tudo o que posso. Agora que estamos alimentados e abastecidos com suprimentos, é hora de voltarmos ao objetivo principal.

— Vamos? — pergunto.

Luana coloca a mão sobre o ombro e acena com a cabeça antes de se levantar.

Aquele caçador infeliz. Mesmo morto, conseguiu ferrar com nossa vida. Jamais imaginei que a marca continuaria funcionando. Se bem que Tohul havia falado sobre o efeito dessa técnica de caça: "só cessa quando a presa morrer". Como ia saber que ela continuaria ativa e que Balko viria atrás de mim naquele estado? O pior de tudo foi ele ter trazido outras crias para Nuanto. Segundo Minerva, essa é a explicação mais plausível, já que o general de Shaz não atacou a cidade.

Seguimos pelos fundos do mercado até a saída na parte mais distante da avenida principal. Andar por ruas muito abertas pode ser suicídio. As vielas acabam sendo uma opção mais discreta.

— Acha que estamos longe? — Luana questiona ao se apoiar em um muro. Ela está cansada, a infecção tira boa parte de sua energia.

— Mais quatro ou cinco quarteirões, no máximo.

Logo que Luana foi ferida, a primeira pessoa que procuramos foi Tlavi. Sabíamos que aquela infecção destruiria minha irmã. A única pessoa capaz de ajudá-la era a Estrela da Cura. O fato de a Mestra Paladina ter sobrevivido a um ferimento semelhante aumentava ainda mais as minhas esperanças.

Devido ao caos na cidade, Tlavi teve pouco tempo de examinar Luana. Ela conseguiu conter o avanço da infecção, mas não curá-la. Minha irmã certamente já estaria morta se não fosse por ela. Porém, apenas adiamos o pior. Acredito que, por também ser uma Estrela, Luana consegue combater a energia negra da infecção, mas não foi capaz de pará-la por completo.

Contudo, desde que nos misturamos às crias no meio de Nuanto, o ferimento dela tem piorado. É como se a energia negra dentro desses monstros aumentasse a força da infecção. Ela aguenta como pode e isso me devasta.

— Eu te ajudo — digo ao segurar sua mão.

— Estou bem. — Ela rejeita meu auxílio e segue na frente.

Após mais alguns segundos de caminhada, ouço gemidos e fico atento. Luana também percebe algo estranho. Mais à frente está outra cria abaixada. É uma mulher, ou era uma mulher. Ela tenta pegar algo debaixo de uma escada de alvenaria. Ali é a entrada de várias casas, todas com portas de madeira no alto dos degraus.

Continuamos nos aproximando devagar até que escuto um miado. No escuro, em um vão embaixo da escada, percebo um gato, acuado pela mulher infectada. Luana saca a espada e vai ao auxílio do bichano.

— Ei, coisa feia — ela provoca a cria.

Ao notar Luana, ela se levanta desajeitada e geme furiosa antes de avançar sobre minha irmã. Luana desvia de uma tentativa de arranhão e decepa o braço da mulher com um golpe rápido, depois finca a espada no queixo da cria, fazendo a ponta da arma sair pelo alto do crânio. Assim que retira a lâmina, o corpo da criatura cai mole, tendo alguns tremeliques no chão.

— Pronto, pode sair — Luana diz ao se abaixar para ver o gatinho.

Assustado, o animal passa correndo ao lado dela e desaparece no final da rua. Luana sorri e faz um sinal para mim, logo após se senta na escada, cansada pela luta.

— Você tem que parar de fazer isso — chamo sua atenção, ao chegar mais perto.

Fico apreensivo ao ouvir o som da porta, no alto da escada, se abrir. Olho para lá e já disparo uma flecha certeira no peito de uma das crias que saem pela passagem.

— Sai daí! — alerto e preparo um segundo disparo.

São muitos. Tiveram sua atenção chamada pela luta de Luana na frente da casa. Minha irmã tenta se afastar da escada, mas é agarrada por outra cria, que passou por cima da que eu acertei. Lua dá um chute na perna do monstro e se solta ao desferir um golpe de espada.

Atiro mais flechas e afasto os que tentam alcançá-la. Meu último tiro atravessa a testa de um desgarrado e se fixa na madeira da porta, mantendo-o preso. Porém, os disparos sem encantos são praticamente inúteis contra eles. Opto pela espada e corro até Luana. Acerto duas crias com golpes rápidos. Em uma delas bato com o limbo do arco e na outra com a espada.

Lua derruba mais uma e é cercada. Poderia ajudá-la se não tivesse sido agarrado por outra criatura, que praticamente se pendura em minhas costas. Uso o arco para evitar ser mordido e mantenho a boca do monstro longe do meu pescoço. Dou alguns passos para trás, tento fazer com que ele se solte de mim, mas só consigo quando me jogo em um muro. A cria cai atordoada e, antes de se levantar, corto sua cabeça com a espada.

Volto minha atenção para Luana e tenho tempo de vê-la se defender de mais dois desgarrados à sua frente, porém ela não consegue evitar um terceiro que a puxa e prepara uma dentada fatal.

— LUANA!

Meu grito se mistura com os grunhidos das crias e ainda com o som característico de uma lâmina cortando o ar. Um disco sai da esquina no final da viela e acerta em cheio a cabeça do desgarrado que estava prestes a atacar minha irmã. A arma fica presa no crânio da criatura, fazendo-a cair desorientada. Em seguida, o pescoço dos outros dois monstros é partido pelo segundo disco, que se finca no muro de tijolos velhos.

Luana se vira para a esquina e respira aliviada ao ver Keon se aproximando.

— Obrigado — ela diz, com a cabeça baixa.

O mentalista se abaixa para reaver o disco preso na cabeça da cria, que ainda se mexe no chão.

— Você demorou — falo assim que os alcanço.

— Está cheio deles lá na frente. Fiquei cercado.

— Achou a delegacia, pelo menos? — pergunto, meio mal-educado.

— Sim. Uns trezentos metros mais à frente, na avenida — ele responde enquanto pega o outro disco da parede.

— E dá para passar pela rua? — agora é Luana quem pergunta.

— De forma alguma.

— Então como vamos chegar até lá?

Keon olha para a porta de onde saíram as crias e aponta para o prédio, logo direciona seu dedo para o alto, na laje superior da construção.

— Por cima — responde.

Entrefecho os olhos pensando na ousadia do plano, mas devo concordar: é a melhor opção. Os prédios são próximos uns dos outros. Dará para saltar ao telhado seguinte e então ao outro, até ficarmos perto o suficiente do nosso objetivo.

Aceno com a cabeça e Keon segue na direção da porta. Luana olha mais uma vez para a cria que quase a matou. Observa o monstro gemer enquanto movimenta lentamente os braços e, antes de nos seguir, chuta a cara dele com força, se certificando de que ele ficará ali para sempre.

CAPÍTULO 29

A casa está vazia agora. Passamos pela sala, pela cozinha e logo encontramos uma escada de madeira que dá acesso ao segundo andar. Keon segue sempre à frente. Sua telepatia, por pior que seja, é o suficiente para sentir a presença das mentes atormentadas que as crias possuem. De acordo com ele, mesmo estando mortas, elas emitem uma baixa, porém constante, frequência mental. Algo suficiente para ser percebido; mesmo por telepatas pouco habilidosos.

— Esperem aqui — ele diz diante da entrada de um cômodo.

Keon adentra sozinho o quarto e escutamos o som consecutivo de seu disco cortando carne podre. Ele volta sacudindo a arma para tirar o sangue.

— Podem vir.

Entramos.

— É incrível como conseguem feder tanto — Luana fala ao tapar o nariz.

Esse cheiro é realmente insuportável. O quarto está com as janelas fechadas, o que ajuda a prender o fedor aqui dentro. No chão estão dois corpos mutilados, mal se mexem.

Passamos por eles, mas Keon fica olhando, ouvindo-os.

— É deprimente deixá-los assim — ele fala.

Concordo. O correto seria expurgar a energia negra que mantém seus corpos vivos, mas isso chamaria atenção de mais crias. Um risco que não podemos correr. Nossa opção é sempre ferir drasticamente seus corpos, para que não ofereçam perigo.

O fato de não podermos controlar está atrapalhando bastante. Keon abriu mão da telecinesia e usa seus discos com as mãos mesmo, arremessando-os ou simplesmente como lâminas de combate corpo a corpo. Sem manipular energia, tanto as gemas em suas luvas como os filetes dos discos ficam apagados. A única coisa que consegue controlar sem alertar as crias é a telepatia. Afinal, sem ela não teríamos chegado nem perto de onde estamos. Sua ajuda foi fundamental desde que deixamos o grupo de Minerva e voltamos para buscar Gueth.

Para falar a verdade, não sei ao certo como ele se juntou a nós. Após o ataque dos desgarrados, tudo aconteceu muito rápido. Minha irmã infectada, Ioseth guiando caravanas de sobreviventes para fora da cidade, Gueth abandonado em uma cela de delegacia. Quando me dei conta, o mentalista era o único voluntário para voltar conosco. Não que eu goste de sua companhia, ou confie 100% nele, mas preferi não implicar. Infelizmente, ele é muito necessário se quisermos encontrar Gueth.

Passamos pelo quarto até outro cômodo que contém uma escada para o sótão. É por ele que alcançamos o telhado e a laje do prédio.

— Parecia mais perto lá de baixo. — Luana se refere à distância entre um prédio e o outro.

O pior é que o espaço para pegar impulso é bem limitado por causa da abóbada de telhas que ocupa grande parte da laje. Não será fácil pular até o próximo telhado.

Keon vai até a beirada e olha para baixo. Paro ao seu lado e vejo algumas crias andando na rua. Muitas outras estão na radial, mais à frente. Nenhuma nos notou aqui em cima... ainda.

— Aquilo vai servir. — Ele aponta para um monte de entulho jogado próximo ao muro da casa, lá embaixo.

— O que vai fazer? — pergunto, desconfiado.

— Uma ponte.

Antes que eu questionasse novamente, Keon estende seus braços, abre as mãos e deixa as pedras azuis de suas luvas se acenderem. Olhando na direção do entulho, ele faz com que uma grande tábua se solte do meio dos tijolos e a levita até nós. Sua manipulação atiça as crias da rua, que começam a gritar e gemer enquanto olham para cima e arranham a parede na tentativa de subir até aqui.

— Agora elas sabem de nós. Você bebeu? — pergunto, dando-lhe um empurrão.

— É a única forma de passarmos — ele fala enquanto continua movimentando o pedaço de madeira. — Estamos seguros aqui em cima.

A tábua não é comprida o suficiente para atravessar até o outro lado, mas Keon a deixa flutuando entre um prédio e o outro.

— Podem ir — ele diz. — Um de cada vez.

Encaro-o com raiva e vou primeiro. O passo para alcançar a tábua tem que ser largo e ao mesmo tempo cuidadoso. Evito colocar todo o peso na madeira de uma só vez. Preciso ter certeza de que ela está firme. Quando levo o corpo inteiro para cima dela, a tábua abaixa um pouco. Keon se esforça para mantê-la no lugar.

— Vai logo! — ele fala com os dentes cerrados.

Mais três passos e alcanço o outro lado. Agora é a vez de Luana. As crias lá embaixo estão atentas. Atravessam a rua acompanhando Luana na tábua. Dou a mão para ela e a puxo para esse lado. Keon repete nosso feito. Ele cruza a ponte com os braços abertos, andando e mantendo a passagem estável. Quando termina, faz a tábua vir para suas mãos.

— Não foi tão difícil — ele fala.

— É — digo, sério.

Mas minha expressão muda assim que olho para a radial. O número de crias triplicou lá embaixo. Todas encaram o telhado do prédio onde estamos, nos buscam, nos querem.

— Agora temos que continuar — Keon diz ao perceber as crias também. Ele aponta para o próximo prédio. — Aquela já é a delegacia.

A tábua vai parar, mais uma vez, entre um prédio e outro. Eu observo assustado o número de desgarrados aumentando. Eles vêm das esquinas, saem das casas, surgem de todos os lugares. Já são centenas.

— Rápido — Keon nos acelera.

Repetimos a passagem e todos alcançam o topo da delegacia. Keon corre para a porta e nos manda esperar aqui em cima. Se houver crias na delegacia, ele poderá sentir. Também será capaz de identificar Gueth. Com Luana nesse estado, é realmente melhor esperarmos até ele voltar.

— Você está bem? — pergunto a Luana após Keon descer.

— Nunca estive melhor — ela responde com ignorância e se senta no chão.

— Não sei por que você está agindo assim desde que cheguei a Nuanto. — Chateado, eu me sento ao lado dela.

Nossa conversa tem como trilha sonora os gemidos das crias que andam agitadas pelas ruas, abaixo de nós.

— É porque estou cansada de ser tratada como criança por você — ela diz, irritada. — Todos acham que eu estou pronta.

— Quem acha? Ioseth? Só porque você tem esse amuleto no pescoço?

— Gueth também me trata como uma mulher, e não como uma criança. Ele respeita o que eu falo.

— Ahh, então é por isso que fez tanta questão de virmos atrás dele? — falo bravo e cruzo os braços.

— Não seja idiota, Leran. Ele é nosso amigo. Passou maus bocados para salvar o seu traseiro e te trazer para cá. E ele foi preso por causa disso, seu ignorante!

— É, mas ele não respeitou o que você disse quando te deixou apagada o dia inteiro dentro do apartamento.

— Aquilo foi pra cumprir a promessa que *você* o fez fazer — ela exclama, ainda mais furiosa. — Você é o único que insiste em me tratar como uma incapaz. O único!

— Insisto porque sou a pessoa que mais se importa com você nessa porcaria de mundo! — grito, cansado de ter que me explicar. — A mamãe está a milhares de quilômetros daqui e nem sabemos se ela está bem, se está viva. Você é a única pessoa que me resta, será que não entende?!

É bastante difícil para eu admitir essas coisas. A frase sai com uma voz chorosa, que também comove Luana.

— Não sei o que faria se também te perdesse, Lua.

Um silêncio momentâneo paira, apenas cortado pelos ruídos de agonia dos desgarrados. Após ver algumas lágrimas escorrerem dos meus olhos, Luana fala mais calma e se levanta:

— Do jeito que está agindo, Le, já está me perdendo.

Sua frase me acerta como um murro no nariz. Fico quieto, abraçado aos joelhos e com o rosto nos braços.

Talvez minhas decisões para protegê-la realmente foram erradas. Talvez o que ela precisava desde o começo era de espaço para usar seu próprio poder, para proteger a si mesma. E é isso que ela quer provar agora. Mesmo ferida, quis buscar Gueth. Mesmo ferida, faz questão de enfrentar as crias. Meu papel como guardião realmente acabou. Preciso encarar isso.

— Ele não está aqui. — Keon aparece, dando a notícia. Ao passar pela porta, ele a trava com um pedaço de metal.

— Como? — Luana duvida. — Você foi até a cela?

— Sim, ele escapou. A grade estava quebrada.

— E agora? — ela pergunta desorientada.

— É melhor irmos embora — Keon responde. — A delegacia está repleta de crias — ele fala e logo a porta começa a sacudir.

— Você deixou que eles te vissem? — pergunto assustado e me levanto.

— Não tive escolha.

— Será que o Gueth foi pego? — Luana se desespera. — Não vamos voltar sem ele.

— Não temos escolha agora, Luana.

Busco na mochila pelo comunicador que Minerva me deu e tento usá-lo:

— Alguém na escuta?

Ouço apenas chiados.

— Estamos longe demais da praça — Keon fala.

— Não vamos voltar sem ele! — Luana se impõe.

— E quer procurar no meio de todas essas coisas? — novamente me irrito com ela.

— Temos até o pôr do sol para voltar ao centro, Luana — Keon lembra.

— Menos de três horas, você quer dizer — completo.

Esse foi o prazo dado por Minerva. Segundo ela, Minau Montesco, o regente de Tênus, ofereceu um de seus dirigíveis para levar os sobreviventes de Nuanto para um lugar seguro. Essa seria a última chance dos que ficaram. A partida estava marcada para o pôr do sol de hoje. Minerva prometeu nos esperar, mas não vai conseguir segurar a aeronave por muito mais tempo do que o combinado.

— Eu não vou voltar sem o Gueth — Luana insiste.

— Nem sabemos se ele ainda está vivo — tento ser sensato.

— Ele iria procurar até ter certeza se fosse você o desaparecido!

— Podemos ter essa discussão em outro lugar? — Keon se intromete e aponta para a porta que ainda é forçada pelas crias, do outro lado. — Aqui não é seguro.

Luana abaixa a cabeça e concorda. O mentalista novamente levanta a tábua e a coloca entre os dois prédios.

Passo pela madeira e Luana vai em seguida. O controle de Keon atiça ainda mais as crias da rua. São tantas nos olhando que isso começa a me incomodar. Seus corpos exalam muita energia das trevas. O ar fica pesado, nos enfraquece.

Luana dá um gemido e leva a mão ao ombro. De alguma forma, essa energia também piora seu ferimento. Ela sente tontura e, no meio da travessia, pisa em falso, caindo. Salto debruçado na beirada do prédio e consigo agarrá-la pelo braço. Com o susto, Keon larga a tábua sobre crias agitadas com a chance de morder minha irmã. Elas sobem umas nas outras e tentam alcançar os pés de Luana, que ainda pende a alguns metros dos monstros.

— Ajuda aqui! — berro, fazendo de tudo para segurá-la. Ela está fraca, quase inconsciente. Não faz esforço nenhum para subir.

Keon agora se concentra no corpo de Luana e usa a telecinesia para levantá-la. Atrás dele, a trava da porta que dá acesso ao interior da delegacia se desprende e uma dúzia de crias aparece no telhado.

— Vai, vai! — alerto para que ele a levante logo.

Com esforço, Keon ergue os braços e eleva Luana. Finalmente consigo puxá-la para cima da laje. O mentalista se vira e dá de cara com a primeira cria. Ela o agarra. Keon tenta se soltar, acerta uma joelhada no estômago do monstro e evita ser mordido. Busca seus discos e os faz flutuar, cortando pedaços dos desgarrados.

Para ajudá-lo, após repousar Luana no chão, saco o arco e disparo uma poderosa flecha de expurgo até o peito de uma das criaturas. A luz liberada pelo encanto é tão forte que desintegra cinco delas, dando espaço para Keon se afastar e saltar para esse lado. Ele cai na quina da laje e teria perdido o equilíbrio para trás se não fosse minha mão o segurando pela gola da armadura.

— Obrigado — ele fala após se recompor.

— De nada — respondo sério e logo volto minha atenção para Luana. Ela está em transe. Os olhos estão abertos e revirados.

Muitas crias andam no outro telhado e algumas despencam na tentativa de nos alcançar desse lado. As ruas ficaram mais cheias. Não poderemos descer assim.

— Temos que sair daqui de cima — Keon fala.

Mas eu não presto atenção nele. Foco em Luana, chamo seu nome e chacoalho sua cabeça. Nada adianta.

— Me escuta, por favor — falo com lágrimas nos olhos. — Você vai sair dessa.

Sua testa está ardendo em febre. As veias negras no ombro e no pescoço pulsam. Ela começa a tremer e falar coisas sem sentido.

— Está tendo uma convulsão! — grito para Keon, esperando que ele ajude de alguma forma.

— Shaz... — ela sussurra e seus olhos se acendem com a cor púrpura da energia que controla.

— Luana, Luana? — falo e a abraço. É a única coisa que posso fazer.

— SHAZ! — ela grita e retribui meu abraço, me apertando com força. É como se ela se segurasse em algo para não ser levada.

A energia de Luana se espalha pelo alto do prédio, me envolve por completo. Sinto calor. Meu corpo dói. É forte demais. Tento resistir, mas acabo fechando os olhos, perdendo a consciência com ela.

— O que foi isso? — pergunto e olho ao meu redor.

Mas não estou mais no topo do prédio em Nuanto. Este é um lugar escuro, nebuloso, porém familiar. Já estive aqui antes. Foi quando Luana teve aquele pesadelo lá no Polo Terra. Logo sinto o mesmo medo que tive naquele dia. Ao meu redor estão os tronos de pedra e, em um deles, se senta a figura relampejante da Rainha Nagisa. Outro assento está ocupado do lado oposto a Nagisa. Lá está a criatura fantasmagórica formada de névoa e ossos, cujo olhar negro marcou minha memória. Será que foi por isso que eu o vi antes? Ele só pode ser o senhor da morte, Shaz! Sinto a força das trevas que ele exala.

Só então noto Luana em pé ao meu lado. Ela não está normal. Também brilha com sua energia, translúcida como os demais espectros da sala. O que significa isso?

— Shaz — ela fala. Sua voz sai diferente, ecoando grave no ar.

— Luana — tento chamar sua atenção, mas ela não escuta. É como se eu não estivesse aqui.

Ignorando minha presença, o espectro sombrio responde:

— Você veio.

— Te disse que não poderia escapar — agora é a rainha que fala. Sua voz forte sai como o barulho de trovões.

— Você não foi capaz de me matar, Nagisa — Luana enfrenta.

— Como ousa? — a rainha se enfurece, mas logo é cortada pelo ser de energia negra.

— O destino é muito engraçado, não é? — ele fala. Sua voz ecoa pela sala, como se viesse de todos os lados.

Luana permanece ereta, encarando os seres.

— A Estrela Trovão realmente falhou em exterminar você.

O espectro de Nagisa solta um suspiro, desgostoso.

— Mas você... — Ele encara Luana com seus olhos negros e infinitos. — Você cruzou o continente e acabou caindo em minhas mãos. Talvez a primeira opção tivesse sido menos dolorosa, criança.

O espectro das trevas ri antes de continuar, irônico:

— A infecção machuca, não é mesmo?

— Ela não vai me vencer — Luana responde, corajosa.

O senhor da morte se levanta e seus olhos fundos ganham um brilho branco. Luana se encolhe como se sentisse dor e a intensidade da luz de seu espectro diminui.

— Desgraçado! — berro, tentando chamar sua atenção. Porém continuo invisível a eles.

— Meu poder é milhões de vezes maior que o seu, menina Estrela. É uma questão de tempo. Logo se juntará às minhas crias.

— Isso não vai acontecer! — Luana grita, se erguendo novamente. Sinto seu poder mais forte do que nunca. Ela enfrenta Shaz com coragem e a luz púrpura toma a sala, ofuscando a todos, inclusive a mim.

Consigo abrir os olhos quando a energia diminui e me surpreendo ao enxergar novamente o alto dos prédios de Nuanto. Keon está na minha frente, preocupado.

— O que aconteceu? — ele pergunta.

Eu não respondo. Apenas observo Luana se desvencilhar do meu abraço e ficar em pé, ainda segurando o ombro ferido. A infecção recuou um pouco. As veias negras diminuíram. Mas seus olhos continuam acesos com a cor púrpura.

As crias permanecem agitadas em cima do outro prédio. Luana olha para elas e a agitação diminui. Todos os desgarrados param de se mover, ficam parados, eretos, olhando de volta para minha irmã. Aos poucos, os seres da rua também se acalmam. Todos eles estão fitando Luana.

— Shaz não vai me vencer — ela diz. Sua voz ainda está grave, como na sala nebulosa de agora há pouco.

Ela vai até a beirada do prédio, deixando eu e Keon sem reação. De lá, olha para a legião de crias e dá uma simples ordem:

— Matem uns aos outros!

O que acontece a seguir me deixa abismado. Meus olhos se arregalam ao ver as crias acatarem suas palavras. Elas se atacam, mordem, batem, pegam o que está ao alcance e usam como armas. Entram em uma verdadeira guerra à nossa volta. Luana permanece em pé, admirando seu desejo ser cumprido. Não consigo acreditar no que vejo. Keon está no mesmo estado. Para onde eu olho, avisto crias se mutilando. É horrível e ao mesmo tempo um alívio.

Quando acaba, sobram apenas cadáveres destruídos, muito sangue e um sorriso sádico no rosto de Luana.

Capítulo 30

— Luana — chamo ao sacudi-la. — Luana!

Ela balança a cabeça e sai do transe.

— O que você fez?

Luana olha ao redor e toma conhecimento do estrago.

— Eu? — pergunta. Demora a entender, mas logo cai em si. Sabe que foi a responsável.

O que está acontecendo com ela? Enquanto assistia às crias se despedaçando, sua expressão era assustadora. Como se aquilo tudo lhe desse prazer. Seria a infecção que a fez ficar assim? Não, Luana estava furiosa, queria vencer Shaz a todo custo. É como se sua energia tomasse o controle do corpo para realizar seus desejos mais profundos. Aconteceu em Acigam quando ela destruiu seu quarto; no Polo Terra, ao enfrentar Kamu; em Mabra quando tentou matar os caçadores e agora, após ser desafiada por Shaz.

Esse poder todo está ficando perigoso. Talvez fosse isso que o Senhor das Areias falava ao pedir que eu a mantivesse no rumo certo.

As Estrelas têm um papel importante no mundo, porém Luana está se afastando de mim, está se tornando uma pessoa diferente, assim como Tlavi fez. Será que o meu destino é o mesmo do de Gueth? Pensar nisso me assusta.

— Você está bem? — Keon pergunta ao se aproximar de minha irmã.

— Acho que sim — ela responde e movimenta o ombro ferido, fazendo círculos com o braço. A infecção parece não incomodar tanto quanto antes. — Controlei as trevas, não foi?

— Não sei, mas foi assustador — Keon responde, meio sem graça.

— Está tudo bem — digo ao envolvê-la em meu braço. — Você nos salvou. Agora poderemos descer daqui.

— Vamos achar o Gueth — ela diz com indiferença e se livra do meu carinho.

Descemos pela porta que dá acesso ao terraço do prédio. No caminho estão algumas crias destruídas. Também foram afetadas pelo que Luana fez. Passamos por um apartamento e depois pelas escadas internas, até alcançarmos a rua.

Os primeiros passos são feitos com cuidado, tentando desviar os pés das poças de sangue e restos de cadáveres. Alguns ainda se mexem, mas estão em um estado tão deplorável que passam longe de ser qualquer tipo de ameaça. Os poucos que restam mais inteiros são facilmente exterminados por Keon e eu.

Muitas crias parecem ter destruído a si mesmas. A ordem de Luana foi clara. Um exemplo apavorante de controle das energias negras. Para todo lado que olho, vejo corpos. O efeito das palavras de minha irmã atingiu um raio gigantesco. São quarteirões repletos de restos de crias. O cheiro traz náuseas a qualquer um.

— Sente algum sinal dele? — Luana pergunta a Keon.

Ele nega com a cabeça.

Agora que as crias dessa região foram destruídas, Gueth pode sair de onde está escondido. Isso, é claro, se ele permaneceu por aqui. Esse é o maior problema de nossa busca. Achávamos que ele continuava preso, mas Gueth pode ter deixado a cela há dias, até já ter saído da cidade.

Estamos, mais uma vez, sem opções. Se ele tivesse saído da prisão e visto a cidade tomada por crias, qual caminho teria seguido? Essa é a pergunta que tentamos desvendar. Para Keon, o mais plausível seria seguir até o centro, para nos encontrar ou ver Tlavi. Já Luana não descarta a possibilidade de ele ter seguido a radial no sentido oposto, visando abandonar Nuanto o mais rápido possível. Minha irmã não quer voltar enquanto não vasculharmos toda a avenida, inclusive os quilômetros que seguem para fora da cidade. Keon acha mais sensato voltarmos ao centro, ficando atentos a qualquer sinal de Gueth.

Eu preciso me posicionar para pôr um fim no impasse. E, apesar de ainda não ir muito com a cara de Keon, sou obrigado a concordar com ele, o que deixa Luana furiosa.

— Se formos na outra direção, não teremos tempo de pegar o dirigível — argumento.

— Mas não temos certeza de que ele foi para o centro.

— Luana! Também não temos certeza de que não foi.

— Nós vamos para o outro lado — ela enfrenta.

— Não, nós não vamos — afirmo enfático. — Sua teimosia não está ajudando!

— Eu sou uma Estrela! Sei o que devemos fazer.

Agora é a gota d'água. Sabia que seu temperamento recente tinha algo a ver com isso. Está se achando só porque recebeu treinamento de Ioseth.

— Você é uma menina mimada, isso sim — falo, sem medir as consequências. — Não estou nem aí se você é uma Estrela, se quer ser dona do próprio nariz e se carrega essa porcaria de farol. Sou seu irmão mais velho, responsável por sua segurança, e você vai fazer o que eu estou mandando!

Minha frase ríspida deixa Keon apreensivo. Luana engole o orgulho e baixa a cabeça. Estou cansado de seus caprichos. Posso ser chato e implicante, mas agora ela passou dos limites.

Seguimos pela radial na direção do centro. Luana não diz uma só palavra, vai à frente, irritada. Keon troca olhares de tempos em tempos comigo, como se não aprovasse minha reação. Eu ignoro. Alguém tem que tomar a liderança dessa joça. Se eu deixar Luana ficar decidindo tudo, vamos acabar morrendo. Principalmente porque tenho certeza de que ela não está pensando direito. Talvez pela infecção, talvez pelas coisas que Ioseth colocou na cabeça dela. Sei lá.

O sol já começa sua descida no horizonte repleto de abóbadas douradas. Nosso caminho está tranquilo, com muitos corpos despedaçados pelo chão, mas nenhuma cria perigosa. Tivemos de derrubar apenas quatro em quase vinte minutos de caminhada.

— Mais um ali — Keon indica o quinto desgarrado inteiro.

Ele estava deitado junto a outros cadáveres, mas é o único capaz de se levantar e oferecer alguma ameaça. Retiro a espada do cinto e me aproximo. A cria está sem um dos braços e não consegue se mover muito bem. Antes que pudesse me atacar, espeto sua testa com a lâmina e chuto seu corpo para trás. Ela cai no chão, tendo pequenos espasmos.

É após vencê-la que algo, em meio aos pedaços de pele e ossos, chama minha atenção. Uso os pés para mover alguns membros podres que estão por cima e identifico uma peça de metal brilhante, refletindo a luz fraca do sol se pondo. Abaixo-me para ver mais de perto e tenho dificuldades para desenterrar o objeto do meio do sangue grudento. Sinto um aperto no peito ao perceber do que se trata.

Quando me levanto, Luana e Keon estão me olhando, apreensivos. Querem saber o que eu achei, mas ao mesmo tempo talvez não queiram. De fato, eu preferia não ter achado isso. Apenas estendo as mãos e ofereço a eles a arma de Gueth, o pequeno bastão de metal que tem o poder de se desdobrar na alabarda nairatiana: o Arado.

— O que é isso? — Luana olha para a peça desacreditada e corre para tirá-la das minhas mãos. — Não é possível!

Ela busca por qualquer outro sinal de Gueth ao nosso redor, desesperada. Chama seu nome, corre até alguns becos, mas não há sinais dele. Luana demora alguns minutos a perceber, se recusa a acreditar. Ela salta sobre o monte de corpos onde achei a arma e cava com as mãos, procurando por Gueth.

— Não, não — fala enquanto arremessa uma perna para trás. Eu apenas observo triste, calado.

Minha irmã se levanta chorando, toda ensanguentada, e me olha buscando ajuda, consolo. Em resposta eu balanço a cabeça. Keon contém um brilho triste nos olhos e só consegue abaixar o rosto quando minha irmã o encara.

Acho que essa era a prova que todos esperavam. Nossa busca acabou. Gueth não conseguiu. E essa é uma conclusão devastadora para todos nós. Mesmo se tivéssemos tempo, seria impossível reconhecer o corpo dele aqui. Deve estar destroçado entre esse monte de crias. É terrível demais, infeliz demais.

Luana se aproxima e eu a abraço, não consigo me conter e choro com ela. Sinto-me mal, muito mal. Há pouco eu pensei em deixá-lo para trás. Agora que tenho a certeza de que está morto, sinto um remorso absurdo.

Gueth nos ajudou, dividiu conosco tantos momentos nas últimas semanas que a certeza de que não o veremos mais machuca. É tão doloroso quanto foi ver a morte do meu avô. Engraçado como nos apegamos fácil às pessoas. Principalmente em uma jornada maluca como essa. Quando parece que todos querem o nosso mal, os poucos que se mostram amigos se tornam parte da família, viram irmãos.

O pior é que, mais uma vez, alguém morre por minha causa. Estava preso porque foi me salvar, foi atacado por crias que, de certa forma, foram trazidas a Nuanto por mim. Quantos ainda vão morrer? Quantos verei cair na minha frente? Não bastaram meu pai, meu avô, Galek e Judra. Isso sem contar inúmeras outras pessoas que não tenho ideia se estão bem: Mael, Boom, Fajon, minha mãe. O que aquela desgraçada da Nagisa está fazendo com eles? O que ela está fazendo com Acigam?

Não, não é minha culpa. É culpa dela. Depois do que presenciei naquela sala, fica claro que Nagisa e Shaz têm uma ligação muito mais forte do que o fato de serem Estrelas. Os malditos estão juntos em algum plano. Querem matar Luana, me matar. Isso se não tiver outras Estrelas envolvidas também. Só vai acabar quando todos eles estiverem mortos. E não vou descansar até que isso aconteça.

Largo Luana e coloco o Arado na minha mochila. É tudo o que sobrou de Gueth. Vou entregar isso a Tlavi. Talvez ela se sinta um pouco pior pela morte do irmão do que se sentiu com a perda do pai.

Luana segue desolada na frente e eu a deixo. Precisa sofrer sozinha, pensar. Ela se apegou muito mais ao lutador do que eu. Desde o começo gostou dele. Ficaram muito próximos em nossa viagem para cá.

Não sei ao certo o que aconteceu enquanto estive na Zona do Algodão e o real motivo de eles terem se afastado, mas sinto que Luana está bastante arrependida. É por isso que queria achá-lo. Talvez tivesse algo a dizer para ele, algo que precisava ser dito antes que fosse tarde demais. Pensando agora, Gueth até seria um bom cunhado.

— Ainda não consigo acreditar — Keon diz, ao chegar perto de mim.

— Ele era um cara legal — falo com a cabeça baixa. — Vou sentir falta.

— Sim. Foi uma das poucas pessoas que se importaram comigo. Se não fosse por ele, talvez ainda fôssemos inimigos, arqueiro.

— E você estaria igual ao seu amigo caçador — falo, irritado com seu comentário.

— Balko tinha muitos defeitos, mas devo minha vida a ele — Keon diz em voz baixa, como se tivesse medo que alguém escutasse.

— Devia — faço pouco caso. — Ele está morto agora.

Andamos mais alguns minutos, em silêncio, mas o mentalista volta à conversa:

— Nunca tive a intenção de ferir você ou sua irmã.

— Uma pena você não ter conseguido evitar, não é mesmo? — falo irônico.

— Estou falando a verdade. Eu fui contra o que Balko e Terandi fizeram.

Cansado da baboseira, eu paro de andar e fico na frente de Keon.

— Tá vendo isto aqui? — Aponto para uma das cicatrizes em meu rosto. Ele acena com a cabeça. — Então pega essas feridas e soma com as costelas quebradas que ainda doem, com os dias debaixo do sol do deserto, com a minha irmã sendo atropelada por um trambolho e com o fato de que vocês queriam nos levar de volta à mulher que tentou nos matar. Para mim, você fez parte de tudo isso — e aponto para sua cara. — Não venha bancar o bonzinho agora.

Keon fica quieto. E eu aprecio o silêncio enquanto voltamos à caminhada. Não é porque estamos juntos que o considero meu amigo. Gueth era meu amigo e, agora que sabemos que está morto, não preciso mais aguentar esse caçador de uma figa.

— Espera, espera — Keon fala, me irritando ainda mais.

— Você tá falando de novo? Já cansei.

— Shhh — ele pede silêncio, me interrompendo. — Escutei algo.

— Vai me mandar ficar quieto, ainda?

— Cala a boca! Já disse que escutei alguma coisa! — Keon me deixa falando sozinho e segue para perto da calçada, onde mais alguns pedaços de crias estão jogados.

— Não estou ouvindo nada.

Ele me ignora e se aproxima de um bueiro, logo abaixo de onde os corpos estão caídos.

— Me ajuda aqui! — grita.

Luana nota a movimentação e volta para onde estamos:

— O que é? — ela pergunta enquanto eu e Keon movemos alguns dos corpos caídos. Um deles ainda move a boca lentamente e tenta me morder. Dou uma espadada em sua cabeça e o mando ficar quieto.

Com o caminho livre, Keon tenta olhar pelas frestas do ralo e logo fala, surpreso:

— Não é possível.

— O quê? — Luana pergunta.

Tento me aproximar para ver o que tem no bueiro, mas Keon não deixa.

— Para trás — ele pede. Me afasto.

O mentalista usa a telecinesia para levantar a pesada peça de ferro que tampa o bueiro e a joga para o lado. Em seguida, se abaixa para olhar o buraco mais de perto. Ao se voltar para nós, ele oferece um sorriso gigantesco.

Corro para lá e coço os olhos para ter certeza do que estou vendo. Quando me certifico, eles se enchem de lágrimas. Mas desta vez é um choro de alívio. Luana para ao meu lado e solta um grito ao ver quem está dentro do buraco.

É Gueth, desmaiado, mas inteiro.

De alguma forma, o filho da mãe conseguiu.

CAPÍTULO 31

— Gueth! — Luana chama, sem sucesso. — Ele está vivo? — ela pergunta em seguida, pegando Keon pelos braços.

— Sim — ele responde. — A mente está em atividade.

— Precisamos tirá-lo dali — digo. Tento enviar os braços pela boca do bueiro para alcançá-lo.

— Você vai cair também — Luana fala.

Mas Keon me ajuda. Ele segura minhas pernas e me desce um pouco mais. Consigo alcançar o rosto de Gueth e dou um tapa para que ele acorde.

— Leran? — ele pergunta após abrir os olhos.

— Consegue se levantar? — questiono. Mas ele está péssimo.

Seguro-o pelos braços e Keon nos puxa, usando tanto a força física quanto a força mental. Seria mais fácil se Gueth não fosse tão pesado. Sou trazido para fora e o nairatiano se debruça sobre os paralelepípedos da rua assim que alcança a boca do bueiro. Fico em pé e o ajudo a sair por completo.

— Como você foi parar aí? — Luana pergunta e logo se lança aos braços dele. Gueth, ainda atordoado, mal retribui, apenas repousa a cabeça no ombro dela.

Suas roupas estão rasgadas, também tem alguns cortes pelo corpo, mas não parecem ter sido feitos pelas crias. Talvez tenha se machucado ao cair no buraco. A aparência do rosto também é terrível: sujo de sangue, com a barba há dias sem fazer e os cabelos todos emaranhados.

— Fui cercado quando tentava alcançar o centro — ele responde com calma, tomando ar lentamente. — Lutei com algumas crias, mas acabei perdendo o Arado. A única saída que tive foi entrar ali e fechar a grade. Depois não consegui mais sair. Eram muitos.

— Como passou sem água? — questiono.

— Tinha um pouco na garrafa da mochila. — Ele aponta para a mala que Keon acaba de tirar do bueiro.

— E comida?

— Essa é a vantagem de sempre andar com os vegetais proteicos — ele sorri.

— Estou vendo. Te fizeram um bem danado — falo irônico. Gueth ri e dá uma tossida na sequência.

O lutador está fraco, mas consegue nos acompanhar, ora apoiado em mim, ora em Keon. Andamos mais alguns minutos enquanto o sol se põe por completo. No caminho, restam algumas lâmpadas da iluminação pública funcionando, o que não deixa a radial tão escura. Também vejo alguns veículos largados no meio da avenida. Enquanto andamos, escuto Luana pedir desculpas para Gueth. Ele aceita, diz que não tem problema. Depois disso seguem sem graça, em silêncio.

Mais alguns quarteirões e finalmente começamos a ver outras crias pela rua. O controle de Luana não afetou essas, que estavam mais longe. A princípio não nos notam. São poucas. Consigo contar oito no escuro da avenida. Mas isso torna nossa volta ao centro muito mais perigosa. Luana está mal e Gueth não consegue andar direito tamanha a fraqueza que sente. Seria apenas eu e Keon para derrubar todas. Sem considerar que uma luta ali pode chamar mais desgarrados, escondidos em vielas e casas.

— Não dá para seguir por aqui — falo e guio o grupo para uma rua lateral, onde paramos.

— Você não consegue fazer de novo? — Keon pergunta a Luana.

Ela apenas o olha com o canto dos olhos e ele entende o recado. É claro que ela não pode. Luana nem sabe como fez aquilo. E prefiro que não faça. A energia negra que controlou a afeta. Não pretendo ver aquele sorriso cruel no rosto da minha irmã nunca mais.

— Qual o plano, então? — Keon indaga, ajeitando o braço de Gueth em seus ombros.

— Estou atrapalhando vocês, né? — o nairatiano fala.

— Nem começa com aquela babaquice de se jogar no chão, ou dou na sua cara.

Keon ri. Gueth ri. E eu também caio na risada. Por mais que tenhamos nossas diferenças, acho que estou me acostumando com esses dois. De alguma forma me lembram o Galek e o Mael. Em Acigam, eu construí uma amizade forte com eles. É inevitável lembrar. Minha risada termina com um grande sorriso arqueado e um olhar distante, buscando os dias que tive ao lado dos bons amigos. O que me chama de volta ao presente é um chiado vindo da mochila: o comunicador!

— Leran, Leran, na escuta? — ouço a voz de Minerva.

— Oi, estou aqui. Achamos ele — digo feliz com o aparelho na mão e olho sorrindo para os outros.

— Que ótimo. Fico aliviada. Mas preciso que se apressem. O Senhor Montesco não pode mais esperar.

— Estamos perto do centro. É que tem algumas crias aqui dificultando a passagem. Chegaremos em breve. Nos espere, por favor.

— Farei o possível — ela diz e desliga. Guardo o comunicador na mochila. Precisamos voltar, depressa.

— O que Montesco está fazendo no dirigível? — Keon questiona, surpreso.

A pergunta faz sentido. Eu achei que o dirigível era para nos levar para longe de Nuanto, em algum lugar seguro. Tudo bem que a aeronave foi disponibilizada por Tênus, mas não vejo sentido em o próprio regente ter vindo a bordo.

— É melhor irmos logo — Luana fala.

— O caminho mais rápido é a radial — Gueth pontua e se solta dos ombros de Keon.

Por dois segundos, todos nos olhamos. É a única saída.

— Toma, isso é seu — falo após retirar a arma nairatiana da mochila.

— Vocês a acharam?

— Sou bom em achar essas coisas.

Gueth agradece e ativa o Arado, fazendo surgir as lâminas em suas pontas. Ele se apoia na arma, ainda debilitado, mas disposto a seguir em frente. Keon pega os discos, Luana e eu desembainhamos as espadas. Nós vamos pelo caminho mais rápido.

Voltamos para a radial e sigo na direção das crias. Acerto a primeira com dois golpes certeiros. Keon pega a segunda pela esquerda. Luana e Gueth dão conta da terceira. Continuamos assim e vamos seguindo pela avenida. Quatro, cinco, seis crias caídas. Mais duas decepadas pela alabarda de Gueth. Contudo, as oito que vi no início eram apenas a entrada. O prato principal é servido na rua aos poucos, vem das esquinas, das casas, das lojas. Dezenas de desgarrados vão caindo ao nosso redor enquanto corremos e acertamos seus corpos apodrecidos. Keon já é obrigado a usar a telecinesia para afastar alguns. Eu disparo algumas flechas de luz. São muitos.

Vamos abrindo caminho na direção do centro. Já vejo os pináculos da Biblioteca e do Santuário da Ordem. Falta pouco, um ou dois quilômetros, talvez.

— Rápido — Luana alerta e usa a mão livre para disparar um poderoso raio de luz que evapora duas crias que chegaram mais perto. Depois lança mais algumas esferas de energia para atrasar outras cinco.

Quanto mais controlamos, mais crias surgem.

— Vamos conseguir! — Keon grita e mutila mais meia dúzia de desgarrados que aparecem na nossa frente.

— Continuem juntos — ordeno.

Enquanto andamos na direção do centro, alternamos quem fica atrás, nos lados e na frente. Nossos golpes vão se coordenando e dão conta dos inimigos mais próximos. Gueth aproveita seu controle das plantas e arremessa algumas sementes para trás, prendendo grande parte das crias que nos seguem. Seus corpos são tão frágeis que as vinhas arrancam membros ao se apertarem.

— É, vamos conseguir. — Já vejo parte dos balões do dirigível entre as cúpulas douradas nos prédios da Praça Áurea.

Mas o que sai de uma das esquinas à nossa frente me faz duvidar seriamente do que eu disse.

— Que porcaria é essa? — falo com os olhos arregalados e mantenho a boca aberta, em choque.

— Caramba — Gueth exclama ao parar do meu lado. A visão é realmente grotesca.

Uma criatura abominável aparece a dois quarteirões diante de nós. Enorme, de três, quatro metros de altura. Imensa como uma vaca bem gorda. E, quanto mais eu olho, mais abismado eu fico. Seu corpo é feito de restos de outros corpos, tudo meio costurado. Sobram-lhe mãos, pernas e braços, que ficam pendurados ao longo da pele necrosada. Ela se locomove devagar, arrastando o corpo no chão como uma lesma gigante. Pelo caminho ficam pedaços de carne e sangue, grudados na rua de pedra devido ao atrito de seu corpo pesado com o chão.

Na cabeça, não tem olhos, nariz ou orelhas, apenas uma bocarra imensa que é alimentada por tudo o que está a sua frente. Com seus membros principais, se é que posso chamá-los de membros, ela leva algumas das crias até a boca. Morde as coitadas arrancando metade do tronco em uma única dentada. Depois joga as pernas fora e lambe a ponta dos tentáculos que lhe servem de braços. O sangue de tudo o que come acaba escorrendo por entre as costuras mal feitas de seu corpo, o que dá um toque especial à bizarrice toda.

Keon e Luana também já estão perplexos ao nosso lado. Ninguém reage.

— É um gargântua — o mentalista fala.

— Gar... o quê? — pergunto ainda com o queixo caído.

— Gargântua — repete. — Foi o nome que os camponeses deram a essas coisas. Várias já foram vistas atacando as vilas. É outra das criaturas de Shaz. Alimentam-se de carne. Qualquer tipo de carne. Quando estão assim, desgarradas, comem até mesmo as crias.

— Como vamos passar? — questiono.

— Por ali não vamos — ele fala, se aproveitando de que o monstro ainda não nos notou, apenas devora mais e mais corpos em seu caminho.

Mas logo uma das crias que estavam nos seguindo consegue passar pelas vinhas de Gueth e Luana usa uma esfera de energia para desintegrá-la. Todos se viram para minha irmã, inclusive o terrível gargântua.

— Ferrou — Gueth solta em um suspiro.

Demonstrando uma velocidade até então impossível para uma criatura com um corpo desses, o gargântua projeta seus grandes tentáculos para a frente e se impulsiona na nossa direção. Com movimentos repetidos, ele corre como um grande gorila e derruba tudo o que está em seu caminho. Enquanto se locomove, vira um bonde, destrói um muro e, quando chega perto de nós, tenta nos acertar com um de seus braços melequentos. Todos saem para direções diferentes. Gueth, ainda muito fraco, entra em um dos becos à direita. Luana e eu conseguimos passar para a esquerda e Keon salta para trás, lançando seus discos na cara do monstro.

As lâminas circulares se enterram na pele abundante da cabeça e ficam presas. Keon tenta soltá-las com a força da telecinesia, mas não consegue. Ele está prestes a ser pego pelo tentáculo quando disparo uma flecha de luz nas costas da criatura. A energia do encanto a machuca, mas não chega perto de ser o suficiente para matá-la. Ainda mais furiosa, ela se vira para mim.

Luana dispara mais raios e nada surte efeito.

— A Luz não está funcionando — ela diz.

— Eu percebi — respondo, sacando outra flecha.

Enquanto o gargântua se aproxima, acerto seu peito com um novo tiro. A seta entra quase inteira na pele flácida e logo o calor do encanto brota entre as costuras. Antes de a besta nos alcançar, minha flecha explode e leva com ela metade da carne podre da criatura. Protejo o rosto do jato de sangue e me desvio do corpo desfalecido que cai entre Luana e eu.

— Nada como o bom e velho explosivo — digo.

Luana sai de perto do bicho e vai até Keon, que recupera seus discos, caídos na rua após a explosão. Dou uma última olhada no estrago que minha flecha fez e me afasto da criatura.

— Até que foi fácil — falo me gabando diante dos três. Mas a expressão deles me faz rever a frase.

Volto os olhos para o gargântua e lá está ele, se levantando. Usa o tentáculo que lhe resta inteiro para arrastar até a boca o máximo de carne que consegue. Come mais crias que estavam caídas ali perto, ingere até pedaços que eram de seu próprio corpo. Quanto mais carne põe para dentro, mais pele surge no local onde minha flecha explodiu.

— O desgraçado está se regenerando — diz Gueth, novamente impressionado.

— Disso eu não sabia — Keon também demonstra surpresa.

Tento outra flecha, mas ela não surte efeito. Em menos de um minuto, a criatura se reergue diante de nós. Sua boca está babando sangue, os dentes enormes estão à mostra. Parece furiosa.

Keon não a espera atacar. Faz os discos voarem em cortes rasantes pela pele do monstro, abrindo grandes feridas em seu peito e cabeça. Com os tentáculos, o gargântua tenta acertar as armas do mentalista, como se fossem insetos chatos, vaga-lumes azuis. Luana ajuda com mais raios e esferas de energia, mas nada parece ser o suficiente.

— Melhor correr daqui — falo.

— Se formos para o centro com isso atrás de nós, é bem capaz que ele derrube o dirigível. — Keon permanece movimentando os braços. — Colocaremos a vida de todos em risco.

Ele tem razão. Temos que destruir esse bicho agora. Olho para todos os lados e busco algo que possa nos ajudar. Vejo uma das lâmpadas da rua piscando fraco, certamente devido à falta de energia que corre pelos filamentos dos postes. Desde que a cidade foi evacuada, muita coisa deixou de funcionar corretamente.

Mas olhar para ela também faz com que uma luz se acenda em minha mente. Para funcionarem, as lâmpadas precisam de energia. Energia esta que corre pelos filamentos espalhados pela cidade. E esses filamentos têm que ser feitos de um material condutor, que facilite a transmissão, muito provavelmente COBRE!

— Keon — grito e aponto para a fiação dos postes. Ele olha e me retribui com um sorriso maroto. Ele entendeu.

— Consegue segurá-lo por alguns segundos, Gueth? — pergunto.

— Estou meio fraco, mas não sou um inútil — ele responde e logo levanta a alabarda de seu pai. Com um golpe, Gueth acerta o chão e o arado rasga a terra, abrindo uma fissura na qual o gargântua fica preso. O monstro tenta se soltar com os tentáculos, mas não consegue de imediato. Luana continua atirando e Keon guarda seus discos para se concentrar no plano. Com a telecinesia, ele desprende os cabos dos postes e os controla até chegarem próximo ao corpo da criatura. Movimentando as mãos em círculos, Keon faz com que o filamento se enrole em grande parte do gargântua, mantendo os tentáculos presos ao resto da pele. E agora é a minha vez.

Respiro fundo e observo os fios com atenção. Uso toda a energia do lugar. Preciso fazer um encanto grande, enorme. Sinto os olhos arderem. Sinto os filetes de fogo brotarem do ar na direção dos cabos. Acumulo o máximo de energia que consigo.

Tudo fica rubro. A criatura urra ao ter sua pele queimada pelo calor do cobre.

Tudo se acende. Eu grito, mantendo a concentração na energia abundante.

Tudo brilha com intensidade. Eu solto a respiração.

Tudo explode.

O barulho é enorme. Uma grande torre de fumaça sobe para o céu. Caio sentado em meio a uma chuva de pedaços de carne e sangue. Ofegante, eu digo:

— Se regenera agora.

Imundos, cansados e feridos. É assim que nós quatro entramos na Praça Áurea. Pelo menos, desde o gargântua até aqui, não cruzamos com nenhuma outra cria.

O dirigível está pousado na área aberta do jardim, ao lado do Santuário. Três enormes balões elípticos o sustentam a poucos metros do chão. Uma rampa foi descida do casco, para dar acesso ao seu interior. Já tinha visto algumas máquinas voadoras em Mabra, mas essa é muito mais incrível do que todas as outras juntas. Hélices imensas estão instaladas em vários lugares da aeronave, aos lados e na parte de trás. Pelo tamanho, devem caber uns quatro ou cinco apartamentos paladinos lá dentro.

E não é só a grandeza que chama atenção na aeronave de Tênus. Ela também é muito bonita. Vários círculos avermelhados decoram a lona dos balões, feitos em um tom mais escuro de tecido e, no casco, outros círculos ficam acesos com energia. É incrível.

Assim que nos aproximamos, alguns paladinos aparecem correndo e sacam suas armas:

— Crias! — acusa um deles.

E não é de espantar uma reação dessas. Estamos sujos de sangue, com roupas rasgadas e emporcalhadas. Andamos devagar, quase nos arrastando.

— Não! — grito e levanto as mãos antes que nos acertem. — Calma, calma! Estamos bem.

Eles nos olham com desconfiança.

— Não parecem bem — ele insiste, ainda empunhando a arma.

— Acha que foi fácil chegar aqui? — pergunto e os ignoro, seguindo na direção do dirigível.

— O que é aquilo? — alerta outro paladino enquanto Luana passa por ele. O guerreiro aponta para o ombro de minha irmã.

— Não é nada! — volto e me coloco entre eles.

— Foi corrompida pela energia negra — o outro fala, assustado. — Não pode passar.

— Todos vamos passar — Keon se impõe e saca os discos.

Os paladinos apontam suas armas para nos impedir e só não atacam porque Minerva chega.

— O que estão fazendo? — ela olha furiosa para os guardas.

— Minerva, não podemos deixar que passem com a garota.

— Estão sob minha responsabilidade — a paladina enfatiza.

Os soldados dourados abaixam as armas, ainda insatisfeitos, e voltam para seus postos.

— Cubra esse ombro. — Ela oferece a própria capa para Luana.

Luana joga o pano nas costas e seguimos Minerva na direção da aeronave. A noite em Nuanto está especialmente mais fria hoje. Agora que a adrenalina abaixou, sinto o vento gelado cortar meus braços desprotegidos. A capa até que veio a calhar para Lua.

Subimos pela rampa e adentramos o magnífico veículo voador. Guardando a entrada, estão dois guardas de Tênus. Vestem uniforme cor de vinho, decorado com círculos no peito e mangas. Placas de material rígido protegem partes vitais. Usam luvas grossas, botas e óculos bem escuros, um visor na verdade, feito com lente única e horizontal, que passa pelos dois olhos. Eles nem se mexem enquanto passamos. Os paladinos lá de fora entram logo após e, só então, os soldados avermelhados sobem a rampa.

Por dentro, as paredes são de metal, lembram a torre do observatório de Acigam. Alguns filetes luminosos seguem pelas laterais, mantendo o caminho claro. Minerva nos guia até a parte de cima, uma espécie de convés. É aberto, fica na área mais alta do dirigível. Só então percebo que já estamos voando. A máquina é tão suave que decolou sem que notássemos. Vou até as grades da borda e olho para fora. Avisto os telhados antigos de Nuanto diminuindo lá embaixo e logo me projeto de volta para dentro, com uma vertigem absurda.

— Nunca voou? — Um homem alto se aproxima, vindo da sala de comando.

— Não — respondo um pouco tonto.

— Se acostumará rápido. — Ele sorri.

Pela coroa feita de círculos e as roupas finas, este só pode ser Minau Montesco, o regente de Tênus.

— Fico feliz que tenha conseguido achar o irmão de Tlavi.

Aceno com a cabeça e ofereço um sorriso desajeitado. Vejo Keon e Gueth voltarem para dentro, mas Minerva vem até mim, trazendo Luana consigo.

— Esta é a jovem Estrela e ele é Leran, seu irmão — a paladina nos apresenta ao regente.

— Eu já sabia. — Montesco oferece um aperto de mão. — É um prazer conhecê-los.

Eu o cumprimento, mas Luana hesita. Ele se aproxima dela com gentileza:

— Não precisa ter medo. Sou como você.

— Uma Estrela? — ela pergunta.

— Exato.

— Qual energia controla? — a forma como a pergunta é feita demonstra certo desinteresse da parte de Luana. Como se perguntasse por educação.

— A força da mente — diz com o dedo na têmpora e completa sorrindo como se contasse um segredo: — Uma das energias mais poderosas do nosso mundo.

É outro mentalista?! Montesco deve ser infinitamente mais poderoso que Keon. E olha que eu já acho as habilidades do caçador incríveis. Luana sorri de leve com a brincadeira do regente e se demonstra mais interessada no assunto. Mas é outra coisa que me interessa no momento:

— Por que veio pessoalmente até Nuanto? — questiono, tentando resolver o mistério que levantamos antes de chegar ao dirigível.

Fui um pouco agressivo na pergunta. Isso corta o clima que ele criou há pouco.

— Não seja mal-educado — Minerva repreende. — O senhor Montesco prometeu a Tlavi que garantiria a segurança de vocês.

— Não há problema, cara paladina. Eles estão curiosos, é normal.

— E para onde estamos indo? — Luana indaga, se encolhendo sob a capa que Minerva emprestou. Quanto mais alto subimos, mais frio fica.

— Para o noroeste — ele responde, tranquilo.

— Espera — falo assustado —, essa não é a direção na qual foram as hordas de Shaz?

— Sim. — A pronta resposta de Montesco me assusta ainda mais.

— Está tudo sob controle — Minerva pontua, vendo a situação.

— Sob controle? — questiono, indignado. — Achei que íamos ficar longe daquelas coisas. Não viu o que aconteceu com Nuanto? E lá foram apenas desgarrados.

— Vocês estão seguros — Montesco afirma. — Cuidarei de tudo, não se preocupem.

Pensei que já tivessem evacuado as cidades daquela região. Não entendo o motivo de estarmos viajando para lá. As hordas vão devastar tudo, inclusive Tênus.

— Ninguém vai devastar Tênus, Leran — Montesco fala sério, deixando eu e Luana confusos.

Eu não disse nada, como ele...?

— Não precisa dizer — ele fala novamente.

— Está ouvindo meus pensamentos? — questiono, espantado.

— Desde que entrou nesta aeronave.

Fico sem reação. Não há o que eu possa fazer diante dele. Estou desarmado da pior forma possível. Sinto-me nu, envergonhado, totalmente indefeso. Como posso lidar com alguém que sabe tudo o que se passa na minha cabeça?

— Já disse que estão seguros comigo. Tênus é a minha casa. A casa de milhares de pessoas. Nenhuma horda de crias vai destruí-la.

— Estamos indo pra lá? — Luana questiona, preocupada.

— Não há lugar mais seguro do que Tênus — ele diz.

De alguma forma, as palavras de Montesco possuem um peso diferente. Elas nos acalmam. E, somadas ao olhar, ao jeito como fala e se porta, não tenho como duvidar dele. É um regente, se preocupa com sua população. Preocupa-se conosco. Nada vai acontecer. Realmente me sinto mais seguro agora. É por isso que concordo com sua frase:

— É, Lua, não há lugar mais seguro do que Tênus.

Parte VII

Sacrifícios

por Tlavi Hur

CAPÍTULO 32

A Cidade Dourada. Um dia fora o berço para o nascimento de nossa brilhante civilização, agora se torna o mausoléu onde a raça humana será sepultada. Nada restou. A beleza arquitetônica foi ofuscada pela tragédia. É impossível reparar nas belas minúcias de Nuanto. Cadáveres, ossos, sangue. O vermelho subjugou o dourado, assim como a morte sempre subjuga a vida.

As crias que cruzam meu caminho são evaporadas em segundos, só preciso olhar para elas. Minha aura de luz é massiva, feroz. Se tivesse tempo, purificaria a cidade toda, mas não voltei aqui para isso.

Na Praça Áurea, até nossa fonte foi maculada. Os jatos do chafariz saem fracos, com água densa e escura. Tudo acabou infestado por corpos que boiam e esbarram nas bordas esculpidas. A Basílica está abandonada, os parlamentares foram os primeiros a sair. Zarius decretou a evacuação da cidade logo que ficaram sabendo dos desgarrados. Ele deixou o resto com os paladinos. Cretino!

Tivemos tempo de trancar o Santuário para que nenhuma presença vil manchasse a pureza do lugar. Com o restante da cidade, não foi possível fazer o mesmo. Nenhum lugar é seguro agora.

É triste ver Nuanto assim, contudo eu ficaria mais tranquila se essa mazela tivesse sido instaurada apenas aqui. Dezenas de vilas foram atacadas por desgarrados. Mesmo os paladinos treinados com técnicas de expurgo não foram suficientes para conter os avanços. Shaz prevaleceu, quase nada restou. Os que fugiram de Nuanto estão buscando abrigos em lugares distantes, quase em outros reinos. A única cidade intacta é Tênus, mas até quando eu não sei.

Shaz conseguiu ficar um passo à frente o tempo todo. Como pude subestimá-lo? Fui tão burra assim? O exército que ele criou é poderoso, seus rastros impedem a reconstrução de qualquer lugar por onde passa. E não bastassem as crias e a infecção, Talus gerou uma infinidade de monstros ainda mais abomináveis para servirem às hordas de seu mestre. Um deles, apelidado de gargântua pelos camponeses, é feito de pedaços humanos e animais. Possui uma gigantesca boca faminta e pode engolir tudo o que passa em sua frente. O corpo todo costurado, deixa escapar sangue das vítimas devoradas, formando uma trilha gosmenta.

As hordas também dispõem de caçadores velozes, os tais cães do horror. São bestas modificadas com energia negra, capazes de se mover rapidamente pelos campos de Sonatri. A pele, como a de todas as crias, é podre e decadente, mas os músculos foram aprimorados pela Necromancia. Estou certa de que fora um desses o responsável por arrancar o braço de Bergol.

Sonatri está acabada diante dessa situação. A única saída é matar a Estrela dos Mortos. Mas nisso Shaz também pensou. Ele usa seu elemento com muita habilidade. Foi até as últimas consequências no controle da energia negra, conseguindo a tão almejada imortalidade.

Shaz esteve brincando comigo todo esse tempo. Queria apenas mostrar do que era capaz. Ele nos escorraçou de Cimérium. Saí viva para que pudesse contar a todos sobre o poder que o Filho das Trevas conquistou. Mas vou fazer com que ele se arrependa de não ter me matado. Deveria ter acabado com a minha vida assim como fez com a de Sebastian. Agora não descansarei enquanto não ter sua cabeça em minhas mãos.

Desde que voltei, estou novamente inserida nos livros dos necromantes. A intenção é desvendar o segredo que Shaz esconde. Descobrir como ele se tornou imortal. Li bastante sobre algumas lendas antigas que falavam a respeito de uma técnica suprema da Necromancia, capaz de prover vida eterna. Mas tudo é superficial nos livros que peguei antes. É por isso que estou em Nuanto. Preciso, mais uma vez, do acervo oculto da Biblioteca.

Subo as escadas da porta principal e passo pelos grandes salões da entrada. Em um dos cantos vejo a chefe das bibliotecárias e o segurança do lugar, dois grandes amigos, agora transformados pela infecção. Não tiveram a sorte de fugir com os outros. Assim que me percebem, movem-se em minha direção, gemendo de agonia. Quando chegam a poucos metros de distância, minha aura coloca seus corpos em combustão, fazendo-os em cinzas. Atravesso todas as seções e chego à área de livros proibidos. Pego alguns e os abro sobre a mesa.

Busco mais dados sobre a tal técnica suprema. Folheio diversos volumes, leio páginas velhas e pergaminhos danificados pelo tempo. A pilha sobre a tábua vai aumentando. Dez, vinte, trinta livros em que já procurei. Restam ainda cinco estantes cheias de artigos e tomos proibidos. As horas se passam e a procura não cessa.

Após vasculhar mais uma dúzia de pilhas sem conteúdo relevante, levanto-me para pegar mais livros e finalmente encontro algo diferente: uma caixa em meio a dezenas de outros livros mais simples. Esse tipo de recipiente é usado para preservar documentos muito antigos, protegendo-os da umidade e do mofo.

Coloco-a sobre a mesa e a abro destravando dois pequenos botões na parte frontal. Viro o rosto ao sentir o cheiro de coisa velha. Enfio as mãos e retiro o livro pesado. Noto uma lombada cravejada com ametistas e pequenos ossos antes de acostá-lo na tampa da caixa. Sua capa é rígida, decorada com luas e uma grande cruz. Abro-o.

Observo com atenção cada página. Sento-me novamente para examinar tudo com muito cuidado. Trata-se de um livro raríssimo, obviamente apenas encontrado aqui na Biblioteca de Nuanto. Fora guardado há séculos, no entanto as informações que possui são extremamente úteis aos dias em que vivemos agora. Apesar de possuir muitas palavras desconhecidas, grande parte dele foi escrita em nosso idioma, o que facilita minha compreensão.

Não demoro até encontrar partes que revelam sobre necromantes antigos e sua busca incessante pela vida eterna. A Necromancia prega o controle da morte e um mestre supremo nessa arte deveria ser capaz de enganá-la. O que leio parece doentio, mas faz sentido dentro das crenças dos necromantes. Para atingir a imortalidade, um manipulador da morte deve se suicidar. É um paradoxo interessante.

O livro explica o ritual com detalhes. A intenção da técnica é passar a energia vital do corpo para outro lugar logo após o suicídio. Geralmente um objeto é escolhido, se tornando um amuleto que o manipulador guarda literalmente com a vida. Mesmo longe do amuleto, o necromante tem total controle de sua energia. Peça e corpo se tornam um só e, enquanto ambos não forem destruídos, a imortalidade é garantida.

Não é preciso dizer que quase todos falham nesse processo, conseguindo apenas abreviar suas vidas infelizes. E é por isso que se conhece tão pouco sobre a técnica. Os que fracassam não têm a oportunidade de mostrar onde foi que erraram. Segundo o livro, o maior cuidado deve estar na escolha do recipiente que armazena a vida do necromante. Se o objeto eleito não for capaz de conter a energia transferida, tanto ele quanto o corpo do manipulador acabarão em pedaços.

Porém, Shaz conseguiu. Depois de todo o poder que demonstrou ao erguer suas hordas em tão pouco tempo, não me surpreende que tenha executado a técnica suprema da Necromancia. Ele não pode morrer porque já está morto. Seu corpo se tornou uma carcaça vazia, capaz de se refazer com a mesma facilidade com que os mortos se levantam. Ele guardou sua força vital em algum lugar, mas onde? Que objeto seria forte o suficiente para aguentar toda a energia de uma Estrela?

Minha cabeça relembra diversos fatos dos últimos meses. Nem eu nem Ioseth suspeitamos do Conde Marco Baltrem. Sua energia não podia ser sentida. Ele não possuía a força de uma Estrela dentro de si, exatamente porque essa energia não estava em seu corpo. E qual objeto seria capaz de armazenar tamanho poder? A resposta é muito mais simples do que eu imaginava: o farol.

Por isso Shaz não anda com sua joia. Como ele pôde ser tão ousado? A joia das Estrelas possui muito poder, é usada para encontrar os escolhidos, mas também lhes serve para auxiliar no domínio da energia. Feita com a mesma energia que polarizamos em nossos corpos, ela organiza a força dentro de nós, nos dá maior controle.

Agora só falta descobrir onde a joia de Shaz está guardada. Devolvo os livros aos seus lugares e saio da Biblioteca. No caminho penso em diversos locais em que o Conde poderia ter escondido seu farol. Achá-lo é a única forma de matar o Senhor da Morte. Talvez em Cimérium? Nas minas ou na prefeitura? Mas não, isso seria óbvio demais. O farol contém muita energia e isso deve estar afetando a região onde ele foi colocado.

Apenas um lugar me fez sentir mais arrepios do que a própria presença de Shaz. E é nele que o farol está escondido, tenho certeza. Foi lá que senti a morte de perto, que conheci a terrível infecção. Foi lá que Talus levou adiante diversos experimentos macabros. É lá que está o farol!

O antigo monastério de Shazp.

Na forma espectral, viajo para uma das vilas abandonadas ao leste de Nuanto. Pouso, desajeitada, diante das portas de um restaurante simples e entro. Ninguém à vista. Algumas mesas estão arrumadas com canecas e talheres, mas os fregueses não vieram, apenas o pó visitou o lugar desde que a vila fora abandonada. Puxo uma cadeira para me sentar.

Não demora até Minau se materializar ao meu lado. Seu espectro entra pela janela e para sentado no banco ao meu lado. Em segundos, a forma translúcida azulada dá lugar às roupas e logo surge todo o corpo. Ele sempre fez pousos perfeitos.

— Conseguiu? — ele pergunta assim que seu rosto se forma, seus olhos me observam com curiosidade.

— Sim, aquele desgraçado não perde por esperar — falo, determinada.

— Tenha cuidado, Tlavi — Minau alerta.

— Vou me redimir de todas as falhas — pontuo, com raiva.

— Não diga isso. Você fez o que pôde. Pare de se culpar dessa forma.

— Não posso, não enquanto Shaz existir.

— Esse ódio te faz irracional. É isso o que ele quer.

Encaro Minau com seriedade, irritada por saber que ele tem razão.

— O Conde quer brincar com você. Tirar sua sanidade. — Ele me encara no fundo dos meus olhos.

— Shaz me infectou — digo e desvio o olhar, lembrando-me de tudo o que passei. — Ele me fez ver uma tropa inteira de paladinos em pedaços. Matou Sebastian na minha frente. Destruiu Nuanto. Acredite, se isso não me fez insana, nada mais pode fazer. Eu vou vencê-lo!

Estou cansada. O Conde tirou muita coisa de mim, mexeu com a paz de Sonatri, infectou o mundo que devo manter saudável, me fez ignorar a doença do meu pai. Ele é o oposto da vida, o maior antagonista da coisa mais preciosa que devo proteger.

Diante de minha postura agressiva, Minau demonstra carinho. Ele toca meu rosto e me faz voltar a olhar para seus olhos. Sua expressão é doce, mas firme. Segurando minha mão, ele diz:

— *Nós*... Nós vamos vencê-lo, Tlavi.

Sinto um arrepio e puxo o braço, livrando-me das mãos dele. Aceno com a cabeça em seguida, um pouco sem graça.

— E Gueth? — mudo de assunto. — Conseguiu resgatá-lo?

— Está a caminho de Tênus com os outros, conforme combinamos.

— Eles concordaram? — Levanto uma das sobrancelhas. Não acho que aceitariam ir para lá com tanta facilidade.

— O garoto arqueiro é chato, mas você sabe, não há como dizer não para mim.

— Você devia sentir vergonha de usar sua energia dessa forma.

— Não tinha tempo para convencê-los de outra maneira. Em Tênus, não teremos que nos preocupar com eles.

— E a irmã dele?

— Transbordando energia negra — Minau diz, sem titubear. — Parece que os ensinamentos de Ioseth não ajudaram muito. Não sei se ela conseguirá vencer a infecção sozinha, como você fez.

— Ela não vai precisar — digo enfática. — Shaz vai morrer antes disso. E aí a infecção vai embora com ele.

— É bom ver que está confiante, Tlavi. — Ele recupera minha mão entre as suas. Seu olhar continua fixo em mim. — Apenas reforço: tome cuidado.

Minau Montesco também foi discípulo de Ioseth. Encontrado pelo farol, da mesma forma como eu. Ambos fomos treinados no controle da Luz e isso nos ajudou com nossos próprios elementos. A diferença é que Minau é um bom político. Acabou se dando melhor no Parlamento do que na Ordem. O que fica obviamente mais fácil quando se pode entrar na cabeça dos outros. Rapidamente conquistou uma cadeira definitiva na Basílica.

Durante o treinamento, criamos uma ligação forte; em outras palavras, nos apaixonamos. Éramos jovens, tolos e estávamos longe de casa. Duas Estrelas, diferentes de todas as outras pessoas. Os amigos eram poucos. Restava-nos ficar juntos o tempo todo. Quando não treinávamos, estávamos conversando, nos divertindo, namorando.

Ele gostava de entrar na minha mente. Eu achava aquilo interessante. Era como se fôssemos um só. Podia sentir o que ele sentia e ele recebia cada sensação vivida pelo meu corpo. Uma relação forte, maravilhosa. Pelo menos enquanto durou.

Sabíamos que nossas vidas não seriam daquele jeito para sempre. Os destinos trilhavam caminhos diferentes. Logo as tarefas políticas e as missões da Ordem se encarregaram de dificultar nosso romance. Tudo foi ficando cada vez mais árduo. Começamos a ter problemas.

Há três anos, no dia em que Minau se tornou regente de sua terra natal, tivemos uma briga feia. Ele queria que eu fosse com ele para Tênus e obviamente eu recusei. Deixei minha família para ser uma paladina, jamais abandonaria isso por causa de uma paixão. Tentamos achar outras saídas, porém a verdade era que não poderíamos mais continuar juntos. Não contente com minha decisão, Minau entrou em meus pensamentos e tentou me induzir com o controle, convencer-me a abandonar a Ordem e viver ao lado dele.

Meu domínio sobre a Luz já era tão bom ou até melhor que o dele. Consegui impedi-lo, mas aquilo nos deixou sequelas sérias. Fiquei tão decepcionada que não pude olhar em sua cara por meses. Quando nos encontramos novamente, ele implorou por perdão, jurou que jamais entraria na minha cabeça novamente. Aceitei suas desculpas, aceitei sua promessa, porém nunca mais aceitei o seu amor.

Ainda segurando minha mão, Minau olha ao redor e fala:

— É aqui que teremos nosso jantar quando tudo isso tiver um fim?

Novamente tiro minha mão das dele e a repouso sobre a mesa.

— Está tentando me seduzir de novo?

— De novo? Da primeira vez foi você quem me seduziu, não se lembra? — ele replica, despretensioso. — E, além do mais, é apenas um jantar.

Minau mostra seu sorriso de canto, que traz certa malícia juvenil.

— Faz tempo que você não sorri assim — digo, também sorrindo.

— Agora, sim — ele fala, feliz. — Finalmente te faço rir depois de tantos anos.

Fito seu rosto, novamente séria, e mudo de assunto:

— É, mas não foi para jantar que viemos aqui, muito menos para você me ver sorrindo. O que *você* descobriu? — pergunto, direta.

— Não sei se posso chegar a conclusões. — Ele traz uma expressão cautelosa. — Lembra o dia em que você e Ioseth pediram ajuda à Constelação?

— Como poderia me esquecer?

— É, o comportamento de alguns dos nossos colegas foi estranho.

— O que você quer dizer? — pergunto após fitá-lo com mais atenção. — Acha que algum deles tem algo a ver com Shaz?

— Não sei. Seria leviano de minha parte afirmar isso agora. Mas, como havia dito, decidi investigar algumas coisas.

Olho para Minau com desconfiança. Ele é inteligente, ardiloso. Sei disso.

— O que você fez?

— Visitei algumas cidades que sofrem influência de Estrelas — ele fala como se fosse algo normal.

— Você invadiu outras cidades para espionar? Está quebrando os protocolos?

— Não considero espionagem. Com os problemas de Sonatri, ficamos meses sem nos preocupar com o resto do mundo. Senti-me no direito de ver como as coisas estavam — ele pontua, astuto.

— E não sentiram sua presença?

— Sou melhor em sentir a presença dos outros do que qualquer outra Estrela, Tlavi. Isso não seria um problema para mim. E também não levei o meu farol — fala ao mexer em um de seus anéis. — Não queria encontrá-las, minha intenção era sondar algumas informações.

A joia no dedo de Minau é o farol da Estrela da Mente. Ela contém uma bela gema circular que brilha em um azul forte.

— E conseguiu algo? — pergunto.

— Como disse, nada conclusivo.

Expiro como se a conversa fosse uma perda de tempo e pego uma das canecas que está sobre a mesa.

— Calma — ele chama minha atenção. — Eu não terminei.

— Estou ouvindo — digo enquanto giro a peça de cerâmica entre a ponta do dedo e a superfície de madeira.

— Quantos conflitos armados existem no mundo hoje? — ele pergunta como se fosse uma charada.

— Que eu saiba, apenas em Sonatri. As outras regiões estão em paz há muito tempo. Por quê?

Minau me espera colocar a caneca novamente sobre a mesa e responde:

— Yana voltou a produzir construtos e armas de destruição em massa.

— Como sabe disso? — questiono desconfiada.

— Arranquei informações da cabeça de alguns políticos, oras.

— Mas Yana sempre foi uma cidade militarizada. Eles também fornecem armamento para a guarda de diversas outras regiões, inclusive para Tênus. Não é grande coisa. Ações diplomáticas podem resolver isso.

— Mas e os navios armeiros de Menária sendo restaurados?

Encaro-o com mais atenção.

— Também estão construindo novos submarinos.

— A guerra no mar acabou há séculos — penso alto. — Minau...

— Ainda não acabei — ele me interrompe. — Ilados está treinando novas tropas aladas.

—Assim como treinamos novos paladinos — falo, tentando diminuir a notícia.

— Ok, mas e Acigam? A isolada cidade do Sul. Que proibia magia. Parece que agora o governo está investindo tudo o que tem para levantar um poderoso exército de controladores.

— Você tem certeza dessas coisas? — pergunto chocada. — O que isso quer dizer?

— Não sei. Como eu disse, nada é conclusivo. Podem estar se armando por diversos motivos. Só achei estranho acontecer praticamente ao mesmo tempo, enquanto Shaz ergue tropas de mortos em Sonatri. Talvez estejam se preparando para enfrentá-lo.

— Se estivessem, teriam nos oferecido ajuda no conselho — refuto.

As informações confundem minha cabeça. Estive tão concentrada em Shaz nos últimos meses que fica difícil lembrar que existem outros lugares no mundo que não Sonatri.

— E se Shaz for apenas uma distração? — ele questiona, como se jogasse uma simples hipótese tola sobre a mesa.

— O quê? — minha pergunta sai inconsciente. Isso seria um absurdo.

— Algumas Estrelas se omitiram do problema, como se não se importassem. Depois várias cidades se armam enquanto o Parlamento e os paladinos se preocupam com Sonatri. É no mínimo curioso.

Realmente, Sonatri tem muita força no cenário político mundial, mas Shaz está tomando toda a nossa atenção. Tanto o Parlamento quanto a Ordem deixaram de lado todas as atividades diplomáticas para se atentar aos problemas daqui.

— Ioseth precisa saber disso — afirmo, sem pensar direito no que fazer. Faz alguns dias que não o vejo. Ele ficou responsável pelas caravanas que saíram de Nuanto e desde então não tivemos mais contato. Prometi a ele que venceria Shaz e ele prometeu proteger o povo enquanto a batalha não estivesse acabada. Mas agora preciso de seus conselhos. As acusações de Minau são sérias demais para que eu chegue a uma conclusão sem o parecer de alguém mais experiente. Shaz já é um adversário que exige muito de mim e eu ainda preciso vencê-lo, independentemente de qualquer coisa que aconteça fora do Reino Central. Ioseth pode lidar com esses outros problemas. Tenho certeza.

Mas Minau não parece estar tão certo quanto eu.

— Acha que podemos confiar nele?

A frase me faz arregalar os olhos. Jamais pensei em duvidar do meu próprio mestre, mesmo em uma situação como essa.

— Não estou o acusando de nada — ele se defende ao ver minha reação. — Só acho que precisamos ser prudentes.

— Você não sabe o que está dizendo. Não temos motivo nenhum para duvidarmos.

— Tlavi, ele também foi meu mestre, lembra? Eu o admiro tanto quanto você.

— Não parece — digo brava.

— Repito que minha intenção é que sejamos prudentes. Ioseth era o antigo líder da Constelação. Ele conhece boa parte dos membros mais velhos. Não acha que deveria ser o primeiro a desconfiar do comportamento deles?

Fico quieta. Ele continua:

— E, analisando tudo o que você me contou sobre as decisões do Parlamento nesses últimos meses, não era ele que estava defendendo os interesses dos paladinos junto aos políticos?

Minau me faz ficar pensativa, confusa. Ioseth sempre esteve na parte política enquanto eu permanecia na execução das tarefas. Ele que liderou os paladinos na investida contra o culto. Ele que mandou boa parte do contingente que ficava em outras partes do mundo voltar para

Sonatri. Foi ele que trouxe a decisão do Parlamento de enviar Bergol e todo um batalhão para a armadilha de Shaz. Não é possível. Não posso acreditar. Recuso-me a acreditar. Minau não está pensando direito.

— Sinto muito, Tlavi — ele diz, preocupado. — Não queria deixá-la assim. Repito que é apenas uma hipótese. Eu não tenho provas. Não podemos julgá-los antes do tempo. Só peço que permaneça atenta.

Fico confusa com o turbilhão de coisas passando em minha cabeça. Contudo, Minau me traz de volta, lembrando-me da minha principal missão.

— Mesmo sem sabermos quem deu cobertura a Shaz, a Estrela dos Mortos ainda precisa ser destruída — ele fala, enfático. —Agora que descobriu como derrotá-lo, você tem que ir até o fim, Tlavi.

Fito seu rosto e aceno com a cabeça antes de perguntar com seriedade:

— E o que você vai fazer?

— Voltar para Tênus. Não posso abandonar a cidade agora. Ficarei atento quanto a Ioseth e às demais Estrelas. Te aviso se souber de algo. Por favor, tenha cuidado.

Um pouco abalada, eu assisto a Minau oferecer um olhar doce antes de se desmaterializar na minha frente. Seu espectro deixa o restaurante da mesma forma como entrou. Na mesa, comigo, restam a caneca e os questionamentos. Ioseth é a figura mais honesta que já cruzou o meu caminho. Não posso duvidar dele. Mas também não posso perder meu tempo pensando nisso. Minha missão é outra. Como disse Minau, a Estrela dos Mortos ainda tem de ser destruída.

Capítulo 33

— Mestra — Christia se levanta e me saúda assim que entro pela porta do celeiro.

— Já sei como vencê-lo.

— Que ótimo. — Faleena vem dos fundos. — Vamos vingar Sebastian!

É o que todos queremos. Mas não apenas ele. Seraph, Bergol e outras centenas de paladinos e inocentes mortos. Todos serão vingados. Shaz vai pagar. Shaz vai morrer.

Estamos em uma pequena fazenda ao sul de Cimérium. Pedi que meu grupo de paladinos esperasse aqui, até que eu tivesse um destino para nossa missão.

Apesar de não querer mais pessoas envolvidas, fui obrigada a buscar reforços devido às baixas em meu time original. Além de Christia e Faleena, outros três paladinos me esperavam neste lugar. Enquanto explico o que descobri, Lanor permanece sentado sobre um monte de feno e gira sua clava apoiada ao chão. Harl e Celta estão em pé, ao lado dele, ouvindo atentamente minhas diretrizes.

Eles vieram do Polo Luz após o pedido de ajuda de Ioseth. Todos estão determinados. São experientes tanto no combate com armas quanto no controle da Luz e completam algumas deficiências que meu time antigo demonstrava. A ameaça de Shaz ainda não chegou à região do Polo, mas eles também tiveram amigos e parentes mortos pelas crias. Suas motivações são maiores do que apenas livrar o mundo de uma ameaça. Também querem vingança. Apesar de não ser um sentimento nobre, neste momento é a coisa mais forte que nos une.

Christia continua sendo o mais robusto. Seu corpo forte lhe permite o uso da pesada espada larga com destreza, as técnicas de controle dominadas por ele ainda fortalecem seus músculos, deixando-o mais rápido e mais poderoso. Faleena mantém o cargo de atiradora com uma excelente pontaria, a Luz aprimora sua visão e deixa as flechas mais letais contra as crias da morte. Lanor e Celta colaboram com sua agilidade. São rápidos guerreiros no combate corpo a corpo. O primeiro com uma clava capaz de lançar relâmpagos e o segundo com uma poderosa lança dourada, afiada o suficiente para atravessar quase qualquer coisa. Por fim, Harl completa o grupo com habilidades defensivas. O escudo que possui aumenta o poder de suas barreiras e servirá para nos proteger de diversas ameaças.

Termino de explicar o que descobri e pergunto se realmente querem ir até o fim. Pelo que já vi no monastério, fica fácil imaginar o tipo de desafios a serem enfrentados agora. Correremos sérios riscos e a morte é uma das melhores possibilidades. Contudo, ninguém está disposto a voltar atrás. Lanor se levanta e, com Celta e Harl, se aproxima.

— Desde que viemos para Sonatri, estava louco por ação de verdade — ele fala enquanto bate o topo da clava na palma da mão.

— Que bom — falo sem muita emoção e saio do celeiro. Os paladinos pegam suas coisas e me acompanham. Após ativarmos nossas montarias, todos seguem para o monastério em uma rápida cavalgada.

Quando descobri sobre o clérigo, trouxe mais paladinos e membros do Parlamento para cá, mas os lacaios de Shaz haviam limpado as provas das experiências de Talus. Até mesmo aquele corredor repleto de macas e grilhões, no qual fui mordida, estava limpo. Fiquei confusa e acabamos voltando para Nuanto. Mas agora que sei a respeito do farol, tenho certeza de que o monastério não se resume a isso.

Pela terceira vez diante da construção, ainda posso sentir a energia que brota de tudo. O monastério continua intacto: a entrada suja, as escadas escuras e até o buraco no telhado que minha forma espectral deixou ao fugir desajeitada das crias.

Desço na frente, iluminando o caminho com minha Sentinela de Luz. Christia, Harl, Lanor e Celta vêm em seguida, com suas armas prontas. Faleena segue na retaguarda, pronta para disparar uma flecha ao menor sinal de perigo. Passo pelo alçapão quebrado e vou até a sala onde enfrentei Talus. A porta que dá acesso ao corredor continua aberta. Enquanto ando por ele, vejo as correntes e as camas nas quais corpos estavam presos. Busco pelos cadáveres amontoados, pelas carcaças de animais, mas nada restou.

Usamos nossa energia para iluminar todo o corredor. Minha sentinela, a espada de Christia, os olhos de Faleena, a clava eletrocutada de Lanor. Todos emitem luz, deixando o caminho completamente visível. Como da última vez, o corredor termina em um salão redondo, cercado de paredes de pedra. Mas, como eu disse, sei que não é só isso. Sinto a energia das trevas cada vez mais forte. Ela vem do chão, vem de baixo. O farol de Shaz está escondido aqui, enterrado talvez.

— Também está sentindo, mestra? — Christia indaga assim que me abaixo para tocar o solo. Meus dedos vibram devido à energia negra que flui das pedras do piso. Retiro minha joia de dentro da armadura e a observo com cuidado. Ela se acende fraca, indicando que também está recebendo a energia de outra Estrela.

— O farol está aqui — afirmo. — Enterrado.

— Então vamos cavar! — Lanor prepara um golpe com sua clava na direção do solo.

— Esperem — Faleena alerta. Ela vem do corredor, observando atentamente o chão. Seus olhos brilham com uma luz branca devido ao controle da Luz. Achou alguma coisa que apenas sua visão aprimorada pode ver.

— O que é? — pergunto ao me aproximar dela.

— Um rastro — ela fala e passa por mim na direção do centro do salão redondo. — Termina aqui.

— Rastro de quê? — Celta questiona, curioso.

— Sangue talvez, parece que foi lavado.

— Tente enxergar através do piso — Lanor indica. — Talvez encontre o lugar exato onde devemos cavar.

— Não consigo. — Ela leva uma das mãos à cabeça. — Essa energia está embaralhando o meu controle. A única coisa que posso ver é essa trilha que alguém ou algo deixou.

— Se os rastros terminam aqui — Lanor aponta para o chão, cismado —, quer dizer que existe uma passagem por onde esse alguém ou algo entrou.

Todos se olham e ele continua:

— Christia, me ajude.

Enquanto os paladinos se posicionam, continuo pensando em como os lacaios de Shaz foram capazes de se livrar de tantos corpos e limpar o local. Faleena disse que o rastro fora lavado, talvez. Mas água e sabão não livraria o monastério das dezenas de crias e cadáveres que estavam jogados pelos cantos. Minha cabeça permanece concentrada nas respostas, ao passo que Christia e Lanor preparam um grande golpe para destruir o local indicado por Faleena.

— Seja qual for o tipo de passagem, ela não resistirá a isso — Lanor fala.

Sua clava se acende com os relâmpagos e a espada de Christia brilha. O golpe sincronizado faz um tremendo estrondo e pulveriza as rochas do chão, levantando estilhaços e muita poeira. Resta um grande buraco no piso.

Todos tossem. A nuvem de pó dificulta a visão, exceto a de Faleena, que alerta:

— Saiam daí!

Ouço um grunhido familiar vindo da direção do buraco e logo avisto a cabeça de uma criatura grotesca passar pela abertura. Seu corpo, grande e desengonçado, alarga ainda mais a passagem feita pelo golpe dos paladinos e um de seus tentáculos agarra a perna de Celta, que estava desprevenido ao ataque.

— Gargântua! — Lanor acusa e logo acerta o monstro com um poderoso raio elétrico vindo de sua clava. Os desenhos em forma de relâmpagos em sua armadura ficam acesos, como se fornecessem energia ao ataque.

O disparo ricocheteia na pele costurada da criatura e acerta diversos lugares na parede e no piso. Faleena também não demora e atira uma flecha luminosa nas fuças do gigante inimigo. A luz contida no tiro queima a carne do gargântua e o faz ficar aturdido. Celta usa sua lança e decepa o tentáculo que o segurava. Enquanto o monstro se debate, todos nós o cercamos e, juntos, fazemos a Luz expurgar as trevas da criatura. Nossas mãos se acendem e, em segundos, o corpo retalhado da criatura começa a queimar, virando cinzas na nossa frente.

— Fácil — Lanor fala e prende a clava na cintura.

Olho para ele desaprovando a forma como subestima Shaz. Já cometi esse erro uma vez, não cometerei novamente. O gargântua estava aqui apenas porque foi o responsável por limpar o lugar. Óbvio. A única coisa capaz de liquidar com dezenas de corpos em tão pouco tempo. Os lacaios tiveram apenas de limpar o rastro deixado pelo bicho e trancá-lo dentro da passagem secreta, agora destruída.

O buraco no piso revela uma grande escadaria escavada no solo, larga o suficiente para guiar o gargântua até o nível inferior. Ele certamente subiu atraído pelo controle de nossas energias.

Nos degraus, a gosma avermelhada deixa nossos passos pegajosos e barulhentos. Mais uma vez nos armamos e eu sigo na frente, escoltada pelo time de paladinos.

A longa descida nos leva a uma nova sala, metros abaixo da primeira. Sinto minha joia aquecer meu peito. Retiro-a de dentro da armadura e vejo um brilho muito mais forte do que antes. O farol de Shaz está perto.

— Por aqui — Harl indica um corredor logo depois do portão feito de ferro que fecha essa sala.

— Trancado? — Faleena pergunta ao ver Harl tentar abri-lo.

Mas Christia pede licença e faz seus braços brilharem, invocando uma força sobre-humana. Ele agarra as barras de ferro e arranca o portão de uma só vez.

— Aberto — ele diz e larga as barras ao lado.

Um túnel escuro nos recebe. Continuamos andando até encontrar bifurcações e caminhos cada vez mais complexos.

— Túneis para todos os lados — Faleena conclui após usar sua visão em diversas direções. — As trevas não me deixam ver muito longe, não sei por qual caminho seguir.

Fecho os olhos e sinto o arrepio. O que vai nos guiar não é a visão, mas sim a intensidade da energia negra que emana pelos corredores. Quanto mais forte, mais perto estaremos do farol de Shaz.

— Por aqui — indico o caminho da direita.

Tais escavações podem despistar pessoas comuns. Contudo, meu domínio sobre as energias não pode ser enganado. O caminho é óbvio quando se percebe o poder que esse lugar abriga. É por isso que Talus estava no monastério. Primeiro para proteger a vida de seu mestre, segundo para se aproveitar da energia que o farol dispõe. Seus experimentos foram embebidos no mais puro poder da Necromancia. Era tudo o que o clérigo precisava para gerar criaturas tão terríveis. Depois, bastaria reproduzir as experiências em escalas maiores, lá nas minas de Cimérium.

Andamos mais alguns metros e finalmente nos deparamos com um grande portão com mais grades de aço. Do outro lado, escadas descem ainda mais. Uma placa está presa em mastros velhos. Nela, a escrita em sangue seco diz:

"O Lar do Sacrifício:

Não existe sucesso sem dor. Não existe vitória sem perdas.

Para vencer, o que está disposta a sacrificar?"

Lendo, sinto como se Shaz sussurrasse tais palavras ao meu ouvido. Teria deixado essa mensagem para mim? Saberia que vim atrás de sua imortalidade?

— Mestra Tlavi? — Christia chama, tirando-me dos pensamentos. — Está tudo bem?

Em resposta apenas abro o portão, propositadamente destrancado. Shaz quer que eu entre. Ele continua me desafiando, me testando.

As novas escadarias nos levam até um amplo salão de pedra quadrado. Quatro fortes pilastras sustentam o teto, se elevando nos cantos da sala. Quando a luz da sentinela se intensifica, noto ossos decorando todo o lugar. As paredes, o teto, os próprios pilares. Tudo fora feito de pedaços humanos, mortos há muito tempo. Fêmures, tíbias, falanges, crânios, costelas e espinhas servem de matéria-prima a uma macabra obra de arte exposta pela sala. Os ossos formam desenhos, contam histórias. Apavoram quem os olha.

— Que Phelgor tenha piedade de quem fez isso — Celta roga, segurando sua lança contra o peito.

— Shaz não merece nenhuma piedade, paladino — falo incisiva e sigo até os fundos do salão, onde uma nova porta parece camuflada em meio aos ossos.

A passagem em forma de arco é cravejada de ossinhos com uma grande caveira posta no ponto mais alto. Na base, ossos pontiagudos afastam quem tenta se aproximar. Apenas uma maçaneta se encontra alcançável. Quando chego mais perto, noto uma nova placa disposta ao lado:

"O Caminho dos Ossos:

A dor que causo penetra a carne, arrepia as vértebras. Ela corrói a estrutura mais forte do corpo humano e faz dos ossos a primeira parte do teu sacrifício."

Ao me mover, sinto que uma das pedras em que piso está frouxa. Assim que tiro o pé, um rangido alerta para a armadilha.

Harl é rápido e se posiciona entre nós, ativando seu poderoso escudo. Em segundos, uma barreira se forma ao nosso redor, evitando que diversos dardos de ossos perfurem nossos corpos. Eles são disparados por buracos nas paredes e pilastras, saem de todos os lugares. Assisto a uma chuva de tiros que corta o ar, afiada, gerando ruídos. Dardos acertam a barreira e acabam destruídos ou simplesmente rebatem, indo parar em outro ponto da sala. São quase dois minutos debaixo da tempestade de ossos barulhenta, que nos pegou totalmente desprevenidos. Se não fosse por Harl, provavelmente estaríamos mortos.

— Excelente reflexo, paladino — Lanor elogia assim que o soldado de escudo desativa a barreira.

Harl agradece o elogio, mas não temos muito tempo para relaxar. Um novo ruído alerta para os cantos da sala, onde criaturas começam a se formar, feitas com os ossos das paredes.

Esqueletos se posicionam ao nosso redor, empunhando armas também feitas de ossos. Lanças, espadas rústicas e diversos tipos de punhais. Suas caras horrendas me lembram da face de Humerus, um dos fiéis lacaios de Shaz. Enquanto se preparam para atacar, os dentes batem uníssonos, ressoando um ruído atormentador pela sala.

Cansado de esperar, Lanor saca a clava e avança sobre uma dúzia deles, destruindo-os com golpes e relâmpagos. Seus ataques liberam faíscas e espalham ossos quebrados.

— Cuidado — Faleena grita e lança uma flecha que envia uma das criaturas para a parede. Ela estava prestes a esfaquear Lanor por trás.

Minha maça também acerta o crânio de diversos inimigos, mandando-os de volta à morte. Rebato golpes de lança com meu broquel e sirvo contra-ataques. Enquanto desvio de mais golpes, a sentinela dispara raios de luz, pulverizando outras criaturas que tentam se aproximar.

São muitas, o combate é árduo. Christia usa seu corpo pesado para desferir ataques potentes: chutes, murros, espadadas, golpes com os ombros e a cabeça. Cada esqueleto em que ele encosta desmonta com a pressão de suas investidas.

Celta também demonstra incrível habilidade manuseando a lança. Seus movimentos parecem extrapolar o alcance da arma, atingindo inimigos mais distantes, como se cada golpe gerasse uma onda de energia feroz, capaz de atravessar a sala e atingir inúmeros inimigos.

Já Harl permanece atento a todos, oferecendo barreiras sempre que um inimigo tenta nos pegar desprevenidos. Seus campos de força comprimem os ossos das criaturas, destruindo-as em segundos.

Por mais que destruamos os esqueletos, mais aparecem no lugar dos antigos. Os ossos quebrados se reorganizam e formam novas ameaças. Não há como pará-los, pelos menos não dessa forma. Aos poucos, vamos recuando e os seis se encontram, costas com costas, cercados pelas criaturas que não param de bater os dentes. Elas oferecem sorrisos de escárnio, mesmo quando não parecem desejar sorrir.

— Essas crias malditas — Lanor pragueja.

Apenas eu posso acabar com isso. O que os controla é a pura energia negra do farol de Shaz. São seus fantoches. Minha energia é a única capaz de enfrentar a dele.

Largo a maça no chão e levanto os braços, fazendo com que a sentinela luminosa venha até minhas mãos. Fecho os olhos e busco dentro de mim a poderosa fonte de energia que me torna uma Estrela. O controle da Luz é minha especialidade. A Cura vai mandá-los de volta às trevas. Meu poder é a chave, sempre foi.

Abro os olhos e sinto minha energia se irradiar pela sala. A sentinela é transformada em uma pulsante esfera de força branca que bate como um coração, viva. Ela lança ondas consecutivas que se espalham ao meu redor e deflagram os ossos das criaturas, fazendo-as se afastar. Ao final de minha técnica, a energia restante na esfera se solta de uma só vez em um anel de luz, que pulveriza os esqueletos. Restam apenas marcas negras no solo e nas paredes, indicando o lugar onde seus corpos foram desintegrados.

Caio apoiada nos joelhos e observo o olhar admirado dos demais paladinos.

— Mestra! — Christia se abaixa depressa e oferece ajuda.

— Estou bem — declino o auxílio e me levanto sozinha.

Não será um monte de ossos que me fará pedir ajuda. Posso fazer muito mais do que isso. No jogo que Shaz armou, eu não entrei para perder.

— Precisamos passar pela porta, Mestra da Cura — Lanor lembra.

Ele vai na direção da maçaneta, mas eu o impeço:

— Não é seguro.

O paladino para a alguns centímetros de tocar a porta e se vira para mim:

— Outra armadilha?

— Muito provável.

As inscrições dizem que os ossos devem ser o sacrifício, mas eu não acho que se referia às criaturas que acabei de destruir. Algo mais está escondido nessa porta. As artimanhas da Estrela dos Mortos são inúmeras. Todo cuidado é pouco.

Surpreendendo a todos. Harl passa à frente e toma o lugar de Lanor, diante da maçaneta.

— Minha barreira poderá me proteger de uma nova armadilha — ele fala, corajoso. — Se afastem.

Não vejo outra forma de passar pela porta. Talvez eu fosse a pessoa mais indicada para abri-la; no entanto, o ataque que usei me deixou excepcionalmente fraca. A energia negra abundante aqui também está me afetando. Controlar a Luz gera um desgaste maior do que o normal. Talvez Harl consiga conjurar uma proteção mais forte do que a minha, agora. Temos que confiar nele.

O paladino usa o poder do escudo que carrega e cobre seu corpo com uma barreira luminosa. A energia o banha de maneira uniforme e emana um potente brilho. Harl é muito experiente na arte das barreiras. Talvez o melhor paladino depois de Ioseth. Tenho fé de que ele será capaz de se manter ileso contra qualquer armadilha contida ali.

Preparado, Harl toca a maçaneta e tenta abrir a passagem. Uma corrente de energia negra vaza pela fechadura, enrolando-se ao corpo do paladino, mas sua proteção se mantém forte, firme. Ele se vira para nós, confiante, e continua o movimento. A passagem está abrindo.

Harl puxa a porta mais alguns centímetros, porém não consegue abri-la por completo. A energia negra se expande de forma violenta e o envolve por inteiro. Dentre as sombras que cobrem seu corpo, surgem raios de luz emitidos pela barreira. O paladino tenta manter as trevas longe, mas começa a ter dificuldades na tarefa.

— Larga a porta — Celta avisa.

Porém Harl não consegue soltar a maçaneta. Ele faz força e sua mão permanece grudada. O choque das trevas com a luz gera estalos. Posso ouvir o barulho de rachaduras surgindo na proteção do paladino, igual ao vidro de uma taça se estilhaçando. As energias entram em um conflito brutal, afetam os demais controles dentro da sala. Nossa iluminação falha.

Vem o escuro angustiante.

Vem a luz forte e o estampido.

Sobra o escuro angustiante.

Minha sentinela volta a iluminar a sala, dando tempo de enxergarmos a porta se abrindo. Harl finalmente larga a maçaneta. Seu corpo despenca para trás, como uma folha que se desprende das árvores no outono...

É leve, gracioso. Seco. Morto.

CAPÍTULO 34

Fico sem reação, estacada sem mover um só músculo, enquanto Lanor, Celta, Faleena e Christia correm ao auxílio de Harl. Essa é a primeira vez que eu não sei exatamente o que fazer na posição de líder de um grupo. De uma hora para outra, a certeza da morte se tornou clara demais. E o mais estranho é que pareço aceitá-la. Volto a viver um medo inexplicável, algo que não sentia desde que a infecção deixou o meu corpo. Talvez ela nunca tenha me deixado.

— Não pode curá-lo?! — Celta grita, impaciente.

Meu olhar sai do horizonte imaginário e segue para o corpo de Harl. Não há o que fazer por ele. A energia negra drenou sua vida, secou a carne e moeu os ossos. Fora ele a primeira parte do sacrifício exigido por Shaz. Impotente diante da situação, eu apenas nego com a cabeça.

— Você não vai nem tentar? — ele insiste, furioso.

Mas meu estado de choque só permite uma resposta curta, sem sentimento algum:

— Não se cura o que está morto.

Lanor, ainda abaixado ao lado do corpo de Harl, esmurra o chão após ouvir minha frase, furioso. Apenas passo por eles e atravesso pela porta aberta. Por pior que seja, o que aconteceu não pode nos impedir de continuarmos.

— Aonde você vai? — ele chama, furioso. — Precisamos enterrá-lo, levar a armadura de volta.

Sem olhar para trás e enquanto continuo descendo as escadas, respondo:

— Se alguém sobreviver, poderá fazer isso pelos outros depois.

Ouço passos apressados atrás de mim e logo uma mão me puxa pela ombreira e me coloca contra a parede.

— Vai ignorá-lo? — Lanor me pressiona, revoltado.

Christia e Faleena aparecem e o tiram de cima de mim. Eles começam a discutir. Celta também entra no bate-boca. Eu fico alheia, observando. Talvez eu não saiba o que estou fazendo. Será que realmente quero vencer Shaz? Ou será que preferia estar vivendo uma paixão com Minau? Ou ainda feliz em Mabra, ao lado de Gueth e de meu pai, que eu certamente teria salvado da doença?

Como irei proteger o mundo se não consigo nem organizar as coisas dentro da minha cabeça? São informações demais. Shaz destruindo Sonatri, Gueth me odiando, a possível traição de Ioseth. O que eu quero resolver? E quantos outros problemas vou simplesmente ignorar? Confusa, eu continuo descendo as escadas e os deixo discutindo.

Pelo menos sei que a morte de Harl eu vou ignorar.

Meus pés encontram água quando as escadas terminam. A sentinela ilumina o piso e me vejo com um líquido escuro até acima das canelas. Estou em uma nova sala, completamente redonda. As paredes foram marcadas com sangue e outra porta se encontra aos fundos, no lado oposto de onde cheguei.

Ando até o centro do lugar, gerando barulho com meus passos na água. Logo Lanor e Celta me alcançam e revelam suas intenções:

— Não continuaremos — o primeiro informa. — Vamos enterrar Harl e lutaremos com as crias, defendendo as vilas.

— A escolha é apenas de vocês — falo enquanto admiro o novo obstáculo, uma porta tão estranha quanto a primeira. É feita de um material negro e decorada com inúmeras marcas de sangue. — Estão aqui por vontade própria — reafirmo e vou para perto da passagem.

— Está mesmo disposta a seguir com isso? — Lanor questiona ao me ver perto da próxima passagem.

— Voltar não é uma opção para mim.

— Você está obcecada. Vai acabar matando a todos nós.

— Perder as pessoas é duro, eu sei. Mas Harl não foi o primeiro nem será o último, não enquanto Shaz estiver vivo. Você sabe disso — falo sem dar importância para as preocupações dele, apenas foco minha atenção na placa ao lado da porta. A sentinela a ilumina para que eu possa ler:

"O CAMINHO DO SANGUE:

FLUI QUENTE PELAS VEIAS DOS VIVOS, MAS TAMBÉM MATA A SEDE DOS FRIOS CADÁVERES. ESTE LÍQUIDO PRECIOSO SERÁ A SEGUNDA PARTE DO TEU SACRIFÍCIO."

— Sei. Sei que temos um problema de comando aqui — ele desafia. — Você não está apta a dirigir esta missão.

As palavras são duras, porém esse parece ser outro dos problemas que vou ignorar. Só que Christia, que também nos alcançou, não consegue fazer o mesmo. Para ele, a crítica de Lanor é inaceitável.

— Como ousa?! — Ele avança sobre o outro paladino.

Enquanto eles discutem novamente, já com a participação de Celta e Faleena, eu me viro e observo a sala com mais cuidado. A água que cobre nossas pernas está agitada, não só pelos passos enervados dos paladinos que se acusam e trocam insultos, mas por outra coisa. Logo avisto uma bolha eclodir na superfície escura. Peço silêncio com um alto "xiu". Os paladinos se calam e passam a observar ao redor. Uma nova bolha surge no mesmo lugar. Todos sacam as armas.

— O que é isso? — Celta questiona, em voz baixa.

Duas bolhas estouram no canto esquerdo da sala. Viramos para lá.

Três bolhas sobem próximas à escada. Faço sinal para ninguém se mexer.

Mais quatro bolhas do outro lado, quase na parede. Viramos para lá.

Muitas bolhas aos pés de Faleena.

A paladina se esquiva para trás e escapa por pouco da bocarra de uma serpente que brota da água suja em um salto. Sua pele é cheia de escamas podres, machucadas. Só pode ser outro dos experimentos de Talus. Com a falha do ataque, o bicho mergulha novamente e desaparece.

Bolhas perto de Celta. Ele espeta a água com a lança sem acertar nada.

Bolhas próximas a Christia. Ele se desloca para o lado em um passo apressado.

Bolhas atrás de mim.

Viro-me a tempo de agarrar a besta no alto, quase abocanhando meu rosto. Seguro-a firme pelo pescoço enquanto o resto do corpo se balança agitado até a altura de meus joelhos. Então faço minha luz puni-la. Sua pele podre se retorce e a cobra evapora perante a técnica de expurgo.

No entanto, as bolhas não param.

— São mais de uma — alerto.

Outras serpentes saltam para fora da água e tentam nos acertar mordidas em lugares vitais. Nossos pés só não são alvo devido às armaduras douradas, rígidas demais para serem penetradas por presas tão decadentes.

Christia corta duas no ar com sua espada brilhante. Faleena acerta mais uma, fazendo-a se desintegrar. Com a clava, Lanor golpeia outras três que tentam atacá-lo, mas evita usar seus raios por motivos óbvios.

Nós nos juntamos e fazemos um círculo para que um proteja as costas do outro. As bolhas surgem de todas as direções. Cada serpente que ataca acaba aniquilada. Após minutos incansáveis de luta e mais de dez bichos mortos apenas por mim, a água se acalma.

— Acabou? — Christia pergunta, ainda com voz baixa, temendo chamar atenção de algo mais.

Em resposta a sua pergunta, a água borbulha violentamente diante de nós. Ele arregala os olhos.

Celta toma a frente quando dúzias de cobras saltam ao mesmo tempo. Com o poder da lança que carrega, o paladino começa a aniquilá-las. Oferece diversas estocadas no ar, acertando cada serpente que se aproxima. Seus movimentos são muitos e são rápidos. Uma velocidade acima do normal. A ponta da lança, embebida de energia luminosa, evapora as cobras que toca. Antes de chegarem até nós, todas acabam destruídas.

Celta mantém a lança armada, cansado. Seu esforço foi grande, porém continua atento a novos ataques. Todos estamos.

Mas as bolhas finalmente param.

Todos baixam as armas, aliviados. Celta se vira ofegante para nós e Lanor sorri, agradecendo ao amigo. Porém, eu não consigo fazer o mesmo. Ainda sinto uma leve vibração na água, uma última ameaça.

O tempo parece mais devagar quando a criatura salta na minha direção. Tenho tempo de evitar o golpe, desviando meu corpo. Ela passa bem diante de mim e só então percebo que seu alvo é outro. Tento agarrá-la, como fiz com a primeira, mas erro. Não sou rápida o suficiente. Nenhum de nós é.

O bicho peçonhento acaba preso na jugular de Celta, cravando seus dentes longos e podres.

O paladino grita e se debate, tenta soltar-se da serpente. Todos vão ao seu auxílio, porém Celta se sacode tanto que ninguém consegue ajudá-lo. A cobra não apenas morde como suga. Vai bebendo o sangue da vítima depressa. O corpo do bicho incha cada vez mais, fica tão gordo que a pele não aguenta e racha, jorrando o líquido vermelho pelas chagas.

Pálido e já sem forças para se debater, Celta cai na água. Uma mancha cor de vinho se mistura com o líquido escuro do chão. A poça de sangue vai se espalhando, atinge nossos pés. Lanor corre até o paladino caído e arranca a cobra com violência, fazendo-a se desintegrar com o controle da Luz. Resta um rombo no pescoço de Celta, fundo o suficiente para permitir que o sangue que lhe resta vaze.

A poça vermelha se espalha ainda mais e logo atinge a base da porta trancada. Ao sentir o líquido morno, a Porta do Sangue se destrava e abre caminho para continuarmos.

Lanor, com raiva e tristeza na face, fecha os olhos escancarados de Celta. Uma morte terrível, mas um sacrifício necessário.

— Ainda quer voltar? — pergunto após parar ao seu lado.

Ele se levanta furioso e me fita com firmeza:

— Eu quero a cabeça de Shaz!

Chegamos à próxima sala. Retangular e comprida. A terceira dentro do Lar do Sacrifício.

Aqui, as paredes laterais contêm diversos ganchos com grandes pedaços de bife pendurados. Correntes no teto também exibem outros cortes de carne. Pela aparência, suspeito que sejam de humanos, mas não consigo ter certeza. Tudo lembra um grande frigorífico. Sujo, é claro. As moscas estão por todas as partes e o cheiro de decomposição não consegue passar despercebido. De nariz tapado, eu leio a placa presa próximo à entrada:

"O Caminho da Carne:

A carne que me alimenta é a mesma que dá forma ao seu corpo. A vida de uns depende da morte de outros. E, para saciar esse ciclo, só a carne pode servir como a terceira parte do teu sacrifício."

Nos fundos está a porta, uma aberração à parte. Também feita de carne e restos, ela pulsa como se estivesse viva. Em seu centro, os músculos se contraem mais, escondendo uma abertura, uma espécie de boca vertical. Veias azuis e vermelhas decoram cada canto da porta viva, dando nojo e agonia a quem olha.

Mas a agonia maior fica por conta dos espelhos colocados nas duas extremidades da sala. Tanto a parede que contém a escada como a parede da porta são cobertas por uma superfície refletora, que replica a imagem do interior infinitas vezes. O lugar parece um gigantesco corredor, abarrotado de pedaços de carne suspensos no ar.

Os demais paladinos adentram a sala com cuidado. A sensação dos espelhos incomoda, confunde. Aos poucos, exploramos o lugar de armas em mãos, prontos para qualquer coisa. A essa altura, nossas mentes já não conseguem imaginar o que está por vir.

Faleena avalia um dos espelhos, sujo e rachado em algumas partes próximas ao piso. Christia anda pelo centro da sala, desviando das peças de carne penduradas no teto. Eu e Lanor estamos diante da porta horrenda, pensando em alguma maneira de passar.

— Vamos picotar essa coisa e passar logo — ele fala, impaciente.

— Não vai abrir sem um novo sacrifício — pontuo e olho ao meu redor. Lanor está de frente para mim e de costas para o espelho ao lado da porta.

— Está disposta a entregar um dos seus agora? — Sua voz carrega rancor e a expressão demonstra ódio ao me encarar.

Séria, eu respondo:

— Farei o que for preciso para...

Mas algo que vejo passar pelo espelho me faz ficar calada e apreensiva. Foi rápido, um vulto claro que teve sua imagem ecoada pela profundidade ilusória da sala.

— Vocês viram isso? — pergunto.

— O que, mestra? — Christia olha para todos os lados.

Ando pela sala, observando as paredes e os espelhos. Balanço alguns dos pedaços de carne e não acho nada.

— Fiquem atentos — ordeno.

Faleena arma uma flecha e busca por qualquer coisa suspeita. Vejo-a entrar atrás de um grande corte de carne e volto minha visão para o espelho do outro lado da sala, visando enxergá-la. Para minha surpresa, ao seu lado está uma figura de vestes brancas, em pé e parada. Não mexe um músculo.

— Faleena! — alerto, porém a imagem no espelho some da mesma forma como apareceu.

A paladina dá a volta no pedaço de carne e me olha, atenta. Eu apenas balanço a cabeça. Não consigo explicar o que está acontecendo. Não é possível que apenas eu veja isso.

Permaneço cautelosa e volto minha atenção para Christia. Agora ele está próximo às escadas. Não há nada ali além do paladino e de pedaços de carne, mas quando olho a mesma imagem, refletida no espelho ao final da sala, a figura branca reaparece, encarando o guerreiro.

Continua em pé, ereta. A cabeça um pouco inclinada para baixo, o que me impede de ver seu rosto. Parece uma mulher. Tem cabelos claros e compridos. Usa apenas um longo avental branco, sujo de sangue e, na mão direita, segura um cutelo. Rodo meu olhar pela sala e não encontro nada, mas o reflexo continua, se repetindo infinitas vezes.

Christia dá as costas para a estranha figura e isso a faz levantar a cabeça. A face é horrível, desfigurada por inúmeros cortes. Falta-lhe um olho e uma parte do nariz. Apenas os lábios parecem inteiros, pelo menos o suficiente para oferecerem um sorriso macabro enquanto levanta o facão e ataca o paladino.

Grito para avisá-lo. Ele se vira, obviamente não encontrando nada atrás de si, mas no espelho a mulher o golpeia no abdômen, encontrando um lugar vulnerável na armadura. Sangue começa a escorrer no reflexo de Christia enquanto a versão original berra de dor e cai ajoelhada com as mãos tentando estancar um profundo corte.

— Chris! — Faleena corre ao seu auxílio.

— O que foi aquilo? — Lanor questiona. Ele também viu o que aconteceu.

— Vigiem os espelhos — aviso-os e vou o mais depressa que posso até Christia. Ordeno que Faleena me dê cobertura e abaixo para ajudar meu discípulo.

Ele está em estado de choque, sangrando muito. O corte foi preciso, logo abaixo das placas do peitoral, um dos poucos lugares em que a armadura dourada dele não protege. Preciso parar o sangramento e aliviar a dor para que ele reaja.

Levo uma das mãos até o rasgo em sua barriga e uso minha energia para curá-lo. Enquanto fecho seu ferimento, observo a criatura de branco passar com velocidade pelo espelho. Lanor e Faleena já a viram e ficam atentos a novos ataques. Após poucos segundos, consigo estancar o ferimento por completo, regenerando boa parte da pele ferida. Uso um pedaço de pano de minhas vestes para improvisar um curativo e cubro a cicatriz que resta.

O barulho de lâminas se batendo indica briga ao meu redor. Volto minha atenção para Lanor e o encontro segurando a clava em posição defensiva, fazendo força. Nada está diante dele, apenas quando olho para o espelho posso ver a estranha mulher forçando o cutelo contra a arma do paladino. Aproveitando o contato, Lanor eletrocuta a clava e oferece uma descarga violenta. Enquanto a eletricidade passa pelo corpo dela, seu reflexo treme e desaparece.

— Essa coisa é invisível? — ele pergunta, surpreso.

— Não sei — falo ao me levantar. — Continuem atentos.

Faleena tenta usar sua visão aguçada para decifrar por onde a mulher anda. Minha sentinela sobe até o teto e aumenta a iluminação, a fim de nos dar melhor visibilidade. Nós três ficamos ao redor de Christia, protegendo-o. Ele está desacordado, mas vai sobreviver ao golpe.

— Vem de novo, sua maldita — Lanor resmunga.

E ela atende ao pedido. Vejo a imagem se mover em uma velocidade incrível pela imensidão do espelho. Seu reflexo treme e pisca, desaparece de um lugar e ressurge em outro. Ela não anda nem corre. Apenas some e reaparece em posições diferentes, cada vez mais perto.

Pisca uma vez e tenta golpear Faleena, que se defende com o metal do arco. Pisca novamente e reaparece diante de Lanor, que, mesmo tentando uma esquiva, recebe um corte de raspão na face. Com raiva, ele lança um raio na direção da mulher, mas ela pisca outra vez e reaparece ilesa diante de mim. Estou de frente para o espelho e, em vez de ver meu reflexo, vejo as costas da criatura, armando um golpe.

Por mais veloz que se movimente, ela não pode comigo. Sou uma Estrela e estou cansada de brincadeiras. Antes de me atacar, sirvo um murro forte e rápido na minha frente; pareço não acertar nada, mas o reflexo da criatura de branco voa para trás e se choca com a superfície do espelho. Uma grande rachadura surge no vidro, como se ele quebrasse de dentro para fora. Logo todos os espelhos da sala se estilhaçam.

Escuto um gemido de dor e me viro, preocupada com Christia, contudo não é ele quem reclama, mas sim a mulher de branco, caída do outro lado do salão. Sua barriga está queimada, graças à energia que forneci ao golpe. Trata-se de uma cria aprimorada com energia negra. Fora lhe dada alguma habilidade diferente para que pudesse caminhar pelos espelhos. Uma técnica assustadora que certamente usa as trevas para ser eficaz. Felizmente, meu ataque suspendeu o efeito que ela controlava.

Ao ver que foi revelada, ela tenta alcançar o cutelo, jogado a alguns metros de seu corpo. Lanor é mais rápido e chuta a arma para longe.

Enfurecido pela morte dos colegas e ainda pelo corte recebido no rosto, ele vai até a mulher caída, ferida e escalpelada pelo meu ataque e a agarra pelos cabelos falhos. Segue arrastando-a até a porta enquanto a cria se debate e grita, mas Lanor não demonstra compaixão alguma.

— Já temos o nosso sacrifício — ele diz. Sem rodeios, mete a cara da mulher na porta, deixando a carne que forma a passagem absorver cada centímetro daquele corpo moribundo.

Os músculos da passagem se contraem e relaxam, vão sugando, mastigando a mulher. Ela esperneia e solta gemidos abafados de dentro do monte de carne. A deglutição é lenta e aflitiva. Mesmo uma criatura como essa parece sofrer ao ser engolida viva.

Após as pernas passarem, um som de arroto ecoa na sala retangular, indicando que a porta acabou sua refeição. Os tecidos pegajosos se retraem e abrem caminho para passarmos.

Do outro lado, caído no corredor, sobra o esqueleto da mulher de branco, desmontado, destruído e vestido com o avental sujo. São os dejetos descartados pela porta faminta e, pelo cheiro, fedem como tal.

CAPÍTULO 35

Christia demora alguns minutos até retomar por completo sua consciência. Minha Cura aliviou grande parte da dor que sentia. Ele se levanta, fraco, mas se mostra disposto a continuar. Lanor assiste a tudo com certa raiva, incomodado com a atenção que ofereço ao meu discípulo. Talvez ele esperasse que essa postura tivesse sido a mesma com Celta e Harl. No entanto, eles não tinham salvação, infelizmente.

Muitas moscas permanecem sobrevoando o lugar e isso incomoda. Assim que Christia se mostra apto a seguir, saímos do Caminho da Carne pelo corredor. São diversos metros até chegarmos a um túnel ainda mais estreito. Na parede, uma nova placa diz:

"O Caminho da Pele:

O toque, as sensações, o sentido mais voluptuoso. A pele protege e seduz, exala o aroma da vida e o perfume da morte. E, para o meu deleite, ela será a última parte do teu sacrifício."

Após as baboseiras escritas, o corredor segue diferente. Não há porta como nos caminhos anteriores. Apenas um túnel escuro, de paredes estranhas. Lanor vai à frente e analisa a passagem estreita, na qual apenas um de nós passa por vez.

—Vá primeiro com Christia — ele fala para mim e cede espaço para que passemos.

Sigo na frente, fazendo a sentinela iluminar alguns metros adiante de nós. O robusto paladino, ainda debilitado, adentra o corredor logo em seguida. Ele saca sua espada e fica apreensivo. Faleena é a terceira. Lanor entra por último.

Quanto mais entramos, pior o cheiro fica. O odor acre impregna no nariz, nas vestes. Lanor pede que esperemos e para diante da parede. Ele toca a superfície e depois esfrega os dedos, sentindo algo úmido. Faço o mesmo e me espanto ao encontrar uma parede macia, quente e levemente molhada. Não é feita de terra ou pedras como o restante dos túneis. Tateio por mais alguns instantes e percebo pequenos fiapos, pelos.

Trago a sentinela para perto e aumento a luminosidade próximo à área que toco. O líquido que umedece a parede brota de pequena cavidade, são poros. Também é deles que nascem os fios negros.

— Suor — diz Faleena após cheirar seus dedos, também molhados.

Christia repete a frase em tom de indagação e checa o que foi dito, tocando as paredes da mesma forma que nós. Mas isso não é uma parede normal. E Lanor exclama, chegando à mesma conclusão que eu:

— É pele!

Todos retiram as mãos da lateral do túnel, com certo nojo. Uma gota cai sobre o meu rosto, fazendo-me olhar para cima. Lá, com a ajuda da minha esfera luminosa, avisto mais pele. Ela está em todo o lugar. No chão, no teto, nas paredes do túnel. É um corredor inteiro revestido de pele humana. Pele humana viva!

— Está transpirando — Lanor enfatiza ao limpar as mãos no tecido da cintura.

— Melhor andarmos logo — Faleena aconselha. Eu concordo.

Apertamos o passo, mas o túnel nos apresenta outra de suas características aterradoras. Na parede, avisto algo se movendo, como se estivesse preso dentro da pele. Parece uma mão. Dedos se formam, forçando a camada bege pelo outro lado. Aparecem vincos, fazendo a pele parecer um fino lençol.

Ao longo do túnel, outras mãos surgem acariciando a superfície das paredes de dentro para fora. Nós andamos mais depressa, atentos, porém o Caminho da Pele é extenso. Logo as mãos dão lugares a outros formatos. Tomo um susto ao notar um rosto ao meu lado. Vários tomam forma, alternam suas aparições com as mãos e, em segundos, estamos cercados por criaturas que parecem querer rasgar a pele e saltar sobre nós. É assustador até mesmo para mim, que achava já ter visto de tudo.

Mãos continuam se projetando para fora da parede e seus formatos ficam cada vez mais nítidos. A pele dá lugar para unhas, pelos mais grossos. Braços inteiros saltam das laterais e tentam nos agarrar. Os rostos fazem o mesmo. Vão forçando a pele, se destacando dela. Abrem e fecham bocas, piscam olhos, trazem expressões suaves, mas arrepiantes.

Uma mão, vinda do solo, agarra o pé de Christia. Com sua espada, ele a arranca fora. O membro cai no chão, se retorce e vira um punhado de pele morta. Nenhuma gota de sangue escorre e uma ferida feia resta na pele do piso, onde o braço estava.

As faces ao nosso redor reagem ao ataque e demonstram dor, suas bocas se abrem em um grito silencioso e se fecham em seguida, cerrando os dentes. As expressões, antes neutras e indiferentes, ficam sérias e raivosas. Não gostaram do ataque paladino.

Em represália, um dos rostos se estica na tentativa de nos morder. Lanor o golpeia com a clava. A pele se rasga no lugar da pancada e ela revida ainda mais furiosa. Os inúmeros braços se esticam das paredes e começam a nos segurar.

— Corram — grito ao lançar raios nos membros e sigo depressa pelo túnel.

Christia vem logo atrás. Os braços vão obstruindo o caminho e temos que cortá-los e quebrá-los como se fossem galhos em uma mata fechada. Avisto a saída do túnel e alerto para que continuem.

O caminho fica cada vez mais estreito, a pele se contrai e restringe o espaço por onde corremos. Mais braços e rostos aparecem a cada segundo, formando uma onda de mãos que se esfregam em meu corpo enquanto tento sair. Alguns buscam agarrar meus pés ao brotarem do chão, outros oferecem arranhões em minha armadura. Consigo me livrar e passo para fora. Christia e Faleena também saem. Lanor continua correndo enquanto golpeia os membros. Ele pisa para fora, mas seu corpo é puxado de volta e fica preso entre o emaranhado de mãos.

Faleena volta para ajudá-lo e acerta algumas flechas, dando espaço para que ele saia dos braços insistentes. Só que a pele não desiste. Ela continua o movimento de contração e vai encobrindo o corpo do paladino.

— Ajuda! — Faleena alerta. Lanor apenas oferece gemidos. Seu rosto foi inteiramente encoberto por mãos que o sufocam.

Ela o puxa, mas os braços são fortes. O túnel se retrai ainda mais. Christia e eu corremos de volta, mas não há tempo para ajudar. Faleena é arranhada no rosto por uma das mãos e larga Lanor, que acaba tragado para dentro do túnel. A passagem se fecha em um amontoado de pele e a paladina cai para trás com a clava do guerreiro, sua única parte que escapou.

O corte no rosto de Faleena não foi superficial. Marcas de unhas estão evidentes em sua pele. Tento curá-la, porém o ferimento não fecha. Em poucos minutos, a aparência do machucado muda e nos apresenta a terrível realidade: ela foi infectada.

Faleena me olha assustada, sentindo sua carne arder com a força das trevas. Mesmo com medo, pergunta com coragem:

— Vou morrer, não é?

Christia balança a cabeça, negando, mas eu não consigo mentir:

— Talvez em algumas horas.

Ela não é uma Estrela como eu. Não pode vencer essa infecção, não tem chance. Talvez apenas Luana tenha o poder necessário para repetir o meu feito. Agora uma pessoa normal, por mais treinada no controle da Luz, jamais sobreviverá a essa praga que Shaz lançou sobre o mundo. A única forma de salvá-la será destruindo a Estrela dos Mortos e, para isso, preciso do farol.

— Então usarei essas horas para ajudá-la, mestra. Vamos achar a joia.

Ela se levanta determinada e segue pela sala aonde chegamos. Apenas uma única porta simples de madeira está fechada diante de nós. Posso sentir a energia bruta contida do outro lado. Até a minha joia reage. Retiro-a de dentro da armadura e vejo sua luz acesa, enfrentando a força negra de Shaz. O farol está perto. Do outro lado dessa porta.

Faleena usa sua visão para ver através da passagem, contudo a técnica falha. Ela já está fraca devido à infecção. Para poupá-la, Christia arromba a porta com um chute.

— Vamos acabar logo com isso — ele diz e entra.

Quando cruzo a porta atrás dele, surpreendo-me. Avisto alguém que eu não esperava encontrar aqui: Talus, o maldito Clérigo da Morte. Ele estava nos aguardando, sentado em uma poltrona de madeira rústica. Às suas costas, está uma bancada de pedra cuja parte de cima se alonga em um braço cadavérico de mão aberta. Na palma, repousa o medalhão de Shaz, o farol da morte. Uma joia em formato de cruz com ametistas cravejadas. Sua luz negra irradia trevas pela sala, incomoda os meus sentidos.

— Veja só — a voz rouca do clérigo é pronunciada. — Estou surpreso que tenham passado pelo Lar do Sacrifício. Mas confesso que estava tedioso demais esperar. Que bom que chegaram.

— Cale-se, Talus — repreendo, furiosa. — O que faz aqui?

— Meu senhor me mandou. — Ele se levanta. — Era óbvio que você acharia este lugar. Até que demorou um bocado.

— Como ousa? — falo entre os dentes. — Shaz é um ingênuo se pensa que um mero lacaio será capaz de me impedir.

— Mero lacaio? — ele debocha. — Minhas crianças aniquilaram três de seus homens... quatro na verdade — o clérigo provoca ao olhar para Faleena e ri. — Essa aí também já era.

Com raiva, ela saca uma flecha e dispara na direção do insuportável inimigo. Contudo, demonstrando uma agilidade incompatível com seu corpo decadente, ele desvia do tiro, que atinge a parede de pedra do outro lado da sala.

— Aqui sou mais poderoso, paladinos. A energia do Mestre da Morte aprimora meu controle, fortalece meu corpo.

Enquanto conta vantagem, o clérigo se aproxima do pedestal de pedra e retira o crucifixo do suporte, agarrando-o pelo cordão.

— Esta joia é um presente de Shaz para mim. Com seu poder, foi possível dar vida a diversas criaturas. Se eu matar a Estrela da Cura — ele pondera, usando uma entonação ambiciosa —, Shaz permitirá que eu fique com a joia para sempre. Serei o manipulador das Trevas mais poderoso que já pisou neste mundo, depois do mestre, é claro.

— O que te faz pensar que pode me vencer? — tomo a frente e faço a Sentinela de Luz brilhar forte, ofuscando a vista do clérigo.

Mas ele pendura o farol no pescoço e sorri, cínico. A corrente de energia negra saída da joia inunda o corpo mórbido de Talus. Suas mãos se erguem, contemplando a força recebida. Sinto tremor nas pernas diante de tamanho poder. A energia é grandiosa e assustadora. O tecido da túnica do clérigo se estica, vai esvoaçando e ganha uma cor negra pura. E logo todo o corpo de Talus faz o mesmo, desaparecendo na escuridão.

— O escuro é meu aliado. — A frase sai após uma longa gargalhada. Talus se ocultou nas sombras da sala, que insistem em existir, mesmo diante da luz de minha sentinela. É como se as trevas envolvessem nossos corpos em um abraço apertado, tentando eliminar qualquer fonte luminosa ao nosso redor.

Faleena acende seus olhos, tentando enxergar em meio à escuridão, e Christia faz sua espada brilhar, afastando as sombras diante de si. Minha guarda continua armada, esperando por um ataque de Talus.

Porém, não é em mim que ele vem. O clérigo surge diante de Christia, após brotar das sombras no chão. Seu corpo se forma depressa e a tempo de oferecer um murro potente e veloz no tórax do paladino. Christia é lançado para longe e cai escorado na parede.

— Viu? — o morto fala, inebriado com o poder da joia. — Essa energia me enche de vida.

Faleena dispara flechas e minha sentinela também entra na briga, atirando raios de luz. Tentamos acertar Talus, que novamente se mistura com a escuridão e desaparece. Ele toma a forma de um vulto negro, achata-se no piso e se locomove depressa, como uma sombra. Atiro mais raios enquanto o vulto dança pelo chão e se esquiva de meus ataques.

Talus ressurge diante de mim e um punhal se forma das sombras em sua mão. Com ele, o clérigo desfere golpes rápidos que sou obrigada a defender usando a maça e o escudo. No controle das trevas, o inimigo desaparece e reaparece em locais diferentes, atacando-me por todos os lados. Vamos rodopiando e rebatendo as armas ao longo do salão. Cada encontro dos metais gera um estalido e uma faísca, que se acende no escuro. A sentinela tenta acompanhar nossos movimentos e, eventualmente, dispara raios que somem nas sombras, sem acertar Talus.

Christia se levanta e, com Faleena, vem ao meu auxílio. Em meio às trocas de golpes, o clérigo me empurra para tomar espaço e se volta para os dois. Ele os encara friamente e sinto a energia negra aumentar. Os paladinos param o ataque e ficam paralisados, tremendo. Seus olhos se arregalam, a expressão traz um pavor irracional. Talus está controlando as Trevas para colocá-los em pânico.

— Não olhem para ele! — alerto, porém é tarde demais. Faleena e Christia continuam atônitos, com um olhar distante e vazio. Neste exato momento enfrentam seus maiores medos dentro de suas próprias mentes. Talus os tirou da briga. Usou a mesma técnica que tentara em mim quando nos enfrentamos pela primeira vez. Meus discípulos precisarão ser fortes e aguentar até que eu derrote esse patife.

Após terminar sua manipulação nojenta, o clérigo ignora os dois e volta sua atenção para mim.

— Agora somos apenas eu e você, paladina. — Seu sorriso é vil, os dentes podres exalam um mau cheiro sentido a distância. — Nossa dança ainda não acabou.

As sombras engolem o corpo de Talus e se expandem em seguida, dando vida a enormes braços negros, tentáculos sombrios que serpenteiam pelo salão de pedra. O clérigo se mistura à escuridão em uma forma única. Elas são uma extensão da túnica preta que ele veste, balançam pelo ar sob o efeito de uma arrepiante brisa fria. Talus tem total controle da energia do farol. É como se o próprio Shaz estivesse diante de mim.

Suspenso no alto pelos tentáculos negros que tomaram o lugar de seus pés, Talus gargalha admirado com todo o poder que possui. Uma criatura intimidadora, que amedronta até a poderosa Estrela da Cura.

Minha sentinela solta mais raios, que são absorvidos pelos tentáculos sem causar dano algum ao clérigo. Ele revida lançando os braços negros na minha direção. Apesar de parecerem apenas sombras, eles são tangíveis e amassam o piso onde acertam. Desvio dos ataques com saltos rápidos e vou controlando a luz para desfazer os violentos tentáculos. Um deles destrói o pedestal onde a joia de Shaz estava e, ao mesmo tempo, me acerta pelas costas, fazendo-me cair e perder a maça.

Talus não demonstra piedade alguma. Os demais braços logo se enrolam em meu corpo, imobilizando-me. Sou suspendida e tenho meus membros forçados para fora, em posição de estrela. O clérigo para diante de mim e mostra os dentes. Tento me livrar dos tentáculos, mas, quanto mais me mexo, mais firme eles se agarram. A ponta de um deles, após ter envolvido todo o meu braço, chega ao meu pescoço e sinto-a roçar em minha pele. É áspero e gelado. Acaricia meu rosto feito a lambida de um animal dócil. E quem se delicia com isso é Talus, como se pudesse sentir minha pele por meio do braço sombrio.

— Acabou, Mestra da Cura — ele fala, ao aproximar o rosto pegajoso de mim. Viro a face, tentando evitar o hálito fétido, mas o tentáculo volta meu rosto para a frente.

O farol da morte está pendurado no pescoço de Talus, próximo o suficiente de mim.

— Quer a joia? — ele pergunta ao notar meus olhos apontados na direção do farol. — Você já tem a sua, não seja egoísta.

Após o desaforo, um dos tentáculos adentra o colarinho de minha armadura e puxa o cordão do meu farol.

— Ou eu posso ficar com os dois — Talus provoca ao receber minha joia em uma de suas mãos. Apenas observo, sem demonstrar nenhuma emoção.

O clérigo fica admirado pela beleza do farol da cura.

— Esta será a prova de que me livrei de você.

Pobre clérigo da morte. Por mais poderoso que esteja, minha cura é muito maior do que as mazelas oferecidas por ele. Foi tolo ao se aproximar tanto de mim. Agora, sua forma vil está vulnerável. Ele pensa que esses tentáculos podem me vencer, mas está mortalmente enganado.

Meu olhar muda e um sorriso maldoso brota em meus lábios.

— O que foi, paladina? Já está achando graça da própria morte?

Não respondo. Apenas faço minha energia superar as trevas que me envolvem. Meu corpo fica coberto por uma brilhante aura de luz, que queima os braços negros que insistem em me tocar. Sinto o cheiro da fumaça fedida que eles expelem ao serem carbonizados. Talus tenta me soltar, mas agora são as minhas mãos que agarram os tentáculos. Sua expressão é de dor, de agonia. Ele deixa minha joia despencar e saca o punhal em uma tentativa inútil de me acertar na face. E, quando ele se aproxima ainda mais, eu arrebento um dos tentáculos e uso a mão para pegar o farol, preso em seu pescoço.

— Não! — ele geme.

Sem a joia, os tentáculos moldados pelas trevas se desfazem e ambos caímos no chão. Talus se levanta atordoado e já me encontra em pé, diante dele. Ele ameaça dizer algo, porém eu uso minha mão para desferir um golpe derradeiro. Meu punho fica embebido da Luz de Phelgor e lanço sobre ele um poderoso raio de energia. Talus é partido ao meio pelo meu ataque. Seus olhos se arregalam e sua boca permanece escancarada enquanto o corpo podre se separa em duas partes e vira cinzas no ar, cedendo à técnica de expurgo empregada em meu golpe.

Na outra mão me resta a joia da morte. O escuro finalmente é vencido pela luz da sentinela. Não resta nenhum sinal de Talus, a não ser uma poeira negra e malcheirosa.

Faleena e Christia deixam o transe, assustados. Olham-me incrédulos, como se tivessem saído do pior pesadelo de suas vidas. Tremendo, o paladino se aproxima e se ajoelha, em total respeito.

— A senhora conseguiu, mestra. Passamos pela maior provação de todas, mas nossa missão foi vitoriosa.

Aceno em retribuição e recupero minha joia, caída no centro da sala. Enquanto a coloco de volta na armadura, atento-me a Faleena, que, apesar de estar livre do controle de Talus, ainda sofre com a infecção.

— Não foi um pesadelo — ela diz, tocando a ferida no rosto, agora mais feia e infeccionada. O quadro evoluiu muito mais rápido do que eu imaginava. Veias negras já atravessam a face e descem pelo pescoço e pelo braço. — É real. Eu vou virar uma daquelas coisas.

Christia se levanta assustado e corre ao auxílio da amiga.

— Calma. Nós conseguimos. Tlavi vai matar Shaz e você será salva. Só precisa aguentar mais um pouco.

— Não — ela rebate, já tendo tremedeiras. Suando.

— Mestra, por favor — Christia implora —, voe até Shaz e vença-o. Eu cuidarei de Faleena.

Porém a paladina se debate e o empurra.

— Não — repete —, não dá tempo, não quero virar uma cria. Me mate, Chris. Me mate agora!

Sem ideia do que fazer, Christia fita minha face, buscando ajuda. Eu apenas balanço o rosto. Não há tempo para vencer Shaz, por mais rápida que eu seja. Os olhos do paladino se enchem de lágrimas e ele se volta para Faleena.

— Me mate! — ela grita, desesperada.

Christia levanta a espada e ameaça acertá-la. Ele hesita por alguns segundos, baixa a arma, a levanta outra vez, prepara um novo golpe, mas desiste e joga a espada no chão.

— Não posso. Me desculpe, não posso — ele lamenta e olha fixamente para Faleena enquanto chora. Nunca o vi assim, tão abalado.

Faleena continua implorando pela morte. Eu sei qual é a sensação que ela está sentindo. A infecção é horrível, arranca de nós todos os bons sentimentos. Deixa-nos apenas com a dor, a agonia de uma vida eterna sem qualquer tipo de paz. Ela não merece sentir isso, ninguém merece.

Vou até os dois, passo por Christia e o encaro friamente enquanto pego a espada do chão. Sem nem olhar para o rosto de Faleena, viro-me e golpeio seu pescoço com um corte preciso. Tudo é rápido, o mais indolor possível. A cabeça da paladina cai de olhos fechados, com expressão de alívio.

Christia permanece em choque ao meu lado. Cravo a espada no solo e, com os dedos, seco as lágrimas em seu rosto.

Antes de seguir, toco-lhe o ombro.

— Era a minha função — digo séria enquanto vou até a saída, observando o farol de Shaz em minhas mãos. Sua energia nos guiará em segurança para fora. — Farei o mesmo por você se for preciso, Christia — completo, tentando deixá-lo tranquilo.

Ele, obviamente, não responde. Apenas o ouço pegar a espada e caminhar atrás de mim.

Parte Final

Vivo ou Morto

por Leran Yandel

CAPÍTULO 36

Um lugar escuro, sombrio. Aos poucos, a névoa densa dá espaço para os tronos de pedra ao meu redor. Minhas pernas estão bambas, sem firmeza. Um arrepio sinistro passa pela coluna até levantar os cabelos do pescoço. Levo a mão até a nuca e a seguro, tentando fazer com que a tremedeira pare.

— Você voltou, arqueiro — aquela voz ecoa novamente pelo salão rústico.

Diante de mim, em um dos assentos, o espectro negro toma forma. Sua aparência translúcida deixa à mostra ossos em seu interior, como em um fantasma assustador.

— Por que me trouxe? — falo, após gaguejar a frase três vezes.

Ao contrário das outras vezes em que estive aqui, apenas um espectro aparece. É Shaz, a Estrela dos Mortos.

— Vim para te fazer uma proposta — o som grave retumba na sala e nos meus ouvidos, me deixando ainda mais acuado.

— Não conseguiram matar Luana. — Retiro coragem do fundo do peito. — Vou protegê-la. Vou acabar com vocês!

Meu pulso se cerra, com raiva, porém o que Shaz diz abaixa a minha guarda:

— Não quero matá-la, arqueiro. Ao contrário do que meus colegas pensam, acredito que sua irmã seja muito mais útil viva.

Encaro o espectro com desconfiança. Seus olhos, por outro lado, parecem penetrar minha alma, buscando meus maiores medos, meus maiores anseios.

— Posso livrá-la da infecção — ele continua.

— E o que quer em troca?

— Sua ajuda.

Novamente, o arrepio cruza todo o meu corpo. Shaz parece ser vil, cruel. Como posso confiar nele? Ele poderia curar minha irmã em troca de ajuda?

— Meu tempo neste mundo está acabando — o espectro responde, sério. — E, ao contrário do que disseram a você, se eu morrer, a infecção não será destruída comigo. Ela perderá o controle. Vai se espalhar pelo mundo muito mais rápido. Ninguém poderá pará-la. Não vai sobrar vida alguma, arqueiro.

Não pode ser verdade. Shaz está tentando me enganar.

— Os paladinos vão acabar com isso — falo, lembrando-me de Tlavi e sua missão para destruir Shaz.

— Não seja tolo. A Ordem foi massacrada pelo meu exército. Os que restaram não poderão fazer nada. Se eu morrer, sua irmã morrerá também.

— E qual seria nossa utilidade para você?

— Quero que lutem ao meu lado. Sua irmã tem potencial para controlar as crias. Se tiver o treinamento adequado, será capaz de herdar meu legado.

— De maneira alguma! — replico furioso.

Luana não pode ser consumida pelas trevas. Eu vi como ela controlou os desgarrados. Não quero que minha irmã se torne um monstro. Jamais ajudarei Shaz, nem que para isso precise vê-la morrer pela infecção. Acharemos outro jeito. Tem de haver outro jeito.

— Pense bem, arqueiro — Shaz diz, ardiloso. — Quantas vidas já viu se esvaírem? Está disposto a perder mais pessoas que ama?

Ele não me conhece. Como pode saber das perdas que tive? Minha reação deixa claro que fui atingido em um ponto fraco.

— Sou muito poderoso, Leran. Se ficar ao meu lado, não apenas pouparei sua irmã, mas também trarei da morte aqueles que te fazem tanta falta.

Se eu pudesse voltar no tempo, seria capaz de salvar muitas vidas. Meu pai, meu avô, Galek, Judra. Me livraria da culpa, do remorso. Mas Shaz está brincando comigo. Usando meus desejos mais obscuros contra mim mesmo. Balanço a cabeça com força e nego:

— Não! Você não pode fazer isso.

— Posso — Shaz afirma, sereno. — E vou provar a você.

Uma fumaça preta sai da boca do espectro e flutua em minha direção. Ele sopra algo nebuloso, que turva minha visão e me faz tossir. Os tronos de pedra são engolidos pela densa névoa e, quando ela se dissipa, encontro-me em outro lugar.

O céu escuro é repleto de pontos luminosos. A lua, imensa, esconde metade de seu tamanho atrás de uma das torres do palácio. As telhas azuladas refletem o brilho das estrelas e dá um tom sereno à madrugada. Sinto frio. Abraço o próprio corpo e caminho assustado, tentando entender como vim parar aqui. Como voltei aos pés do Palácio Real de Acigam.

As paredes altas de calcário aparecem acinzentadas pela noite. A água do fosso que circunda a construção está calma, lisa como um fino tapete. Ninguém por perto. Um silêncio incômodo, tão quieto que me lembra a técnica suprema dos silenciadores. Nem meus passos eu consigo ouvir. Não sei se porque ando devagar e cuidadoso, ou se porque realmente meus ouvidos não funcionam.

Passo por um terreno claramente familiar e a luta com Milo floresce em minha mente. Foi aqui que o matei. Logo me recordo de outro fato triste e olho para o alto da torre, para a janela quebrada por onde ela caiu. Aproximo-me do fosso, olhando para cima. Estou apreensivo, mas mesmo assim não consigo controlar as lágrimas que descem pelo rosto. Shaz me mandou para o lugar onde perdi Judra. Ele queria que eu me lembrasse da dor, que voltasse a ficar confuso com todo o sentimento que nutri por ela. Achei que estava perto de superá-la, mas estou enganado. Esse lugar deixa tudo muito claro. Ainda estou apaixonado, ainda a desejo, a quero ao meu lado; e bem viva.

Exausto e frágil, caio de joelhos e me debruço no chão aos prantos. Quando isso vai acabar? Quando vou voltar para casa? Por que estão fazendo isso comigo?

— Por que estão fazendo isso comigo?! — grito com força ao levantar a cabeça. O berro rompe o silêncio e ecoa no vazio em volta do palácio. Não me importo que alguém me veja. Quero que isso acabe. Cansei de ser forte. Cansei de lutar. Cansei de cuidar dos outros. Quero que cuidem de mim. Quero minha mãe. Quero minha família de volta. Quero uma irmã normal. Quero o amor da mulher que eu amo.

Após meu grito, o silêncio retoma o ambiente, sendo cortado apenas pelos soluços involuntários do meu choro. Deito-me de costas na grama e aguardo alguém aparecer para me prender, ou então que Shaz me tire daqui. Não importa mais. Só não quero olhar para esse castelo, não quero sentir essa dor.

Contudo, é um ruído na água que me chama atenção. Sento-me depressa e olho para o fosso. A superfície plana se agita levemente e logo avisto algo sair pela margem. Meus olhos se arregalam, levanto-me com o susto e corro na direção da água.

Uma mão agarra o gramado e tenta puxar o resto do corpo para fora da água, mas perde a força e afunda novamente. Alcanço o fosso e entro até a cintura. Está frio, congelante. Mergulho e tento enxergar algo na água turva. Minhas mãos procuram qualquer coisa que possam puxar para fora da água até que esbarro em algo no fundo e consigo agarrá-lo.

Suspendo um corpo nos braços e o levo para a margem. Os cabelos compridos e molhados cobrem o rosto dela. Deito-a no chão e aproximo minha face de seu nariz, tento sentir sua respiração. Pego o pulso e o coração não bate. A pele está fria, tão pálida que as veias a deixam azulada. Tem ferimentos por todo o corpo, mas deles o sangue não escorre, são feridas secas.

Com os dedos, afasto os cabelos que escondem sua face. Lábios roxos, olhos fechados. Toco seu rosto e chamo seu nome, mas ela não responde. Está morta? Cheguei tarde demais? Mas então por qual motivo Shaz me enviou aqui? Só para vê-la assim? Para ter a chance de salvá-la e mesmo assim falhar?

Encosto sua cabeça no chão e volto a chorar. É tudo o que posso fazer. Mais alguns minutos desolado até que um grunhido me faz atentar para o rosto dela outra vez. Sua boca se abre um pouco, como se buscasse ar. As pálpebras lentamente se levantam. Um sorriso brota em mim enquanto minha mão afaga as bochechas enrugadas depois de tanto tempo debaixo d'água.

— Judra?

Seus olhos focam os meus, mas falta algo neles. Não brilham como antes. Não trazem o mistério que tinham. Estão opacos, tristes. Em resposta, ela oferece um gemido rouco e abre ainda mais a boca. Suas mãos buscam meu rosto, me acariciam. Fecho os olhos. Tento sentir o calor de uma relação antiga, mesmo com o toque gelado que ela tem agora. Não é a mesma coisa. Afasto a cabeça, mas ela me segura. A carícia se transforma em um aperto firme. Abro os olhos e vejo uma expressão de dor no rosto de Judra. Ela agarra meus cabelos, me puxa. A dor vira ódio. O ódio quer causar dor.

— O que está fazendo? — pergunto, assustado.

Mas ela não responde. Apenas me puxa para perto e arranca um pedaço do meu pescoço com uma violenta mordida. Levo a mão ao ferimento enquanto ela cai para trás, com a boca cheia de sangue. Empurro-a com o pé e tento me afastar. Logo a respiração falha. Sinto o sangue jorrar pela ferida.

Deitado, olho para o céu novamente, porém minha visão para as estrelas é atrapalhada quando Judra surge em cima de mim. Ela emite grunhidos, rosna como um animal selvagem. Sem forças, apenas a vejo aproximar o rosto de mim para oferecer um último beijo. Nossas bocas se tocam e, quando termina, ela leva entre os dentes todo o meu lábio inferior.

Levanto-me com um pulo e levo a mão até a boca, me certificando de que ela está inteira. Ela está. O pescoço também. Olho ao meu redor e faço o reconhecimento do lugar. Não estou mais aos pés do Palácio de Acigam, muito menos na sala nebulosa dos tronos de pedra. É apenas o confortável quarto do dirigível de Tênus.

Outro sonho ruim? Esse foi tão real. Como se Shaz realmente quisesse me dar alguma mensagem. Seria ele capaz de curar Luana? Ou ainda de devolver a vida àqueles que morreram em Acigam? Todas as possibilidades são assustadoras. Ver um ente querido se tornar uma cria é sem dúvidas muito pior do que perdê-lo. Não consigo explicar o que senti ao ser atacado por Judra. Era como se eu quisesse morrer ali com ela. Toda essa história está me deixando maluco. Essa é a única certeza que eu tenho.

Desço da cama ainda atordoado e saio. Do lado de fora, encontro Luana em uma poltrona. Ela está lendo. Fazia tempo que não a via fazer isso. Mesmo com dores e combatendo a infecção, ela tem cabeça para ler. Como pode? Acaba sendo uma distração bastante válida. Entretida, ela nem me nota sair do quarto.

— Já amanheceu faz tempo? — pergunto, olhando pelo vidro da janela. É possível ver as nuvens bem próximas de nós. Estão carregadas, escuras. Um dia feio, com uma garoa chata.

— Fiquei com dó de te acordar — ela responde ao fechar o livro. — Sei que faz dias que não dormimos direito.

Luana se levanta, devolve o livro para a estante e pega outro. As veias negras do pescoço estão cobertas por um lenço. Desde que subimos a bordo, ela seguiu a orientação de Minerva e manteve o ferimento escondido. Além da peça no pescoço, mangas compridas e blusas fazem parte das vestimentas de minha irmã. Deveria estar feliz por vê-la coberta, sem ficar exibindo as curvas. Mas não estou. Seria egoísmo demais da minha parte.

— Montesco disse que chegaremos em poucas horas — ela fala antes de se sentar novamente.

— E Gueth? — pergunto.

— Não o vi hoje. Deve estar com Keon no outro quarto.

— Ok. Vou falar com eles.

Já são dois dias de viagem. Apesar de a aeronave tenusiense ser fantástica, ela não parece muito rápida. Montesco cedeu dois quartos para nós. Fiquei em um com Luana, e Gueth dividiu o outro com Keon. Os paladinos se arrumaram em outras partes do zepelim.

O quarto dos dois fica no final do corredor, após outra sala parecida com aquela na qual Luana estava lendo. Passo pelo banheiro, dou a volta na mesa de centro e chego até a porta do lugar onde dormem. Ameaço bater, mas Keon a abre antes e me surpreende:

— Bom dia, arqueiro — ele diz, sonolento.

— Bom dia — respondo confuso. — Sabia que eu estava vindo?

— Seus pensamentos desconexos soam como uma orquestra de velhas surdas. Me acordaram de longe.

— Desculpe — a resposta sai involuntária, no entanto percebo que não tenho a menor culpa sobre isso. Ele quer que eu pare de pensar?

Keon está de camiseta simples e bermudas. Algumas marcas de tinta permanecem nos braços, mas a faixa do rosto não está pintada. Pelo cabelo amassado e pelas olheiras, concluo que está dizendo a verdade. O fato é que todos estavam exaustos e essas noites mais tranquilas têm sido primorosas.

— Ansioso para conhecer Tênus? — pergunto, tentando ser simpático.

— Ansioso? — ele rebate. — Se soubesse que isso voaria para lá, teria ficado em Nuanto.

— Por quê? — pergunto surpreso. — Já esteve na cidade?

— Eu nasci nela.

— Ah — e as palavras somem.

— Esquece — ele diz e passa pelo lado direito da mesa de centro, na direção do banheiro —, é uma história complicada.

Gueth aparece na sala e vê Keon fechar a porta.

— Ei, Leran. Bom dia — ele cumprimenta com um abraço firme, sorrindo de orelha a orelha. Quase me levanta do chão. — Ainda não sei como agradecer por terem voltado para me pegar.

— Estamos quites agora. — Dou um murrinho no ombro dele.

Gueth ri.

— O que o telepata tem? — mudo de assunto e aponto para a porta do banheiro.

— Parece que não se dá muito bem com os pais — ele murmura, próximo ao meu ouvido. — E também não gosta de falar muito sobre isso.

— Falando de mim? — Keon sai do banheiro e vem até nós. Ele inicia a passagem pelo lado esquerdo da mesa, mas para de repente e volta o percurso até a porta. Depois vem outra vez, pelo lado direito.

— Tá tudo bem? — pergunto.

Ele acena com a cabeça e entra no quarto.

— Ah, também descobri que ele tem algumas manias estranhas — Gueth cochicha outra vez ao meu ouvido. Em seguida retira um potinho do bolso, segue até o balcão, despeja o pó verde em um copo antes de enchê-lo com água. — Vai um drinque matinal de vegetais proteicos? — pergunta enquanto mexe a gororoba fedorenta com o dedo.

Apenas aceno com a mão e me afasto dele.

— Espero vocês lá em cima — falo tapando o nariz e saio depressa da sala.

Manias estranhas, né? Começo a achar que eu atraio gente estranha.

Essa aeronave de Tênus pode voar bem perto das nuvens, logo abaixo delas. A garoa fina já molhou todo o convés, por isso estamos na cabine principal, onde fica o complexo painel de controle do dirigível, repleto de fios, botões e algumas tiaras. É usando uma delas que está o comandante da nave e, ao seu lado, Montesco olha para fora.

Pelos vidros frontais da cabine, é possível ver grandes torres negras se erguerem no horizonte. São os bastiões de Tênus. Cinco gigantescas construções, responsáveis por toda a proteção da cidade. A mais alta fica no centro e as outras quatro delimitam a cidade, distribuída em uma imensa área quadrada. Pelo menos é isso o que Montesco explica.

— Já ouviram dizer que o ser humano pode mover montanhas com a força do pensamento? — o regente pergunta.

Luana e Gueth acenam com a cabeça.

— Não é apenas uma metáfora — Montesco fala. — No passado, Tênus foi erguida com a força do pensamento de muitos homens.

— Como pode? — pergunto intrigado.

— A energia da mente é muito poderosa, Leran. Uma das maiores dádivas dos deuses.

Deuses, novamente? O povo desse lugar não cansa de falar neles.

— Phelgor deu ao homem o dom do raciocínio — Montesco continua —, sua luz nos trouxe a inteligência. Quando pensamos, estamos usando, de alguma forma, esse elemento.

— Mesmo aqueles que não têm afinidades com a Luz? — Gueth questiona. Afinal, ele não tem afinidade nenhuma com a Luz.

— Sim — o regente fala. — Mas, sem a afinidade, não poderá ir muito além disso. Aquele que tem um controle avançado da Luz pode fazer seus pensamentos transcenderem os limites do corpo. É assim que nós, os mentalistas, controlamos.

Ainda em Nuanto, soube que o elemento secundário da mente é formado por Luz e Ar. O primeiro aprimora o pensamento, como Montesco citou. O segundo possibilita um meio por onde esse pensamento escapa da mente e interage com o mundo. Telepatia, telecinesia e outras técnicas mentais são a mente do controlador manipulando o mundo ao seu redor. E, dessa forma, é muito possível que um pensamento mova montanhas, ou até mesmo construa cidades.

Olho para Keon, mas ele não está prestando atenção na conversa. É claro que ele já sabe de tudo isso. Desde que chegou à cabine, ele não tira os olhos do relógio na parede. Sua cabeça faz pequenos movimentos circulares, como se acompanhasse os ponteiros.

— Keon? — chamo. — Keon!

— Oi? — ele responde, atrapalhado.

— Estamos chegando.

— Grande coisa. — Ranzinza, ele se senta no canto da cabine e cruza os braços.

O dirigível se aproxima da cidade e cada vez mais fico impressionado com as torres. Não chegam a ser tão altas quanto os prédios de Mabra, porém sua arquitetura chama atenção. São feitas de pedra escura e metal. Vão se torcendo e se esticando até dezenas de metros acima do solo. Ao redor delas, está um brilho claro, que dá um ar mágico a tudo. Quanto mais chegamos perto, mais fica fácil enxergar uma película que envolve a cidade. Ela sai de cada uma das torres periféricas e parece subir até o topo da torre mais alta, no centro de Tênus.

— Estamos nos aproximando da Arca — o comandante alerta.

— Avise os arcanistas — Montesco ordena a uma mulher da tripulação —, diga que vamos entrar.

Ela, que também usa uma tiara cheia de pedrinhas e filamentos luminosos, coloca os dedos nas têmporas e fecha os olhos. Os brilhantes do aparato na cabeça se acendem e apagam, alternam a intensidade da luz. Não tenho ideia do que ela esteja fazendo, mas acho que seguiu a ordem do regente.

— Vão abrir — a mulher fala após terminar.

A película que, ainda mais de perto, parece uma bela cascata de energia fluida de baixo para cima começa a se abrir bem na direção de onde voamos. Logo um buraco de diâmetro gigantesco aparece diante de nós, dando espaço para a aeronave entrar. Passamos entre duas das grandes torres, dezenas de quilômetros distantes, uma de cada lado. Assim que a frente do zepelim atravessa a parede de energia, um forte raio de sol surge na cabine e a chuva fina para de bater nos vidros da frente. Curioso, eu saio para o convés.

Vou até o parapeito do dirigível e olho para trás. A chuva ficou do outro lado da tal Arca. Ainda posso ver o dia triste e frio que deixamos lá fora enquanto o buraco se fecha. Aqui dentro o sol brilha forte no céu. O clima é quente, gostoso.

De cima, a cidade parece perfeita. As ruas, os prédios, tudo é feito de pedras acinzentadas. Cor esta que contrasta com o rosa e o verde das milhares de árvores frondosas que parecem viver em uma farta primavera. Continuo encantado olhando tudo enquanto o zepelim desce. Casas repletas de varandas, vias e pontes passando por canais de água límpida e laminada. O terreno não é plano como em Nuanto, mas a cidade se adaptou a ele. São ruas em formato de escadas, ou escadas que servem de ruas. Vejo pessoas calmas que andam sem pressa, conversam. Aparentam ser muito felizes aqui.

— Tênus é perfeita! — digo entusiasmado quando o dirigível pousa.

Keon, debruçado no guarda-corpo ao meu lado, demonstra toda a sua felicidade com bastante ironia:

— Lar, doce lar.

Capítulo 37

Não consigo entender os motivos do telepata para odiar tanto essa cidade. Ela é magnífica. É ainda mais incrível do que Mabra e Nuanto.

Todos descem do dirigível e, ao pisar em terra firme, eu fico olhando para o alto. A atmosfera do lugar é fabulosa. O sol, o clima, a brisa fresca, ar extremamente puro, até o cheiro é agradável. Só retomo a atenção nas pessoas quando vejo Luana passar por mim com um pouco de dificuldade para andar.

— Você está bem? — pergunto baixo, aos seus ouvidos.

— Sim — ela responde.

— Fique perto de mim, ok?

— Eu estou bem — ela enfatiza, com certo mau humor, e se afasta.

— Só estou tentando ajudar — desabafo e a sigo. Mesmo com a maldição correndo por suas veias, ela faz questão de ser independente. Que raiva!

O pouso da aeronave chamou atenção de alguns curiosos. Muitos nos cumprimentam, hospitaleiros, dando boas-vindas à cidade. Minerva e os paladinos descarregam algumas malas e caixas do dirigível. São armas, armaduras e aparatos de batalha. A movimentação gera um pouco de alvoroço nos cidadãos. Montesco olha a tudo com certo desgosto e fala à paladina:

— Não sei por que trouxeram isso. Já disse que estaremos seguros.

— É sempre bom garantir — Minerva rebate.

— Guardem tudo muito bem escondido. Não quero paladinos armados andando por aí. Isso vai gerar um alarde desnecessário. O mesmo serve para vocês. — Ele aponta para Keon, Gueth, Luana e eu. — Nada de armas pelas ruas.

— Armas causando alarde? — Lua pergunta alto enquanto segue até o regente. — Como se o fato de um exército de crias vindo para cá já não fosse motivo o suficiente para alarde.

A expressão de Montesco a repreende fulminantemente.

— Não repita isso, garota.

Troco olhares com Gueth, com Luana, com Gueth novamente. Demoro alguns segundos para entender. Então pergunto, assustado:

— Ninguém aqui sabe o que está acontecendo do lado de fora?

Conheço bem essa história. Será que Tênus está cometendo o mesmo erro que Acigam?

— Por que isso não me surpreende? — Keon resmunga, de braços cruzados. — Tênus é uma farsa.

— Fica claro que você não sabe nada sobre esta cidade — Montesco acusa. — Todos aqui têm o direito de ir e vir. A Arca foi erguida por vontade do povo. Eles querem a proteção. Anseiam por um lugar perfeito. O clima de Sonatri é instável. Mas em Tênus as pessoas escolheram viver na aconchegante primavera. A atmosfera controlada diminuiu a taxa de mortalidade por diversas doenças. Nossos cidadãos vivem mais. Vivem felizes. Tênus oferece a melhor qualidade de vida entre todas as cidades. Ninguém precisa saber da guerra do lado de fora — ele me fita antes de continuar —, até porque ela não chegará aqui dentro.

Minerva observa Montesco com um olhar desconfiado, mas prefere não se indispor:

— Fique tranquilo, Senhor da Mente. Agradecemos sua hospitalidade e seguiremos as regras.

— Obrigado, paladina. Os guardas acompanharão vocês até o apartamento que reservei para essa estada. Vou resolver alguns assuntos políticos, mas, durante a noite, faço questão de acompanhá-los em um passeio pelos principais pontos da cidade.

Montesco se despede e sobe a bordo de um luxuoso trambolho de rodas grandes e frente alongada. O veículo segue pela rua e desaparece ao virar na esquina. Outros veículos estacionam ao nosso lado e os guardas vermelhos ajudam a colocarmos nossas coisas nos bancos. No primeiro trambolho, cabem três pessoas. Gueth e Keon entram. Chamo Luana e faço sinal para que ela entre no segundo comigo, mas a pentelha me oferece um sorriso irritante, dá um tchauzinho com os dedos e se senta ao lado do telepata.

Fico com cara de bobo, vendo-os seguir pela rua até sumirem na esquina oposta à de Montesco. Já não sei se Luana quer mesmo demonstrar independência ou se sua intenção é apenas me provocar.

— Vamos, Yandel — Minerva fala, já dentro do segundo veículo.

Sento espremido entre ela e um enorme paladino que pegou o lugar que seria da minha irmã. Fecho a cara e torço para que cheguemos rápido.

Mas o caminho não é tão curto assim. São ruas cheias de curvas, subidas, descidas. Minha expressão zangada vai dando espaço para admiração. Tento me virar, ver pelos vidros do veículo enquanto passamos por avenidas exuberantes.

— Tênus é realmente uma cidade ótima — Minerva suspira enquanto olha pela janela.

— Sim — concordo e logo penso no quanto as hordas de Shaz poderiam destruir este lugar. Vi a situação de Nuanto. Seria trágico presenciar o mesmo aqui. — Acha que a cidade é segura como Montesco diz?

Minerva para de observar o lado de fora e vira o rosto para mim. Sua expressão é séria, porém esperançosa:

— As proteções de Tênus são muito poderosas. Acho difícil que as crias passem pela Arca. Mas não sei se será possível esconder a guerra da população. Teremos que combater as crias do lado de fora da cidade até que Tlavi consiga derrotar Shaz.

— E isso resolveria mesmo o problema? — falo ao me lembrar do sonho assustador dessa manhã.

— É nossa única esperança. Não podemos parar as hordas. Apenas atrasá-las. Porém, tenho fé que Phelgor vai nos ajudar. Ele vai dar forças para Tlavi. Você também deve ter fé.

Fé? Em quê? Em um deus que eu sei que não existe? Não consigo entender essa insistência do povo de Sonatri em se referir aos deuses. Os mesmos deuses que Acigam usava para proibir a ciência, para enganar o povo. Será que não sabem que isso não passa de uma metáfora? Minha expressão demonstra certo desconforto que Minerva percebe.

— Disse algo errado?

— Não — respondo, mas não consigo conter o pensamento —, só acho uma idiotice você falar em um deus quando todos sabem que isso não existe. É uma grande mentira.

Minerva arregala os olhos, como se minha frase fosse um absurdo, um pecado. O outro paladino se restringe a observar. Após alguns segundos de silêncio constrangedor, ela sorri e diz:

— Os humanos sempre buscaram explicação para as coisas. Ciência, magia, religião. Todas são nomes diferentes dados para algo muito parecido. Apenas caminhos distintos para que cheguemos às mesmas respostas.

Fico um pouco confuso, sem o que dizer. Ela continua:

— A verdade é que tudo é relativo, Leran. Assim como a fonte que te impulsiona e te motiva. Não podemos julgar aqueles que tiram forças de lugares que não conhecemos. O controle é uma dádiva deste mundo. Alguns acham que ele vem da ciência, outros acreditam que ele vem da fé. Para os paladinos, é Phelgor que nos dá forças para controlar. É a fé nele que nos guia.

O veículo estaciona e eu fico com a cabeça baixa, pensando na lição de moral. Um dos guardas vermelhos abre a porta e Minerva desce. Faço o mesmo. De malas nas mãos e antes de entrar no hotel, ela se vira para mim, falando uma última frase:

— Talvez não seja em um deus, mas estou certa de que você tem fé em algo poderoso, arqueiro. Caso contrário, não teria chegado até aqui.

Pensativo, eu olho mais uma vez para o lindo céu azul. Minerva pode ter razão. Só não continuo focado no que ela disse porque avisto a grande Torre Central e percebo que estamos hospedados na mesma rua onde ela fica, bem no meio da cidade. Ela é larga, ocupa todo o quarteirão. As paredes são decoradas com sulcos e relevos, deixando à mostra partes mais rústicas, como vigas e colunas. Com os olhos, vou acompanhando a estrutura de aço e pedras que se entorta, gira e se endireita diversas vezes enquanto sobe até onde o meu pescoço consegue envergar. Sacadas aparecem de lugares diferentes em cada um dos níveis. Seu tamanho se destaca dos demais prédios, que no máximo devem ter quinze ou vinte andares. Mas a Torre Central passa fácil dos cinquenta.

— Acho os prédios de Mabra mais bonitos — Gueth fala ao meu lado, de onde também observa a torre.

Ele tem razão. Tanto a Torre Central como os outros quatro bastiões de Tênus não chamam atenção pela beleza, mas sim pela forma como se destacam e ao mesmo tempo se encaixam perfeitamente na arquitetura da cidade. Já Mabra é desorganizada, prédios velhos dão lugar a prédios novos, ainda mais altos que os antigos. Isso gera a característica única que aquela metrópole tem. Aqui a sensação é outra. Difícil explicar.

— Vamos. — Ele me puxa. — Deixa essa coisa feia aí. Keon e sua irmã já entraram no hotel.

Acato. Uso o restante da tarde para descansar. Apesar de ter dormido muito na última noite de voo, meu corpo ainda parece exausto, minha mente também. Fico deitado na cama confortável do apartamento em que fomos hospedados e acabo tirando um cochilo.

Luana me acorda algumas horas depois. Ela, já arrumada para o passeio com Montesco, pede que eu me apresse. Lavo o rosto no banheiro, troco de camiseta e arrumo o cabelo. Quando chego à sala, encontro Minerva e Gueth, todos esperando. A paladina usa um vestido simples, que dá a ela uma aparência muito diferente da mulher guerreira, antes vista dentro das armaduras douradas. Minerva parece uma garota da minha idade. E não posso negar que, assim, ela é bem bonita.

— E o telepata rabugento? — pergunto após notar a falta de Keon.

— Saiu já faz algumas horas. Deve ter ido falar com os pais — Gueth pontua. — De qualquer forma, não acho que esse passeio será muito útil ao Keon.

É, faz sentido. Se Keon nasceu aqui, não há nada que Minau Montesco possa mostrar de interessante a ele.

Na hora marcada, um curioso veículo para diante das portas do hotel. É maior que os trambolhos comuns, também é mais luxuoso. Lembra as carruagens chiques que costumava ver nas grã-finas ruas do centro de Mabra. Na frente, estão o motorista e dois guardas do regente. Um deles desce e abre a porta da parte traseira do carro. Entramos.

O regente está sentado em um estofado de veludo cor de vinho. Minerva se senta ao seu lado. Luana, Gueth e eu ficamos no outro banco, de frente para os dois. Essa cabine é separada da parte onde estão os guardas vermelhos. A comunicação com eles acontece por uma pequena janela de vidro, logo atrás de Montesco. Após ele dar uma batida nela, o veículo arranca e sai suavemente pela rua.

— Vamos conhecer o Teatro Tenusiense — o regente diz, sorrindo. — Todo artista já sonhou em se apresentar nele. Acho que uma peça ajudará vocês a se distraírem um pouco.

Após alguns minutos dentro do carro, chegamos a um grande salão decorado pelo lado de fora com estátuas e esculturas em pedra. Na entrada, os atendentes recolhem ingressos dos visitantes. Para nós, eles apenas cedem espaço ao verem Montesco se aproximar. Somos escoltados pelos guardas até uma escadaria lateral que nos leva à tribuna de honra. O regente se senta na cadeira central e nós nos acomodamos nas demais. A visão do palco é a melhor possível. Estamos bem no alto do teatro, de onde se pode ver tudo. Em dois balcões próximos à parede, avisto taças de bebida e diversos aperitivos que não demoro a experimentar.

— Você sabe do que se trata essa peça? — Gueth pergunta.

Luana responde ao ler o programa escrito em uma cartilha:

— Eles contam a história de uma garota que deixa sua casa em um pequeno vilarejo para viver um amor proibido. Ela precisa aprender as energias a fim de vencer uma terrível bruxa que envenena o mocinho.

— Parece entediante — rebato com a boca cheia. — Pelo menos tem comida.

Montesco ri e Minerva me oferece um olhar de reprovação que eu ignoro. Não sou muito favorável a esse tipo de entretenimento bobo.

Minutos após todos se sentarem, as luzes se apagam por completo e uma música forte dá início ao espetáculo. Tomo um susto e tento achar de onde vem tanto barulho. Logo uma mistura de dança, cantoria e efeitos visuais me mantém de olhos arregalados e boca aberta. Não consigo tirar minha atenção do palco. Em algumas partes, atores são suspensos por cabos, dançam e cantam no ar. Até o controle das energias faz parte da montagem. Cenas de luta com chamas gigantescas, vento que chega a soprar meus cabelos, plantas que se mexem sozinhas e uma enorme onda gigante tiram o meu fôlego. Mais de uma hora depois, quando termina a peça, eu estou com os olhos marejados. Não contenho as palmas e os gritos:

— Bravo! Bravo!

Só então percebo Luana me olhando, com certo espanto.

— Entediante, né? — ela provoca.

— O quê? Eu estava enganado, ok? Vai dizer que você não gostou?

— O cara não precisava morrer no final — ela fala, sem dar muita importância. — Mas também, morre tanta gente nessa peça.

— E você, Gueth? O que achou?

Mas o nairatiano não responde de imediato. Apenas o vejo secar as lágrimas dos olhos com a manga da camiseta.

— Eu? O que eu achei? — ele se recompõe com a voz chorosa. — Nada de mais.

Não contenho a risada.

— Você também chorou, que eu vi — ele acusa.

— Mentira! Naquela parte do vento caiu um grão de areia no meu olho. Foi só isso.

Agora Minerva e Luana começam a rir.

— Fico feliz que tenham gostado — Montesco fala enquanto descemos as escadas.

— Vamos para onde agora? — é Luana quem pergunta.

— Tenho outras coisas para mostrar a vocês.

Na saída do teatro, o veículo do regente já estava à nossa espera. Após mais alguns minutos de viagem, chegamos a um prédio cuja frente está adornada com bandeiras vermelhas e diversos círculos. O símbolo da guarda de Tênus.

— Considerando a preocupação de vocês com a segurança da cidade, pedi que colocassem o quartel da Guarda Vermelha no roteiro de nosso passeio — Minau Montesco diz ao descer do veículo.

Apesar de ser noite, muitos guardas permanecem diante da entrada. Todas as luzes do prédio estão acesas e o entra e sai demonstra uma atividade frenética dos seguranças da cidade.

— Como podem ver, a Guarda trabalha duro dia e noite para manter a cidade em ordem. Temos patrulhas, monitoramento interno e externo à Arca. Vamos — ele chama e sobe as escadas da parte frontal. — Vou mostrar como funciona.

Os guardas nos dão passagem e adentramos um corredor moderno. Fios luminosos correm pelas paredes iluminando o caminho com uma luz forte. Passamos por diversas salas onde os soldados operam máquinas estranhas. Vejo painéis de cristal com visores, teclados, mesas com alto-falantes e cabos por todos os lados.

— Essas máquinas ajudam no monitoramento — Montesco esclarece.

— Como funcionam? — pergunto, muito curioso ao ver os soldados operando-as. Alguns usam tiaras semelhantes às que vi na sala de comando do dirigível.

— Tudo com telepatia, Leran. — Ele aponta para um dos aparatos tecnológicos. — Vê aquele elmo telepático? — Aceno a cabeça. — Ele amplifica o controle da mente dos guardas. Por meio de algumas antenas espalhadas pela cidade, podemos captar a energia dos pensamentos de todos dentro da Arca.

— O quê? — Luana indaga, perplexa. — Isso é um absurdo. Vocês monitoram a cabeça de todo mundo? Qual a necessidade de saber o que todos pensam?

— Não queremos saber o que todos pensam. Os aparelhos buscam pensamentos-chave, intenções de algo que ofereça perigo. Eles identificam padrões e dão pistas à guarda de algo que pode acontecer. Coisas triviais são ignoradas. Não temos interesse nem mesmo capacidade para absorver tanta informação.

Confesso que isso me assusta um pouco. A imagem de cidade perfeita começa a cair por terra. É no mínimo estranho imaginar que tem alguém de olho no que você pensa. Devem, até estar me vigiando agora.

De repente, tudo ao meu redor se torna suspeito. Desconfio de cada soldado vermelho que olha para mim. Viro a cabeça para todos os lados na busca de alguém que possa estar vigiando minha mente. Continuo com essa paranoia até fitar Montesco, que me encara.

— Vai ficar maluco se continuar pensando nisso, Leran.

Ele está ouvindo meus pensamentos?

— Não posso dizer que é uma sensação confortável ter alguém dentro de minha mente — replico, com certa raiva.

— Peço desculpas por isso — ele se curva, envergonhado. — No meu caso, que sou uma Estrela, esse dom acaba sendo involuntário. Mas garanto que os cidadãos não têm sua privacidade violada. Como disse, as máquinas estão aqui para protegê-los.

— Entendo que isso ajude no controle da criminalidade — Gueth fala, preocupado. — Mas como vão proteger a cidade das crias?

— É aí que entram nossas outras armas, senhor Hur. Venham. Vou mostrar os zangões.

O nome que ele cita é curioso. O que seria um zangão? Vão defender a cidade com abelhas? Após subirmos alguns lances de escadas, chegamos a um curioso hangar. O teto, feito de placas de metal, parece retrátil como o topo da torre do Observatório em Acigam. Diversos soldados andam de um lado para o outro, mexendo em máquinas e mesas de cristal. Só então percebo, nas duas laterais do grande galpão, dezenas de robôs em pé, todos com a cabeça baixa. Possuem um formato humanoide, porém mais altos e robustos que humanos comuns. Devem ter uns dois metros e meio de altura. São todos idênticos. Feitos de metal negro e prateado, com diversos cristais vermelhos incrustados pelo corpo. Filetes também se enrolam entre as peças metálicas e vão contornando braços, tronco e pernas.

— Essa é uma arma de última geração que importamos da cidade de Yana. Nossos cientistas fizeram algumas adaptações para que pudessem ser pilotadas a distância, por meio de impulsos mentais.

Montesco pede que um dos guardas demonstre. Ele vai até o primeiro robô, retira um arco de metal de uma das pernas da máquina e o desdobra até revelar uma coroa repleta de pedras minúsculas. O guarda a coloca na cabeça e se senta em uma cadeira. Luana, Minerva, Gueth e eu olhamos atentos. Quando o soldado fecha os olhos, os pedriscos se acendem e começam a piscar.

— O elmo psíquico capta as ondas mentais do usuário e as transmite ao zangão — o regente explica.

Logo o robô levanta a cabeça e seus olhos se acendem em um vermelho vivo. Os filetes se iluminam e a luz vai descendo por todo o corpo da criatura, até acendê-la por completo. Todos os cristais e fios brilham. Vem um primeiro passo rígido seguido de um zumbido. Cada movimento do robô gera barulhos agudos e contínuos. Mas ele não se contenta em andar. Após alguns passos, o som do movimento se intensifica e o zangão levita, ou melhor, voa. Ele faz um rasante ao redor do hangar emitindo um forte zumbido antes de pousar novamente no canto, onde estava guardado.

— É por isso que os chamamos de zangões — Montesco fala quando me vê com as mãos nos ouvidos.

De fato, esse troço emite um som que lembra o das abelhas. Mas o barulho é o de menos. Nunca vi algo tão tecnológico antes. Após pousar, as luzes do corpo metálico se apagam e o guarda abre os olhos, retirando a coroa.

— Qualquer um pode usá-los? — Gueth pergunta, ingenuamente.

Montesco ri antes de responder:

— Claro que não. Apenas uma pessoa muito bem treinada na telepatia é capaz de controlá-los. Caso contrário, o zangão fritaria sua mente.

— Além disso — Minerva adiciona. — Parece que o usuário fica extremamente vulnerável enquanto manipula a arma.

— Boa observação, paladina. Por isso mantemos os usuários aqui. Os zangões podem seguir do quartel até os arredores da cidade, sendo controlados de longe. Mas o corpo do usuário entra em um estado de transe, pois sua consciência está agindo apenas no robô.

Após alguns segundos de silêncio, Montesco completa:

— Mas fiquem tranquilos, os zangões só precisarão ser utilizados se, por um acaso, algum inimigo penetrar a Arca. E essa é uma possibilidade remota demais.

Tranquilidade não é algo que passa na minha cabeça, longe disso. Contudo, Montesco garante que, após visitarmos o último lugar do roteiro preparado por ele, terei me livrado de todos os receios.

Novamente a bordo do veículo, pegamos o caminho para o hotel, porém, em vez de pararmos diante dele, seguimos um pouco mais na rua e descemos em frente à Torre Central.

— O que vamos ver aqui? — pergunto, desconfiado.

— Vou provar a vocês que Tênus é mais do que segura. É na Torre Central que estão os responsáveis pela Arca.

— São pessoas? — Gueth se espanta. — Achei que fosse algum mecanismo como aqueles do quartel.

— Não, caro Gueth — Montesco pontua. — Nenhuma máquina seria capaz de gerar algo tão grandioso. São pessoas, sim. Os arcanistas.

Lembro-me de Montesco citar esses caras quando estávamos no dirigível, entrando na cidade. Repito o nome em voz alta, para ter certeza de que entendi.

— Isso mesmo. São treinados desde pequenos para assumir o cargo de maior importância dentro da cidade.

— Achei que a regência fosse o cargo mais importante aqui — Luana precipita.

— Não, para ser um regente bastam habilidades políticas. Já um arcanista deve conhecer a fundo diversas energias. São mestres na arte da manipulação dos elementos. Aprendem ilusões, barreiras e até como controlar por completo o clima e o ambiente. Por isso nossa Arca é tão perfeita.

— Parece incrível — falo, espantado.

— E é. — O regente sorri. — Vão adorar conhecê-los.

Por se tratar de um lugar tão importante, a Torre Central é protegida por dezenas de guardas vermelhos. Não só nos arredores dela, mas também em todo o caminho interno até os elevadores. Entramos em um deles e, após Montesco apertar o último botão, subimos em um tiro veloz rumo ao andar mais alto. Sinto até tontura quando o elevador para.

— O que tem nos outros andares? — Gueth questiona após sairmos do cubículo. Eram mais de quarenta botões no painel.

— Esta torre foi feita para acomodar os arcanistas. Existem dormitórios não só para eles, mas para todas as pessoas envolvidas. Criados, faxineiros, treinadores e até mesmo os guardas. Temos também salas de meditação, refeitórios e diversas instalações para que tudo funcione com perfeição.

— Que vida fácil — manifesto espanto.

— O trabalho de um arcanista é muito árduo, Leran. Se não tivessem todo esse suporte, não aguentariam.

Montesco nos guia por mais um corredor até uma grande porta de abas duplas. Diante dela, dois guardas fazem a segurança. Ao verem o regente, eles oferecem uma continência e se preparam para abrir a passagem.

— Peço que fiquem em silêncio — ele fala. — É nesta sala que os arcanistas realizam o seu trabalho. Precisam de muita concentração. Não podemos atrapalhar.

Após a porta, damos de cara com uma sala ampla e muito bem iluminada. Diversos vitrais coloridos permitem que a luz do sol entre, enfeitando o ambiente com cores vivas. Além das janelas, duas portas laterais dão passagem para o terraço que contorna metade da torre pelo lado de fora.

No centro, um círculo humano chama minha atenção. Seis pessoas com túnicas claras estão sentadas no piso com as mãos dadas e os olhos fechados. Possuem uma aparência frágil, quase doente, eu diria. A pele é pálida e o corpo magro não aparenta ser capaz de se sustentar sozinho. Todos têm os cabelos bem curtos, até mesmo as duas mulheres entre eles. No chão, inúmeras formas redondas estão desenhadas. Elas se acendem e apagam, reagindo com a energia que eles emitem. Uma forte aura envolve o grupo e sobe até o teto da torre em um cone de energia. Como Montesco disse, o estado dessas pessoas é de extrema concentração. Não movem um músculo sequer. Parece que nem estão respirando.

— Esses são os arcanistas? — sussurro ao apontar para as pessoas sentadas.

Montesco acena com a cabeça e faz um sinal para que deixemos a sala na direção do terraço. No caminho, noto mais homens e mulheres dentro do lugar, todos quietos, acompanhando o trabalho dos arcanistas. Do lado de fora, guardas vermelhos ficam de vigília.

— O trabalho para manter a Arca é feito vinte e quatro horas por dia — Montesco fala assim que saímos. Permaneço olhando os arcanistas por um dos vitrais do terraço.

— Eles não comem? Não dormem? Parecem exaustos — Luana comenta.

— Eles revezam. No total são dez. Enquanto seis trabalham, quatro descansam. A cada hora, um dá lugar para que outro entre. Assim mantemos sempre cinco trabalhando em concentração máxima. É o número mínimo para que a Arca funcione perfeitamente, sem sobrecarregar nenhum deles.

— É desumano — Gueth acusa.

— Na verdade, tudo foi calculado para que eles tenham o equilíbrio adequado — Montesco explica. — Seis horas de trabalho para quatro horas de descanso. São acostumados a viver assim desde crianças. Alimentam-se pouco. Preferem meditar a comer ou dormir. Além disso, os criados ficam atentos para ajudá-los com qualquer necessidade extra. Garanto que todos são bem tratados. Como disse, é uma profissão nobre em Tênus. Muitos gostariam de estar em seus lugares.

Enquanto Montesco fala, vejo que um dos guardas do terraço, de tempos em tempos, usa um tipo de binóculo para olhar o horizonte.

— O que ele está fazendo? — questiono.

— Ah — o regente exclama. — Está vigiando o lado de fora da cidade.

Minha expressão de dúvida o faz explicar melhor:

— As lentes desses binóculos são muito potentes e ignoram a ilusão da Arca. Podem ver o que está além dela.

— Você disse ilusão? — Luana parece não ter entendido nada.

— Sim. Como falei antes, o ambiente aqui é extremamente controlado.

— Lembro-me de quando entramos na cidade e a chuva ficou para trás — falo.

— Exatamente. Isso acontece porque os arcanistas alteram o clima dentro da Arca conforme a necessidade de Tênus. Os dias são sempre agradáveis. A umidade do ar é mantida em níveis perfeitos. Até a chuva acontece com hora marcada para não atrapalhar ninguém.

— Interessante. — Tento imaginar a grandiosidade do negócio. — Eles conseguem fazer tudo isso sozinhos?

— Não exatamente sozinhos. A Torre Central e os bastiões têm papel importante nesse processo.

Montesco fala mais sobre a Arca e nos deixa totalmente entretidos. Segundo ele, o nome é dado devido ao formato que a proteção de Tênus possui. Os quatro bastiões servem como arestas para a grande caixa de energia. No alto, a suposta tampa é arredondada, com o ponto mais alto definido pela extremidade da Torre Central. É por ela que a energia dos arcanistas se espalha.

Feita com material encantado, a torre amplifica o poder desses magos e o envia até os bastiões, que, por sua vez, têm a função de manter a energia represada no interior da cidade, gerando uma atmosfera única e isolada do resto do mundo.

— Quer dizer que o limite da Arca está bem acima de nossas cabeças? — questiono surpreso. Afinal, a antena no alto da torre acaba a poucos metros acima de nós.

— Sim, mas a ilusão dos arcanistas faz o céu parecer infinito, como o verdadeiro. Veja, pegue isto — Montesco me entrega um dos binóculos da Guarda Vermelha.

Olho para o lindo céu estrelado e fico imaginando o que pode haver além dele. Levo as lentes até a face e me surpreendo. O belo céu noturno desaparece, dando espaço para nuvens negras, raios e muita chuva. Mesmo a água que despenca do céu bate em algo invisível, pouco acima de nós, e escorre para longe.

— É inacreditável — falo vislumbrando a situação. — O tempo piorou de novo.

— Na verdade, ele nunca melhorou — o regente diz. — Está chovendo assim desde que chegamos a Tênus.

— Impossível.

O clima aqui é tão perfeito que nem notamos a tempestade do lado de fora.

— Me deixa ver? — Gueth pega o binóculo da minha mão e aponta para a frente, além dos bastiões. — Nossa, está feio mesmo.

— Minha vez — Luana pede.

— Espera aí! — Gueth muda o tom de voz. — O que é aquilo?

— O quê? — pergunto.

O nairatiano tira o binóculo do rosto e me olha com uma expressão de medo. Do nosso lado, um dos soldados que fazia a vigília da Arca também abaixa as lentes e alerta a todos:

— Eles chegaram!

Montesco tira o binóculo das mãos do guarda e eu recupero o que Gueth pegou de mim. Olho para o solo, do lado de fora da Arca, e deixo minha boca se abrir com o espanto.

Em meio à escuridão e à chuva pesada, surgem centenas — não, não são centenas. São milhares de crias marchando na direção da cidade. Um exército gigantesco, aterrorizante.

Ajusto as lentes e aproximo ainda mais a visão. Não são crias quaisquer como os desgarrados de Nuanto. Elas usam armaduras, empunham armas. Avisto ainda bestas maiores, como os gargântuas e os cães do horror que puxam grandes estruturas de madeira parecidas com catapultas e trabucos de guerra.

Liderando tudo estão dois cavalos aterrorizantes. Um deles carrega uma mulher de máscara e o outro está servindo de montaria para aquele ser medonho de armaduras negras que nos perseguiu dias atrás: Ilium, o general de Shaz.

—É — falo atônito —, eles chegaram!

CAPÍTULO 38

Nunca vi um exército desse tamanho. Nem mesmo as crias da Zona do Algodão ofereceram uma imagem tão assustadora. As hordas de Shaz cresceram absurdamente. Devem ter limpado todos os vilarejos até chegarem aqui.

Minerva, até então em silêncio, pega o binóculo e toma conhecimento da situação. Também preocupada, ela orienta:

— Sugiro que ordene um toque de recolher, senhor Montesco.

Porém, o regente recusa de forma categórica.

— Shaz não irá trazer pânico para a minha cidade. A Guarda Vermelha já está preparada há dias esperando pelas hordas. Conseguiremos defender a Arca sem que nenhum cidadão note. — Montesco se vira para um dos guardas e ordena: — Reforce a defesa.

O soldado vai até a parede e aciona uma alavanca. Não demora para que outros dois arcanistas apareçam escoltados por meia dúzia de criados. Andando devagar e com muita calma, os dois se juntam aos outros seis no centro da sala e aumentam o círculo. Logo o cone energético se intensifica e mais energia é enviada para o teto da sala.

— O que estão fazendo? — Minerva pergunta.

— Já estavam de sobreaviso. Com mais dois arcanistas, aumentaremos o poder da Arca, deixando sua energia impenetrável. Se uma cria se aproximar, ela será rapidamente despedaçada pelo campo de força.

— Em todo caso, colocarei os paladinos em alerta.

— Isso não será necessário, Minerva. Voltem para o apartamento. Ou melhor, por que não vão assistir a outra peça? Tem eventos em Tênus durante a noite toda.

— Não acho sensato — a paladina inicia, mas é cortada pelo regente.

— Deixe que eu decido o que é ou não sensato. Você pode fazer o que quiser com seus paladinos, mas deixe a defesa da cidade comigo.

Montesco dá as costas e sai da sala, escoltado por meia dúzia de guardas. Outros soldados pedem que saiamos também. Assim que passamos pela porta, os criados a fecham, deixando os arcanistas lá dentro. Somos levados até o elevador, já sem a companhia do regente, e depois à base da Torre Central, onde ficamos um olhando para o outro.

— O que faremos? — pergunto confuso.

— Tlavi me mandou aqui para segurar as hordas. Eu farei isso — Minerva diz, decidida. — Vou alertar os outros paladinos. Nos juntaremos às defesas, Minau Montesco querendo ou não.

Ela corre para o apartamento e restam apenas Gueth, Luana e eu, sem sabermos o que fazer.

Silêncio...

— Alguma peça interessante em cartaz? — Gueth indaga com um sorriso amarelo.

Eu apenas entrefecho os olhos.

— O quê? Eu não quero enfrentar aquelas coisas outra vez. Se não se lembram, fiquei dias em um bueiro para escapar delas.

Mas, antes que eu possa falar algo, Luana coloca a mão sobre o ferimento no ombro e se encolhe soltando gemidos de dor.

— Está tudo bem? — pergunto alarmado e tento ajudá-la.

— Sim — ela nega minha ajuda e se afasta.

— Não parece.

— É só um mal-estar.

— É a infecção, não é? Deixe-me ver. — Eu seguro o braço dela e puxo a manga. O que vejo me assusta tanto quanto as crias do lado de fora da cidade.

— Me larga — ela ordena e cobre o ferimento outra vez.

— Isso está horrível, Luana.

As veias negras se espalharam. A carne do braço está afetada por uma necrose violenta.

— Por que não me mostrou isso?

— O que você poderia fazer a respeito? — ela minimiza num tom irônico. — A energia que me afeta foi criada por uma Estrela. Apenas eu posso me livrar dela. Você não vai me ajudar em nada.

Confesso que as palavras de Luana me machucam de uma forma inexplicável. Vejo-a se afastar na direção do hotel e abaixo a cabeça, triste e furioso. O que ela diz dói porque é a verdade. Eu já não posso fazer nada. Estamos falando de algo muito maior que silenciadores e uma rebelião de magos. As Estrelas são poderosas demais e, diante delas, eu sou só um arqueiro.

— Não fique assim, cara — Gueth diz ao me afagar o ombro. — Está sendo difícil para ela também. Tenho certeza de que Luana não quis dizer aquilo. Ela é muito grata por ter você como irmão. Eu vi como ela ficou preocupada quando vocês se separaram.

— Exatamente. Desde que nos separamos aquele dia, nossa relação nunca mais foi a mesma. Me sinto de mãos atadas, Gueth.

Estaria Kamu certo com relação a Luana? É inevitável não me recordar do alerta que ele me fez antes de partirmos do Buraco. Os poderes de Luana a estão transformando e isso afeta diretamente nossa relação.

— Pessoal — ouço uma voz vinda do outro lado da rua. Quando olho para a direção do som, vejo Keon. Ele veste sua armadura e roupas de batalha, as mesmas que usava antes de chegarmos a Nuanto. O rosto pintado com o traço de tinta preta e os discos presos no cinto mostram que ele está pronto para a batalha.

— As crias chegaram! — ele fala ao nos alcançar. — Pude ouvir o som macabro que suas mentes emitem. São muitas, muitas mesmo.

— Nós vimos — Gueth diz.

— Onde você estava? — pergunto, desconfiado.

— Tive que resolver uns assuntos de família — ele responde, meio a contragosto. — Mas, assim que notei as hordas, corri para me armar. Por mais que eu odeie esta cidade, não estou a fim de deixá-la ser destruída.

— Se Keon já sentiu a presença das crias, não vai demorar até que outros telepatas façam o mesmo — Gueth pontua. — O plano de Montesco não dará certo.

— Isso se já não sentiram — ele fala.

— Bem — digo e olho para Gueth. — Acho que também vamos precisar de nossas armas.

Enquanto corremos para o hotel, sinto a energia das trevas envolver a cidade. Deve ser isso que está piorando a dor de Luana. As crias juntas trazem um clima sinistro que nem mesmo a Arca consegue afastar.

Quando chegamos ao quarto, encontro Luana ajeitando sua espada no cinto. Ela trocou de roupa, colocou algo leve e parece pronta para lutar. Apenas a encaro e sigo para o quarto. Nada que eu disser vai adiantar mesmo.

Visto as placas da minha armadura, calço as botas, coloco a aljava nas costas e vou até o espelho. Olho-me por alguns segundos, notando os cabelos caídos sobre o rosto. Pego a faixa na mochila e a amarro na testa. Estou pronto, como já estive outras vezes. Apanho o arco, torcendo para não precisar usá-lo, e vou para a sala.

Gueth aparece logo em seguida. Vestiu as ombreiras e a roupa de couro e madeira que usava nos ringues. A diferença é que os enfeites de folha foram retirados e, em vez de estar sem camisa, como na noite em que o conheci, ele usa uma regata preta que deixa os braços à mostra, enrolados com fita até os cotovelos. Em uma das mãos, ele segura a arma nairatiana, ainda desativada.

— Vamos? — ele diz e coloca a máscara de couro, prendendo o cabelo para trás, em seguida.

Mas não respondo, apenas saio na sacada e olho para uma das paredes da Arca, a mesma por onde vi as hordas chegarem. O clima em Tênus é de calmaria total. Daqui seria impossível imaginar o que está acontecendo lá fora.

— Não sei o que devemos fazer.

— Talvez sejamos úteis na fronteira da cidade — Keon fala e vem até a sacada também. — Podemos ajudar a Guarda Vermelha.

Não seria rápido. Teríamos que caminhar bastante. Não sei se Luana conseguiria no estado em que está. Provavelmente nossa melhor opção é fazer o que Montesco disse e esperarmos.

Quando vou dizer isso a eles, ouço um barulho vindo da rua e olho para fora. Algo vem depressa pela avenida e passa diante do hotel levantando poeira. Tento acompanhar seu movimento com os olhos, mas o perco de vista quando entra na Torre Central.

— O que foi isso? — questiono.

Keon me olha com os olhos arregalados e dispara até a porta do apartamento, sem dizer uma única palavra.

— Não é possível — murmuro e corro atrás dele.

— O que foi? — Gueth pergunta, sem entender nada.

Só tenho tempo de dizer um nome antes de voar pela porta do apartamento:

— Terandi!

Corro o máximo que posso e consigo alcançar Keon saindo da escada. Salto sobre ele e o empurro na parede.

— O que ela está fazendo aqui? — grito furioso.

— Eu não sei, me larga. Preciso alcançá-la.

— Onde você foi hoje? Está tramando algo com aquela bandida, não está?

Furioso, o telepata me lança para trás com a telecinesia e se livra.

— Já disse, fui resolver assuntos pessoais. Não a vejo desde a morte de Balko.

Após falar, ele me deixa caído e vai para fora, na direção da torre. Gueth me alcança e me ajuda a levantar.

— Está tudo bem?

— Precisamos pará-los! — grito e saio correndo.

Gueth consegue me acompanhar, mas Luana, afetada pela infecção, acaba ficando para trás. Na entrada da torre, passamos por três guardas mortos com cortes no pescoço. Tenho tempo de ver Keon entrar em um dos elevadores, mas ele não nos espera. Bato com raiva na porta de metal que se fecha segundos antes de chegarmos. Somos obrigados a esperar o próximo que se abre ao lado do primeiro, quase um minuto depois.

— O que ela quer aqui? — Gueth pergunta enquanto subimos.

— Não sei, pergunte isso ao seu amigo telepata. Tenho certeza de que ele foi se encontrar com ela hoje.

— Não pode ser, Le. Ele me disse que iria tentar ver os pais.

— É mentira! — grito. — Será que você não entende? Shaz e Nagisa estão juntos nisso. Ambos querem matar a minha irmã. E os caçadores trabalham para eles.

Como fui idiota a ponto de acreditar nesse moleque traiçoeiro. Desde o começo deve ter nos ajudado para ganhar minha confiança, para se infiltrar em nosso grupo e, agora que estamos protegidos em Tênus, ele e a velocista vão nos entregar de bandeja para Shaz. Se Nagisa e a Estrela dos Mortos são aliados, era óbvio que os caçadores os ajudariam.

Quando o elevador abre, vejo mais guardas vermelhos mortos. Terandi matou todos com uma facilidade incrível. Corro até a sala dos vitrais e abro a porta com um chute, já preparando uma flecha. Do outro lado, encontro dezenas de corpos, entre criados, guardas e todos os arcanistas, com exceção de dois. Ambos permanecem sentados no círculo, fazendo um esforço descomunal para manter a Arca em pé.

Terandi está atrás de um deles, com a lâmina em seu pescoço. Em transe, o homem apenas se mantém concentrado. Na entrada, ao meu lado, está Keon, encarando a bandida. Suas mãos estão abertas e a pedra azulada no centro da luva se acende, mostrando que ele está pronto para atacá-la com a telecinesia.

— Larga ele! — o mentalista fala.

Mas a bandida ri.

— Você realmente passou para o lado deles, não é, pequeno Keon?

Miro minha flecha na testa dela e Gueth arma o arado, ficando ao nosso lado.

— Eu não faria isso se fosse você, arqueiro. — Ela pressiona a lâmina contra o arcanista. — Se este aqui também morrer, a barreira cairá instantaneamente.

Sem opção, abaixo o arco. Montesco disse que cinco arcanistas eram necessários para manter a Arca funcionando. São apenas dois ali. Mesmo que sobrevivam, eles não conseguirão suportar por muito tempo.

— Por que está fazendo isso? — Keon questiona. — Você não ganha nada ajudando Shaz.

— Me prometeram vida eterna — ela responde, rindo. — É muito mais do que qualquer recompensa por capturar esses pivetes.

Olho para Gueth sem entender o que está acontecendo.

— Como acreditou nisso? — o telepata diz. — Não vê que estão te usando, assim como Balko fazia conosco?

— Não seja idiota! Ninguém pode me usar. E eu sou muito mais esperta que Balko. Não é à toa que ele acabou morto e eu continuo viva.

—Você está do lado errado — Keon insiste. —Será que não percebe que Shaz é o verdadeiro inimigo?

— Lado errado? Inimigo? Só um frouxo como você poderia dizer tamanha asneira. Shaz é o lado que vai vencer. E foi você que se aliou ao inimigo.

Keon balança a cabeça e mantém as mãos estendidas, ameaçando Terandi com seu poder.

— Não vou deixar que você faça isso — ele diz, com tristeza na voz.

— Sua telecinesia não será mais rápida do que eu. Você sabe disso. — Ela aperta a espada ainda mais contra a jugular do arcanista.

Keon hesita e abaixa os braços. Terandi aproveita para provocá-lo:

— Você é realmente um fraco, Keon. Um maricas! Não vai chegar a lugar nenhum. Nem mesmo os seus pais te aceitam. Se não fosse por mim e por Balko, você estaria jogado em uma sarjeta, abandonado. Fomos os únicos que te acolheram. E veja como retribuiu: se voltou contra nós.

— Não é verdade — o telepata fala, com lágrimas nos olhos.

— Continua o mesmo chorão de sempre. Praticamente, uma menina frágil.

Gueth tenta avançar contra Terandi, revoltado com os insultos, mas Keon o impede colocando o braço na frente.

— Eu resolvo isso — ele fala, secando os olhos. — Largue-o agora, Terandi!

— Ou o quê? Vai gritar, chorar mais? Pedir ajuda para os seus amiguinhos?

Terandi é torpe, suja. Suas palavras são de uma maldade gigantesca. Keon cerra os dentes e aperta o punho.

— LARGUE-O AGORA!

— Você não vai fazer nada — ela desdenha e corta a garganta do arcanista em um movimento rápido. O homem cai diante da bandida, enquanto ela exibe um sorriso sádico.

Furioso, Keon berra e estende as mãos, lançando sobre Terandi toda a sua energia telecinética. O corpo dela se retorce e passa a levitar a quase um metro do chão. Ele aperta os dedos, fazendo com que a bandida sinta sua garganta fechar.

— Keon — Gueth pede —, não seja igual a ela.

E Terandi ri, soltando uma frase enquanto força a garganta sufocada pelo poder do telepata:

— Ele... não é *homem*... o suficiente pra isso.

Posso ver a veia na testa de Keon ao ouvir as palavras, que foram as últimas proferidas pela boca maldosa de Terandi. Com raiva, ele baixa os braços como em um golpe e grita, extravasando todos os sentimentos que ela evocou nele. Seu movimento faz o pescoço da bandida virar e emitir um estalo alto antes de ela cair mole no chão. No rosto de Terandi permanecem os olhos abertos e um sorriso cruel, pelo qual escorre sangue.

— Ahhhhh! — Keon continua gritando enquanto chora ajoelhado. Gueth se aproxima e tenta consolá-lo.

Ando pela sala e averiguo o estrago que a bandida causou. Com apenas um arcanista, a barreira de proteção se desfaz. Abaixo-me e pego o binóculo que estava com um dos guardas mortos. Corro para o terraço e vejo o belo céu estrelado desaparecer. A cúpula que protege a cidade é revelada e vai sumindo do alto até o chão. Gotas de chuva passam a cair e outro céu surge, muito diferente daquele que víamos há pouco. Nuvens escuras. Uma tempestade que, em segundos, encharca toda a minha roupa.

Uso o binóculo para avistar as tropas de Shaz e logo vejo os trabucos preparando seus disparos. Nas ruas da cidade, os moradores demoram a entender o que está acontecendo. Como Montesco ignorou o conselho de Minerva e não foi dado toque de recolher, muitos habitantes de Tênus estão fora de suas casas. São alvos fáceis para o exército da morte.

Ouço um estampido e volto minha atenção para os trabucos. Eles estão disparando bolas de fogo que cortam o céu como cometas. A distância que atingem é absurda. Uma delas acerta a praça a poucos quilômetros da Torre Central. Pessoas correm para dentro de prédios visando a proteção. Tento focar no estrago do impacto com o binóculo e o que vejo me surpreende ainda mais. Não são apenas bolas de fogo... Do lugar onde o disparo caiu, surgem diversas crias em chamas, que correm e atacam as pessoas próximas. Eles estão atirando mortos!

Em minutos, toda a Tênus está tomada pelas hordas, matando e destruindo tudo o que podem. Ainda avisto cães do horror e bestas gigantes adentrando as fronteiras, agora desprotegidas. O exército vermelho não oferece obstáculo algum.

Ensopado e aturdido, eu volto para dentro da torre e a única palavra que sai é:

— Ferrou.

Capítulo 39

— O que aconteceu aqui? — Luana pergunta após chegar à sala. Ela passa por alguns corpos e vai até Gueth.

— A cidade foi invadida — digo e então vejo o único arcanista que restou, caído no centro do círculo. Alguns criados, poupados por Terandi, correm para ajudá-lo.

— Preciso refazer a Arca — ele geme enquanto uma tremedeira de exaustão percorre seu corpo.

— Ele consegue fazer isso sozinho? — pergunto a um dos criados.

— Impossível — ele responde assustado. — Mesmo com os outros dois que estão descansando, não daria para reerguer a proteção.

— Chame-os — o arcanista diz.

Sem demora, o criado vai na direção dos elevadores. Luana, que estava ao lado de Gueth, consolando Keon, ouve a conversa e se levanta:

— Eu posso ajudar.

— O quê? — tomo um susto com a frase.

— Você não tem a experiência necessária — outro criado pontua.

— Isso — concordo. — Não tem experiência. Você ficou louca?

— É a única opção! — ela esbraveja e passa por mim, indo na direção do arcanista caído. — Sou uma Estrela — diz com voz doce ao senhor. — Vocês podem guiar a minha energia.

— Seu poder é realmente grande, menina — ele responde ao tocar a mão de Luana.

— É perigoso demais. E ela está infectada, não consegue controlar sua energia. Vai acabar morrendo!

Em resposta ao meu apelo, o arcanista apenas olha para Luana e pergunta:

— O que você me diz, Estrela?

— Vou vencer essa infecção e levantar a porcaria dessa Arca.

— Não é uma opção — afirmo enfático.

— Então te dou uma opção melhor — ela fala e vem em minha direção, sacando a espada. — Vou descer e matar todas aquelas aberrações lá embaixo. Porque sentada, sem fazer nada, *eu não vou ficar!*

O grito de Luana chama a atenção de todos da sala. Fico imóvel, sem reação, enquanto ela volta para perto do arcanista e diz estar pronta. Logo os outros dois aparecem na sala, trazidos pelo criado. Um homem e uma mulher. Parecem esgotados, mas estão dispostos a fazer o possível. Eles se sentam no círculo, dão as mãos e logo a energia púrpura da minha irmã se expande e se mistura com o poder dos arcanistas, subindo ao teto da torre. Luana entra em seu estado de transe e começa a gemer de dor.

— Lua! — digo preocupado.

— Terá que confiar nela — Gueth fala. — Nós temos coisas mais importantes para nos preocupar.

Ele aponta para o elevador, de onde duas crias acabaram de sair.

— Como chegaram até aqui? — pergunto ao atingir uma delas com meu tiro de expurgo.

Gueth pula o corpo queimado que eu acertei e golpeia a outra com o Arado, deixando-a em pedaços.

— Precisamos proteger a torre — ele afirma. — É a única forma de eles conseguirem refazer a Arca.

Aceno com a cabeça e corro até a sacada, onde fecho a porta de vidro para que nada entre por ela.

— E ele? — Aponto para Keon.

— Está em choque. Não fala. Mal se mexe.

Sinto-me mal por ter desconfiado dele, mas agora não há tempo para desculpas.

— Aqui ele estará seguro. Vamos? — pergunto indo para a escadaria.

Contudo, quem responde não é Gueth:

— Vamos acabar com essas coisas! — Keon se levanta com um olhar firme e me surpreende.

— É bom tê-lo conosco de novo — Gueth fala e, sem demora, nós três seguimos para os elevadores.

— Fique bem — digo baixo, me referindo a Luana, antes de fechar a grande porta da sala. Após isso, Keon usa a telecinesia para destruir a saída de dois dos três elevadores da torre.

— Se mais crias forem subir, terão que usar o mesmo que a gente — ele fala e entra no cubículo. Descemos.

Assim que o elevador se abre, os discos do telepata decapitam três crias que já estavam no hall da torre. Vamos correndo pelo corredor e matando tudo o que cruza nosso caminho. Logo alcançamos guardas que chegaram para reforçar a segurança.

— Eles vão reerguer a Arca — informo a um deles. — Protejam a entrada! Não deixem que nada suba!

O soldado acata minha sugestão e vários deles correm para dentro da Torre Central. Quando saímos na rua, encontramos um cenário caótico. Em meio à chuva forte, vejo pessoas sendo atacadas. Elas fogem, gritam. As crias tomaram a cidade depressa demais, atacam desordenadas qualquer coisa que se move. Algumas nos veem, mas Gueth as picota com sua arma.

— O problema são as catapultas arremessando essas coisas para dentro da cidade. — Indico uma nova bola em chamas que cai sobre o telhado de casas próximas.

— Como vamos pará-las? — Gueth questiona, sem ideia do que fazer.

É então que ouço um zumbido forte vindo do alto.

— Zangões — o nairatiano exclama, esperançoso.

Dezenas de robôs passam voando depressa por sobre nossas cabeças na direção das catapultas. Logo começo a escutar explosões e enxergo raios de luz vindos da entrada da cidade.

— Eles estão destruindo os trabucos — Keon diz, de cima de outro telhado. Ele usa o binóculo para enxergar a batalha ao longe.

— Como ele subiu ali? — pergunto em um cochicho para Gueth, mas ele não responde.

— Oh-ou! — o telepata geme, guarda o binóculo no cinto e salta do telhado, amortecendo sua queda com a telecinesia.

— O que foi? — indago, curioso. E Keon apenas aponta para o alto com o dedo.

Uma nuvem de pássaros surge e ataca os zangões. Não são aves comuns. Elas são enormes, duas ou três vezes maiores que urubus. Passo a escutar mais gritos e logo vejo os pássaros mutantes atacarem pessoas também. Acerto alguns com flechadas, mas não consigo contê-los. Eles descem, pegam suas vítimas com as patas grotescas e voam para o alto, de onde as largam. Em segundos, uma chuva de pessoas se mistura com a água que cai do céu escuro. É um massacre.

— Vocês dois, foquem os aéreos — Gueth fala. — Eu cuido dos que andam.

Keon prepara seus discos e os envia para o alto, amputando as asas de várias criaturas. Eu pego as flechas de cobre e disparo, expurgando tudo o que consigo. Algumas aves tentam revidar, mas Keon as mantém afastadas.

Gueth corre para o meio da rua visando ajudar as pessoas que fogem. Ele golpeia crias e lança algumas sementes no chão. Com a energia verde, faz brotar inúmeras mudas e, quando outros inimigos chegam perto, acabam presos nas trepadeiras que crescem rapidamente.

Mais zangões saem do quartel tentando conter as catapultas, porém ainda restam muitas atirando. Os pássaros dificultam as defesas. Vejo-os entrar pelo telhado do quartel e arremessar soldados para fora.

— Temos que impedir que destruam os robôs — grito e aponto para o quartel.

Keon corre para lá. Abdico das flechas para derrubar algumas crias à base de espadadas. Corto o braço de uma, dou um chute no peito de outra e arranco o tampão da cabeça da terceira. Nenhuma para de se mover, mas pelo menos ficam debilitadas. Guardas vermelhos também usam telecinesia para lançar os monstros para longe. Outros disparam raios avermelhados com suas pistolas. Não há muito o que fazer a não ser recuar. Só não podemos deixar a Torre Central. Ela deve ser protegida.

Avisto mais pássaros tentando subir para o último andar e sou obrigado a derrubá-los com flechas de luz. Acerto quatro deles até ter minha atenção chamada por um berro assustador.

— Meus filhos!

Viro o rosto e vejo uma mulher em cima do telhado próximo a mim. A máscara metálica na face me faz identificá-la. Estava em um dos cavalos que liderava as hordas. Furiosa, ela dá um salto enorme e cai agachada na minha frente. Levanta a cabeça devagar e me encara com os belos olhos maquiados. Quando se levanta por completo, vejo os detalhes das roupas e do corpo podre. Pedaços de arame farpado trespassam-lhe a pele. As roupas são trapos de couro sujos de sangue pisado. Mas, de tudo, a focinheira é o mais bizarro.

— Vai pagar por isso! — o som sai abafado pela máscara antes de eu receber um golpe rápido no estômago.

Sou arremessado por quase dez metros e caio de lado no chão, com muita dor e falta de ar. As flechas da aljava se espalham pelo solo e o arco para alguns metros longe de mim. Como ela pode ter tanta força?

Tento me levantar, porém a mulher já está ao meu lado. Encara-me com os olhos frios e prepara uma das mãos, deixando longas e afiadas garras à mostra. Parecem armas, feitas com arames saindo da pele dos dedos. Só não recebo um golpe fatal porque algo no céu chama atenção da inimiga. No topo da Torre Central, uma forte luz púrpura inicia a nova proteção. A barreira vai se espalhando lentamente pelo alto. Não é perfeita como a que existia antes, mas parece incomodar a mulher morta.

— Invadam a torre — ela ordena aos pássaros. — Não deixem que refaçam a Arca.

Após me ignorar no chão, ela salta no sentido da Torre Central e segue para a entrada. Luana está conseguindo. Não posso deixar que essa maldita estrague tudo. Recupero-me da pancada e recolho o arco. No entanto, ao apanhar uma das flechas no chão, sinto uma forte fisgada no braço esquerdo. Acho que o quebrei. Como vou enfrentá-la assim?

Em meio à correria de civis que ainda tentam escapar das crias e dos monstros voadores, surge o primeiro cão do horror a alcançar essa parte da cidade. Com violência, ele abocanha um inocente e sacode o focinho, dilacerando o corpo do pobre coitado. Antes que fizesse a segunda vítima, seu corpo acaba atravessado por uma lança dourada e o monstro desaparece sob o efeito da técnica de expurgo. São os paladinos.

— Fibula! — é Minerva quem grita e dispara uma esfera de luz certeira nas fuças da morta. A inimiga é pega desprevenida e acaba arremessada contra a parede da Torre Central. — Você não vai a lugar algum sem antes passar por mim.

Aparentemente machucada, Fibula se levanta ajeitando o pescoço, porém os ferimentos causados pelo ataque de Minerva desaparecem em segundos, fazendo a morta rir.

— Será um prazer — a voz abafada pela máscara traz um tom de satisfação.

Vejo as duas correrem, uma contra a outra, enquanto mais paladinos aparecem, tentando conter as hordas que já tomaram grande parte da cidade. Crias vestidas com armaduras e de lâminas em punho brotam das ruas, caem pelos telhados. Estão vindo para a torre. Com o braço ferido, opto por deixar o arco de lado e saco a espada.

Entre inocentes, crias, paladinos e soldados vermelhos, viso alcançar a porta da Torre Central e protegê-la da melhor maneira possível. Avisto pássaros subindo ao topo da construção e torço para que eles não consigam entrar pelas janelas da sala onde está Luana.

Troco golpes com um abominável ser de cabelos falhos e pele derretida. Ele usa uma lâmina torta, que quase me leva o pescoço duas vezes. Com apenas um dos braços, fico em desvantagem, mas acabo acertando-lhe um chute nas pernas e o faço cair sobre os ossos podres. Em seguida e sem dó, cravo a espada em sua testa, arrancando-lhe o crânio fora, ainda preso em minha arma.

Livro-me dos restos da cria a tempo de ver Minerva e Fibula lutando agressivamente a poucos metros de mim. Com uma espada, a paladina tenta acertar golpes que são desviados com facilidade pela morta. Em contrapartida, Fibula desfere ataques com suas garras pestilentas. Vez e outra, as garras e a espada se chocam, gerando ruídos agudos dos metais. Minerva luta com muita perícia. Ela consegue aliar golpes de espada com esferas de luz e barreiras de proteção. Também evita ataques com seu escudo acoplado no braço esquerdo.

Mas Fibula não é uma adversária fácil. Além das garras infectadas, a morta é dotada de muita agilidade e força. Sempre que os golpes das duas se cruzam, Minerva parece levar a pior, tendo que recuar. A paladina chega a ser obrigada a erguer uma luminosa barreira à sua frente, protegendo-se de um golpe que seria fatal.

Após a proteção se desfazer, Fibula avança com uma sequência de ataques rápidos dos quais, por sorte, Minerva escapa. Ela aproveita a chance para decepar uma das mãos da monstrenga. Com o cotoco que lhe resta, Fibula acerta a paladina, fazendo-a voar para longe.

— Sua pilantra! — ela fala, em um misto de fúria e prazer. Parece se deliciar com a própria dor, ao mesmo tempo que demonstra ódio por ter sido atingida. — Vou arrancar as suas pernas!

Minerva, que está caída e desarmada, se torna um alvo fácil para a morta. Eu tenho tempo apenas de levantar a espada e correr para ajudá-la. Antes que a inimiga colocasse as mãos na paladina, consigo agarrá-la por trás e uso minha arma para degolar seu pescoço. Obviamente, o ataque não surte muito efeito, a não ser arrancar a máscara da inimiga, que cai logo após ela se livrar de mim. Ainda com mais raiva, Fibula me acerta um chute e me derruba nos paralelepípedos da rua.

Levanto a cabeça e enxergo a cara da inimiga, agora revelada por completo. Não preciso dizer que a máscara dava a ela uma aparência muito mais agradável do que agora. Falta-lhe parte da mandíbula. A pele dos lábios não existe mais, deixando à mostra dentes escuros e alguns ossos do rosto. Pelo rasgo que minha espada abriu em sua garganta, escapa a ponta da língua de Fibula, deixando cair uma mistura de saliva e sangue. Com dificuldade para falar, ela emite um grunhido feroz e levanta as garras da mão que resta para me acertar.

Desta vez é Minerva quem me salva. Vejo sua espada trespassar o abdômen da inimiga, onde fica cravada. Fibula busca se soltar, porém não consegue e acaba jogada no chão. A paladina é rápida e prepara a técnica de expurgo a fim de mandar a morta de volta à sepultura. Suas mãos se acendem, o ataque final é preparado e Fibula estaria acabada se não fosse por um de seus pássaros monstruosos, que desce em um voo rasante e agarra Minerva pelos ombros.

A paladina é levada a quase cinco metros do chão e só consegue se livrar do bicho após explodi-lo com o controle da Luz. Sem a criatura, Minerva despenca ferida no piso duro.

Fibula se levanta antes de mim, tira a espada de seu corpo e vai até a paladina. Consigo ficar de pé, ainda com muita dor no braço. Não sei o que fazer para salvar Minerva. Ela está no chão, mal consegue se mover. Fibula se debruça sobre ela e abre a grande bocarra. O maxilar solto deixa a língua para fora, que balança pingando sangue no rosto da paladina.

— Quer um beijinho? — Fibula fala com a voz deformada pela falta de músculos saudáveis e pelo corte na garganta.

Como vou matar essa cretina? A única forma é com um potente encanto de Luz, capaz de expurgar desse corpo decadente toda a energia negra que a mantém viva. Olho ao meu redor e não consigo achar nenhuma flecha de cobre. Não tenho metal para fazer encanto nenhum. Sem tempo, com Fibula preparando seu ataque final, penso apenas em uma coisa...

Levanto minha espada na altura dos olhos e a encaro com firmeza. Se me lembro bem, Bartolomeu Norano utilizou uma liga de aço para fabricá-la, material muito diferente do cobre. A arma é leve e precisa no corte, uma obra-prima.

Respiro fundo e deixo a energia ao meu redor ditar o ritmo. Meu consciente diz: "não vai dar certo", mas meu coração, de algum modo, me manda continuar. Lembro-me de meu avô e sua fabulosa habilidade para encantar. A forma como transferia energias para todo tipo de metal. Se eu quiser me tornar um encantador como ele, eu não posso depender do cobre. Minerva estava certa. Não sou mais um aprendiz. Preciso controlar as energias. Elas têm que ir para onde eu mandar!

Sinto os olhos arderem e logo um fluxo violento de luz surge no ar e se desloca até o metal sujo da espada. Ela se acende, vira brasa e emite um clarão luminoso. Não sei o que vai acontecer. É energia demais em um material que não tenho ideia de como se comporta. Com pressa, berro e corro até as duas.

Tiro Fibula de cima de Minerva com um chute forte que derruba a inimiga para o lado, desnorteada. Com um dos pés, piso no peito dela e a prendo no chão. Ao ver minha espada embebida de Luz, ela rosna e geme, tentando se levantar, mas eu sou mais rápido.

— Beija isso, sua imunda — falo assim que enfio a espada bem na goela da desgraçada. A luz de expurgo no metal queima o rosto de Fibula e eu me afasto, com medo do que pode acontecer.

A morta se debate enquanto seu corpo é envolvido pela luz branca do encanto e pela poça da chuva. O metal da espada pulsa, a luz se amplifica. Surge um brilho quente que me faz fechar os olhos. Quando os abro novamente, avisto o cabo da espada em meio às cinzas negras que emporcalham a água no chão.

Agora sim posso me referir a Fibula como "morta".

CAPÍTULO 40

Olho para a palma da mão que segurava a espada e noto uma queimadura feia. Não foi um encanto perfeito. Se eu tivesse colocado mais energia, talvez perdesse a mão toda. Sem muito tempo para pensar no machucado, eu vou até Minerva e a ajudo. Apesar de bastante ferida devido à queda, ela consegue se levantar com um pouco de esforço. É então que noto dezenas de pássaros mutantes caídos no chão, desaparecendo em meio à guerra que continua fervorosa ao nosso redor.

— O que é isso? — pergunto confuso.

— Era Fibula que os mantinha vivos — Minerva explica, apoiando uma das mãos no joelho. — Sem ela, as crias voadoras não podem sobreviver.

— E as outras?

— Estão sob o comando de Ilium.

Levo Minerva até a entrada da torre, onde outros paladinos e soldados vermelhos a recebem. Todos tentam manter as crias longe. Não sei por quanto tempo vão conseguir.

— Aonde você vai, arqueiro? — a paladina pergunta assim que dou as costas.

— Matar o tal Ilium.

Se eu pude encantar outros metais e vencer Fibula, também posso com o grandão de armadura.

— Não seja tolo — ela fala, em seguida tosse um pouco de sangue. — Ele não é como Fibula. Não possui corpo para ser expurgado. Shaz usou as trevas para dar vida a uma armadura.

— O quê? Não é possível. Deve ter um ponto fraco.

— Ilium é a melhor criação da Estrela dos Mortos. Por isso controlou as hordas até aqui. Nenhum paladino foi capaz de vencê-lo ou mesmo atrasá-lo.

— E o que vamos fazer?

— Esperar que Tlavi destrua Shaz, desta forma Ilium morrerá e as hordas perderão seu comando.

— Não podemos esperar, você sabe disso. Sinto te dizer, mas sua mestra falhou. Ela não vai nos ajudar. Estamos por nossa conta.

Novamente dou as costas e deixo Minerva com uma expressão de tristeza. Ela também não pode mais ajudar. Está ferida demais para permanecer na batalha. Sua melhor chance será permanecer na Torre Central. A mim, resta acabar com essa guerra.

Volto para a rua e pego a primeira arma que acho no chão molhado: uma espada de lâmina ondulada, que certamente pertencia a uma das crias. A queimadura incomoda minha mão, mas eu a ignoro. Observo a proteção no alto da torre ficando ainda mais forte. A cor púrpura da energia de Luana está tomando o céu. Ela define as principais características da nova Arca.

Algumas catapultas ainda disparam bolas em chamas para dentro da cidade. Até a barreira se formar novamente, as hordas já terão arremessado milhares de crias para cá. O pior é que não vejo nenhum zangão protegendo a parte aérea. As aves de Fibula conseguiram dar conta de todos eles.

Encontro espaço para correr na direção do quartel, para onde Keon foi. No caminho desvio de duas crias, que acabam acertadas por disparos dos soldados vermelhos.

— Le — a voz de Gueth perfura o som da guerra e da chuva forte. Ele aparece entre os soldados e vem até mim. Está ensopado e sujo de sangue. No caminho, corta mais um inimigo ao meio. — Os pássaros pararam — ele diz.

— Eu percebi — falo em um tom irônico. Afinal, não vou ter tempo de contar tudo o que acabou de acontecer. — E os zangões?

— Não sobraram muitos homens capazes de operá-los. Keon está tentando achar alguém.

— Restou algum robô inteiro, pelo menos?

Gueth apenas aponta para um deles, caído em uma poça em frente ao quartel.

— Talvez aquele funcione.

Mais bolas de fogo passam pelo alto e atingem as ruas próximas. Não sei que tipo de combustível estão usando para incendiá-las. As chamas permanecem fortes mesmo sob o temporal. Talvez seja algum controle do fogo. O fato é que as crias que caem na cidade se levantam ainda ardendo em chamas e toda a água do céu não é capaz de diminuir nem sequer a intensidade do calor. É aterrorizante.

— Precisamos parar isso o quanto antes — falo incisivo. — Já não bastam as crias que estão entrando pelo chão. Não vamos conseguir conter todas se as catapultas não pararem.

Vejo Keon voltar correndo de dentro do quartel. Ele para diante de nós e Gueth logo pergunta:

— Achou alguém que pode operar essa coisa?

— É. — Ele não parece muito confiante.

— Ótimo! — Gueth comemora. — Esse zangão é nossa última esperança para destruir os trabucos.

— Onde está o soldado? — pergunto.

Keon olha para mim, olha para o robô no chão, olha para dentro do quartel e olha para Gueth. Em seguida diz:

— Está bem aqui.

— Como? — Gueth não entende.

Em vez de responder, Keon vai até o robô e pega a coroa caída ao lado dele.

— Você só pode estar brincando — o nairatiano se irrita. — Vive dizendo que não é bom com telepatia. Não pode controlar isso.

— *Esse zangão é nossa última esperança* — ele arremeda a voz de Gueth. — E eu, entre todos aqui, sou o que tenho mais chances de operá-lo.

Lembro-me de Montesco dizendo que o zangão poderia fritar a cabeça de alguém sem o domínio completo da telepatia. Keon está se arriscando demais.

— Você tem certeza? — pergunto, colocando a mão na coroa.

— E agora você se preocupa comigo, arqueiro? — ele fala, cheio de sarcasmo. — Tocante... Me dá espaço, vai.

Antes que eu pudesse falar mais alguma coisa, Keon me afasta com sua telecinesia e ajeita a coroa na cabeça. O telepata se senta no chão encharcado, fecha os olhos e fala:

— Se quiserem ajudar, protejam meu corpo.

A coroa se acende e Gueth e eu trocamos olhares apreensivos. Keon move a cabeça para trás em um tranco e emite um gemido. O nairatiano corre para ajudá-lo, mas, ao ver o robô se movendo, ele para. Desengonçada, a criatura metálica se ergue, tenta ficar em pé, porém cai novamente. Com o auxílio das mãos, ela levanta o tronco, para de joelhos e desta vez se firma sobre as duas pernas.

Keon geme outra vez. Seus músculos se contraem em um esforço excessivo. É como se a mente dele estivesse se habituando a um novo corpo, como se tivesse que aprender tudo de novo. Nesse momento, questiono-me se realmente temos tempo para isso.

Ouço um grunhido e me dou conta de que algumas crias estão vindo em nossa direção. Alerto Gueth. Ele gira o arado acima da cabeça e avança sobre os monstros.

— É melhor você também ficar atrás — o nairatiano ordena —, está ferido.

Aumento a firmeza na mão que segura a espada, mas a dor no outro braço e a queimadura insistem em dar razão a Gueth. Não estou em minha melhor forma para lutar agora. Tolice achar que poderia vencer Ilium. Sem opção, vou até Keon, pego o binóculo que ele mantinha preso ao cinto e procuro um lugar alto para subir. O zangão comandado pelo telepata dá passos desajeitados, quase cai novamente, no entanto levita e sobe fazendo movimentos tortos.

— Cara, como isso é difícil — uma voz metálica sai das entranhas do robô.

— Keon? — Gueth se distrai da luta com as crias e volta o rosto para o zangão.

— Cuidado — o robô diz, e dispara um poderoso raio do punho fechado. O ataque evapora uma das crias que se aproximava de Gueth.

— Uou! — espantado, o nairatiano exclama.

— Essa coisa parece poderosa — grito de cima da escada onde subi.

— Meu corpo — o zangão lembra —, já volto! — E dispara ao céu em movimentos circulares, nem um pouco experientes.

— Ele vai bater na torre — falo assustado, mas o robô desvia em cima da hora e se afasta de nós, deixando um rastro de luz e um zumbido alto.

— Agora é com ele — Gueth fala e derruba mais duas crias.

Continuo subindo as escadas na lateral de um sobrado e atinjo a sacada superior da casa. Avisto a bagunça toda nos arredores da torre. Muitos soldados vermelhos tentam afastar as crias armadas que avançam ferozes. Os paladinos estão focados em derrotar dois gargântuas que também já atingiram o centro. Colo o binóculo no rosto e foco o horizonte em busca das catapultas. Não é tão fácil ver à distância com toda essa chuva, mas as lentes desse aparato conseguem ignorar a nebulosidade da atmosfera. Avisto dois trabucos ainda inteiros, que disparam com uma velocidade incrível. Mais de um tiro por minuto.

Um raio azulado atinge um deles, quebrando parte da estrutura de madeira que o sustenta. Busco no alto a fonte do disparo e finalmente encontro o zangão comandado por Keon. Ele ainda voa atrapalhado e tenta atirar mais vezes, sem muita pontaria. Os disparos acertam vários lugares ao redor da catapulta, mas não são o suficiente para fazerem-na parar.

Em resposta aos ataques do robô, avisto uma saraivada de esferas negras e vermelhas subir ao céu. Algumas crias conseguem orientar as trevas e o fogo, atacando o zangão. Com manobras estranhas, mas eficazes, Keon tira o robô do alvo dos ataques e consegue chegar mais perto da catapulta, atingindo-a com um raio certeiro antes que enviasse para o céu uma nova bola de mortos em chamas. As peças de madeira se desmontam em meio ao movimento da arma, que acaba atirando a bola no chão, logo à frente de onde estava. A explosão de fogo ilumina o horizonte negro e uma torre de fumaça se ergue.

Resta uma única catapulta. Outros disparos das crias afastam o zangão do alvo final. Ele tenta contra-atacar, atira duas, três vezes, mas não enxergo onde os tiros acertam. Apenas continuo vendo as esferas subirem contra o robô. Keon parece estar pegando o jeito. Ele desvia dos ataques com habilidade, sobe e desce, dá piruetas e giros no ar.

— Ele vai conseguir! — grito para Gueth, empolgado.

— Que bom — ele responde com a voz ofegante. — Seria legal que não demorasse muito.

Só então percebo que o nairatiano está em uma situação um pouco delicada. Uma dúzia de crias o cercou junto ao corpo de Keon, ainda em transe. Com o arado, ele tenta afastar os inimigos, sem muito sucesso.

— Aguenta firme. — Recoloco o binóculo na face. — Ele tá quase...

Mas minha frase é interrompida assim que vejo uma esfera de energia flamejante alvejar o zangão em pleno voo.

— Tá quase morto — completo, diminuindo bastante minhas expectativas.

— O quê? — Gueth berra. — Me ajuda aqui, Leran!

Sem responder, mantenho a visão focada no robô que cai ao longe. Ele tenta se manter planando, contudo o ataque colocou suas costas em chamas e agora está perdendo altitude depressa. O zangão atira mais vezes contra a catapulta, mas não consegue acertá-la a tempo. Sua única opção, antes de se espatifar no solo, é usar um último impulso e lançar-se contra o alvo. A estrutura da catapulta é atingida em cheio pelo corpo metálico do zangão, que acaba derrubando quase tudo. Uma nova explosão surge do impacto e o robô desaparece no fogo.

Volto minha atenção para Gueth e corro para descer as escadas. Não sei o que vai acontecer com Keon. Ele ainda está em transe.

Será que sua mente foi destruída com o zangão? Para minha surpresa, o telepata retira a coroa e a arremessa longe, em seguida saca seus discos azulados e decepa grande parte das crias que o estavam ameaçando.

— Eu nunca mais faço isso — ele fala, aliviado.

Gueth derruba os inimigos que restam em pé antes de eu alcançá-los. Feliz, dou um murro no ombro do telepata, deixando-o um pouco nervoso.

— Você foi demais!

Ele apenas fica sem graça.

— A chuva parou. — Gueth aponta para o céu.

É então que vejo a Arca crescendo rapidamente. Ela já cobriu grande parte da cidade e agora está alcançando os bastiões, onde, em breve, reformará as paredes da fronteira. A nova proteção não é como a outra. Sua cor púrpura dá ao céu um tom assustador e, ao contrário do Arca antiga, é possível ver através da barreira. As nuvens carregadas ganham um tom arroxeado, mas suas gotas param no novo telhado da cidade e escorrem para as laterais, formando uma cachoeira gigante.

— Que coisa maluca — falo abismado.

— Ainda não acabou — Keon nos lembra e indica a entrada da Torre Central. Lá, mais crias se aglomeram, tentando entrar. Agora elas precisam parar a barreira, ou o ataque das hordas será contido.

— Não podemos deixar que entrem! — Gueth corre na direção da torre. Seguimos.

Após derrubarmos uns dez inimigos, conseguimos nos juntar ao paredão que protege a entrada. Paladinos e a Guarda Vermelha se unem em um esforço conjunto para conter o avanço das hordas. As técnicas de expurgo devastam linhas inteiras de mortos, que rapidamente são repostas por novas crias surgidas nas ruas. Muitos inimigos usam espadas e lanças, outros já surgem disparando flechas e ataques de energia. Dois soldados caem ao meu lado, atingidos por esferas de energia negra. Os demais revidam com as pistolas de raios.

— Seu arco seria útil agora — Gueth pontua.

De fato seria se eu não tivesse um braço quebrado, uma mão queimada e também se soubesse onde ele está. Eu o perdi na luta com Fibula.

— São muitos — alerta um dos soldados vermelhos. — Mesmo que a Arca se refaça, como iremos tirá-los da cidade?

Olho para dentro da torre e vejo uma legião de pessoas feridas. Quase todos os sobreviventes dessa área acabaram se refugiando aqui. Se as hordas entrarem, será um massacre.

Novos cães do horror se esgueiram entre as crias e alcançam a linha de defesa da Torre Central. Paladinos tomam a frente para impedi-los, mas percebo que restaram poucos em condições de lutar. São apenas cinco guerreiros dourados. Os demais, ou estão feridos, como Minerva, ou estão mortos. Sem eles, as chances de vencermos é muito menor. Por mais habilidosa que seja a Guarda Vermelha na arte mental e no uso de armas, eles não dominam o expurgo.

Além dos paladinos, eu sou o único que pode mandar essas coisas de volta ao túmulo. Mesmo Gueth e Keon não conseguem se livrar das crias por completo. A energia negra precisa ser banida de seus corpos para que parem de avançar. E, agora, minha técnica de encantos será mais necessária do que nunca.

Meu avô dizia que os encantadores faziam poderosas armas capazes de controlar as energias. Eram eles que colocavam o poder dos elementos nos objetos a fim de transformá-los em itens controladores. Para isso, além de sentir o fluxo energético ao seu redor, o encantador devia identificar e entender o material alvo do encanto. Foquei grande parte do meu aprendizado no cobre e confesso que negligenciei outros materiais. Por uma questão de tempo, talvez, ou simplesmente por comodidade. Em vez de treinar outros metais, gastava meu tempo indo atrás de cobre. Mas o que fiz contra Fibula mostrou que estou apto a dar um passo maior.

Olho para a espada que achei no chão e a toco, sentindo o metal. É bronze. Sei disso pelo cobre que pulsa em contato com meus dedos. Esse eu já conheço bem e sua presença aqui vai me ajudar. Pelo que sei, nessa liga metálica também existe estanho e provavelmente outros metais mais densos, como o chumbo.

As aulas de química na escola não eram as melhores, mas sei que o bronze não é tão bom condutor quanto o cobre puro. Por outro lado, o aço é ainda menos interessante para transferir energias e mesmo assim pude encantá-lo. O problema é a estabilidade da técnica. No cobre, eu sei quanta energia o metal aguenta antes de explodir. No aço tive sorte. Usei muito mais energia, pois sabia que o metal tenderia a aguentar mais, porém isso me custou a arma toda e várias bolhas na mão. Meu cálculo deve ser exato agora.

Sem perder mais tempo, fixo os olhos na lâmina ondulada e concentro a energia luminosa na direção do metal. Preciso dosar a técnica, mantendo o encanto estável. Tornarei essa espada decisiva no combate às crias de Shaz e, com ela, matarei Ilium. Em segundos, a lâmina torta se acende em um trovão claro. Sustento o fluxo de energia, tentando armazenar apenas o que é necessário. O chumbo parece ajudar na contenção da energia, mantendo a luz ao redor da arma em uma torrente. Sinto que ela não vai explodir. Pelo contrário, permanece firme, pronta para ser usada.

Avanço até uma das crias e a golpeio no braço. O lugar onde a lâmina passa brilha, em seguida todo o membro da criatura se desintegra em um flash de luz. Meu próximo ataque lhe arranca a cabeça, fazendo o corpo todo desaparecer. Gueth me olha espantado.

Minha mão dói, mas eu não paro. Destruo mais inimigos e vou na direção de um dos cães do horror, acertando-o nas costas. A criatura geme, virando cinzas diante dos paladinos. Surpresos com a técnica que acabei de inventar, os guerreiros dourados se motivam e avançam contra as hordas.

As crias se afastam, com medo de minha arma. E isso nos dá espaço para reerguer uma linha de defesa diante da torre. Estamos levando a melhor, finalmente. No céu, a Arca está quase completa. Vamos vencer.

Só não teria dúvidas disso se uma relinchada forte não me trouxesse o tremor involuntário do medo. Não sou o único afetado. Os soldados vermelhos param de atirar, os poucos paladinos ficam apreensivos. Do meio das hordas, aparece a montaria macabra e sobre ela está Ilium, o general de Shaz. As crias param por um momento e se reorganizam em uma frente de batalha. Furiosas, começam a bater as armas em ameaça a nós.

O general desce do cavalo e sua montaria desaparece em uma nuvem negra. Meu olhar sobe tomando conhecimento do tamanho da criatura. Ele saca um martelo imenso de suas costas, cuja ponta de pedra parece ser maior do que eu. Antes de atacar, a voz ecoa no elmo, me arrepiando a espinha.

— Matem todos.

Após o comando de seu mestre, as crias avançam urrando, fomentadas pela energia do cavaleiro negro. Elas passam por Ilium e tentam penetrar a linha de defesa montada diante da torre. Mais uma vez, os adversários trocam golpes, mas agora o general não se contenta em assistir. Seu alvo é a Torre Central. Com passos largos e pesados, Ilium atravessa a rua na direção da entrada e logo tem seu caminho obstruído por três dos paladinos. A luta começa.

Volto minha atenção para mais crias e as aniquilo com minha espada. Gueth e Keon estão à frente, usando tudo o que podem para manter as hordas afastadas. A presença do general mudou completamente a situação. Preciso vencê-lo.

— Gueth! Keon! — grito e aponto para Ilium. Eles entendem o recado.

A alguns metros, os paladinos enfrentam o cavaleiro negro. Um deles ataca pela frente com sua espada, contudo Ilium segura a arma com uma das mãos e a quebra em pedaços. Em seguida, acerta o corpo do homem com uma potente marretada. O paladino voa até a parede da torre, completamente desfigurado pela força do golpe.

Os outros dois também não oferecem muitos desafios ao general. Um deles lhe acerta a perna, porém a armadura preta não sofre um arranhão sequer. Em retorno, Ilium agarra o paladino pelo pescoço e o joga no chão. Sem um pingo de dó, ele pisa na cabeça do guerreiro, afundando-o no solo.

Ele é forte demais. Minerva tinha razão. Se os paladinos não podem vencê-lo, como eu vou pará-lo? Os discos de Keon alcançam Ilium antes que ele matasse o terceiro paladino. As armas do telepata são rápidas e afiadas, mas não oferecem dano nenhum ao gigante de armadura. Elas ricocheteiam nas placas duras, emitindo faíscas, e ficam voando ao redor dele, em uma tentativa vã de distração.

Gueth usa o arado e abre uma fenda na rua. O buraco prende uma das pernas do general, impedindo-o de se mover. Um raio de luz acerta seu peito, deixando-o ainda mais irritado. É o paladino que dispara. O contra-ataque de Ilium é devastador. Ele arremessa o martelo como se fosse um simples e leve pedaço de pau. A arma vai rodopiando e acerta o guerreiro em cheio, esmagando-o no muro lateral de uma casa.

— Arqueiro! — Keon grita para chamar minha atenção. Percebo que ele está se concentrando para manter o general preso em sua telecinesia. Ilium tenta mover os braços, mas a força da mente de Keon é formidável. — Vai logo. Acaba com ele.

Agarro firme no cabo da espada e uso a energia da Luz para aumentar a potência do encanto. Paro diante do inimigo, olho o vazio dentro de seu elmo, salto e enfio a arma em sua cara. A lâmina passa varada, como se não houvesse ninguém dentro da armadura. Ouço o som da ponta batendo nos fundos do capacete e a deixo lá, torcendo para que o encanto o destrua, assim como fez com Fibula.

Ilium, em vez de desaparecer na minha frente, me acerta o peito com sua mão pesada, fazendo-me cair no chão a metros de distância dele. O golpe é duro, violento. Toda a lateral esquerda do meu tórax dói. Eu tusso e a agonia aumenta ainda mais. Não bastava um braço quebrado, agora tenho certeza de que Ilium me levou algumas costelas.

A telecinesia não é forte o bastante para mantê-lo parado. Após me acertar, ele arranca o pé do buraco e encara o telepata, que ainda tenta subjugá-lo. Sangue escorre do nariz de Keon enquanto veias grossas brotam de seu pescoço. Ilium dá alguns passos, ainda com dificuldade, mas logo vence o esforço do telepata e o faz cair de joelhos, exausto.

Minha espada ainda brilha dentro do elmo negro e, assim que o general se vê livre do controle de Keon, ele retira a arma da face e a espatifa na palma da mão. O encanto não foi capaz nem de manchar o metal dos dedos de Ilium.

— Como ousam? — ele profere, irritado. — Esta cidade é minha. Não podem com o poder de Shaz.

Não sobra muita coisa à nossa volta. As crias estão trucidando a Guarda Vermelha. Vejo os paladinos que restavam sendo mortos, atacados sem piedade por mordidas e golpes de espada. Criaturas já entram na torre, atacam pessoas feridas, indefesas.

Comigo todo estropiado e com Keon caído e exausto, Gueth é o único que pode tentar algo. Ele levanta o arado e avança contra Ilium. Mas o general segura o bastão do nairatiano sem se esforçar muito e o arranca de suas mãos. Desarmado, Gueth apenas observa a própria arma ser cravada em seu peito. Sangue espirra na armadura do cavaleiro e o lutador cai mole, com a ponta da alabarda atravessada em seu corpo.

— GUETH! — grito com a força que me resta. Mas ele apenas vira o rosto, com uma expressão de desalento, e despenca de vez no chão.

— Verme — Ilium diz e afasta Gueth de seu caminho com um dos pés.

Ele avança na direção da torre e eu me arrasto até o nairatiano, na tentativa de ajudá-lo. Quando chego perto, percebo-o mexendo nos bolsos.

— O que está fazendo? — estranho sua preocupação em achar algo a uma hora dessas.

Não demora até que ele tire uma pequena semente retorcida e escura.

— O que é isso? Quer comer, agora?

— Cala boca, arqueiro — ele fala, fraco. — Essa é uma semente especial.

Gueth a segura na palma de sua mão e usa a energia para interagir com a planta. O pequeno grão se acende, pronto para brotar. Apenas olho, curioso.

— Sua pontaria é bem melhor que a minha... — Ele me entrega a semente brilhante.

Acho que entendi o que ele quer. Com o que me resta de forças, fico de joelhos, seguro firme a semente e chamo por Ilium.

— Ei, coisa feia!

— Ainda estão vivos? — o general questiona ao virar a face escura na minha direção.

Ele não tem tempo de desviar da semente que arremesso. Ela entra pelo elmo e se perde na escuridão interna da armadura. Ilium dá alguns passos para trás e sente algo dentro de si. Logo vejo luz verde sair pelas frestas nos encaixes do metal.

— O que era aquilo? — pergunto a Gueth.

— O Ferrão Negro. Uma semente que usa a energia das trevas para crescer — ele responde com a voz ainda mais baixa. — Achei que não seria útil para nada.

Mas, de alguma forma, o vegetal suga tudo o que existe no interior de Ilium. Caules brotam por entre as peças da armadura enquanto o general treme em um estado de agonia. Raízes saem pelas botas e perfuram o chão em busca da terra. Ilium é estacado no solo e suas pernas cada vez mais se engrossam, até que a armadura arrebenta, dando lugar a um grosso tronco. Os braços viram galhos e o elmo sobe preso à copa de uma estranha árvore de folhas escuras e retorcidas. As peças de metal restam ao redor do vegetal negro, caídas e quebradas.

As crias, por sua vez, definham sem a presença do líder. Deixam as armas caírem. Seus braços secam, os corpos mínguam, a carne apodrece em velocidade acelerada. As hordas foram vencidas e, no céu, a cor roxa da nova Arca finalmente toma todo o espaço.

— Acabou? — Gueth pergunta.

— Sim, você conseguiu.

Com um sorriso, ele apoia a cabeça no chão molhado, fecha os olhos e não responde mais a nenhum dos meus chamados.

A manhã surgiu tímida no céu rosado. A luz solar passa pela barreira da Arca trazendo um tom lilás para as ruas de Tênus, como se a cidade estivesse envolta em papel celofane colorido. É a primeira aparição do sol depois da tempestade que continuou caindo por quatro dias, desde que

Ilium e as hordas foram derrotados. Na frente da Torre Central, a árvore negra marca o exato lugar onde o general de Shaz foi vencido. Tudo ainda está em reconstrução e muitos corpos precisam ser enterrados.

Mesmo as crias tendo desaparecido após a morte do general, a Guarda Vermelha permaneceu preparada, com medo de que algum ferido desenvolvesse a infecção. Mas até agora nada aconteceu. De alguma forma, a praga de Shaz foi banida daqui. Não sei se Tlavi conseguiu vencer ou não a Estrela dos Mortos. O fato é que até mesmo Luana se livrou da energia negra que dominava seu corpo.

Passo pela árvore na entrada da torre e subo por um dos elevadores, já consertados após o estrago feito por Keon. No andar mais alto, encontro os criados dos arcanistas, que me levam até a sala da Arca. Luana está sentada junto aos três magos, ainda emprestando sua energia a eles. Disseram que vai levar um tempo para que consigam, ao menos, mais dois arcanistas para suprir a posição dela e refazer a Arca por completo. Afinal, quem está aqui dentro não se sente mais em uma cidade perfeita, mas sim em uma bolha cor-de-rosa. Pelo menos devem se sentir seguros.

Enquanto espero, ajeito a tipoia do braço, agora coberto por faixas e talas. Minhas costas seguem na mesma situação. Minerva ajudou um pouco na cura, mas ela também estava fraca para conseguir grandes resultados. O máximo que fez foi aliviar bastante a queimadura da minha mão. Depois de recuperar parte das forças, ela preferiu deixar Tênus e voltar com os poucos paladinos que restaram para Nuanto. A reconstrução por lá será mais árdua do que aqui.

Quando dá a hora, Luana abre os olhos e é guiada por um dos criados para fora do círculo.

— Como você está? — pergunto.

— Um pouco tonta, mas me acostumando.

— Precisará voltar amanhã?

Ela acena com a cabeça. Os arcanistas pediram que ela fornecesse energia diariamente para a Arca, assim os outros três poderiam mantê-la em pé com um esforço menor.

Lua tem trabalhado aqui seis horas por dia, mas não parece muito cansada. Diria que não a vejo bem assim desde que saímos de Mabra. As veias escuras deixaram seu corpo por completo, extinguindo qualquer sinal da infecção. Ela disse que o esforço que usou para reerguer a barreira a ajudou na luta contra o poder de Shaz. Quando a batalha terminou, ela havia se tocado de que não estava mais afetada pela energia negra. Os arcanistas concordam com a versão dela, alegando que ajudaram no processo, orientando a força bruta que emanava de minha irmã. Mas eu não sei se foi isso mesmo. Talvez Shaz tenha morrido. Talvez Sonatri tenha se livrado de uma vez por todas dessa maldição.

— Estou feliz que esteja bem — falo.

Em retribuição, ela me abraça forte.

— Ai — dou um gemido, sentindo as costelas.

— Desculpa.

— Tudo bem, não está mais doendo tanto.

— Não é isso — Luana interrompe. — Estou te pedindo desculpas por ter sido uma idiota.

— Não se preocupe com isso.

— Você é meu irmão. A pessoa mais importante na minha vida. Desde o começo, só esteve preocupado comigo. E eu não soube reconhecer. Desculpa.

Abro um sorriso tímido e a abraço novamente.

— Você nunca vai me perder, Le — ela diz com a cabeça encostada no meu peito.

— Eu sei.

Descemos da torre e encontramos Keon e Gueth diante da árvore negra. O nairatiano também exibe faixas enroladas em seu peito e ombro, fazendo um grande curativo onde Ilium o feriu. Keon é o mais inteiro de nós, apenas com alguns arranhões pelo corpo.

— Você acredita em destino, Le? — Gueth pergunta enquanto toca o tronco escuro da árvore.

— Não muito.

— Às vezes acho que algo ou alguém olha por nós lá de cima, sabe? Como se colocasse as pessoas certas no momento certo em nossas vidas.

— Talvez. Se você acredita nisso, deve ser verdade. É uma questão de fé — digo, me lembrando da conversa que tive com Minerva logo que chegamos a Tênus.

— É. — Ele olha para a alta Torre Central. — Já estou me acostumando com essas torres feias.

— Não sente mais saudades de casa? — pergunto.

— Um pouco. Mas não tem muita coisa lá que me faça querer voltar. E você?

Por um momento me lembro de Acigam, da vida pacata que levava antes da rebelião. Da escola, do Bairro das Oliveiras, do trem correndo pelas trincheiras, da loja do meu avô, do mercado, do Mirante. Tudo o que vivi lá não existe mais. Saudades de casa?

— Não tenho mais uma casa — respondo um pouco triste. E depois completo em tom de brincadeira: — Explodiram ela já faz alguns meses.

Gueth oferece um sorriso amigável e toca o meu ombro antes de sair com os outros. Ele sabe da minha história. E é olhando-o subir a rua em direção ao hotel que descubro onde minha fé está depositada. O nairatiano envolve um dos braços em Luana e Keon o abraça do outro lado. Se eu for pensar criteriosamente, diria que somos todos estranhos uns para os outros e, mesmo assim, eles estão juntos, se ajudando, oferecem suporte como se fossem amigos de infância. Talvez alguém coloque mesmo as pessoas no nosso caminho, na hora e no lugar certo.

— Vem, arqueiro — Gueth chama. Abro um sorriso e me junto ao grupo.

Minha fé não está em deus algum. Ela está entre os humanos. São eles que podem mudar as coisas, que escolhem fazer o bem ou fazer o mal. E, entre todos, tenho mais fé nos que se mostram amigos, pois são esses os que me fazem sentir-me em casa.

Epílogo

por Tlavi Hur

[Dias atrás]

Depois de muita cavalgada, exausta e sedenta, finalmente alcanço Cimérium e sigo direto para a prefeitura. Não há ninguém na cidade além de Christia, minha Sentinela de Luz e eu. Sem crias ou capachos de Shaz pelas ruas. É só na entrada da sala da regência, já dentro da prefeitura, que encontro Humerus de guarda, rodando sua boleadeira, distraído. Assim que nos aproximamos, ele se assusta e se interpõe entre mim e a passagem.

— O que é isso? O que faz aqui? Não pode entrar, paladina — a fala é seguida do bater dos dentes no crânio à mostra.

Minha paciência não permite esse tipo de obstáculos. Simplesmente aponto a maça para a criatura e libero toda a energia purificadora que consigo. Meu ataque lança o monte de ossos contra a grande porta, derrubando uma das abas ao passo que deixa a outra escancarada. Sobre o piso frio, sobram poucos ossos chamuscados e a cabeça de Humerus, ainda viva.

— Quem se atreve? — Shaz pergunta ao levantar-se do grande trono de metal negro, colocado na frente de uma parede adornada por espelhos.

— Pare, pare! Você não pode... — diz o crânio falante antes de ser, enfim, evaporado para sempre por minha energia.

— Oh. É você, Tlavi? O que fez com o pobre Humerus?

— Ele voltou para o mundo dos mortos. Lugar onde você estará em breve.

— Vejo que chegou longe — diz, irônico, ao sentar-se novamente.

— Suas aberrações não podem parar um cavaleiro da Luz, Shaz.

— Entendo. Então acredito que sua visita tenha um motivo especial, a ponto de invadir minha cidade, aniquilar meu criado e ainda estragar minha linda porta de cerejeira.

— Seu deboche está prestes a acabar — Christia interfere, revoltado com a postura da Estrela dos Mortos.

— Diga ao seu guarda-costas que não tenho interesse, muito menos tempo, para argumentar com seres inferiores. Essa conversa deve ser de Estrela para Estrela.

O paladino se arma para avançar, porém eu peço calma.

— Não existe distinção entre os paladinos, Shaz. Muitos deram a vida para que chegássemos até aqui. E todos têm tanto ou mais valor do que eu.

— Ah, Tlavi. Você é tão poderosa, tão inteligente. Como não percebe que está desperdiçando esse talento no lado errado desta guerra?

— Não existem lados. Apenas pessoas corrompidas como você, que insistem em se sobressair por meio do sofrimento de todos. Se esse é o seu lado, minha função é destruir todos os que cruzaram a linha.

— As Estrelas nasceram para dominar o mundo juntas.

— Nasceram para proteger o mundo de seres como você! — enfatizo, irritada.

— Uma pena pensar assim. Perderá o futuro grandioso que nos espera.

— Você não terá futuro nenhum, monstro! Sua odisseia nefasta termina hoje.

A gargalhada de Shaz ecoa pela sala em resposta à minha ameaça.

— Você já falhou em me matar antes, se esqueceu? Não posso morrer.

Mas meu olhar permanece confiante, firme. Aproximo-me do trono olhando fixamente para o inimigo. Shaz percebe algo diferente em mim.

— O que esconde, paladina? — ele pergunta ao notar minha mão para trás. Sinto um leve temor em sua voz rouca.

— Tem medo de algo, Estrela dos Mortos?

Ele se levanta e muda a expressão. Lança até mim um olhar aterrador, aperta os olhos e os dentes.

— Nada pode me derrotar. Nada!

Estendo a mão e revelo o que carrego antes de falar:

— Então eu acho que perdi meu tempo trazendo isto até aqui.

Os olhos de Shaz se arregalam. Parece aterrorizado. Após respirar fundo, ele perde o ar e apoia um dos braços na lateral do trono.

— Como conseguiu isso? Onde está Talus, aquele imprestável? — pergunta quase a gaguejar.

— Como disse, foi com a vida de muitos homens que busquei esta peça. Seu lacaio não foi páreo para me impedir.

— Deveria tê-la destruído logo que a achou — ele fala.

De fato poderia, mas, se Shaz não morresse instantaneamente com isso, ele fugiria. Era necessário o elemento surpresa. Por isso a trouxe. Vou acabar com tudo agora e me certificar de que a Estrela dos Mortos morra por minhas mãos.

— Me entregue o amuleto — ele ordena ao estender o braço.

Eu apenas balanço a cabeça.

— Me entregue, agora!

— Parece que sua soberba desapareceu, Shaz. O medo enfraquece a energia podre que você exala.

— Se acha esperta, não é? Mesmo com isso não pode me vencer.

— Será mesmo?

Abro bem a palma da mão e me preparo para liquidar com o farol de Shaz. Ele pode blefar o quanto quiser. Sei que essa peça é mais importante para ele do que seu próprio corpo.

Inicio um controle poderoso para destruir o farol e, antes que pudesse concretizá-lo, sinto um emaranhado de energias diferentes se aproximar. Afasto-me de Shaz e fico atenta às janelas, lugar por onde a energia transborda. Duas delas, uma de cada lado do trono de Cimérium.

Pela da direita, brota névoa por entre os vãos e, em segundos, o chão abaixo da janela fica coberto por uma neblina fria, que gela o ar da sala. Shaz observa tudo com certo alívio no olhar. Ele me oferece um sorriso triunfante. Ergo o farol e me preparo para destruí-lo quando um raio azulado arrebenta a janela da direita e acerta minha mão, fazendo-me derrubar a joia, que rola para perto do trono.

Em seguida, formado da mesma energia azulada que me atingiu, vejo se materializar algo diante da abertura destruída.

— Não tem permissão para destruir um farol, Mestra da Cura — a voz sai rouca e assobiada, como um vento frio que balança árvores secas no inverno.

Logo a energia dá lugar a cabelos longos e grisalhos, presos por duas tranças enroladas em tecido azul. Pequenas miçangas de prata decoram o penteado e brilham como cristais de gelo. Barba comprida enfeitada com anéis de metal, pele clara, rugas rasas e abundantes. O manto branco aparece por cima de roupas típicas das cidades montanhesas. A última coisa que se forma são os olhos que me fitam friamente. Um olhar azul como a neve que reflete a luz do céu.

Ele dá poucos passos em meio à névoa rasteira, deixando sua energia gelada entupir a sala. Meu corpo se esfria, alguns músculos enrijecem. Este homem é a Estrela Gélida, o Senhor do Inverno. Mas não é só ele que veio em defesa de Shaz. Sinto outra fonte de energia surgir pela janela da esquerda. Eletricidade envolve os batentes de metal antes de um relâmpago destroçar os vidros, liberando fagulhas por toda a sala.

Cubro a vista e, quando olho novamente para o lugar, uma mulher se forma em meio à eletricidade. Cabelos castanhos e armados, roupas escuras, pele com pó alvo e lábios em um vinho forte. Tem seu cetro em uma das mãos, peça dourada com uma grande esfera de brilho avermelhado na parte de cima. Brilho este equiparado apenas à cor forte de seus olhos, que relampejam em luz rubra.

— Você ameaça o equilíbrio — ela diz com sua voz trovejante e lança um poderoso raio sobre mim.

Defendo a energia da Estrela Trovão usando meu escudo e revido com uma esfera de luz que a acerta em cheio e a lança na parede. Christia, tendo noção da ameaça, enfrenta o homem de gelo, tentando acertá-lo com um golpe de espada. Para evitar a investida, a Estrela faz surgir uma enorme estaca fria do chão enevoado e usa sua energia para contra-atacar. Mais estacas saem do piso e Christia, bem treinado, inicia uma dança pela sala, esquivando-se dos perigosos ataques do Mestre do Gelo. Sou obrigada a voltar minha atenção para Shaz, que já pegou seu farol.

— Achou mesmo que iria me matar, Tlavi? — ele diz debochado, enquanto coloca a joia pendurada no pescoço.

— Eu vou te matar — afirmo e salto contra ele, desferindo um golpe de maça.

Shaz saca o sabre da bengala e se defende. Ele revida, mas também me protejo. Por alguns segundos, nossos movimentos rápidos de ataque e defesa nos fazem andar pela sala. Uso esferas de luz e os raios da sentinela; ele retribui com raios negros e tentáculos sombrios. Vamos destruindo tudo ao nosso redor. Derrubo parte da parede e ele arremessa o trono de ferro com um dos braços feitos de sombras. Sinto novamente a energia elétrica se aproximar e me esquivo de outro relâmpago vindo da direção da janela.

— Vai se arrepender, Estrela da Cura — ela diz e avança para me acertar com seu cetro eletrocutado.

Sou obrigada a enfrentar duas Estrelas ao mesmo tempo. Ambas me atacando e defendendo minhas investidas. Ora usamos golpes de armas, ora energia pura. Uma luta brutal, que exige tudo de mim. Continuamos trocando golpes por minutos, até que Shaz me acerta a face com o sabre e abre um rasgo fundo em minha bochecha, pelo qual sinto sangue cair por dentro da boca.

Cubro o ferimento com a mão e percebo minha pele dilacerada. Tento falar, xingar o maldito, mas a voz sai afetada pelo corte. Shaz ri e pede desculpa com um gesto.

— Droga. Como farei para ouvir sua linda voz agora?

Fico furiosa diante de seu cinismo. Porém, quem me ataca em seguida é a Estrela Trovão. Sou atingida por um potente relâmpago que me lança no chão. Logo depois, uma descarga violenta sai das mãos da mulher e avança sobre meu corpo. A armadura dourada fica em brasa, sinto minha pele derreter. Eu grito.

Por alguns instantes, penso que vou morrer. Não pode acabar assim. Não vai acabar assim. Minha energia cresce, suprime o poder da inimiga. A aura elétrica da Estrela Trovão recua diante da minha Luz. Até Shaz se intimida. Eles não podem comigo. Shaz vai morrer e estes traidores cairão junto. São eles os que afetam o equilíbrio, não eu!

Em um movimento rápido, disparo a sentinela como uma gigantesca esfera de luz até a mulher. Sem tempo de reação e ainda ofuscada por minha aura, ela é atingida em cheio, parando metros longe, escorada na parede lateral da sala. Levanto-me determinada enquanto minha cura regenera meu corpo, especialmente os lábios. Ela me dá um novo fôlego na batalha.

— Sou eu quem tem o poder da vida, Shaz. Não você.

Ataco o Senhor da Morte com tudo o que tenho. Depois de quatro golpes bem colocados, consigo desarmá-lo e acerto-lhe um chute no peito, fazendo-o cair sentado próximo aos espelhos. Agarro seu colarinho e arranco o crucifixo de seu pescoço.

Ele vai morrer! Vai morrer agora.

Mais um golpe em seu rosto e o largo. Seguro o farol na palma da mão e liberto a luz de expurgo. Faço a joia se retorcer até ser destruída.

— Não! Não faça isso, sua infeliz! — Os gritos de Shaz se misturam com o som da energia se desprendendo da peça de ferro.

Suas mãos vão até o peito e ele aperta seus trajes como se algo o queimasse por dentro. Sente uma dor tão aguda que posso ver agonia em seus olhos negros. Ao passo que a energia do artefato se esvai, assisto à vida do inimigo fazer o mesmo. Sua pele envelhece, ganha manchas e cicatrizes. Os cabelos perdem a cor, caem. Os músculos definham, os ossos deixam de sustentar a carne e passam a tremer. Quando a peça seca em minhas mãos, sobra o corpo também seco de um velho decrépito diante de mim. Ele tenta se mover, tenta falar, mas não obtém sucesso em nenhuma das duas coisas.

— Acabei com sua juventude eterna. Com sua imortalidade. Como se sente sendo mortal outra vez? — provoco, finalmente sentindo o prazer de vê-lo ser destruído.

Em resposta, recebo apenas um olhar moribundo. Darei um fim nisso. Levanto a maça para aniquilá-lo e, quando inicio o golpe, minhas costas são atingidas por um raio gelado. Sinto meu corpo petrificar e caio no chão, fraca. Esqueci-me do Senhor do Inverno.

Olho para a frente e vejo-o pelo espelho. Apesar de aparentar idade avançada, a Estrela de Gelo arrasta o corpo pesado de Christia pela cabeça, sem nenhum esforço aparente.

— Te disse para não destruir o artefato, Mestra da Cura — ele fala e arremessa o paladino ao meu lado.

Christia levanta o rosto com dificuldade e, envergonhado, pede desculpas:

— Sinto muito, mestra. Eu falhei.

Meus olhos se enchem de lágrimas enquanto o observo. A Estrela de Gelo não teve piedade na luta. Mesmo Christia sendo um habilidoso guerreiro, sua força não se compara à de uma Estrela treinada. Sou eu que sinto muito. É tudo culpa minha. Eu que falhei. Como mestra, como paladina, como Estrela, como irmã, como filha.

Tento me reerguer, mas o Senhor do Inverno me mantém no chão. Sua energia paralisa meu corpo, praticamente o congela. Não consigo conter as lágrimas, principalmente quando vejo Shaz se levantar escorado na parede e ir até o paladino caído.

Enquanto observo a mim mesma pelo espelho, Shaz toca o rosto do jovem guerreiro da luz. Ele fixa o olhar no paladino e abre a boca, aproximando os lábios murchos dos de Christia. Assim que chega perto, suga o ar e algo começa a se desprender do guerreiro, que, involuntariamente, também abre a boca. De dentro de seu corpo, sai flutuando uma bruma esbranquiçada que Shaz respira, aliviado. Ele suga a fumaça e, com ela, a vida de Christia. Veias roxas saltam no rosto do paladino, seu corpo definha, os olhos afundam e a pele seca ao mesmo tempo que a Estrela dos Mortos se rejuvenesce. Não posso ajudar. Apenas choro, deixando as lágrimas escorrerem por minha bochecha e logo congelarem grudadas nela.

Quando Shaz solta o rosto do meu pupilo, apenas uma carcaça mórbida desaba quase se desfazendo dentro da armadura. A Estrela dos Mortos, por sua vez, recuperou a juventude, voltou a ser o mesmo homem de antes de eu destruir o farol. Furioso, vem até mim.

— Viu o que você fez? — Ele me acerta um tapa no rosto. — Você merece morrer, Tlavi. Talvez eu deva sugar sua vida também. Mas não agora. Antes vou te fazer assistir a muitos morrerem para que você tenha noção do que fez comigo. Agora que destruiu minha joia e a energia vital que ela continha, meu corpo viverá da vida dos outros. Todos os que eu matar cairão sobre suas costas. Você me transformou nisso.

Não! Não vai acabar assim. Não vim até aqui para acabar assim. Seraph, Bergol, Sebastian, Harl, Celta, Lanor, Faleena e Christia. Muitas mortes para serem ignoradas. Para serem em vão.

— NÃO! — meu berro é seguido de uma crescente aura de energia que arremessa para longe os dois inimigos. Ela vence a força fria da Estrela de Gelo e me permite movimentar o corpo novamente. Furiosa e sem piedade, salto sobre Shaz, que ficou caído no chão.

— Vai fazer o quê? — Ele me encara.

— Acabar com isso — minha frase é seguida de um golpe certeiro. A maça abre um rasgo no crânio da Estrela dos Mortos. Shaz cai desfalecido e sangrando. Mas eu não paro por aí. O que sinto é forte demais. Ele não merece apenas a morte, precisa ser aniquilado, despedaçado. Meus golpes continuam uma, duas, dez, vinte vezes acertando o mesmo lugar. Sangue respinga em minha armadura dourada e no piso de pedra. Ao final, sobra uma pasta vermelha e azulada com o que restou da cabeça dele.

"Chega, Tlavi." Algo invade a minha mente. "Acabou."

Paro os golpes e olho ao meu redor. As outras duas Estrelas estão caídas na sala, desacordadas.

— Quem está aí? — pergunto, ainda ofegante e agitada.

"Sou eu, fique tranquila. Agora tudo acabou. Shaz está morto. O equilíbrio foi restaurado."

Minau? É você? Está dentro da minha mente? Apareça!

— Apareça!

É então que, pela porta de entrada da sala da regência, avisto Minau Montesco. Ao lado dele estão outras pessoas, igualmente poderosas.

— Não acabou — falo assustada. — Eles estavam do lado de Shaz. São inimigos também. Devem pagar pelo que fizeram.

— Calma — ele diz e se aproxima. — Venha, largue isso.

Sua voz aconchegante me alenta. Esforço-me para largar a maça, ainda presa em minha mão firme.

— Muitas Estrelas estão unidas agora, Tlavi — Minau aponta para todos que chegaram com ele. — É para o bem do mundo. Todos vamos protegê-lo agora.

"Todos vamos protegê-lo agora."

A voz dele ecoa em minha cabeça.

— Vamos protegê-lo agora — repito.

— Tudo vai acabar bem — ele fala em seguida, com um sorriso doce.

— Vai — afirmo. — Tudo vai acabar bem.

Fim do Livro II

Apêndice

APÊNDICE I

Personagens

— em ordem de aparição —

Tlavi Hur, a Estrela da Cura: general das forças paladinas, ela foi enviada para Cimérium a fim de desvendar o motivo de mortes misteriosas.

Sebastian, Luz Sagrada: um dos paladinos que acompanha Tlavi. Sensitivo, ele é um poderoso manipulador da Luz, capaz de irradiar auras magníficas.

Faleena, Seta de Ouro: paladina especializada no combate com arco. Seu controle da Luz lhe permite aprimorar a visão, enxergando no escuro, através de objetos sólidos e a grandes distâncias.

Christia, Espada Divina: paladino grandalhão que acompanha Tlavi. Carrega uma poderosa espada e usa a Luz para fortalecer seus músculos.

Seraph, Machado Valente: paladino que morreu em missão na cidade de Cimérium após destruir o orbe negro.

Zarius: grande político de Sonatri. Lidera o Parlamento sediado em Nuanto, a Cidade Dourada.

Ioseth, a Estrela dos Cristais: general dos paladinos e Senhor das Barreiras. Foi mestre de Tlavi, quem a recrutou para a Ordem.

Marco Baltrem: político em ascensão que traz novas ideias para sanar o problema de Cimérium.

Gueth Hur, o Nairatiano: irmão mais novo de Tlavi que vive em Mabra. Tornou-se campeão de luta para salvar a vida do pai.

Talus, o Clérigo da Morte: misterioso líder de um culto que parece ter envolvimento com as mortes em Cimérium.

Leran Yandel, o Encantador de Flechas: habilidoso arqueiro que tem como maior objetivo proteger sua irmã.

Luana Yandel: recém-descoberta Estrela. Com poderes ainda crescentes, Luana tenta escapar de vilões colocados em seu encalço por Nagisa.

Balko: caçador de recompensas enviado para capturar Leran e Luana. É um pistoleiro nato.

Terandi: mulher pertencente ao grupo de Balko. Ágil e habilidosa, Terandi controla o Luz para correr com supervelocidade.

Keon: mentalista que ajuda Balko. O terceiro do bando de caçadores. Suas luvas amplificam a capacidade telecinética que possui.

Tohul: homem do deserto que vive no Polo Terra.

Judra: garota por quem Leran se apaixonou. Ela aparece nas lembranças do rapaz.

Kamu-Ra, o Senhor das Areias: Mestre supremo do Polo Terra. Pede ajuda para Leran quando eles visitam o Buraco.

Grisalho e Quitéria: dromedários cinzentos usados por Leran e Luana no deserto.

Nagisa, a Estrela Trovão: após tomar o poder em Acigam, alia-se a outros vilões para matar Luana.

Minerva, Broquel Dedicado: é a discípula mais nova de Tlavi. Sua liderança e o excepcional controle da Luz fazem dela uma grande promessa entre os paladinos.

Bergol, Punho de Phelgor: outro general paladino. Ele odeia os políticos e se mostra um aliado importante para Tlavi.

Shaz, a Estrela dos Mortos: Poderoso inimigo que pretende levantar um exército com o poder da Necromancia.

Humerus, o Braço da Morte: um dos lacaios do Senhor da Necromancia. Luta com uma resistente boleadeira capaz de aprisionar as almas fracas.

Fibula, a Amante da Morte: mulher fiel a Shaz que usa a energia negra para controlar pássaros macabros.

Ilium, o Comandante da Morte: Poderosa criação de Shaz. Suas armaduras negras parecem esconder seu corpo por completo. Fora o escolhido para comandar o exército de crias da morte.

Minau Montesco, a Estrela Psíquica: regente de Tênus, a maior cidade de Sonatri. No passado, teve algum tipo de relação com Tlavi.

Marta Flumberg: dona da pensão onde Leran e Luana se instalam em Mabra.

Polaris: desafiante do atual campeão do torneio de Artes Nulas Mistas (ANM).

Bill e Ted: os comentaristas das lutas de ANM.

Tony: o agente de Gueth. Faz de tudo para que o rapaz continue nas lutas.

Lanor, Clava Relâmpago: um dos paladinos que vêm do Polo Luz para auxiliar na luta contra Shaz.

Harl, Escudo Diamante: outro paladino vindo do Polo Luz. Suas técnicas de defesa são primorosas.

Celta, Lança Veloz: o terceiro paladino do Polo Luz que se junta a Tlavi na batalha contra a Estrela dos Mortos.

APÊNDICE II

Guia Turístico do Continente Leste

— assuntos locais e pontos de interesse —

O Mapa do Continente Leste

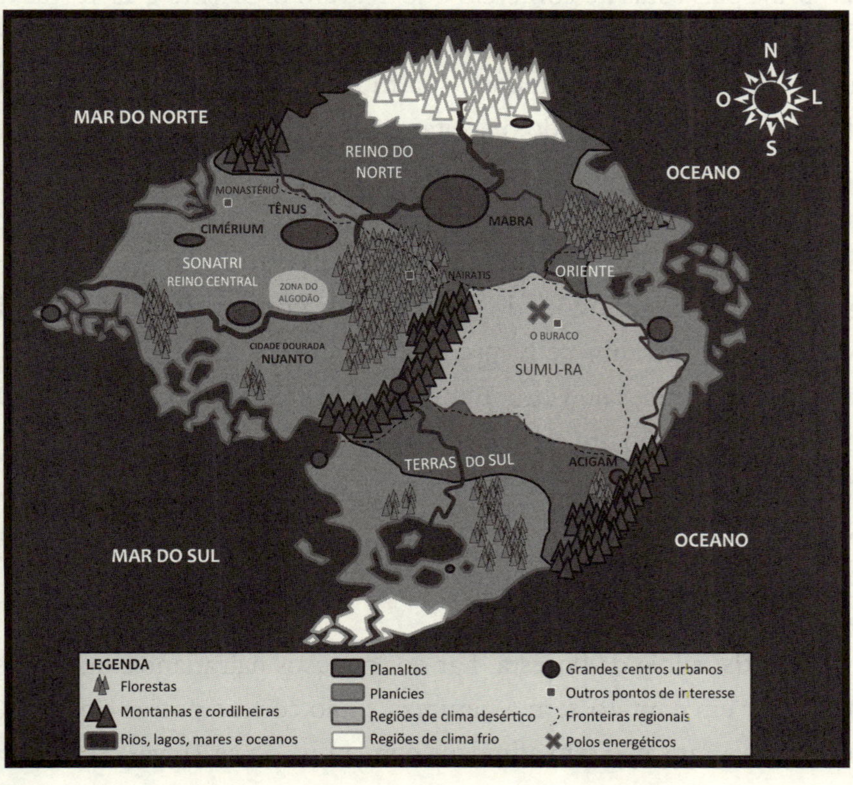

Cidades

Acigam: cidade localizada nas Terras do Sul. Seu governo recentemente abriu os muros e permitiu o ensino da Ciência das Energias. Ainda é atrasada se comparada aos outros centros urbanos, mas seus governantes possuem planos maiores.

O Buraco: lar do povo do deserto de Sumu-Ra. Foi escavado em círculos há milhares de anos por uma civilização antiga e depois adotado como lar dos protetores do Polo Terra. Nos fundos da cidade, encontra-se a entrada para o Templo da Terra.

Cimérium: conhecida pela grande produção de minérios e pedras preciosas, esta cidade é fundamental para a economia de Sonatri. Suas ruas são escuras, não pela falta de iluminação, mas pela poeira preta que sobe das gigantes minas.

Mabra: a cidade dos negócios e da liberdade. Surgiu do cruzamento das principais rotas de comércio que ligavam o Oriente e as Terras do Sul ao Reino Central. Cresceu depressa e logo se tornou lar de pessoas de todo o mundo. O mabre, sua moeda local, ficou tão forte que diversos pontos do mundo o aceitam. É no meio dessa grandiosa metrópole que passa o Rio Sorah, trazendo navios imensos que ancoram nos portos. Para ligar os dois lados da cidade, muitos caminhos foram erguidos, mas a Ponte do Elo é o mais famoso deles. Sua estrutura gigantesca atrai multidões de turistas. Outra característica comum de Mabra são os arranha-céus, prédios altíssimos que refletem a luz do sol em suas paredes de vidro. É muito fácil se locomover na cidade. Os trens suspensos são um excelente transporte público; além deles, é possível andar de mobins e trambolhos pelas largas avenidas de asfalto. Em Mabra não é permitido o uso de controles mentais, como a telepatia ou a marcação. Essa cidade preza pela liberdade e pela privacidade de seus moradores.

Nairatis: a joia da floresta. Lar dos reclusos nairatianos, que preferem viver em contato com a natureza e não com as outras cidades. O povo de Nairatis não tem afinidade com a Luz ou as Trevas. Seu domínio acontece apenas sobre os quatro elementos considerados naturais. Dessa mesma forma, eles não acreditam nos deuses Phelgor ou Shazp. Para eles, o controle vem da ligação entre o homem e a natureza.

Nuanto, a Cidade Dourada: o berço da civilização. Foi a primeira cidade a se erguer no Império Humano. Hoje é o centro político de Sonatri, sediando o Parlamento. Sua arquitetura antiga e conservada é motivo de orgulho para os moradores. O principal ponto turístico é a Praça Áurea e sua bela fonte esculpida em pedra branca. É da praça que partem as quatro radiais, ligando o centro à periferia da cidade. Turistas podem usar bondes flutuantes para conhecer rapidamente diferentes pontos, entre feiras livres, restaurantes e belíssimas lojas chiques. A Biblioteca, o Santuário da Ordem e a Basílica de Phelgor são visitas obrigatórias.

Tênus: a protegida Tênus fica localizada ao nordeste de Sonatri. É a maior concentração de pessoas do Reino Central. Delimitada por quatro grandes bastiões, a cidade tem uma área quadrangular. Suas ruas são estreitas e irregulares, mas não deixam de ser belas. O cinza das pedras usadas nas construções contrasta com os canais, as árvores e as flores coloridas que florescem o ano todo. Tênus tem um clima agradável, isso graças à Arca, uma gigantesca barreira de energia mantida ao redor da cidade, que gera um ambiente único e rigorosamente controlado pelos arcanistas da Torre Central.

Entidades e Organizações

Phelgor: nome dado pelos humanos ao deus da Luz. O sol é seu maior símbolo.

Shazp: nome dado pelos humanos à deusa Treva. Seu maior símbolo é a lua minguante.

Culto da Morte: liderado por Talus, esse misterioso culto levou as trevas para Cimérium. Instalaram-se em um antigo monastério da deusa Shazp, onde experiências macabras com as energias foram feitas em corpos humanos.

Guarda Vermelha: soldados de Tênus. Os uniformes cor de vinho são os responsáveis pelo nome do grupo. Especialistas nas artes mentais, os guardas vermelhos usam a telepatia para monitorar quase tudo o que acontece na cidade. Também dispõe de armas próprias, como pistolas de raios e os zangões — robôs guiados a distância por telepatia.

Hordas de Shaz: um poderoso exército de crias da morte, erguido para espalhar o terror nas planícies de Sonatri. Sob o comando de Ilium, o cavaleiro negro, as hordas dispõem de soldados praticamente imortais que utilizam armas de guerra e monstros ferozes, como os cães do horror e os gargântuas. Todos os que caem perante esse exército se tornam parte dele.

Ordem dos Paladinos: uma das maiores e mais bem vistas organizações do mundo. São devotos a Phelgor e às técnicas derivadas da Luz. Usam armaduras douradas que se moldam a seus corpos e personalidade. No campo de batalha, se dividem em três categorias: defesa, ataque e suporte, cada uma com habilidades diferentes requeridas. A influência dos paladinos é sentida no mundo todo, principalmente por controlarem um dos seis polos energéticos.

Parlamento: grupo de pessoas eleitas e escolhidas para governar Sonatri. É o Parlamento que escolhe os regentes das cidades do Reino Central. É uma das maiores forças políticas do mundo.

Polícia de Mabra: vestidos de quepes e uma leve armadura azul, esses policiais são os maiores responsáveis pela segurança da caótica Mabra. Munidos de armas não letais, como as pistolas paralisantes e os floretes eletrocutados, eles tentam manter a ordem na cidade.

APÊNDICE III

A Ciência das Energias

— conceitos intermediários para controladores em treinamento —

Arado: arma nairatiana que possui forte ligação com a terra. Em seu estado latente, é apenas um bastão de trinta centímetros, mas quando armada se torna uma alabarda de guerra, com lâminas afiadas de um machado em uma extremidade e, na outra, a ponta de uma lança.

Arcanista: controlador treinado desde pequeno para manter a Arca. Suas habilidades incluem a criação de barreiras, o domínio das ilusões e ainda o poder da mente.

Arquipélago Celeste: local onde os estudos da Ciência das Energias se concentraram durante boa parte do Império Humano. Foi lá que se construíram os primeiros faróis. Eram torres altas que apontavam luz para a direção na qual nasceria uma próxima Estrela.

Cão do Horror: animal feroz aprimorado com a energia negra da Necromancia. São do tamanho de ursos e correm como cães de caça. Seu uivo desperta o pânico irracional em quem o ouve.

Chakrams de Keon: discos de metal rígido, vazados no centro. Foram feitos para funcionarem com as luvas que o telepata possui. Quando estão sob influência da telecinesia de Keon, tanto as gemas nas luvas quanto o filete no centro de cada disco se acendem, mostrando que estão conectados uns aos outros. Os discos são capazes de acompanhar os movimentos das mãos do telepata, sendo uma excelente arma a longas distâncias.

Constelação: o conselho mais poderoso do mundo. Nele se reúnem as Estrelas ativas, ou seja, aquelas que já sabem usar seus poderes. Em uma sala circular com doze tronos de pedra, as formas espectrais decidem como devem manter o equilíbrio. De tempos em tempos, uma das doze Estrelas é escolhida para liderar as discussões.

Crias da Morte: nome dado aos mortos que tiveram seus corpos erguidos novamente por meio da Necromancia.

Desgarrado: cria da morte que se separou do grupo comandado por um poderoso necromante. Pode vagar sem rumo e atacar qualquer um que cruza seu caminho.

Energia Branca: A Luz ou toda energia secundária que contenha Luz.

Energia Natural: Água, Ar, Terra e Fogo. Ou qualquer energia secundária que não contenha Luz ou Trevas

Energia Negra: As Trevas ou toda energia secundária que contenha Trevas

Energia Verde: nome dado à energia de um dos elementos secundários, o Vegetal.

Essência Energética: também chamada de alma.

Espectro de Energia: forma na qual controladores muito experientes podem viajar. É o meio de se entrar em contato com sua essência mais pura e então a deixar tomar conta de seu corpo. É também na forma de espectro que as Estrelas adentram a Constelação.

Estrela Ativa: Estrela que já domina e que tem conhecimento de seus poderes. Um sinal disso é que ela carrega seu próprio farol.

Expurgo: técnica derivada do controle da Luz. Por meio dela, é possível expulsar toda a energia negra de um corpo.

Farol: joia derivada das torres do Arquipélago Celeste. Foram encomendados pelos paladinos há centenas de anos para que eles pudessem procurar as Estrelas de forma mais precisa. As joias se acendem na presença de outros faróis, para que as Estrelas se reconheçam.

Ferrão Negro: árvore de galho torto e retorcido, encontrado na região do Grande Abismo. Ao contrário das plantas comuns, o Ferrão Negro não usa a luz para crescer, mas sim as trevas.

Gargântua: aberração construída com restos de corpos humanos e de animais. Sua fome é insaciável. Não possui olhos, nariz ou orelhas, apenas uma enorme boca. Seu corpo costurado deixa escapar o sangue de tudo o que ingere.

Guardião: pessoa responsável pela segurança de uma Estrela inativa. Ele carrega o farol da Estrela até perceber que ela está pronta para recebê-lo.

Infecção: técnica de Shaz que degenera o corpo infectado, tornando-o uma cria da morte. Essa maldição espalha a energia negra da Necromancia sempre que um infectado fere uma pessoa sadia.

Intangibilidade: conceito que explica o fato de corpos atravessarem obstáculos sólidos. Acontece por meio da vibração perfeita das moléculas de um material.

Marca: técnica que usa a Energia da Mente para ligar dois indivíduos por um laço psíquico. O marcador sente a presença do marcado sempre que este se aproxima. Trata-se de um método arcaico usado por caçadores para manter suas presas encurraladas.

Medalhão de Cavalaria: item controlador muito utilizado por viajantes. Cada um pode evocar um tipo de montaria diferente, encurtando o tempo das viagens.

Mentalista: nome dado àquele que controla a Energia da Mente, um dos elementos secundários. Também chamado de telepata.

Mobin: veículo para uma ou duas pessoas, usado em grandes cidades. Possui turbinas que o suspendem no ar e o projetam para a frente ou para trás.

Modelador de Ossos (Necromante): controlador especializado na arte da Necromancia. Seu poder lhe permite controlar os mortos.

Nebrisco: bela flor encontrada na floresta de Nairatis. Seu pólen é conhecido pelo potente efeito sonífero que provoca em quem o inala. Botânicos dizem que esta é uma defesa da planta, para manter predadores afastados.

Polos: local onde está o núcleo de uma das seis energias primárias.

Sentinela de Luz: técnica desenvolvida por Tlavi com o intuito de iluminar e ainda proteger quem a usa. Trata-se de uma pequena esfera de energia que flutua ao redor do controlador. Por armazenar luz, ela também pode ser usada em ataques.

Telecinesia: uma das formas de se controlar a Energia da Mente. O manipulador psíquico aprende a mover objetos com os pensamentos. Os limites desse poder não são conhecidos.

Telepatia: outra das formas pelas quais a Energia da Mente se manifesta. O telepata consegue ouvir o som dos pensamentos das pessoas, mas, para isso, precisa aprender a interpretá-los.

Torjen: fruto espinhoso comum de Nairatis. Sua polpa é usada para produzir doces.

Trabuco Espalha Morte: construções altas de madeira e ferro, usadas pelas hordas de Shaz para arremessar crias em chamas e colocar em pânico seus inimigos.

Trambolho: veículos urbanos mais pesados. Podem variar de tamanho, carregando quatro ou mais pessoas e até cargas pesadas. Para se moverem, usam rodas que funcionam por meio de trocas magnéticas com o solo. Sua lataria externa é geralmente colorida e decorada com filetes luminosos.

Troca Energética: conceito no qual se considera a energia que os corpos trocam ao se encontrarem. De acordo com ele, as pessoas deixam rastros de sua energia em outras pessoas.

Xixi de Dromedário Cinzento: líquido altamente hidratante usado no deserto.

Zangão: robô guiado por telepatia. Trata-se de uma arma usada pela Guarda Vermelha de Tênus. Seus movimentos geram um zumbido característico, que lembra o som das abelhas.

Esquema Científico dos Elementos:

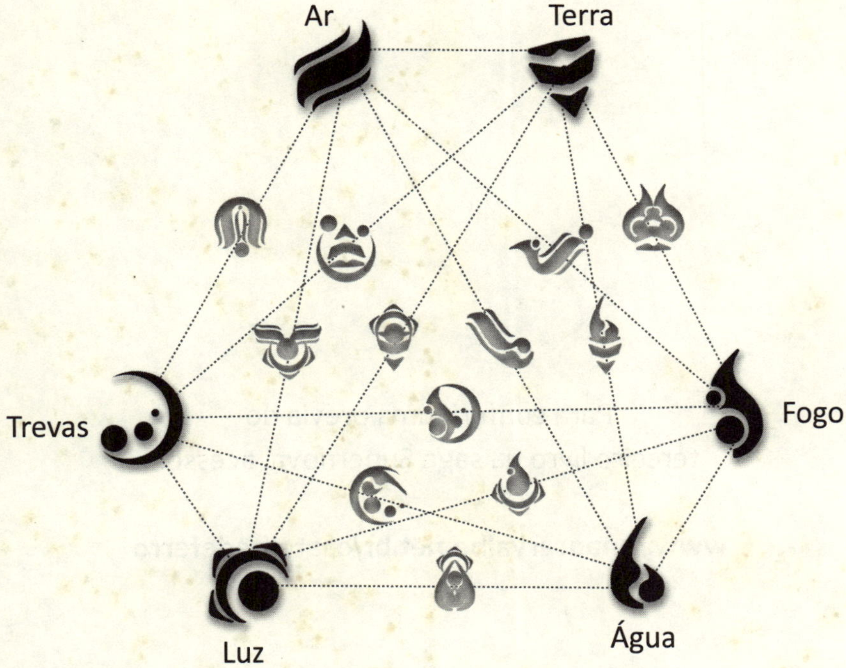

Elementos Primários

Água, Ar, Fogo, Luz, Terra e Trevas

Elementos Secundários

Chamas Negras: Trevas e Fogo
Cristal: Luz e Terra
Cura: Luz e Água
Eletricidade: Luz e Fogo
Fumaça: Fogo e Ar
Gelo: Ar e Água
Mente: Luz e Ar
Metal: Terra e Fogo
Necromancia: Trevas e Terra
Vácuo: Trevas e Ar
Vegetal: Água e Terra
Veneno: Trevas e Água

Para conferir uma prévia do
terceiro livro da saga Supernova, acesse:

www.renancarvalho.net.br/osatelitedeferro